Alle Rechte, einschließlich das des vollständigen oder
auszugsweisen Nachdrucks in jeglicher Form, sind vorbehalten.

Der Preis dieses Bandes versteht sich einschließlich der
gesetzlichen Mehrwertsteuer.

Umwelthinweis:
Dieses Buch wurde auf chlor- und säurefreiem Papier gedruckt.

Sharon Page

Blutrot – Die Farbe der Lust

Erotischer Roman

Aus dem Amerikanischen von
Juliane Korelski

MIRA® TASCHENBUCH
Band 35054
1. Auflage: November 2012

MIRA® TASCHENBÜCHER
erscheinen in der Harlequin Enterprises GmbH,
Valentinskamp 24, 20354 Hamburg
Geschäftsführer: Thomas Beckmann

Copyright dieser Ausgabe: © 2012 by MIRA Taschenbuch
in der Harlequin Enterprises GmbH

Titel der nordamerikanischen Ausgabe:
Blood Red
Copyright © 2006 by Sharon Page

Published by arrangement with
KENSINGTON PUBLISHING CORP., New York, NY, USA

Dieses Werk wurde vermittelt durch die
Literarische Agentur Thomas Schlück GmbH, 30827 Garbsen

Konzeption/Reihengestaltung: fredebold&partner gmbh, Köln
Umschlaggestaltung: pecher und soiron, Köln
Redaktion: Bettina Lahrs
Titelabbildung: Getty Images, München
Satz: Buch-Werkstatt GmbH, Bad Aibling; GGP Media GmbH, Pößneck
Druck und Bindearbeiten: CPI – Ebner & Spiegel, Ulm
Printed in Germany
Dieses Buch wurde auf FSC®-zertifiziertem Papier gedruckt.
ISBN 978-3-86278-806-4

www.mira-taschenbuch.de

Werden Sie Fan von MIRA Taschenbuch auf Facebook!

1. KAPITEL

Erwachen

Das Dorf Maidensby, Yorkshire, im Jahre 1818

„Kannst du dir vorstellen, wie sich unsere beiden Münder auf dir anfühlen, Liebes?"

Althea seufzte, als sie die verführerische Männerstimme hinter sich hörte. Sein warmer Atem tanzte über ihren Nacken. Die Strähnen, die sich aus ihrer Frisur gelöst hatten, bewegten sich leicht.

Ein leises Stöhnen entrang sich ihren Lippen, als seine großen Hände sich um ihre Schultern legten und seine Finger sich unter die Träger ihres Nachthemds schoben. Es waren die Hände eines Gentlemans – elegant, mit langen Fingern. Sie waren heiß auf ihrer Haut, etwas rau, und unglaublich real.

Wie konnte ein Traum ihre Sinne so sehr aufwühlen?

Ihr Traumliebhaber massierte ihre Schultern, und die kontrollierte Kraft seiner Bewegungen ließ ihren Körper erzittern. Seine Finger liebkosten ihren Nacken. Wie ein Blitz raste das Verlangen die Wirbelsäule hinab und explodierte zwischen ihren Beinen. Sie keuchte schluchzend auf. Es klang verzweifelt – wie ein Flehen.

Flehte sie um Gnade? Oder flehte sie nach mehr?

Er lachte leise in sich hinein. Als ihre Beine unter ihr nachgaben, hielt er sie fest.

Seine heisere Stimme dicht an ihrem Ohr versprach Sündhaftigkeit.

„Kannst du dir vorstellen, wie meine und seine Hände dich verwöhnen?"

Nein. Althea schüttelte den Kopf, und auch das fühlte sich real an. Nein, das konnte sie sich nicht einmal ansatzweise vorstellen. Das war zu anstößig. Zu verboten.

Wie konnte sie, eine Jungfrau, nur so etwas träumen?

„Dann ist es vielleicht kein Traum, Althea. Vielleicht ist es ja eine Vorahnung."

Nein, es ist ein Traum. Nur ein Traum!

Sein Kopf neigte sich zu ihrem Hals herunter. Als sein seidiges Haar ihre Haut berührte, kribbelte es, und sie erschauerte, als sie das sanfte Kratzen von spitzen Zähnen spürte. Aber sie konnte sich nicht rühren, selbst als er die Träger von ihren Schultern schob. Geschickt öffneten seine Finger Bänder und Schleifen. Der Ausschnitt ihres Nachthemds stand bis zu ihren Brüsten offen und zeigte ihm alles. Er schob den Stoff weiter herunter. Sie griff nach seiner Hand, um den Anstand zu wahren.

„Nein, Liebes. Lass es uns genießen."

Ihr Mund fühlte sich trocken an. Althea starrte hinab auf die blassen Kurven ihrer Brüste, die von den sich zusammenziehenden Brustwarzen gekrönt waren, klein und rosa. Zwei große, männliche Hände umfassten ihre Brüste, die kaum mehr vom Spitzenausschnitt gehalten wurden.

Sie hatte nie bewusst ihre eigenen Brüste betrachtet, nicht mit dem Interesse und der Faszination der beiden Männer. Und nie war sie auf die Idee gekommen, sie zu liebkosen.

Erstmals sprach auch der zweite Mann. „Sie sind wunderschön."

Ihr Blick heftete sich auf ihn. Er lag auf einem riesigen Bett. Das Hemd war offen und gab den Blick frei auf gut geformte Muskeln, die Wirbel seines golden schimmernden Brusthaars und dunkle Brustwarzen. Er trug eine hautenge Lederhose, die seine kräftigen Beine betonte. Seine langen Finger ruhten über dem Schritt und strichen über die dicke Ausbeulung, die sich unter dem Stoff abzeichnete. Ihr Körper sehnte sich schmerzlich nach ihm. Ihr Herz schlug bis zum Hals.

Sein langes, goldenes Haar fiel ihm in die Augen und beschattete sein wunderschönes Gesicht. Nur Mondlicht erhellte den Raum, und wurde glitzernd von seinen Augen reflektiert. In dem bläulichen Licht glänzte sein Haar wie Mondstrahlen, aber mit dem Wissen, das nur Träumern zu Eigen war, wusste sie, welche Farbe es haben musste.

„Ja, wunderschön." Seide strich über ihren Rücken, als der Mann hinter ihr sich näher schob. Die Knöpfe seiner Weste drückten gegen ihre Wirbel. Althea fühlte sich von seiner Umarmung umhüllt, klein und empfindlich.

Aber sie hatte keine Angst.

Sie versuchte sich umzudrehen, um den Mann hinter ihr anzusehen. Aber es war unmöglich; er schien wie aus Licht und Schatten geformt. Nur seine Hände waren detailliert zu erkennen. Auf den Handrücken traten Venen hervor, die Knöchel waren groß, die Finger erstaunlich stark, jedoch auch grazil. Fasziniert beobachtete Althea, wie seine Finger ihr zartes Hemd herunterschoben, das bis zu ihrer Taille herabfiel.

Sie unterdrückte einen Schrei, als die sensiblen Hände ihren nackten Busen umfassten. Ihre festen, prallen Brüste passten in seine großen Hände wie reife Äpfel. Er hob sie leicht an, um sie dem anderen Mann zu präsentieren.

„Berühr ihre Brustwarzen", schlug der Mann auf dem Bett vor und öffnete beiläufig den obersten Knopf seiner Hose.

Daumen strichen über ihre harten Nippel. Die Berührungen erfüllten sie mit Lust und Schmerz. Er kniff sie, und Althea bog den Rücken durch, um ihm ihre Brüste entgegenzustrecken. Er war jetzt nicht mehr so sanft. Seine Finger zupften, kniffen, drückten und zwickten ihre Nippel. Aber sie liebte jede raue Berührung. Er wusste viel besser als sie, was sie brauchte. Was ihre Brüste genossen.

Der Mann auf dem Bett erhob sich auf die Knie. Sein fester, muskulöser Bauch spannte sich an. Er bewegte die Augenbrauen amüsiert auf und ab, ehe er die geöffnete Hose bis zur Mitte seiner Schenkel herunterschob und die Wäsche darunter offenbarte. Sie konnte sehen, wie sich unter dem Stoff etwas pulsierend bewegte.

Althea hielt den Atem an. Es war merkwürdig, dass sie sich in diesem Raum mit zwei fremden Männern in einem überraschenden, wundervollen Traum befand und nicht sprechen konnte. Vielleicht durfte sie nicht sprechen, da sie doch eigentlich ihre Unschuld verteidigen sollte. Sie sollte versuchen, sich in Sicherheit zu bringen.

Der Mann auf dem Bett besaß ebenfalls schöne große Hände. Diese Hände zerrten jetzt an seiner Wäsche, damit sein …

„Sein Schwanz, Liebes."

Der Mann hinter ihr schob die Hüften vor und sie fühlte an ihrem Hintern, wie er seine harte Männlichkeit an sie presste. Sie wiegte sich in den Hüften, um ihn besser zu spüren.

Es musste ein Traum sein. Es konnte nur ein Traum sein.

Der Mann mit dem goldenen Haar ließ die Unterhose herunter und befreite seinen Penis. Sie verstand plötzlich den Begriff ‚wilde Rute', den sie einmal gehört hatte, als sie ein paar Mädchen belauschte. Dieses Ding schien ein Eigenleben zu führen. Es schwankte und wiegte sich hin und her, und vor ihren erstaunten Augen wurde es noch größer! Ein Nest aus Haaren umschloss es an der Wurzel, und an der Spitze trug es eine Haube, die feucht glitzerte. Das Mondlicht beschien seine Länge und gab den Blick auf einen schmalen Grat frei, der an seiner Unterseite hinab zu den baumelnden Bällen verlief. Die Mädchen redeten immer von den ‚Juwelen', als handele es sich um etwas besonders Wertvolles.

Althea konnte den Blick nicht von ihm lassen, als er vom Bett glitt, die Stiefel auszog und sie in die Ecke kickte. Er stolzierte zu ihr herüber, sein Penis reckte sich selbstbewusst in die Höhe, gerade und groß ragte er aus der Mitte des goldgelockten Dickichts hervor. Mit einer besitzergreifenden Geste umfasste er ihn, und sie merkte, dass er stolz darauf war.

Ihre Knie wurden weich, als sie beobachtete, wie er die Hand bewusst langsam auf und ab bewegte. Von hinten drängte sich ihr anderer Liebhaber fordernd an sie und drückte mit seinem sich unter der Hose wölbenden Schwanz den zarten Stoff ihres Nachthemds zwischen ihre Hinterbacken.

Es war herrlich gewesen, von einem Mann liebkost zu werden, aber sich von zwei Männern gleichzeitig verwöhnen zu lassen, schien ihr unübertrefflich. Einer riss ihr ungeduldig ihr Nachthemd vom Leib und warf es achtlos beiseite. Vier Hände glitten über ihre Haut, heiß wie Kerzenwachs und sanft wie eine Seidenrobe. Sie berührten Althea nicht zwischen den Schenkeln, aber immer wieder glitt eine Hand wie zufällig über ihr dunkelrotes Schamhaar.

Althea erzitterte, hin- und hergerissen zwischen Angst und unglaublicher Erregung. Die Hände der Männer waren unnatürlich blass auf Altheas pfirsichfarbener Haut an Bauch und Brüsten.

Wie auf ein geheimes Zeichen hin beugten sich beide über Althea und nahmen ihre Brustwarzen in den Mund. Ihr überraschter Schrei hallte in dem Raum wider. Beide Brustwarzen in den heißen Mündern der Männer zu spüren, war fast zu viel. Damit nicht genug: Sie spürte das sanfte Knabbern von spitzen Eckzähnen.

Als sie heftiger an ihr saugten, fiel jeder in einen ihm eigenen Rhythmus, und der Kontrast dieser Rhythmen war atemberaubender, als wenn sie es im Gleichklang getan hätten. Ihr goldenes Haar ergoss sich von beiden Seiten über Altheas Hals und ihr Gesicht. Zwei harte Glieder drängten sich gegen ihre Hüften, das eine nackt, das andere noch bekleidet.

Hände schoben sich zwischen ihre Schenkel und sie wimmerte erwartungsvoll. Ihre Zungen leckten Altheas Brustwarzen, während die Finger das erste Mal zwischen ihre Schamlippen schlüpften. Sie spürte, wie feucht sie war, unglaublich nass und heiß sogar. Das Stöhnen der beiden Männer verriet ihr, dass ihnen ihre Nässe gefiel. Sie mochten wohl auch den würzigen Duft, der von ihrem Geschlecht aufstieg.

Etwas staute sich in ihr an. Althea schluchzte auf und bewegte die Hüften. Sie wollte mehr. Sie brauchte mehr.

„Ja. Ja …" Die Stimmen der beiden trieben sie immer mehr an. Die Münder der Männer strichen über ihren Körper, liebkosten nicht nur ihre Brustwarzen, sondern auch ihren Hals und ihren Mund. Weil sie die Augen geschlossen hielt, konnte sie nicht sehen, wer sie wo küsste. Aber sie gab sich beiden Männern hin und fühlte nur noch Lust.

Ein Finger glitt über ihre Vagina weiter nach unten, und sie keuchte auf. Finger streichelten jenen kleinen Knoten oberhalb ihrer Vagina, und aus dem Keuchen wurde ein Stöhnen. Immer wieder stieß sie gegen die beiden Hände, härter und härter.

„Lass dich fallen, Kleines."

„Oh ja, komm für uns, Liebes."

Unaufhörlich bewegte sie sich, keuchend und stöhnend. „Ja, ja!", schrie es immer wieder in ihrem Kopf. Es war, als hätte sie ein Wahnsinn erfasst, sie war wie besessen. Sie spürte, wie die Lust über ihr zusammenschlug wie eine Welle, und ihr Körper bockte unter den Händen der Beiden. Die Männer hielten sie fest, und beide stöhnten mit ihr auf.

Ohhh … oh ja.

Mit fest geschlossenen Augen versank sie in einer samtigen Dunkelheit, als die heftigen Wellen der Lust sich langsam in ein leichtes Gefühl der Freude verwandelten.

Aus weiter Ferne hörte sie eine gefährliche Stimme in ihr

Ohr murmeln: „Du bist noch nie gebissen worden, nicht wahr, mein Engel?"

Schwach schüttelte sie den Kopf. Ohne die Arme, die sie hielten, hätte sie kaum stehen können und wäre wie ein lebloses Bündel zu Boden geglitten. Sie war völlig kraftlos.

„Kannst du dir vorstellen, wie sinnlich es wäre, wenn wir beide dich beißen?"

Nein. Sie versuchte sich zu wehren, wollte ihre Arme zwingen um sich zu schlagen und ihre Beine um sich zu treten. Verzweifelt und in Panik kämpfte sie gegen den festen Griff der Männer an …

Ihre Arme und Beine hatten sich in den Laken verfangen, als Althea Yates die Augen öffnete und mühsam einen Schrei zurückhielt. Ihr Herz raste, sie kämpfte mit den Decken, bis sie sich freigestrampelt hatte und richtete sich auf.

Selbst durch ihr dickes Nachthemd spürte sie die kalte Nachtluft auf ihrer nass geschwitzten Haut. Mondlicht schien in die Kammer und sie rieb sich die Augen. Es gab in diesem Raum kein Bett mit gedrechselten Pfosten, und ebenso wenig gab es fremde Männer in ihrem Zimmer im Gasthaus von Maidensby. Es war nur ein kleiner Raum, der mit dem schmalen Bett, einem abgenutzten Kleiderschrank, dem wackligen Pult und dem durchgesessenen Lehnstuhl völlig überfüllt war.

Es war nur ein Traum gewesen. Ein erschöpfender, unglaublich skandalöser Traum, aber all das war nur Teil ihrer Vorstellungskraft. Nichts davon war wirklich passiert.

Althea blinzelte. Für sie war es überraschender, dass der Traum nicht real war. Er hatte sich so *echt* angefühlt!

Du lieber Himmel … Erotische Träume wie dieser hatten sie schon seit Wochen verfolgt. Seit sie nach England zurückgekehrt war, um genau zu sein, aber sie hatte nie von *zwei* Männern geträumt. Sie wollte lieber nicht darüber nachdenken, was das über ihren Charakter aussagte. Und das Schlimmste war, dass sie es genossen hatte!

Nun war es nicht so, dass sie nie zuvor in ihrem Leben Lust empfunden hatte. Sie beobachtete Mick O'Leary heimlich, wenn er ohne Hemd arbeitete. Halbnackt und verschwitzt wirkte er so natürlich. Ursprünglich. Sinnlich. Seine Rückenmuskeln tanzten bei jeder Bewegung. Verborgen unter der weiten Krempe ihres Huts und hinter den Brillengläsern konnte sie nach ihm schielen, ohne dass er etwas bemerkte. In ihr flatterte es, als tollten tausend Schmetterlinge unter ihrer Bauchdecke herum. Sie sehnte sich nach ihm, sie wollte ihn, und sie würde sich so lange vorstellen, was er mit ihr anstellen konnte, bis ihre Stimmung umschlug, weil ihr aufging, wie unmöglich das war. Dann war sie meist schlecht gelaunt, und sie machte allen mit ihrer Laune das Leben schwer.

Das war ja schon schlimm genug.

Aber sich vorzustellen, mit zwei Männern …

So was wollten doch nur verdorbene Frauen! Was geschah nur mit ihr?

Klirr!

Eine heftige Böe erfasste das Fenster. Altheas Herz machte einen Satz und schlug ihr bis zum Hals. Sanft bewegten sich die Gardinen im Zugwind, obwohl das kleine Fenster fest verschlossen war. Vor ihren erstaunten Augen flatterte ein schwarzer Schatten vor dem Fenster, wich zurück und startete einen neuen Angriff.

Sofort kniete sie auf dem Bett, bereit zum Kampf. Mit einer heftigen Bewegung raste der Schatten erneut auf das Fenster zu. Blätter zeichneten sich auf dem Fensterglas ab. Ein nervöses Kichern brach sich Bahn. Althea seufzte erleichtert – es war nur ein Ast, der vom Sturm gegen das Fenster gedrückt wurde. Sie sank zurück auf die Matratze.

Dumme Gans! Sogar der kleinste Schatten versetzte sie in Angst und Schrecken.

Sie entspannte sich seufzend und ließ sich von dem befriedigten Gefühl einlullen, das sie erfasst hatte. Sie gähnte, streckte sich auf dem Bett aus und reckte die Hände zur niedrigen Decke. Ein Halswirbel knackte, und sie drehte den Kopf hin und her. Körperlich erschöpft war sie, aber ihre Seele war weit davon entfernt, zur Ruhe zu kommen.

Fast hatte sie Angst, zu schlafen. Mit jedem Traum wurden ihre Fantasien wilder und … unzüchtiger. Jetzt träumte sie sogar schon davon, dass sie gebissen wurde. Was war, wenn sie erneut in diesen Traum geriet und diesmal nicht aufwachte? Was geschah dann mit ihr?

Sie würde dann doch nicht als Vampirin aufwachen, oder? Aber sie wusste es nicht genau. Vielleicht konnte das doch geschehen …

Darüber wollte sie lieber erst morgen nachdenken. Morgen wollten sie die Krypta öffnen.

Instinktiv griff Althea mit der rechten Hand nach dem Kreuz, das sie immer um den Hals trug. Sie strich darüber und barg es in ihrer Hand. Zur Beruhigung schaute sie ein letztes Mal zum Fenster hinüber, wo die Gardinen zurückgezogen waren. Sie hingen nun still, kein Luftzug bewegte sie. Darunter lagen auf der Fensterbank die Zöpfe aus Knoblauchzehen, die Althea auch am Türrahmen festgenagelt hatte. Einige lagen außerdem auf dem Nachttisch neben ihrem Bett.

Weil sie daran gewöhnt war, nahm sie den Geruch kaum mehr wahr, aber sie hatte gesehen, wie das Zimmermädchen die Nase gerümpft hatte. Als sie am ersten Abend zu Bett gehen wollte, waren alle Knoblauchzöpfe aus ihrem Zimmer entfernt worden. Stattdessen stand ein kleines Sträußchen Wiesenblumen in einem Glas auf der Fensterbank – vor allem

Osterglocken. Mit Bestimmtheit hatte sie dem Zimmermädchen befohlen, in ihrer Kammer nichts mehr anzufassen.

Der Knoblauch, das Kreuz – all diese Dinge sollten sie vor Zayan beschützen. Aber diesmal schienen die Schutzvorkehrungen ihres Vaters eher halbherzig zu sein. Sie fürchtete, dass nichts davon ihr letztlich helfen würde.

Und wenn sie ehrlich war – sie hatte Angst, die Krypta zu öffnen. Vermutlich hatte sie deshalb diesen Traum gehabt.

Althea schwang ihre Beine aus dem Bett, das kaum mehr als eine Pritsche war. Unter den nackten Füßen spürte sie den kleinen Teppich, der den alten Holzfußboden bedeckte.

Das Tagebuch lag neben der in einem alten Messinghalter heruntergebrannten Kerze auf dem Nachttisch. Sie hatte es bisher nicht gewagt, ihre Träume darin aufzuzeichnen. Das Mondlicht war zum Lesen hell genug, doch sie klappte es sogleich wieder zu, weil sie zu unruhig war.

Sie wollte etwas tun. Irgendwas. Sie setzte die Brille auf und glitt vom Bett. Leise wimmerte sie, als ihre Füße den kalten Boden berührten. Sie schlich zum Fenster und blickte hinaus. Mit einem Blick sah sie, dass der Riegel noch immer fest saß, aber zur Vorsicht kontrollierte sie das Fenster. Sie wusste um den unerklärlichen Drang, im Dunkeln draußen herumzuwandern, wusste, dass sie dem Ruf widerstehen musste. Aber was immer sie in diesem Moment wollte – nichts zog sie nach draußen.

Sie schlang die Arme um sich. So sehr sie auch kämpfte und sich dagegen wehrte – etwas in ihr wünschte, dass dieser Traum wahr wurde.

Ein draußen flackerndes Licht erregte ihre Aufmerksamkeit. Sie lehnte sich vor, bis ihre Stirn das kalte Fensterglas berührte und sie die hektische Aktivität erkennen konnte, die vor dem Wirtshaus einsetzte.

Sie erspähte eine elegante Kalesche, die von vier kohlschwarzen Pferden gezogen wurde und in der Dunkelheit bis auf die brennenden Lampen rechts und links vom Kutschbock beinahe unsichtbar war. Langsam ratterte sie über das Kopfsteinpflaster und kam vor der Tür zum Stehen. Männliche Stimmen hallten in die Nacht. Irgendwo heulte ein Hund, und sein Heulen wurde von anderen aufgenommen, was eines der Pferde scheuen und laut wiehern ließ. Es waren ungebärdige Tiere. Der Kutscher brauchte einige Zeit, um sie zu beruhigen. Das war ungewöhnlich für Pferde, die wohl schon seit Stunden unterwegs waren.

Interessiert schob Althea die Knoblauchzöpfe beiseite, setzte sich in die tiefe Fensternische und zog ihre kalten Füße zu sich heran, um sie zu wärmen. Sie spürte die Kälte auf den Armen selbst durch den dicken Stoff ihres langärmeligen Nachthemds. War Kälte nicht das beste Mittel gegen unschickliche Erregung?

Ein Wappen zierte die schwarz lackierte Kutschentür. Das bedeutete wohl, dass der neue Gast ein Adeliger war.

Was würde ein Adeliger wohl davon halten, wenn er erfuhr, dass er mit Vampirjägern unter einem Dach schlafen sollte? Natürlich würde er das nicht erfahren. Man kannte Sir Edward Yates lediglich als berühmten Antiquar. Und niemand würde je glauben, dass Miss Yates, die wohlerzogene Tochter, etwas anderes sein könnte als seine Sekretärin. Selbst Mick O'Leary hatte gespottet, als sie ihm erzählte, wie gut sie mit einem Bogen umgehen konnte und dass sie genau wusste, wo und wie sie einen Holzpflock einsetzen musste.

Auf dem Hof bewegte sich etwas. Zwei Pagen in silberner und hellblauer Livree tauchten aus der Dunkelheit auf.

Jetzt öffnete sich die Tür der Kutsche. Geschmeidig sprang ein Mann heraus und richtete sich zu voller Größe auf. Er war von Kopf bis Fuß schwarz gekleidet. Althea konnte ihn kaum sehen, aber an der Art, wie er sich bewegte, erkannte sie, dass er jung, stark und sportlich war.

Hitze breitete sich in ihr aus. Lieber Himmel, sie war unmöglich. Aber einen Blick wollte sie riskieren, um zu sehen, ob sein Gesicht so schön war, wie sein Körper es versprach. Eine große Bibermütze saß auf seinem Kopf, aber sie konnte erkennen, dass hellblondes Haar darunter hervorlugte.

Von Dienern mit Laternen geführt, schritt er auf das Gasthaus zu.

Das zur Tudorzeit erbaute Gasthaus stand direkt an der Straße, sodass man gleich in das Haus treten konnte. Zu Altheas Überraschung blieb der fremde Lord an der Tür stehen und trat einen Schritt zurück.

Ein Diener hob die Laterne neben seinem Herrn, und das goldene Licht beschien seine strengen Gesichtszüge, die starke Kinnlinie, hart gezeichnete Wangenknochen, eine breite Stirn und eine gerade Nase.

In ein Spiel von Licht und Schatten getaucht, ließ er sie an den Mann ihrer Träume denken. Jenen mysteriösen Mann, der hinter ihr gestanden hatte. Er war es, der in jedem ihrer Träume auftauchte. Althea kannte den Klang seiner Stimme, den Geruch seiner Haut und sie wusste, wie sich seine Küsse anfühlten. Ja, sie wusste sogar, wie er sich auf seine Arme stützte, wenn er sie liebte. Aber nie zuvor hatte sie sein Gesicht gesehen …

Sie gab sich einen Ruck. Natürlich war dieser Mann nicht jener, der ihr im Traum begegnete!

Der Adelige schob plötzlich die Laterne beiseite und schaute zu ihrem Fenster auf – als hätte er ihren Blick auf sich gespürt. Seine Augen reflektierten den Mondschein. In der Dunkelheit waren sie silberne Scheiben, die glänzten wie winzige Spiegel. Wie die Augen eines Wolfs oder eines Fuchses.

Es waren die Augen eines Vampirs.

Althea blinzelte. Dann schaute sie genauer hin, aber er war

aus ihrem Blickfeld verschwunden. Sie glitt auf den Knien näher ans Fenster und hielt angestrengt nach ihm Ausschau. Er war verschwunden.

Ein Vampirlord. War das möglich? Oder war es nur Einbildung, eine optische Täuschung? Hatte ihre Wahrnehmung ihr einen Streich gespielt?

Schockiert sank sie zurück und prallte mit dem Rücken hart gegen die Wand der Fensternische. Schließlich glitt sie von der Fensterbank. Das zerwühlte Bett schien ihr verlockend, aber jetzt konnte sie erst recht keinen Schlaf finden. Nein, sie würde die Kammer verlassen. Sie wollte versuchen, vom Treppenabsatz einen Blick auf den mysteriösen Lord zu erhaschen. Rasch legte sie sich den Umhang um die Schultern und schlang ihn fest, ehe sie in ihre Pantoffeln schlüpfte und beinahe gestolpert wäre, weil sich einer ihrer Füße im Saum des Nachthemds verhedderte.

Auf keinen Fall würde sie unbewaffnet dort hinausgehen. Sie kniete neben dem Bett nieder, zog die Kiste hervor und öffnete den Deckel. Sie enthielt keine Kleider, Schuhe und Hüte, sondern – ganz undamenhaft! – Pflöcke, eine Armbrust, ein kleines, aber dennoch tödliches Schwert und Kreuze. Sie wählte einen dünnen, spitzen Pflock, verbarg ihn unter dem Umhang und versicherte sich, dass er fest in dem schmalen Gürtel steckte.

Die Aufregung jagte ihr ein Schaudern über den Rücken. Sie hatte nicht vor, leichtsinnig zu sein. Schließlich wusste sie um die Gefahr und wollte Vorsicht walten lassen. Wenn er wirklich ein Vampir war, dann verfügte er über unbeschreibliche Kräfte. Aber auch sie hatte ein paar Tricks auf Lager. Und sie wusste, was sie erwartete.

Auf dem Treppenabsatz verharrte sie. Der Lord und der Gastwirt standen beisammen und diskutierten. Althea hielt sich im Schatten und lauschte.

Seine Lordschaft wandte ihr zwar den Rücken zu, aber sie konnte Mr. Crenshaws gerötetes Gesicht sehen. Seine Miene wirkte besorgt, und mit wilden Handbewegungen unterstrich er seine Argumentation. Der Fremde trug ein Cape. Das überraschte Althea – die meisten Adeligen bevorzugten Paletots.

Der Lord schob den Umhang von seinen Schultern. Für einen Moment konnte Althea das golden bestickte, schwarze Seidenfutter sehen. Vom Fenster aus hatte er schon groß und elegant gewirkt. Jetzt sah sie, dass er sogar noch größer war als sie zuerst geschätzt hatte. Er überragte Crenshaw um eine halbe Elle. Und er hatte einen kräftigeren Körper. Seine Schultern waren wohl genauso breit wie die von Mr. O'Leary, stellte Althea fest.

Aber war er ein Vampir?

Ihr Atem beschleunigte sich, aber nicht, weil sie sich fürchtete. Unter ihrem Mieder spürte sie, wie sich ihre Brustwarzen prickelnd zusammenzogen. Sie war nach dem Traum noch immer feucht zwischen den Beinen und spürte erneut, wie die Hitze in ihr aufstieg.

Er wandte sein Gesicht von Crenshaws Laterne ab, und den Hut hatte er so tief ins Gesicht gezogen, dass die Krempe seine Augen beschattete. So konnten sie das Licht nicht reflektieren …

Aber vielleicht war das gar nicht seine Absicht. Althea wusste zu wenig über Männermode, um zu sagen, ob die Männer ihre Hüte so trugen.

Der Lord stellte Crenshaw barsch eine Frage. Seine Stimme klang so tief, dass Althea sie in ihrer Fantasie mit schwarzer Seide verglich – dunkel und weich. Aber war dies die Stimme des Mannes aus ihren Träumen?

Nein, das konnte nicht sein, sagte sie sich schaudernd immer wieder streng.

Wenn er nur lauter sprechen würde …

„ … Yates …“

Als sie ihren Namen hörte, hielt Althea den Atem an. Wusste Seine Lordschaft, dass ihr Vater hier war? Sie trat aus dem Schatten und lehnte sich gegen das Geländer. Angestrengt lauschte sie. Es war ihr egal, ob die beiden Männer sie sahen.

Crenshaw schien angespannt. „… Ich fürchte nicht, Mylord …“

Vielleicht hatte der Gastwirt ihren Vater ja nur erwähnt, weil er auch in diesem Haus zu Gast war, um zu zeigen, dass er angesehene Männer beherbergte? Ihr Vater mochte ein großer Lehrmeister sein, eine Berühmtheit in den eigenen Kreisen, aber ein Adeliger würde sich kaum an einen Antiquar erinnern.

„Du fürchtest nicht?“ In der dunklen, samtigen Stimme lag plötzlich eine spürbare Schärfe.

Er klang so ähnlich wie der Mann aus Altheas Träumen, aber es war nicht dasselbe. In ihren Träumen war sein Tonfall stets verführerisch und lockend gewesen.

„Es tut mir leid, Mylord, aber Sir Edward hat sich bereits zur Ruhe begeben.“

„Dann weckt ihn auf.“

„Ich kann Euch ein Zimmer für die Nacht geben, Mylord, und morgen früh …“

„Ich brauche kein Zimmer. Mir genügt der Salon. Dort werde ich auf Sir Edward warten.“

„Aber …“

Der Gentleman wirbelte herum, und das Cape flatterte um ihn wie die Flügel von Fledermäusen. Natürlich – Fledermausflügel! Vor Schreck vergaß Althea, in den Schatten zurückzuweichen.

Sein dunkler Blick heftete sich auf sie und begutachtete sie

21

ausgiebig. Dann verzogen sich seine vollen Lippen zu einem Lächeln. Einst hatte das freche Grinsen von Mick O'Leary sie entflammt. Doch das Grinsen eines Mick O'Leary war nichts gegen die kontrollierte Glut, die in den Augen dieses arroganten, selbstsicheren Lords schwelte, als er lächelte. Unwillkürlich dachte Althea an ein Buschfeuer, kurz davor, alles zu verzehren, das sich ihm in den Weg stellte.

„Es tut mir leid, dass wir Sie geweckt haben, meine Liebe", sagte er gedehnt. Er ignorierte Crenshaw und trat an den Fuß der Treppe. So befand sich die Laterne wieder hinter ihm und sein hinreißendes Gesicht war in Schatten getaucht.

Es *war* seine Stimme! Dieses langsame, verführerische Grollen war exakt die Stimme des Mannes aus ihren Träumen. Sie hörte wieder sein Flüstern in ihrem Kopf: *Dann ist es vielleicht kein Traum, Althea. Vielleicht ist es ja eine Vorahnung.*

Das konnte nicht sein! Aber sie jagte Vampire und wusste, dass es Menschen gab, die über das zweite Gesicht verfügten.

Betäubt starrte sie in seine beschatteten Augen. Nein, das konnte nicht … durfte nicht …

Selbst in der Dunkelheit sah sie, wie sich eine Braue interessiert hob.

Sie musste sich normal verhalten. Doch was war unter diesen Umständen schon normal? Ein Knicks. Schließlich war er ein Lord.

Althea machte einen ungeschickten Knicks und war sich ihres Umhangs und des Nachthemds darunter ebenso bewusst wie ihrer hässlichen Brille. Das Haar hatte sie zu einem Zopf geflochten, der bis zu ihrer linken Brust herabreichte. Ihr Herz hämmerte so hart, dass sie glaubte, der Zopf bewege sich im Takt dazu.

Wusste er von ihren Träumen? Hatte er … Lieber Himmel …

Mit zitternden Knien richtete sie sich wieder auf. „Ihr

wart mit meinem Vater verabredet, Mylord?"

„Nein, wir waren nicht verabredet. Aber ich muss ihn heute Nacht sprechen." Seine große Hand, die in einem schwarzen Handschuh steckte, umfasste das Treppengeländer.

Ich muss. Er sagte das, als würde man ihm das, was er wollte, nie verweigern.

Sie konnte nicht verhindern, dass die Hitze in ihr aufstieg und sie errötete. In ihren Träumen hatte sie ihm nie irgendetwas abgeschlagen. Also war es doch keine Vorausahnung gewesen. Sie würde es nicht zu einer Gegenüberstellung zwischen ihrem Vater, der in den letzten Tagen so schwach und verwirrt gewesen war, und diesem Vampir kommen lassen. Schon gar nicht, wenn *dieser* Vampir über ihre Träume Bescheid wusste.

„Und wer sind Sie, meine Liebe?"

Sie stieg zwei Treppenstufen hinab. Der Druck des Holzpflocks gegen ihre Rippen fühlte sich tröstlich an. „Sir Edmund Yates ist mein Vater. Ich heiße Althea Yates."

„Miss Yates." Er verbeugte sich mit höfischer Eleganz. Als er sich wieder aufrichtete, hob er erstaunt die Augenbrauen. „Sie arbeiten mit Ihrem Vater zusammen?"

„Ich unterstütze ihn bei all seinen Untersuchungen und Forschungen." Sie war die Treppe halb heruntergestiegen.

„Dann wissen Sie über die Ausgrabung in der Krypta Bescheid?"

Sie stolperte über den Pantoffel, der nur lose an ihrem Fuß hing; der Absatz rutschte über die Kante der Stufe und traf hart auf der darunterliegenden Stufe auf. Natürlich wusste sie davon, aber wie hatte er das erfahren?

Ihr Vater hatte zuletzt oft über einen Vampir gesprochen – einen besonders alten Vampir – der nur mit Hilfe der Kraft jenes Vampirs besiegt werden konnte, der in dieser Krypta begraben lag. Das hatte sie nicht verstanden. Sie hatten nie zuvor einen Vampir verschont. Aber die Antworten ihres Vaters waren in dieser Sache seltsam vage gewesen und er behielt das meiste wohl für sich. Aus einzelnen Gesprächsfetzen hatte Althea inzwischen geschlossen, dass er eine Kreatur jagte, die wohl der Älteste der Untoten war. Der Erste. Der Ghoul, von dem all die anderen Vampire abstammten.

Eine flüsternde Kälte kroch Altheas Rückgrat herunter.

Konnte dieser Mann der gesuchte Ghoul sein? Jener Mann, der sie in ihren Träumen verführt hatte?

Nein, das war unmöglich. Nicht, wenn er zu den Adeligen des Reichs gehörte.

Ihr Vater würde vermutlich einen Herzschlag erleiden, wenn er wüsste, was Althea nun vorhatte.

Crenshaw, der ihrer Unterhaltung interessiert gefolgt war, wirkte bestürzt. „Mylord, wollt Ihr nun ein Zimmer für die Nacht, oder wünscht Ihr, Euch mit Miss Yates in den Salon zurückzuziehen …?" Der beleibte Gastwirt errötete und verstummte.

Althea verdrehte die Augen. Der Gastwirt war verlegen, nur weil er vorgeschlagen hatte, dass der Lord und eine unverheiratete junge Frau einen Salon mitten in der Nacht benutzen könnten … Das war lachhaft, wenn Althea daran dachte, was sie schon in ihren Träumen getan hatten.

Aber das war nicht real gewesen …

Zitternd blickte sie zu Seiner Lordschaft auf. Sie suchte nach einem Zeichen des Erkennens, einem Hinweis, einem Zeichen von Lust.

Seine Augen erwiderten ihren Blick schwarz und ausdruckslos.

„Der Salon ist eine gute Idee", sagte sie zu Crenshaw. Plötzlich fühlte sie eine unerklärliche Spannung. Am liebsten wäre sie auf der Stelle umgedreht und fortgelaufen. Aber sie stellte sich dieser Angst.

Himmel, sie plante, Vampire zu jagen! Da konnte sie sich nicht von ein paar Träumen einschüchtern lassen – selbst wenn es sich um verbotene Träume handelte.

Sie besänftigte ihre Stimme und wandte sich an den Vampir. Ihren … oh Gott … ihren *Liebhaber*. „Aber zunächst, Mylord, nennt Ihr mir bitte Euren Namen? Ihr habt Euch mir noch nicht vorgestellt."

„Sie wissen nicht, wer ich bin?"

Sie zögerte. Verdammte Schatten! Sie konnte sein Gesicht nicht erkennen. Vermutlich glaubte er, keine junge Engländerin vergaß ihn, wenn sie ihn nur einmal gesehen hatte. Aber in ihren Träumen hatte er sich ihr nie vorgestellt. Und diesmal würde sie ihm das nicht durchgehen lassen.

„Verzeiht, Mylord, aber bis vor einem Monat habe ich in den Karpaten gelebt. Dort bin ich aufgewachsen. Also nein, ich weiß nicht, wer Ihr seid."

„In den Karpaten? Aber Sie sind offensichtlich Engländerin."

Wie geschickt er es vermied, ihr seine Identität zu enthüllen! „Und Ihr seid …?"

Er lachte. „Ich mag es, wenn Frauen so direkt sind wie Sie, meine Liebe." Die geflüsterte Zärtlichkeit liebkoste sie. Er hatte so leise gesprochen, dass Crenshaw ihn nicht hatte hören können.

„Dann macht es Euch bestimmt nichts aus, meine Frage zu beantworten, Mylord."

Althea schritt die Treppe hinab. Auf der vorletzten Stufe verharrte sie. Sie stand ihm nun auf Augenhöhe gegenüber. Seine schwarzen Pupillen waren von einer winzigen Iris umgeben, die wie ein zarter Pinselstrich wirkte. Sie wusste nicht, welche Farbe seine Augen hatten – war es ein silbriges Blau oder ein blasses Grün? Bei diesem Licht war das kaum mit Sicherheit zu sagen. Und trotz seiner hellen Hautfarbe hatte er dichte, bemerkenswert dunkle Wimpern. Ihr Kindermädchen hatte das immer „Augen wie mit rußigen Fingern eingesetzt" genannt. Er blinzelte immer wieder, und das ließ ihn faul und beinahe zynisch wirken.

Sein Blick wanderte von ihren Augen zu ihrem Hals. Das Kreuz war gut unter dem Umhang verborgen, aber er konnte die zarte Silberkette sehen. Er lächelte und hob die Augenbrauen, als hätte sie gerade gegen ihn einen Punkt gutgemacht.

„Nein, meine Liebe. Es macht mir nichts aus."

Er lehnte sich vor und umhüllte sie mit seinem verlockenden Duft. Diese zauberhafte Mischung aus Sandelholz, Rauch, Rasierseife und männlicher Haut, die sie aus ihren Träumen kannte. Sie hungerte danach, ihm noch näher zu sein und seinen Duft zu trinken. Sie wollte mehr, seinen Duft auf ihrer Haut, wie in ihren Träumen. Sie wollte …

Er zwinkerte ihr zu, als wüsste er, was sie wollte. „Ich bin Yannick de Wynter, Earl of Brookshire." Seine Stimme senkte sich zu einem leisen Flüstern. „Der Mann, den Ihr morgen wiederauferstehen lassen wollt, ist mein Bruder."

2. KAPITEL

Verzaubert

Dies war also die Sirene, die ihn in seinen Träumen verzaubert hatte? Fasziniert blickte Yannick tief in Miss Yates' grüne Augen, die hinter zweckmäßigen Brillengläsern verborgen waren. Ihre Augen weiteten sich mit entzückendem Erstaunen. Zum Glück hatte sie in seinen Träumen nie diese Brille getragen. Der farblose Flanellumhang verbarg den kurvenreichen Körper, auf den er in seinen Träumen so heftig reagiert hatte. Der Duft ihrer Haut – eine Mischung aus Lavendel und frischem, weiblichem Schweiß – vermischte sich mit dem verführerischen Geruch ihres gehaltvollen Bluts. Aber seine Nase nahm auch die Spur eines scharfen Geruchs wahr. Etwa so wie Knoblauch. Knoblauch?

Yannick hielt ein Lachen zurück. Das war der Trick eines Vampirjägers. Aber Knoblauch hatte auf ihn keine Wirkung.

„Ihr seid der Earl of Brookshire?", flüsterte Miss Yates. Ihre Hand griff nach dem Kettchen an ihrem Hals.

Das weiche Timbre ihrer Stimme verfehlte seine Wirkung nicht. Erregung schoss durch seinen Körper, und er spürte, wie sein Glied sich aufrichtete. Hitze rauschte in seinen Kiefer, und seine Vampirzähne drohten vollends zum Vorschein zu kommen. Nur mühsam kämpfte er gegen den Impuls an, aber er spürte, wie sie sich ein Stück weit verlängerten und seine Zunge berührten.

„Also haben Sie bereits von den dämonischen Zwillingen gehört." Er schenkte ihr ein herausforderndes Lächeln.

Sie warf einen schnellen Seitenblick auf Crenshaw. Der Mann hielt sich im Hintergrund, aber Yannick spürte, dass der Gastwirt versuchte, ihr Gespräch zu belauschen.

Diesen Namen erhielten wir ursprünglich, als wir sterblich waren. Jetzt passt er natürlich noch besser.

Weil er vor dem neugierigen Gastwirt nicht schamlos zugeben wollte ein Vampir zu sein, wählte er eine weit intimere Form der Unterhaltung. Er kommunizierte telepathisch.

Unglücklicherweise war Miss Yates darauf nicht vorbereitet, und ihre Augen weiteten sich vor Schreck. Ihr Mund klappte auf und sie griff nach dem Kreuz, das unter der Kleidung bisher verborgen gewesen war und richtete es auf ihn.

Yannick peinigte sich selbst mit der Vorstellung, wie das Kreuz in der üppigen Mulde zwischen ihren Brüsten ruhte, gewärmt von ihrer weichen, blassen Haut.

Miss Yates' Haar war genauso wunderschön wie in seinen Träumen. Es war von einem herrlichen, dunklen Rot, kein Kastanienbraun, auch nicht Burgunderrot, sondern etwas heller. Obwohl sie es für die Nacht zu einem Zopf geflochten hatte, lösten sich einzelne Strähnen und umspielten ihr zartes Gesicht. Zudem verriet sie, dass sie nicht so ruhig war, wie sie sein wollte, denn immer wieder strich sie mit der Rechten eine Strähne hinter das Ohr.

Jetzt wissen Sie, warum ich Ihren Vater sprechen muss, Miss Yates.

Sie schüttelte entschieden den Kopf und flüsterte: „Wie macht Ihr das? Wie könnt Ihr in meinem Kopf sprechen?"

Zwischen uns beiden besteht eine starke Verbindung, Miss Yates. Die Träume haben uns miteinander verbunden.

Röte stieg in ihre Wangen. „Wollt Ihr deshalb mit meinem Vater sprechen?" Nackte Panik flackerte in ihren grünen Augen auf.

Nein, Liebes. Ich bin nicht verrückt genug, einem Mann, der mich zerstören könnte, zu gestehen, dass ich seine Tochter leidenschaftlich geliebt habe. Auch wenn wir es nur in unseren Träumen getan haben ...

Ihre Antwort war ganz und gar praktisch. „Versprecht es mir", hauchte sie.

Ich bin ein Gentleman. Sie können mir vertrauen.

„Aber Ihr seid auch ein Vampir", warf sie ihm mit leiser Stimme vor.

Miss Yates wollte also genauso dickköpfig sein wie in seinen Träumen.

Holen Sie Ihren Vater, meine Liebe.

Sie runzelte die Stirn. Alles an ihr war Ablehnung. „Seid Ihr hier, um Euren Bruder zu befreien?"

„Das habe ich noch nicht entschieden", gab er zu.

„Wenn es eine Verbindung zwischen uns gibt … kann ich dann in Euren Gedanken sprechen?"

Das ist schon möglich. Aber es bedarf der Übung. Yannick hob eine Braue und zwinkerte ihr zu. *Was möchten Sie mir denn sagen, das niemand anderes hören darf?*

Sie ging darauf nicht ein. „Könnt Ihr meine Gedanken lesen?"

Noch nicht.

Ihre Schultern entspannten sich. Sie wirkte erleichtert, aber wieder strich sie die vorwitzige Strähne hinter das Ohr.

Yannick wünschte sich, dass sie ihr Haar offen trug. Nicht gezähmt und stramm zu einem prüden Zopf geflochten.

Ja, der Gedanke war faszinierend – ihr Haar frei, sodass er seine Hand darin vergraben konnte, und das Haarband würde er benutzen, um ihre Hände über ihrem Kopf an den Bettpfosten zu binden … Dann würde er jeden Zentimeter ihres Körpers mit der Zunge erkunden.

„Ihr meint", murmelte sie leise, „ich könnte irgendwann Eure Gedanken lesen?"

Zur Hölle, das hoffte er nicht.

„Die Träume …"

Ich werde kein Wort darüber verlieren, ich gebe Ihnen mein

Versprechen. Aber Ihr Vater trachtet danach, einen Vampir zu zerstören, dessen Kraft sich mit der von Gott messen kann. Darum muss ich mit ihm sprechen.

„Aber sind es nur Träume?", beharrte sie leise. „Wenn ein Vampir sein Opfer heimsucht, erinnert sich dieses manchmal an diese Begegnung wie an einen Traum."

Vor dieser Nacht wusste ich nicht, wo ich Sie finde und wer Sie sind. Unsere Träume waren nur das – Träume. Jetzt holen Sie endlich Ihren Vater.

„Nun, was wollt Ihr von meinem Vater, Mylord?" Plötzlich sprach sie wieder mit ihrer normalen Stimme, die jedoch so spröde war wie brüchiges Eis. Ihre großen, grünen Augen verengten sich und sprühten förmlich Funken. Er hatte sie wohl beleidigt. Weil er ihr einen Befehl erteilt hatte? Oder weil er ihr das Gefühl gab, dass sie in seinen Träumen nicht mehr war als eine hübsche Gespielin?

Wenn sie wüsste …

Wenn er eine Seele hätte, so hätte er sie längst an Miss Yates verloren.

„Wie konntet Ihr entkommen?", flüsterte sie. „Wir wissen, dass Ihr auch eingesperrt wart."

Hinter den Brillengläsern blitzten ihre Augen neugierig auf, und Yannick konnte nicht umhin zu lächeln. Obwohl sie mit einem gefährlichen Vampir konfrontiert wurde, zeigte sie erstaunlichen Mut. „Ich werde dir nicht all meine Geheimnisse offenbaren, meine Liebe. Und es gibt ein paar Dinge, die du besser nicht weißt."

Sie ärgerte sich, und das machte sie nur noch bezaubernder. „Ich werde meinen Vater holen, Mylord, wie Ihr es verlangt habt."

Miss Yates.

Sie hielt auf der Treppe inne und wandte sich ihm zu. Verdammt, er hatte Crenshaw vergessen, der sich vermutlich wun-

30

derte, warum sie ein so vertrauliches Gespräch führten, warum sie sich ohne ein Wort von ihm noch einmal umdrehte. Er ließ sich nie von seinen Gefühlen leiten, aber diesmal konnte er nicht anders. Er musste sie fragen.

Yannick hatte nie eine andere Frau um Erlaubnis gefragt. Er forderte, nahm und besaß die Frauen, liebte sie und trank anschließend von ihrem Blut, bevor er sie wieder verließ. Er ließ für die ärmeren erschöpften Frauen ein paar Münzen zurück. Den edlen Damen aber blieb nur die Erinnerung an eine leidenschaftliche Nacht.

Er nahm sich immer nur die Menge Blut, die er zum Leben brauchte, nicht mehr.

Lass mich heute Nacht zu dir kommen, Althea.

Ihr meint, in meinen Traum? Sie versuchte tatsächlich, ihre Gedanken in seinen Kopf zu senden. Sie runzelte vor Anstrengung die Stirn und schloss die Augen. Die bernsteinfarbenen Wimpern warfen winzige Schatten auf ihre Wangen. Und ja, er konnte sie ganz schwach in seinen Gedanken hören.

Sie war hinreißend, und zu seiner eigenen Überraschung lächelte er sie warm an.

Ich möchte dich richtig verwöhnen, Althea.

Nein. Aber sie zögerte. Ihre vollen, rosigen Lippen öffneten sich leicht. Er wartete auf ihre Einladung.

Nein, bitte nicht … Bitte, tut das nicht … ich kann nicht … ich kann solch unerhörte Dinge nicht mit Euch tun, Mylord.

Er schenkte ihr ein verführerisches Grinsen. *Doch, du kannst es, Liebes. In meinen Träumen bist du ein sinnliches Vergnügen. Vertrau mir, Althea.*

Ich bin nicht so dumm, Sir. Und ich bin nicht daran interessiert, von Euch verführt, gefangen, betrogen und zu einem Leben als Vampirin gezwungen zu werden.

Sie machte auf dem Absatz kehrt. Mit geradem Rücken und hoch erhobenem Kopf stieg sie die Stufen hinauf. Mit einer nachlässigen Handbewegung warf sie den Zopf nach hinten, dessen Ende beinahe ihren üppigen Hintern berührte.

Abrupt drehte sich Yannick zu Crenshaw um. „Ich habe meine Meinung geändert. Geben Sie mir ein Zimmer."

Altheas Beine zitterten, als sie den oberen Treppenabsatz erreichte. Sie wagte es nicht, sich noch einmal umzudrehen. Aber in der Dunkelheit des Flurs lehnte sie sich gegen die rau verputzte Wand. Sie bedeckte den Mund mit beiden Händen, um einen plötzlichen Schluchzer zu unterdrücken.

Was hatten diese Träume zu bedeuten?

Sie war in ihren Träumen intim gewesen mit diesem … diesem schönen, blonden Mann. Mit einem Vampir. Ein Vampir, der so unaussprechlich schön wie ein Engel war. Aus ihren Träumen kannte sie den salzigen, intensiven Geschmack seiner Haut auf ihrer Zunge. Ihre Fingerspitzen kannten seine Haut. Sie erinnerten sich an das raue Kitzeln seiner golden schimmernden Brustbehaarung. Sie hatte seine erregten Brustwarzen gestreichelt. Und sie hatte sogar seinen Hintern mit beiden Händen umfasst, als … Himmel, in ihren Träumen war er in ihr gewesen, tief in ihr …

Und er wusste – er *wusste*– was sie träumte, was sie getan hatten!

Wie konnte sie ihren Vater jetzt zu ihm bringen? Althea glaubte ihm nicht, nein, keine Sekunde glaubte sie, dass dieser Vampir oder Earl of Brookshire oder was immer er war ihren Vater nicht belästigen wollte. Erst recht nicht, dass er ihr Geheimnis bewahrte.

Aber wenn er wirklich der Bruder des Vampirs in der Krypta war, musste ihr Vater mit ihm sprechen. Ob er nun Altheas Geheimnis enthüllte oder nicht. Sie musste es riskieren.

Der Umhang und der Saum ihres Nachthemds wirbelten hinter ihr auf, als sie eilig zum Zimmer ihres Vaters lief. Vor der Tür hielt sie inne. Der Earl war in ihren Träumen aufgetaucht. Und er hatte sie mit Absicht verführt. Bis zu ihrem letzten Traum hatte sie nicht einmal gewusst, dass er ein Vampir war.

Natürlich musste er gewusst haben, wer sie war. Sein Leugnen war doch nichts als Lüge! Wie konnte er nur erwarten, dass sie ihm das glaubte? Die Träume waren nur ein Trick, um ihre Gedanken und ihre Seele zu erobern und um sie für seine Zwecke zu benutzen, wenn sein Bruder befreit war ...

„Bei allen Heiligen ...!" Der entsetzte Aufschrei ihres Vaters ließ Althea das Blut gefrieren.

Ein Krachen erscholl in seiner Kammer. Ein dumpfer Aufschlag. Wurden Möbel umgestoßen? War ihr Vater gestürzt? Einige Herzschläge lang konnte Althea sich nicht rühren – dann schnellte sie vor und rannte den Flur entlang zur Tür.

„Vater?" Sie erreichte die Tür. Dem Himmel sei Dank, der Knauf ließ sich drehen. Mit zitternder Hand öffnete sie die Tür, aber bevor sie diese mehr als einen Spalt aufschieben konnte, knallte sie wieder zu.

„Vater!"

Ein weiteres Krachen erklang. Althea schob die Tür erneut auf, aber diesmal ließ sie sich nicht öffnen. Sie trat dagegen, drehte den Knauf so heftig, dass sie fürchtete, er könnte abbrechen.

Hinter der Tür herrschte plötzlich Stille. „Vater!", schrie sie erneut.

Dann hörte sie ein schwaches Sirren, dem ein dumpfer Aufschlag folgte. War es ein Bolzen, abgeschossen von einer Armbrust? Sie hörte kein Geschrei, nur ein irres, körperloses Kichern, das nicht nur aus der Kammer ihres Vaters drang, sondern auch hinter ihr erklang. Sie wirbelte herum, die Hand lag noch immer auf dem Türknauf.

Wo war Mr. O'Leary? Hatte Crenshaw das Krachen nicht

gehört? Oder die Diener?

Verzweifelt rüttelte sie an der Tür, drückte Schulter und Hüfte gegen das grobe Holz. Althea legte all ihr Gewicht – und das war leider nicht viel – gegen die Tür. Sie schrie, in der Hoffnung, irgendwen damit anzulocken. Egal wen.

Der Metallknauf wurde unter ihrer Hand glühend heiß. Verzweifelt versuchte sie, ihn erneut zu drehen, obwohl ihre Haut bereits quälend schmerzte. Ein abscheulicher Geruch stieg auf – ihr brennendes Fleisch, erkannte sie. Mit einem Heulen riss sie die Hand zurück. Der Schmerz raste durch ihren Arm, weil sie dennoch unvermindert gegen die Tür hämmerte. Schwindel und Übelkeit erfassten sie, als die verwundete Hand auf das Holz prallte.

Die Tür erbebte unter ihren Schlägen. Durch die Ritzen drang ein merkwürdiges, blaues Licht, das angefüllt war mit winzigen, glitzernden Sternchen. Als dieses Licht im Flur war, flog es auf Altheas Augen zu. Die Brillengläser bewahrten Althea vor Schlimmerem, aber einige der winzigen Partikel streiften ihre Wangen und Lippen. Jedes dieser Sternchen verursachte einen scharfen, unglaublichen Schmerz, wie der Biss von winzigen Zähnen. Hilflos hämmerte sie gegen die Tür, bis sie das Gesicht abwenden musste, um die Stiche abzuwehren.

Ein schwarzer Schatten umfing sie, und sie schrie vor Schreck erneut auf. Eine große Hand umfasste ihr Handgelenk und zog sie von der Tür weg. Erneut spürte Althea eine große, schwarze Wand in ihrem Rücken – die Brust des Earls. „Ihr?"

„Du bist verletzt." Kalte Wut schwang in seiner Stimme mit.

„Das ist egal. Mein Vater ist da drin!"

Noch immer hielt er ihr Handgelenk umklammert und trat mit dem Fuß gegen die Tür. Vor ihren Augen bog sich die

Tür nach innen und schnellte zurück. Mit einem Knall entstand ein langer Riss in der Mitte der Tür und sie hing schief in den Angeln. Aber noch immer versperrte die Tür ihnen den Weg.

„Verdammt seist du, Zayan", murmelte der Earl.

Altheas Blick schnellte zu Brookshires Gesicht, das von dem schwachen, blauen Leuchten eingehüllt war. In seinen Augen waren dunkelrote Lichter aufgeflammt und dieser Anblick raubte ihr den Atem. Er war ein Dämon! Und ihn bat sie um Hilfe?

Aber was blieb ihr anderes übrig? Sie hatte sich nie zuvor so hilflos gefühlt. Keine ihrer Waffen konnte gegen eine so große Macht etwas ausrichten.

„Geh aus dem Weg."

Bei seinem Befehl wich sie zurück.

„Aus dem Weg, verdammt noch mal!"

Sie stolperte rückwärts. Einer ihrer Pantoffeln verfing sich im Saum ihres Nachthemds und sie fiel gegen die Wand in ihrem Rücken. Der Pflock bohrte sich in ihren Bauch und raubte ihr den Atem. Keuchend und verzweifelt nach Luft schnappend beobachtete sie, was nun geschah. Der Earl hob seine behandschuhten Hände und richtete die Handflächen auf die Tür.

Ein Blitz schoss aus seinen Händen und die Tür zersplitterte in tausend Stücke. Der Earl war definitiv kein normaler Vampir.

„Bleib hier", befahl der Earl und betrat die Kammer, die nur aus einem Mahlstrom aus weißem und blauem Licht zu bestehen schien. Die winzigen Sterne wirbelten, als wären sie in einem Strudel gefangen. Dann ballten sie sich zu einem großen, weiß leuchtenden Ball zusammen, der hinter dem Earl in die Kammer raste.

Althea riss den Pflock unter dem Gürtel fort und kämpfte sich auf die Füße. Sie taumelte zu der Tür.

„Miss Yates, Sie gehen da besser nicht rein, Mädchen."

Eine Hand legte sich auf ihre Schulter. Im selben Moment erkannte sie die Stimme. Mick O'Leary! Endlich!

Althea fuhr herum und rammte Mick O'Leary den Pflock in die Hand. Mit einem Schmerzenslaut ließ er sie los.

„Autsch, Himmel, Miss Yates …" Dieser winzige Moment der Unachtsamkeit genügte Althea und sie stürmte vorwärts. Als ob sie wie ein verängstigtes Kind in der Halle kauern würde, während ihr Vater in Gefahr war! Aber als sie die Kammer ihres Vaters betrat, konnte sie außer den tänzelnden Sternen und hin und her rasenden Lichtstrahlen nichts erkennen.

Schreie und Rufen erschallten hinter ihr, dann hörte Althea das Trampeln von Stiefeln – Mick O'Leary und die anderen Diener betraten den Raum.

„Vater?"

„Althea!"

Benommen vor Erleichterung stolperte Althea durch den dunklen Raum in die Richtung, aus der die Stimme ihres Vaters kam. Doch plötzlich erfasste sie eine unerklärliche Kälte und quetschte sie zusammen. Es war eine schlüpfrige Kälte, die sich anfühlte, als ob eine riesige Schlange sie umarmte. Blind stieß Althea ihren Pflock voraus. Die Spitze berührte etwas und glitt daran ab, und sie stieß härter zu, nahm beide Hände zur Hilfe. Sie fühlte, wie es in etwas eindrang und stieß erneut zu.

Etwas explodierte hinter ihr und die Druckwelle schleuderte sie nach vorne.

Warme, tröstende Arme umfassten sie. „Althea, mein Liebling."

Das war die Stimme ihres Vaters, aber sie war so schwach, dass sie nur ein zittriges Wispern nahe Altheas Ohr war. Sie hob den Kopf und blickte sich suchend um, aber die schrillen

Lichter blendeten sie.

„Vater, wir müssen hier raus. Kannst du dich bewegen?"

Aber er antwortete nicht. Althea spürte, wie ihr Vater mit den Händen über ihren Rücken strich und immer wieder ein Kreuz schlug. Er murmelte immer wieder dieselben Sätze auf Latein, aber sie verstand kein Wort, denn plötzlich kam ein schrecklicher Lärm auf, der jeden anderen Laut verschluckte.

„Vater, was ist das? Gegen wen kämpfst du?"

Dann erschütterte ein Donnern den Raum, und die Lichter schossen in Richtung Fenster davon. Während sie sich bewegten, schienen sie an Althea zu zerren wie ein grimmiger Wind, der sie vom Boden emporheben könnte. Der Griff ihres Vaters lockerte sich, und sie klammerte sich an ihn und krallte sich an sein Nachthemd.

Ihre Ohren schmerzten von diesem schrillen Ton, den die flüchtenden Lichter verursachten, und dann, so laut, dass sie fürchtete, ihr würden die Trommelfelle platzen, erscholl ein zorniger Schrei.

Dann war es still.

In der Mitte dieser fremden, beängstigenden Stille stand der Vampirlord. Die Hände hatte er gen Himmel gestreckt. Ein schwaches, grünes Glühen pulsierte um ihn herum, und als sie ängstlich zu ihm aufsah, kehrte das sanfte Licht langsam in seinen Körper zurück und verschwand.

Ihr Vater sackte gegen ihren Körper. Althea hielt ihn fest und versuchte, ihn aufzurichten. Wo war sein Bett? Mondlicht schien durch das Fenster in den Raum, und sie stellte zu ihrer Überraschung fest, dass nichts sich im Raum verändert hatte. Das Bett und die anderen Möbel standen an ihrem Platz. Der Earl senkte die Arme. Er stand in einem Ring aus Mondlicht, das Haar und sein Gesicht waren genauso silbern wie das Licht. Er wirkte wie ein glühender Engelskrieger.

„Was in Gottes Namen war das?" O'Leary lief zum Fenster. Althea wandte nur widerstrebend den Blick von dem hinreißenden, schimmernden Vampir ab. Jetzt erst sah Althea, dass O'Leary kein Hemd trug und nur in Hosen und Stiefeln vor ihr stand. Vier Diener standen wie erstarrt vor Erstaunen an der Tür. Es waren neben ihres Vaters Kutscher und seinem Burschen, die wussten, dass ihr Vater Vampire jagte, auch zwei Knechte des Gasthauses, denen das nicht bekannt war.

Plötzlich spürte Althea, dass das Gewicht ihres Vaters von ihr genommen wurde. Sie blickte auf. Der Earl hob ihren Vater hoch und trug ihn zum Bett, wo er ihn behutsam auf die Steppdecke legte. O'Leary scheuchte die Diener aus dem Raum. Von draußen war Crenshaws heisere Stimme zu hören. „Mr. O'Leary, was ist passiert?"

„O'Leary wird sich darum kümmern", kam die schwache Stimme ihres Vaters vom Bett. „Aber wer, zur Hölle, sind Sie?"

Trotz seiner offensichtlichen Schwäche klang ihr Vater schon wieder mürrisch wie eh und je. Ein warmes Gefühl der Erleichterung durchströmte Althea. Er konnte nicht allzu schlimm verletzt sein, wenn er so miesepetrig wie immer war. Der Earl antwortete flüsternd, aber er sprach so leise, dass Althea ihn nicht verstehen konnte.

„Brookshire, ja? Einer von den dämonischen Zwillingen. Also seid Ihr wegen Eures Bruders gekommen, Mylord?"

„Ja, im Zuge der Jagd nach Zayan."

„Ihr habt Euch entschlossen, Euch Zayan entgegenzustellen."

„Ich will, was Sie wollen, Sir Edmund. Zayan muss zerstört werden."

Ihr Vater lachte kurz und rau auf. Dann fluchte er leise. Sie hatte ihn nie zuvor so sprechen gehört. „Wir werden ihn ohne Euren Bruder nicht erlegen können."

Althea sprang ihrem Vater zur Seite, als er versuchte sich aufzurichten. Ihre Hände zitterten. Sie wusste, dass ihr Vater ursprünglich geplant hatte, Sebastien de Wynter als Köder zu benutzen, um seinen Bruder zu fangen. Eingesperrt war de Wynter der schwächere Vampir. Sein Bruder aber war stark, durchtrieben und ein gefährlicher Feind.

Zu ihrer Überraschung legte der Earl sein Cape ab und setzte sich zu ihrem Vater auf die Bettkante. Er griff nach den Schultern ihres Vaters und schob ihn zurück in die Kissen. „Legen Sie sich bitte hin, Sir Edmund. Ich möchte untersuchen, wo Sie verletzt wurden."

„Das kann ich Euch genau sagen. Die Rippen direkt unter dem Herzen. Der rechte Arm. Das linke Bein. So ein Höllenhund kam als Erstes auf mich zu und hielt mein Bein wohl für sein Abendessen. Dann hat Zayan meine Rippen zerquetscht und mir den Finger in die Brust gebohrt. Er ist in mein Fleisch geglitten wie eine Klinge. Ich konnte gerade noch einen Schuss mit der Armbrust abgeben, der ihn in die Schulter traf …"

Althea kniete sich von der anderen Seite auf das Bett. Sie griff nach seiner Hand. „Bitte, Vater, du darfst dich nicht aufregen." Sein Gesicht war so blass und wirkte beinahe durchsichtig, während die Lippen langsam blau wurden. Er zitterte am ganzen Körper. Der Anblick machte ihr das Herz schwer.

„Trinken Sie das hier, Sir Edmund."

Erschrocken blickte Althea auf. Der Earl hob das eigene Handgelenk zum Mund. Die Fangzähne ragten über seine Unterlippe heraus und sie keuchte auf, als er sein Handgelenk mit den Zähnen aufschnitt. Dunkles Blut rann aus dem Schnitt.

Althea sprang auf und hob drohend den Pflock. „Ihr könnt nicht von ihm verlangen, das Blut eines Vampirs zu trinken!"

„Mein Blut wird ihn heilen."

„Es wird ihn verwandeln!"

„Nein, meine Liebe, das wird es nicht."

„Er hat recht, mein Mädchen. Es wird mich nicht verwandeln." Mit einem Schaudern hob ihr Vater eine zittrige Hand, um sie zu beruhigen. „Gebt mir Euer Blut, Mylord. Ich habe vermutlich keine andere Wahl, stimmt's?"

„Ich fürchte nicht, Sir. Ihr Herz schlägt schon langsamer, es wird die Belastung nicht mehr viel länger aushalten."

„Wer hätte je gedacht, dass ich mein verdammtes Leben einem Vampir schulden würde", grummelte ihr Vater. Dann trank er das Blut.

Althea sank erschöpft auf ihr Bett und vergrub das Gesicht in den Händen. Sie hätte bei ihrem Vater bleiben sollen.

Warum hatte sie dem Earl gehorcht, als er ihr befahl sich zur Ruhe zu begeben?

Weil er wie ein Held aufgetreten war. Weil ihr Vater ihm sein Leben verdankte. Und weil *sie* dem Earl auch das Leben ihres Vaters verdankte.

Die erhitzte Diskussion hallte noch immer in ihrem Kopf nach. Mithilfe von Mick O'Leary hatten der Earl und sie ihren Vater zu Bett gebracht. Althea hatte ihn zugedeckt. Sein Puls, der nur noch schwach und kaum spürbar gewesen war, gewann wieder an Kraft und schlug heftig. Die Farbe kehrte in die blassen Wangen ihres Vaters zurück und er fühlte sich schnell wieder kräftig. Ihr Vater hatte eine Frage nach der nächsten auf den Earl abgefeuert, der ihm sagte, dass er mit der Beantwortung warten wollte, bis ihr Vater sich erholt hatte. Er hatte dann nach seiner Brille, seinem Tagebuch und einem Stift verlangt, aber Althea hatte ihm das ausgeredet. Er hatte sich das weiße Haar gerauft, hatte geschimpft und schließlich nachgegeben.

Der Earl befahl, dass sie die Krypta nicht öffnen durften, dann ließ er sie allein, um die Sache mit Crenshaw in Ordnung zu bringen. Ihr Vater winkte sie heran. „Ich weiß, was er sagt, Kleines, aber wir werden morgen wie geplant die Krypta öffnen."

Zum ersten Mal in ihrem Leben hatte sie die Entscheidung ihres Vaters angezweifelt. Sie holte tief Luft, weil sie wusste, dass diese Meinungsverschiedenheit unvermeidbar war. Aber sie wagte es nicht, ihrem Vater zu widersprechen, solange er so schwach war. „Er sagt, wir dürfen es nicht, und wenn du mich fragst, wünscht er sich die Zerstörung von Zayan genauso wie wir. Ich denke …"

Sie sprach nicht weiter, da sie spürte, wie der Earl hinter ihr den Raum wieder betrat. Hitze stieg in ihrem Körper auf, und ihre Haut kribbelte dabei. Sie konnte den Blick ihres Vaters nicht erwidern, weil sie fürchtete, dass er an ihrer Reaktion erkennen konnte, wie es um sie stand. Sie legte ihre Hand auf die ihres Vaters. Die Wärme seiner Hand beruhigte sie.

„Du gehst besser zu Bett, Althea."

„Ich möchte heute Nacht bei dir bleiben, Vater."

„O'Leary kann bei ihm bleiben." Der tiefe Bariton des Earls strich wie ein warmer Finger an ihrem Rücken herab.

Althea drehte sich zu ihm um. Erneut raubte ihr seine Präsenz den Atem. „Mr. O'Leary? Er ist ein guter Mann, aber ich würde ihm nicht trauen, wenn es darum geht, Verbände zu wechseln. Und wo war er, als dieses … dieses Monster meinen Vater angegriffen hat? Mein Vater *braucht* mich. Ich werde bei ihm bleiben und ihm diese Nacht nicht von der Seite weichen."

„Miss Yates, ich bitte Sie … Zayan wird keinen erneuten Angriff starten. Die Morgendämmerung ist schon zu nah."

„Das stimmt", krächzte ihr Vater. „Du brauchst deine Ruhe, mein Liebling. Seine Lordschaft …" Er hielt inne und hustete. „Seine Lordschaft hat recht. Geh zu Bett."

Als Althea langsam aufgestanden war, hatte sie die Stimme des Earls in ihren Gedanken gehört. *Heute Nacht brauche ich dich, Liebes. Ich muss bei dir sein. Ich muss auf dich aufpassen.*

Also war sie nun hier. Sie klaubte die Knoblauchzöpfe vom Boden rund um ihr Bett auf und warf sie beiseite. Traumbilder rasten durch ihren Kopf, als sie das Kreuz am Silberkettchen abnahm und es neben die Brille auf ihr Nachttischchen legte.

Ihre Hände, wie sie an seinem Rücken hinabglitten. Sein Mund auf ihren Lippen, ihrem Hals, ihren Brustwarzen. Seine Erektion, die langsam zwischen ihre Beine glitt.

Die Bilder ließen sie erzittern.

Mit drei schnellen Schritten war Althea am Fenster und riss die Knoblauchzöpfe von der Fensterbank. Sie öffnete den Fensterflügel und warf den Knoblauch in die Dunkelheit.

Ein sanftes Flattern, das wie Flügelschlag klang, kündigte sein Kommen an. Sie trat zurück und schon kam er in ihr Zimmer, tauchte als schwarze Fledermaus aus der Dunkelheit auf. Im nächsten Augenblick stand der Earl in ihrer Kammer. Er trat in das Mondlicht. Das silberne Licht ergoss sich über seine breiten Schultern, über seine Brust und hinab bis zu seinen langen, kräftigen Beinen. Seine Erektion leuchtete wie ein Schwert.

„Ihr seid nackt!"

Ein überraschend bescheidenes Lächeln zauberten Altheas Worte auf sein Gesicht. „Mein Körper kann zwar seine Form wandeln, aber meine Kleider können das nicht." Er verbeugte sich.

Sie beobachtete fasziniert, wie sich die Muskeln unter der Haut bewegten, als der Earl sich reckte. Seine Erektion schwankte. Sie versuchte, den Blick abzuwenden. Vergebens. Sein Penis war geschwungen wie ein gespannter Bogen, und selbst für ihr ungeübtes Auge war es offensichtlich, dass er prächtig ausgestattet war. Allein bei dem Anblick zog sich in ihr etwas zusammen.

Ihre Wangen überzogen sich mit einem flammenden Rot, als sie ihn schließlich anblickte. Seine Augen glitzerten in diesem gespenstischen Licht.

Ihr Traum war zu Leben erwacht. Gestand sie sich diese Erfahrung zu?

Der Earl of Brookshire streckte die Hand nach ihr aus. „Komm zu mir, Liebes."

Mit einem leisen, schüchternen Kichern folgte Althea seiner Aufforderung, und seine Hand umschloss ihre Finger und hob sie an seine Lippen. Sie wurde an seinen nackten Körper gedrückt, gegen sein überraschend warmes Fleisch. Sein Glied presste sich gegen ihren Bauch und sie hielt den Atem an.

Sie würde nur ein bisschen das tun, was sie auch in den Träumen tat. Nicht alles.

Aber als der heiße Mund des Earls über ihre Fingerknöchel strich, gaben ihre Knie beinahe nach. Er drückte seine Lippen, so weich und feucht, auf ihre Finger. Mit einem leisen Seufzen blickte sie zu ihm auf und suchte den Blick seiner glühenden, silbrigen Augen.

Es war unmöglich, seine Gedanken hinter diesen schimmernden, spiegelnden Augen zu erraten.

Wenigstens verrieten ihr feine Fältchen in seinen Augenwinkeln, wie viel Freude sie ihm machte, und Althea erwiderte sein Lächeln. Ihr Lächeln wurde zu einem überraschten Einatmen, als er ihren Zeigefinger in den Mund nahm und daran saugte. Seine Zunge kreiste um die Fingerspitze. Genauso hatte er sich in ihren Träumen ihren Brustwarzen gewidmet … Und heute Nacht würde er dies wirklich tun.

Und sie wünschte es sich so sehnsüchtig, dass sie glaubte, im nächsten Moment vor Lust schier vergehen zu müssen.

Aber dann holte die Wirklichkeit sie wieder ein. Sie errötete bei dem Gedanken, dass sie im Begriff war, etwas zu tun, das sie noch nie getan hatte.

„Danke", flüsterte Althea, „dass Ihr meinen Vater gerettet habt." Sie musste flüstern. Ihr Zusammensein war verboten. Aber sie konnte sich dem Zauber des Augenblicks nicht entziehen und fürchtete, ihn mit einem lauten Wort zu zerstören.

„Für dich würde ich alles tun, Liebes." Seine Lordschaft liebkoste ihre Wange und nahm ihre Hand, um sie auf seine Wange zu legen.

Nie zuvor hatte sie einen Mann auf diese Art berührt, und es war ein wunderschönes Gefühl, merkwürdig, die hohe Linie seiner Wangenknochen nachzuziehen und ihre Hand in seinem weichen Haar zu vergraben. Sie nahm all ihren Mut zusammen und legte die Hand leicht an seine Wange. Ihn zu berühren half ihr zu glauben, dass er wirklich da war. Sie spürte die rauen Stoppeln, die ihre Handfläche kitzelten.

Sein Blick brannte sich in sie. „Und du, meine schöne Kämpferin, warst unglaublich. So mutig!"

„Wie konntet Ihr diese gewaltige Kraft aus Euren Händen …"

„Schhhh …"

„Nein, ich muss es wissen. Wie konntet Ihr der Gefangenschaft entkommen? Euer Bruder konnte das nicht. Was wollt Ihr wirklich?"

„Dich. Ich will dich, Althea." Er wandte sein Gesicht ihrer Hand zu und küsste ihre Handfläche. Seine Zunge berührte den empfindlichen Punkt in der Mitte der Handfläche.

„Heute Nacht sind wir nur Mann und Frau, Liebes."

Altheas Beine wurden erneut weich. Er hielt sie an den Hüften fest und stützte sie. Seine Hand strich über ihren Hintern. Selbst durch das dicke Flanell ihres Nachthemds verbrannte sie die Hitze seiner Hand.

Aber ob sie nun eine Frau war oder nicht, sie musste es wissen. „Was ist mit Crenshaw, den Dienern und mit den anderen Gästen? Wie habt Ihr …"

„Ich habe mich ihrer Gedanken bemächtigt und ihre Erinnerung gelöscht. Sie glauben alle, dass dein Vater eine ernste Magenverstimmung hatte. Nun, Liebes, wünsche ich mir langsam, dass ich auch deine Gedanken so einfach beherrschen könnte."

„Ihr könnt es nicht?"

„Wenn ich das könnte, Liebes, würden wir uns längst nackt umschlingen und vor Lust schreien."

Angst schoss bei seinen unverblümten Worten durch Altheas Bauch. Es schien wohl auf ihrem Gesicht ablesbar zu sein, denn er grinste sie beinahe triumphierend an.

„Du hast den verführerischsten Mund, Liebes. Ich bin mir sicher, dass jeder Mann danach hungert, ihn zu küssen."

Das verwirrte sie nur noch mehr. Sie hatte nie mehr bekommen außer ein paar flüchtigen, züchtigen Küsschen. Nichts davon hatte sie auf das vorbereitet, was nun kam.

Er hob ihr Kinn leicht an, bis seine Lippen ihre trafen. Seine Lippen schmeichelten ihren, bis sie den Mund öffnete und ihn willkommen hieß, so, wie er es oft in ihren Träumen getan hatte. Es war für sie absolut schockierend gewesen, ihn mit geöffnetem Mund zu küssen. In der Wirklichkeit war es noch viel sündiger und heißer – es war perfekt.

Seine Zunge glitt in ihren Mund und sie spürte, wie er sie mit seiner Hitze und seinem Geschmack ausfüllte.

Sie liebte dieses Gefühl und drängte sich ihm entgegen. Dann hielt sie inne.

Vampirzähne.

Sie prallte zurück.

Der Schmerz in seinen Augen zerriss ihr das Herz.

Impulsiv legte Althea ihm die Hände in den Nacken und hob ihm ihr Gesicht entgegen. Das hier hatte sie noch nie getan – selbst in den Träumen hatte sie nie einen Kuss gefordert. In den Träumen hatte er sie immer genommen, wie es ihm gefiel. Sie wurde nur gelockt, verführt und besessen.

Sie hatte keine Ahnung, wie man richtig küsste.

Doch jetzt schob sie die Angst beiseite und ließ sich von ihrem Hunger führen. Sie legte ihren Mund auf seinen, presste ihre Lippen auf seine, erst hart, dann behutsamer, bewegte sich leicht und schmeckte ihn. Der Earl verfügte über eine Hitze, die sie so nicht kannte, und sein Geschmack war köstlich, ohne dass sie sagen konnte, wonach er genau schmeckte.

Seine Zunge glitt wieder in ihren Mund und umspielte ihre Zunge. Er küsste sie, bis sie den Verstand verlor. Bis ihr klar wurde, dass er sie die ganze Nacht küssen würde. Er küsste sie, während er ihr Haarband löste und ihren Zopf entwirrte. Er küsste sie, als er den Gürtel ihres Mantels öffnete und ihr das Kleidungsstück von den Schultern schob. Seine Küsse wurden fordernder. Er öffnete den ersten, winzigen Knopf ihres Nachthemds und entblößte ihren Hals, ihr Dekolleté, die sanften Rundungen ihrer Brüste.

Sie klammerte sich an seine breiten Schultern, ihre Zunge war nun tief in seinem heißen, köstlichen Mund. Sie fühlte die Spitzen seiner Eckzähne, die sich fast vollständig zurückgezogen hatten, aber sie zwang sich, nicht davor zurückzuweichen.

Sie wollte ihm ihr Vertrauen zeigen … Und das, obwohl sie sich nicht sicher war, ob sie ihm vertrauen konnte.

Die Schatten wurden länger. Der Mond ging unter und ließ sie in einer samtenen Dunkelheit zurück. Althea wusste, dass der Earl in der Dunkelheit sehen konnte, aber sie war blind und klammerte sich noch mehr an ihn. Er zog sie näher an sich, bis ihre Brüste gegen seine Brust gepresst wurden und ihre harten Brustwarzen auf harte Muskeln trafen, die sich unter seiner heißen Haut bewegten.

Seine Hände glitten zu ihrem Hintern hinab. Mit beiden Händen umfasste er ihren Po und knetete ihr festes Fleisch. Er lachte vergnügt in sich hinein, weil es ihm so gut gefiel, sie auf diese skandalöse Weise zu berühren.

Er unterbrach den Kuss gerade lange genug, um zu flüstern: „Was für einen perfekten, üppigen Hintern du hast", bevor er ihren Mund wieder mit einem Kuss verschloss.

Mit festem Griff umfasste seine Lordschaft sie und hob sie an, schob sein Bein zwischen ihre Schenkel und ließ sie auf sein Bein herab, bis sie auf ihm saß.

Oh Gott, sie trug nichts unter dem Nachthemd. Sein nackter Oberschenkel rieb sich an ihren Schamlippen und sie errötete in der Dunkelheit, als ihre Feuchtigkeit seine Haut benetzte.

Erneut lachte er leise, diesmal hörte sie Stolz heraus. Wie schon in ihren Träumen war er äußerst selbstzufrieden. Sie war so nass, dass es ihr peinlich war.

Er spürte wohl ihre Schüchternheit, denn er drückte winzige, sanfte Küsse auf ihre Augenbrauen und ihre Lider, ihre Nase, ihre Wangen, ihre Stirn und ihr Kinn, bis sie hilflos kicherte.

Plötzlich bewegte er sein Bein und der Druck fühlte sich gut an. Sie legte den Kopf in den Nacken und sofort presste er seinen Mund auf ihren Hals.

Sie erstarrte und zog sich zurück. „Wollt Ihr mich etwa beißen?"

Habe ich dich je im Traum gebissen?

„Nein, aber ..." Althea hielt inne, bevor sie hinzufügen konnte: „Aber der andere Mann." Sie konnte ihm unmöglich sagen, dass sie davon geträumt hatte, es mit ihm und einem anderen Mann zu tun.

„Nein, mein Engel. Ich werde dich nicht beißen. Aber ich möchte dich schmecken. Ich möchte jeden reizenden Zentimeter deines Körpers erkunden." Seine Lippen glitten an ihrem Hals herab, seine Zunge leckte über die kleine Kuhle. Die ganze Zeit rieb sein Schenkel sich an ihr. Dort erwachte ein unstillbarer Hunger nach mehr. Sie spürte ein Pochen, und es war für einen Moment, als würde sie fliegen. Als könnte sie die Form ändern und wie er davonfliegen.

Aber seine Hand, die sich in ihrem Schamhaar vergrub, brachte sie zurück in die Wirklichkeit. Er hatte die andere Hand unter ihr Nachthemd geschoben und umfasste ihre Brust, der Handballen war gegen ihr wild klopfendes Herz gepresst. Er streichelte ihr lockiges Schamhaar. Ein Finger wagte sich immer tiefer, bis er in ihre Nässe eintauchte.

Sie sollte aufhören. Es musste aufhören! Oder war es schon längst zu spät? Würde er sich aufhalten lassen?

Mein Engel, ich höre sofort auf, wenn du das wünschst.

„Ihr lest meine Gedanken!"

Nein, ich sehe nur die Signale deines Körpers. Deine Anspannung. Der ängstliche Blick. Diese Nacht bin ich dein Diener, Liebes. Ich tue nur das, was du wünschst.

Sein Finger verharrte an dem winzigen Knöpfchen oberhalb ihres Geschlechts. Althea kämpfte gegen das Verlangen an, sich ihm entgegenzuheben, damit sein Finger in sie hineinglitt.

„Ich glaube Euch nicht!", flüsterte sie, obwohl sie sich schmerzlich nach mehr sehnte.

Und warum nicht, Liebes?

„Weil Ihr ein Mann seid und jede Frau weiß doch, was Männer wollen. Und weil …"

Was hast du in unseren Träumen am meisten genossen, Althea? Was möchtest du, dass ich es für dich tue?

Ja, in den Träumen hatten sie all diese unaussprechlichen

Dinge getan. Aber das konnte sie ihm unmöglich sagen!

Seine Zunge tauchte in das Tal zwischen ihren Brüsten ein. *Hast du es genossen, wenn ich an deinen Brustwarzen geleckt habe?*

„Mylord, ich …"

„Yannick."

Er sprach seinen Namen laut aus, sprach nicht in ihren Gedanken, und sie fühlte sich auf seltsame Weise erleichtert. Sie klammerte sich an dieses sichere Thema – seinen Namen. „Das ist französisch, nicht wahr?"

„Du möchtest, dass ich es dir französisch besorge?"

Er wollte sie necken, aber sie konnte sich nicht vorstellen, was er mit ‚französisch besorgen' genau meinte. „Nein, Euer Name ist französisch."

„Meine Mutter war Französin, Liebes. Nur die Heirat mit einem Engländer bewahrte sie vor dem Schafott. Und der Name de Wynter geht zurück bis in die Zeit von Wilhelm dem Eroberer." Seine Lordschaft – Yannick, verbesserte sie sich – ging in die Knie und hob sie hoch. „Und ich bin mir sicher, du wirst es genießen, wenn ich es dir französisch mache."

Aber erst nachdem er sie auf das Bett gelegt hatte, den langen Rock ihres Nachthemds bis zu ihren Hüften hochschob und seine Lippen ihr Schamhaar berührten, verstand Althea, was er damit meinte.

Dies hatten sie nie in ihren Träumen getan. Er hatte sie mit den Fingern berührt, mit seinem … seinem Glied, aber nie mit dem Mund.

„Ihr könnt mich dort nicht küssen."

„Deine süße Möse, doch, das kann ich. Und ich werde es tun, wenn du magst. Habe ich das nie in deinen Träumen getan?"

Sie blickte ihn finster an. „Wisst Ihr das denn nicht? Hattet Ihr nicht dieselben Träume?"

„Ich weiß nicht, ob wir dieselben Träume hatten, mein süßer Engel." Zu ihrem Entsetzen atmete er tief ein, nahm ihren Duft auf und lächelte zu ihr herauf. „Das war sehr nachlässig von mir, dass ich nie deine köstliche Möse geküsst habe."

„So nennt Ihr es? Dieses geschmacklose Wort?"

Yannick kniete nun vor ihrem Bett auf dem Boden und blickte zwischen ihren gespreizten Schenkeln zu ihr auf. Das hellblonde Haar hing ihm in die Stirn und beschattete seine dunkelbewimperten Augen. Seine Finger strichen über die Innenseite ihrer Schenkel. Althea konnte kaum mehr einen klaren Gedanken fassen.

Eine Augenbraue zuckte nach oben. „Wie soll ich sie denn sonst nennen, Liebes? Fotze? Muschi? Samthandschuh? Liebesgrotte?"

„Liebesgrotte …?" Sie blickte ihn ungläubig an, dann brach sie in ein unkontrolliertes Kichern aus.

Er schenkte ihr ein freches Grinsen, das umrahmt war von ihrem dunkelroten Schamhaar. Diese intimen Witzeleien raubten ihr den Atem. Wie konnte sie mit einem Mann in dieser Situation scherzen – einem Lord *und* Vampir – dem die intimste Stelle ihres Körpers offenbart war?

Er zwinkerte ihr herausfordernd zu. „Frauen lachen normalerweise nicht, wenn ich sie verwöhne."

Er versenkte die Spitze seiner Zunge zwischen ihrem Schamhaar. Ihre Hände ballten sich zu Fäusten und sie richtete sich halb auf. Sein heißer Atem strich über diese hochempfindliche Stelle, und sie zuckte zusammen.

Möchtest du, dass ich aufhöre?

„Ja …"

„Bist du sicher?" Er blies über ihre Schamlippen und sie wusste, er würde sich jetzt nicht mehr aufhalten lassen. In den Träumen hatte er stets gewusst, wie er sie zum Dahinschmelzen brachte, bis sie ihm alles gestattete.

Und er war immerhin ein Adeliger. Er war es gewohnt zu bekommen, was er wollte.

Althea versuchte, „ja" zu sagen, aber erneut versagte ihr die Stimme. Sie wünschte sich, dass er nicht aufhörte. Langsam schüttelte sie den Kopf. Dachte angestrengt *nein*. Und keuchte schockiert auf, als sein Mund sich auf ihre Vagina legte.

Oh ja, ja!, schrie sie innerlich.

Wie du willst, Liebes. Er nuckelte an ihr.

Sie schrie auf.

3. KAPITEL

Entzückt

Der laute Schrei ihrer Lust hallte in der kleinen Kammer wider und steigerte sein Verlangen. Yannick spürte, wie seine Fangzähne hervorgelockt wurden. Sie verlängerten sich wie sein Schwanz, bis sie seine Unterlippe berührten.

Mit größter Vorsicht, da er sich der Schärfe seiner lang gebogenen Eckzähne bewusst war, fuhr Yannick mit der Zunge über die äußerste Spitze von Altheas Klit.

„Ooooh!" Althea bäumte sich unter ihm auf, als hätte seine Berührung sie elektrisiert.

Ein Klopfen an der Wand, gefolgt von O'Learys beunruhigter Stimme, ließ sie innehalten. „Miss Yates?"

Althea starrte hinab zu Yannick. Sie hatte offensichtlich Angst. Er vergrub sein Gesicht an ihrer nassen Vagina und versuchte, möglichst unschuldig auszusehen. Dann streckte er erneut die Zunge aus und brachte sie zum Schreien.

„Miss Yates?" Der Ton war schärfer, die Stimme hartnäckiger. Yannick hoffte, dass O'Leary nicht im nächsten Augenblick Altheas Kammer stürmen würde.

Althea fand ihre Stimme wieder. „Es tut mir leid, Mr. O'Leary", krächzte sie. „Mir geht's gut. Es war nur ein böser Traum."

Oh, bin ich ein böser Traum?

Yannick vergrub seine Finger in den zarten Löckchen ihres Schamhaars und streichelte die weiche Haut darunter. Behutsam setzte er einen winzigen Kuss auf ihre Vagina und schmeckte die winzigen Tröpfchen, die sich dort angesammelt hatten. Ihre Vagina glänzte feucht, angeschwollen und erregt. Sie war bereit für ihn. Und ihr Duft ... Er schwelgte in diesem üppigen, süßen und reifen Duft.

Seine Zunge glitt hinab, bis er ihre Klit erneut leckte. Ihre Hände krallten sich in das Bettlaken, sie biss sich auf die Lippe und unterdrückte ihre Lustschreie. Kein Laut war zu hören, und doch war sie für ihn nie begehrenswerter gewesen.

Er streichelte die Spitze ihrer Perle und fühlte sich fast ein bisschen teuflisch – denn so war sie noch nie berührt worden. Er sollte sich lieber darauf konzentrieren, mit seiner Zunge an ihrem Eingang entlangzustreifen. Sie war zu angespannt – so würde sie nicht zu ihrem Vergnügen kommen. Aber er konnte dem Drang nicht widerstehen, sie ein bisschen zu reizen.

Yannick genoss den Anblick, wie Althea sich ihm bei jeder geringsten Berührung entgegenbäumte. Mochte es, wie sich ihr Haar um den Kopf ausbreitete wie ein Kreis aus Flammen. Liebte die lang geschwungene, weiße Linie ihres Halses und wie sich ihre Kehle bei jedem mühsam unterdrückten Stöhnen bewegte.

Wie durch ein Wunder konnte er bei Althea den Wunsch unterdrücken, sie zu beißen.

Er umkreiste sie mit der Zunge. Altheas Finger krallten sich in sein Haar. Sie hielt ihn fest.

„Nein, nicht … bitte, hört auf."

Er saugte ein letztes Mal behutsam an ihr.

Ihre Hüften kämpften unter ihm, bewegten sich immer heftiger und mit einem heftigen Ruck versuchte sie, sich aus seinem Griff zu befreien. Sie kämpfte sich frei, wollte sich von ihm zurückziehen, aber er hielt sie an den gespreizten Schenkeln fest.

Altheas Augen weiteten sich. Er las darin Angst, ja, sie fürchtete sich vor ihm. „Das dürft Ihr nicht, es ist zu viel. Ich ertrage es nicht."

„Ich werde behutsam mit deiner Klit sein, mein Engel. Ich verspreche es." Er fühlte sich schuldig. Er hätte sie nicht so reizen dürfen. Schließlich war er der erste Mann, der sie in die Geheimnisse der Lust einführte und also eine gewisse Verantwortung hatte.

Diesmal leckte er ihre Klit sanft, bis ihre Anspannung sich legte und sie sich mit einem kehligen Seufzen auf dem Bett zurücksinken ließ. Ein paar Momente lag sie still, während er sie leckte. Die schönen grünen Augen hatte sie geschlossen, der Atem ging etwas ruhiger und er hörte, wie sie leise seinen Namen flüsterte und seufzte.

Ihre Hände lagen auf ihren Brüsten. Sie massierte sich selbst, knetete die üppigen Brüste durch den Stoff ihres Nachthemds.

Seine Fangzähne und sein Schwanz pochten fordernd, als er sie dabei durch das Dickicht ihrer Locken beobachtete.

Auf diese Art hätte er sie stundenlang lieben können – bis zum Sonnenaufgang.

Aber bald hob sie die Hüften und stieß sie gegen sein Gesicht. Es war eine unbewusste Bewegung, als wüsste sie nicht genau, wonach sie sich sehnte. Sie war so süß und unerfahren. War es möglich, dass sie ihren ersten Orgasmus mit ihm erlebte? Dass sie bisher nur in ihren Träumen den Höhepunkt erreicht hatte? Yannick konnte sich nicht an seinen ersten Orgasmus erinnern, aber es musste wie ein Erdbeben gewesen sein, eine Erschütterung, die sein Leben veränderte.

Es war seine Pflicht, dafür zu sorgen, dass sie es genauso erlebte.

Ihre Bewegungen wurden fordernder und sie drückte sich heftiger gegen sein Gesicht. Er passte sich ihrem Rhythmus an und seine Zunge schloss sich um die bebende, harte Klit.

Altheas Hand glitt über ihren Bauch hinab und umfasste den Saum ihres Nachthemds. Yannick ließ ihre Schenkel los und sah die Abdrücke, die seine Finger auf ihrer Haut hinterlassen hatten. Er fasste ihre Hand. Sie hatte kleine, zierliche

Hände – es war schwer vorstellbar, dass sie mit diesen Händen einen Pflock in sein Herz schlagen könnte. Aber er zweifelte keinen Moment, dass sie dazu in der Lage war.

Er half ihr, das Nachthemd bis zur Taille hochzuziehen. Er verfolgte die Linien ihres weichen, sanft gerundeten Bauchs. Tauchte den Finger in den dunklen Schatten ihres Nabels. Ließ die Hand über ihre Hüfte gleiten.

Reizvoll war sie, und weiblich. Sie war sein. Ihm zu Willen, damit er sich und ihr Lust bereiten konnte. Sie war ein Schatz, den er bewahren musste.

Und wenn es nur für ein paar Nächte war.

Was war der Vorteil, dass er in ihren Gedanken sprechen konnte? Er redete mit ihr, ohne seine Zunge von ihrer nassen, duftenden Vagina zu lassen.

Bin ich vorsichtig genug, Liebes?

„Perfekt", keuchte sie. „Wundervo… Ooooh!"

Ich möchte, dass du kommst, Althea, so wie du es in deinen Träumen tust. Ich will, dass du wieder und wieder kommst …

Er hob ihren Hintern an. Er schwelgte in ihrem Geschmack.

„Oh Gott!"

Er ließ seinen Daumen in ihre Vagina gleiten, um ihr noch mehr Lust zu bereiten. Sie fühlte sich heiß an, eng umfasste sie ihn.

Sie war so rein, durch und durch; und sie gab sich ihm ganz und gar hin.

Ihre Hingabe machte ihn demütig, und dazu gehörte schon einiges.

Er zog den Daumen zurück, ersetzte ihn durch zwei Finger, die bis zu jener kleinen Sperre in sie glitten. Ihre Vagina zog sich um seine Finger zusammen, und sein Schwanz pulsierte erwartungsvoll.

Geduld.

Trotzig sprang sein Schwanz wieder hervor, seine Hoden hatten sich schmerzhaft zusammengezogen, und er spürte in diesem Moment, wie bereit er war. Er war härter als jemals zuvor. Verdammt, sein Schwanz war so hart und schwer, als hingen Gewichte daran!

Wenn sie gekommen ist, dann kann ich vielleicht …

Yannick krümmte die Finger in Altheas Vagina und suchte nach den winzigen Punkten, von denen er wusste, dass sie bei Berührung besondere Lust schenkten. Sein kleiner Finger berührte ihren Anus, der zwischen den Hinterbacken verborgen war und glitt ein winziges Stück hinein. Dann stieß er auf einen Widerstand und versuchte es nicht weiter. Stattdessen reizte er sie mit dem kleinen Finger, bis sie unter ihm zitterte.

Ich möchte dich ganz und gar ausfüllen, mein Liebling. Mit meinem Schwanz, meinen Fingern, meiner Zunge. Ich möchte deine Sehnsucht erfüllen auf jede nur irgendwie erdenkliche Art.

Althea schluchzte auf. Ihre Hüften stießen in immer heftigeren Bewegungen an das Bett.

Ja. Press dich gegen mein Gesicht, auf meine Finger. Berühr deine Brüste, Althea, spiel mit ihnen. Streichel und kneif deine Brustwarzen, Liebling. Zusammen werden wir dir den Himmel auf Erden bereiten.

Sie gehorchte. Ihre hübschen, schmalen Hände griffen nach ihren Brüsten. Sie öffnete die nächsten Knöpfe des Nachthemds, bis ihre Brüste nackt waren. Kleine, feste Rundungen von der Farbe geschlagener Sahne, glänzend und üppig, gekrönt von den erregten, rosigen Brustwarzen. Er sehnte sich danach, sie mit den Lippen zu verschlingen. Ihre Finger berührten und erkundeten die Brüste, erst unsicher, dann mit steigender Erregung.

Yannick konnte es nicht ertragen, dass er von diesem Vergnügen ausgeschlossen war. Er griff hinauf und strich über die heiße Unterseite ihrer Brüste.

Kneif deine Brustwarzen, Liebling. Aber lass mich sie auch berühren.

Seine Hand erreichte beide erregten Brustwarzen, während sein Mund sie weiterschmeckte und seine Finger in ihrer heißen Vagina spielten.

„Oh, Himmel …"

Ihre Hüften hoben sich in heftigeren Rhythmen und stießen gegen sein Kinn. Er konnte sich nicht schnell genug zurücknehmen und stach sie mit seinen Fangzähnen.

Das schien ihr egal. Ihr Körper wurde starr. Er spürte, wie sich ihre Möse eng um seine Finger schloss, sie in sich hineinsaugte, sie festhielt, um sie herum pulsierte. Ihre Hände griffen nach ihren Brüsten, krallten sich unbarmherzig daran fest, während ihre Hüften bockten wie ein wildes Pferd. Das Haar hing ihr wirr ins Gesicht.

In Ekstase sah Althea so wunderschön aus. Sie schrie nach ihm, schluchzte, schlug um sich, völlig der Ekstase hingegeben.

Gott, ja.

Er spürte eine neue Welle ihrer Säfte gegen seine Hand branden. Yannick schob sich nach unten und vergrub sein Gesicht dort, um sie zu schmecken und zu genießen.

„Ohhh …" Sie sank zurück auf das Bett. Ihre Beine wurden schlaff, die Arme hingen wie leblos an ihrer Seite. „Oh, das war so … wenig ladylike. Es tut mir leid …"

Er kicherte und stützte sich auf seinen Armen hoch. Altheas Lider schlossen sich über ihren funkelnden Augen, und mit einem Seufzen ließ sie den Kopf nach hinten sinken.

Sie war so engelhaft, selbst nach einem Orgasmus.

Er beugte sich über sie und küsste ihren geröteten Bauch. „Wieso entschuldigst du dich? Es ist köstlich, dich zu schmecken. Dein süßer Nektar ist eine Belohnung, wenn ich dir

Lust bereitet habe."

Sie öffnete die Augen und starrte herab auf ihr zerknittertes Nachthemd, das sie kaum mehr bedeckte. „Oh, ich muss schrecklich aussehen …"

Yannick lachte – er hatte in dieser Nacht mit Althea mehr gelacht, als in all den Jahren zuvor, seit er verwandelt wurde. „Du siehst wunderschön aus. Rück mal ein wenig."

„Ich soll rücken?"

Er streckte sich neben ihr auf dem Bett aus und zog sie in seine Arme. Sie kuschelte sich überrascht an ihn. Ihre üppigen Brüste lagen direkt an seinem Mund, und ihre feuchte Vagina spürte er an seinem Bauch. Die Spitze seines Schwanzes stupste ihre cremige Spalte.

Mit rauer Stimme witzelte er: „Ich muss dir ein größeres Bett besorgen, wenn ich es häufiger mit dir teilen möchte." Er öffnete den Mund und senkte den Kopf, um seine Fänge zu verbergen, ehe er eine Brustwarze in den Mund nahm und an ihr saugte.

Sie seufzte leise, während ihre Finger sich in seine Schulter krallten. Er schob seine Hüften näher an sie heran, sodass sein Schwanz über ihre nasse Muschi glitt. Dann saugte er härter, und mit einer schnellen Bewegung gelang es ihm, sie auf den Rücken zu drehen.

Mit einem leisen Quieken sank Althea auf die zerwühlten Laken. Ihre Brustwarze, die jetzt röter war und sich ihm entgegenreckte, glitt mit einem leisen Ploppen aus seinem Mund. Ihr rotes Haar umfloss ihren Kopf und schimmerte im Mondlicht. Er beugte sich über sie und küsste sie. Seine Hüften spannten sich an, bereit, sein Glied ein kleines Stückchen in sie hineinzustoßen.

Sie war so heiß und nass, so eng und vollkommen …

Sie drehte den Kopf beiseite und seine Lippen verfehlten ihren Mund. Mit beiden Händen griff sie nach seinem

Schwanz und umschloss ihn, um ihn von ihrer Vagina wegzuschieben. Er berührte mit der Spitze seines Glieds ihre Klit, und ihr Stöhnen elektrisierte ihn. Yannick explodierte beinahe in ihren Händen.

„Nein."

Sein üblicherweise langsamer Herzschlag donnerte in seinen Ohren. *Nein? Mein süßer Engel, warum nicht?*

„Die Träume", sagte sie verzweifelt. „Warum hatten wir diese Träume? Was haben sie zu bedeuten?"

Seine Hüften bewegten sich hin und her, und die Bewegung ließ seinen Schwanz in ihrem festen Griff auf und ab gleiten. Es war ein herrliches Gefühl, das ihn fast um den Verstand brachte.

Yannick konnte kaum seine Gedanken beisammenhalten, geschweige denn sie zu Althea senden.

Ich weiß es nicht, aber ich glaube, … sie sollten uns warnen … sollten uns darauf vorbereiten, was kommt … dass wir füreinander bestimmt sind … dazu bestimmt, unbeschreiblich guten Sex zu haben …

Er wusste es wirklich nicht. Schließlich hatte er geglaubt, dass es für ihn nach dem nächsten Vollmond kein Leben mehr gab.

„Aber Ihr seid ein Vampir", protestierte sie. „Und ich …"

Du bist eine Vampirjägerin.

Die Richtung, die das Gespräch jetzt nahm, missfiel Yannick. Aber Althea war noch unschuldig, und er musste damit rechnen, dass sie ein wenig Angst hatte.

Du brauchst dich nicht vor mir zu fürchten, Althea. Ich habe viel eher einen Grund, vor dir Angst zu haben.

„Ich bin noch Jungfrau. Und ich bin gottesfürchtig, gehe zur Kirche und bin sittsam. Ich muss keusch bleiben. Ich kann nicht tun, was Ihr von mir verlangt." Ihre Augen blickten zu ihm auf, unwiderstehlich in ihrer Angst.

Er brauchte sie so schmerzlich in dieser Nacht, aber bedrängen wollte er sie nicht. Oder sie beherrschen. Aber vielleicht konnte er sie mit dem einen oder anderen Orgasmus überzeugen …

Althea keuchte auf, als Yannick sich wieder hinabschob und zwischen ihre Schenkel kniete. Wie sehr sie ihn wollte. Sie wollte mehr. Sie wollte ihn! Aber sie musste ihn aufhalten. Er würde ihr keine Lust verschaffen ohne selbst Lust zu verlangen, oder?

Aber in ihren Träumen war sie immer aufgewacht, bevor er zum Höhepunkt gekommen war. Nur sie fand in ihren Träumen Befriedigung. Die heftigen Explosionen ihrer Lust weckten sie immer auf.

Die Träume … Diese wunderbaren, beängstigenden, skandalösen Träume. Was bedeuteten sie?

Yannicks Zunge fand erneut jenen quälend beglückenden Punkt. Aber diesmal erfüllten die intimen Berührungen sie nicht mit Scham. Dieses Mal ließ Althea sich von der Leidenschaft mitreißen und wand sich unter seinen Liebkosungen.

Sie hatte doch schon längst gesündigt, oder nicht? War das hier Sünde? Oder konnte sie so tun, als ob sie ihre Unschuld noch nicht aufgegeben hatte? Dass sie gar nicht *richtig* intim war mit diesem Vampir? Sie hatte sich selbst berührt – ihre eigenen Brüste! – das war eine weitere Sünde. Aber mit ihm fühlte sich das alles richtig an.

Seine Zunge glitt tiefer. Er schien genau zu wissen, was sie brauchte. Dann war seine Zunge in ihr, füllte sie aus. Sie verkrampfte sich. Dann schrie sie ihre ganze Lust heraus, als er seine Zunge vor und zurück bewegte. Es war unbeschreiblich. Es war himmlisch … so himmlisch wie sein Schwanz in ihren Träumen.

Zu ihrer Überraschung und ihrem Entsetzen aber bewegte sich Yannicks Zunge weiter nach unten, zu ihrem … oh, wie empfindlich sie dort war. Und dann berührte seine Zunge ihre Öffnung dort unten …

Sekundenschnell wurde ihr bewusst, dass Yannick bewiesen hatte, wie schlecht es um ihre Moral und ihre Reinheit bestellt war.

Seine Zunge zuckte und befeuchtete sie. Das war so sündig und so gut. Althea war gleichzeitig entsetzt und erregt.

Er umfasste ihren Hintern mit einer Hand und hob ihn an. Seine Zunge umkreiste ihre empfindliche Öffnung mit der Zunge, seine Hände strichen über ihre nackten Beine, ehe er ihre Fußknöchel umfasste und nach oben schob. Ihre Beine ruhten nun auf ihrem Bauch.

Nie zuvor hatte ein Mann sie so berührt, und nie hatte sie so dagelegen – die Füße in die Luft gereckt, so präsentierte sie ihm ihre Vagina – ihre „Liebesgrotte" – und, noch skandalöser, ihren hinteren Eingang.

Yannicks starke Hände hielten ihre Schenkel gespreizt. Er beugte sich über sie und seine Zunge wanderte durch ihre Spalte zurück zwischen ihre Hinterbacken. Dann fuhr die Zunge wieder hinauf und tauchte in ihre Vagina ein.

Erschreckt schrie sie in ihren Gedanken auf. *Yannick, nein, das darfst du nicht tun!*

Er antwortete, und es war die Antwort eines Dämonen, der er ja war. *Und wie ich das kann.*

Seine Zunge glitt hinein und heraus, füllte sie aus. Hinein. Hinaus. Stieß sie so, wie er es oft genug in ihren Träumen getan hatte.

Althea stöhnte, als sein Daumen wieder ihr Knöpfchen fand und zwei seiner Finger weit gespreizt wieder in sie hineinglitten.

Jemand schrie laut. Es waren ihre Schreie. Aber das war nicht ihre Stimme, sie klang rauer, fordernder. *Ja, ja! Oh mein Gott, ja!*

Das Verlangen machte sie mutiger und sie griff nach seiner Hand, um ihn zu führen.

Yannick lachte in ihren Gedanken, ein heiseres, dreckiges Lachen. *Ja, mein Engel, zeig mir, wie ich dich nehmen soll.*

Seine Worte waren wie der letzte Funke, den sie brauchte, um zu explodieren. Es fühlte sich an, als zersplittere sie in Tausende winzige Teilchen. Eine Welle der Lust raste über sie hinweg.

Ja, komm, meine schöne Althea.

Und sie kam. Sie hatte die Kontrolle über sich selbst verloren, war nur noch wilde Lust. Nur langsam kam sie wieder zu sich, es war, als hätte sie für einen Moment den Verstand verloren. In ihrem Kopf war ein Summen wie von Bienen, und sie spürte das Pochen ihres Herzschlags im ganzen Körper. Nur langsam öffnete sie die Augen und blickte ihn an.

Er war über ihr, hielt seinen Schwanz fest. Und sie wusste, sie konnte ihm jetzt nicht länger widerstehen, wenn er in sie eindrang.

Entdecke mich, bat er. *Bitte.*

Er bettelte sie tatsächlich an. Und Althea erkannte, dass dies auch für ihn eine völlig neue Erfahrung war.

Im ersten Moment wusste sie nicht, ob sie sich dadurch mächtiger fühlte oder ob dies ihre Angst verstärkte. Sie streichelte seine breite Brust. Durch die Dunkelheit konnte sie ihn nur mit ihren Händen erkunden. Unter ihren Fingerspitzen schlug sein Herz langsam und regelmäßig. Sie ließ ihre Handflächen über die festen Muskeln gleiten. Ihre Finger umspielten das Brusthaar.

Weißblonde Strähnen fielen Yannick in die Stirn, als er unter ihrer Berührung zusammenzuckte. Auf seinen aristokratischen Zügen konnte Althea im Mondschein einen Ausdruck gequälter Leidenschaft sehen, und sie zitterte. Seine Hand lag noch immer auf seinem Glied, und sie blickte hinab. Langsam und bedächtig streichelte er sich.

Ihre Vagina zog sich zusammen.

Sie ließ ihre Finger über seine Brustwarzen gleiten, die sich aufstellten. Er gab ein Geräusch von sich, das halb Knurren, halb Seufzen war.

„Gefällt dir das?"

Meine Brustwarzen sind genauso empfindlich wie deine, meine Süße.

Althea blickte unter dichten Wimpern zu ihm auf. „Dann möchtest du vielleicht, dass ich an ihnen sauge?"

Sein scharfes Einatmen verriet ihr genug. Sie fühlte sich wie ein Krieger, der Neuland eroberte.

Alles was dir gefällt, wird auch mir gefallen, Liebes.

Ein paar Härchen kitzelten ihre Lippen, als sie seine dunkle Brustwarze in den Mund nahm. Sie saugte, bewegte die Spitze zwischen ihren Lippen.

Sie griff nach unten und umfasste sein Handgelenk.

Nein, nicht sein Handgelenk, wurde ihr plötzlich bewusst. Der dicke, harte Schaft in ihrer Hand war sein erigierter Penis.

Bitte, streichle mich.

„Zeig mir, wie", flüsterte Althea. „Bring es mir bei."

Yannick legte seine Hand auf ihre und führte sie auf und ab. Hinab zum dichten Schamhaar. Hinauf bis zu seiner seidigen, feuchten Spitze. Ihre Hände waren bald nass und angenehm glitschig, sie bewegten sich gemeinsam hin und her.

Sein Atem beschleunigte sich, er legte den Kopf neben Althea auf das Kissen und keuchte in ihr Ohr.

Althea bewegte ihre Hand schneller.

Ja, zischte er. *Genau so. Gib es mir mit deiner Hand, mein Engel, ja, ja, gleich explodiere ich …*

Seine heiseren, heftigen Worte erregten sie, und sie griff fester nach ihm, rieb ihn noch stärker.

Seine Hüfte bäumte sich ihr entgegen, sein Körper zuckte.

Dann war seine Zunge in ihrem Ohr, leckte sie ungestüm, während er stöhnte. Sein Schwanz wurde in ihrer Hand noch größer, und sie bildete sich ein, zu fühlen, wie etwas durch seinen Schwanz schoss …

Sein heißer Saft schoss heraus und ergoss sich über ihren Bauch. Yannick brach neben ihr zusammen, seine Lenden spannten sich an und er stützte sich auf die Unterarme. Mit gesenktem Kopf schnappte er nach Luft.

Behutsam ließ Althea seinen Schwanz los. Sie berührte sein Gesicht, streichelte seine Wange. Yannick hob den Kopf, lächelte sie erschöpft an und küsste ihre Hand.

Es war wunderschön, ihn dabei zu beobachten, wenn er den Gipfel erklomm. „Möchtest du … möchtest du es noch einmal machen?"

Er lachte. „Ich bin nicht so gesegnet wie du, meine Süße. Für mich gibt es nur einen pro Nacht."

Er gab ihr einen Kuss. Als seine Eckzähne ihre Lippe berührten, schrak sie nicht mehr zurück. Merkwürdig, aber jetzt erregte sie der Anblick seiner Zähne und machte ihr keine Angst mehr. Sie las Zärtlichkeit in seinem Blick, obwohl seine Augen nur diese schimmernden, silberblauen Spiegel waren.

Sie sank zurück und senkte den Blick. Aus Schüchternheit? Aus Angst? Plötzlich konnte sie seinen Blick nicht länger ertragen.

Althea schloss die Augen und spürte, wie sich die Matratze unter ihr bewegte. Er stand auf. Obwohl sie still dalag und lauschte, konnte sie nicht hören, ob er den Raum verlassen hatte oder noch da war.

Dann spürte sie etwas Weiches auf ihrem Bauch. Ein Tuch vielleicht. Yannick wischte sie sanft sauber. Danach küsste er ihre kühle Haut und zupfte ihr Nachthemd zurecht. Er hob sie hoch, als hätte sie kein Gewicht und richtete das Nachthemd wieder, schob es über ihre Hüften nach unten und be-

64

deckte ihre Beine und ihre Vagina, die noch immer leicht pochte.

Die Sonne geht bald auf, Liebes. Ich muss dich jetzt verlassen.

„Ich weiß", murmelte sie verschlafen.

Und du musst dich ausruhen.

Ruhe, ja. Denn heute wollten sie die Krypta öffnen.

Althea betete, dass Yannick wirklich nicht in der Lage war, ihre Gedanken zu lesen. Denn sonst wüsste er jetzt, dass ihr Vater seiner Warnung zum Trotz plante, die Krypta zu öffnen. Hatte ihr Vater unrecht? War es falsch, Yannick nichts davon zu erzählen?

Die Gedanken wirbelten in ihrem müden Kopf umher und ließen sich kaum ordnen.

Yannick. Wie merkwürdig, dass sie ihn bei seinem Vornamen nannte. Noch vor wenigen Stunden war er erst ein vornehmer Earl und dann ein böser Vampir für sie gewesen. Ein Fremder – und doch kein Fremder. Und nun hatte er sie an Stellen geküsst und geschmeckt, die sie nie auch nur zu berühren gewagt hätte.

Wenn sie jetzt einschlief, was würde sie wohl träumen? Erneut von Yannick und dem anderen Mann?

Das ließ sie aufschrecken. Sie öffnete die Augen.

Yannick lehnte sich über sie und lächelte auf sie herab. Er strich ihr das Haar aus dem Gesicht und hielt mit der anderen Hand ihre Taille umfasst. Sein Daumen streichelte die Unterseite ihrer Brust.

„Bevor du gehst", flüsterte sie, „erzählst du mir, was mit dir und deinem Bruder passiert ist? Warum man euch eingesperrt hat und wie das passierte?"

Der andere Bruder der dämonischen Zwillinge. War er der fremde Mann aus ihren Träumen? Yannicks *Bruder*?

Er hob erstaunt die Augenbrauen. Aber sie spürte, wie

sich Yannick zugleich vor ihr verschloss. „Heißt das, dein Vater hat dir nie unsere Geschichte erzählt?"

„Nein."

Er stand auf. Althea vermisste im selben Moment die Hitze seiner Hände. Sie wollte die Hand ausstrecken und nach ihm greifen, wollte die Hand auf seinen nackten Rücken legen oder seine Schulter streicheln. Aber sie hielt sich zurück.

Morgen Nacht werde ich zu dir kommen, Althea. Dann erzähle ich dir alles.

Er trat in das Mondlicht, das jetzt blasser wirkte.

Morgen Nacht konnte es schon zu spät sein.

Ein letztes Mal trat Yannick aus dem Mondschein zurück in die Dunkelheit. Die Morgendämmerung war nahe, das wussten sie beide.

Morgen werde ich es dir erklären. Lass nur nicht zu, dass dein Vater die Krypta öffnet.

Sie fühlte sich schuldig und senkte den Blick. Sie würde ihrem Vater helfen müssen. Das hatte sie immer getan.

Denn durfte sie Yannick so einfach vertrauen? Wie konnte es sein, dass sie alles Gelernte beiseiteschob, nur weil er sie verführte? Sie hatte seit über einem Jahrzehnt gesehen, wozu Vampire fähig waren.

Er ist anders als alle anderen Vampire, flüsterte ihr eine innere Stimme zu. *Er hat seinen Blutdurst nicht an dir gestillt. Er hat deinen Vater gerettet. Er ist anders.*

Nein. Sie durfte nicht in den erotischen Bann eines Vampirs geraten.

Althea, Liebes.

Sie erstarrte beim Klang seiner dunklen, schönen Stimme. War es das, was die Träume bedeuteten? Ging es um Liebe? Sie durfte sich nicht in ihn verlieben, das durfte nicht passieren!

Und was hatte der letzte Traum zu bedeuten? Sie konnte doch nicht *zwei Vampire* lieben!

Althea blickte auf. Yannick beobachtete sie. Er hatte die Brauen zusammengezogen, die Mundwinkel hingen herab.

„Ich werde morgen auf dich warten", versprach sie. „Wir werden die Krypta nicht öffnen."

Er lächelte. Und dann, im Bruchteil einer Sekunde, verschwand er. In der Luft blieb ein zartes Schwirren zurück, ein Flügelschlag. Sie spürte, wie etwas über ihre Hand flatterte, winzige Flügel, die sie liebkosten – als schenkte er ihr einen letzten, keuschen Kuss.

Und dann war sie allein.

Sie stand auf und eilte zum Fenster. Als sie es aufstieß, spürte sie die feuchtkalte Luft auf der nackten Haut. Der Himmel wurde im Osten bereits heller, die Schwärze der Nacht wich zurück und machte dem Tagesanbruch Platz.

Der Sonnenaufgang war so nah …

Althea betete, dass Yannick in Sicherheit war.

Yannick schloss den Deckel und kreuzte die Arme vor der Brust. Er hatte noch immer ihren Geschmack auf den Lippen. Ihr intensiver Duft haftete an seinem Gesicht, seinen Fingern und auch an seinem schlummernden Schwanz.

Was hatten die Träume nur zu bedeuten? Er hatte nie zuvor so von einer Frau geträumt. Und seit er Vampir geworden war, hatte er nie eine Frau heimgesucht, ohne von ihrem Blut zu trinken. Oder auch nur daran gedacht, eine Frau mehr als einmal zu besuchen.

Zum Glück fand er kurz vor Tagesanbruch ein Mädchen, das ihren Tag früh begann. Sie wollte sich ihm hingeben, aber er hatte das höflich abgelehnt. Er ließ sie zurück, schwach aber gesund, ohne Erinnerung an seinen Biss. Danach ging er direkt zu seiner Kiste, die an dem Ort platziert worden war, wo er es befohlen hatte.

Yannick schloss die Augen. Langsam glitt er in den Schlaf

hinüber, doch er war sich seiner selbst merkwürdigerweise noch bewusst. Er war sogar sicher, dass seine Augen noch offen waren. Die Szene, die sich vor ihm abspielte, glaubte er tatsächlich zu sehen.

„Kannst du dir vorstellen, wie sich unsere beiden Münder auf dir anfühlen, Liebes?"

Er stand hinter Althea, seine Hände lagen auf ihren schmalen Schultern. Sie trug ein dünnes, beinahe durchsichtiges Hemdchen. Es bewegte sich mit ihren schnellen Atemzügen. Ihre harten Brustwarzen drückten gegen den dünnen Stoff.

Er nahm den Geruch ihrer weiblichen Haut auf, konnte sie schmecken, als er sich über sie beugte und seine Lippen auf ihren Nacken legte.

„Kannst du dir vorstellen, wie meine und seine Hände dich verwöhnen?"

Was wurde hier gespielt? Bastien lag vor ihnen auf dem Bett, und als er jetzt nach den Knöpfen seiner Hose griff, grinste er.

Er würde Althea mit Bastien teilen?

Nein, diesmal nicht. Nicht diese Frau!

Doch während der Traum sich vor seinen Augen abspielte, spürte er, wie sein Penis hart wurde und die Erektion ihm die letzte Energie raubte. Yannick versuchte mit Willenskraft dagegen anzugehen, aber sein widerspenstiger Penis reckte sich trotzig empor. Verdammt, es war ein Fluch, zu schlafen wenn man erregt war.

Selbst nachdem er so viele Frauen mit seinem Bruder geteilt hatte, beobachtete er schockiert, wie Bastien sich vollständig auszog und auf Althea zukam. Dann liebkosten sie gemeinsam Althea, und das Einzige, was zählte, war ihre Lust.

Aber er hatte nie zuvor eine Frau geteilt, die er ...

Nie hatte er eine Frau wie Althea geteilt.

„Kannst du dir vorstellen, wie sinnlich es wäre, wenn wir beide dich beißen?"

In seinem Traum zeigte sein Bruder die verlängerten Vampirzähne. Als Bastien sich über ihren Hals beugte, griff Yannick grob nach Bastiens Haaren und riss ihn zurück.

„Willst du sie nicht besitzen?", verlangte Bastien zu wissen.

„Nein. Ich werde sie nicht aus ihrem Leben herausreißen. Nicht für mich."

„Für uns." Das Grinsen seines Bruders verbreiterte sich. Er war arrogant, wollte Yannick anstacheln. „Für dich und mich."

Sein Bruder lachte und der Traum explodierte in ein blendend weißes Licht, das langsam verblasste.

Bastiens spottendes Lachen hallte in seinem Kopf wider. Yannick kämpfte dagegen an. Er wollte nichts davon hören!

Bevor er Althea das erste Mal in den Träumen begegnet war, hatte er geplant, die Zeit morgens zu überschreiten und zu Staub zu zerfallen. Er hatte nicht beabsichtigt, die Beschwörungsformel zu sprechen und Bastien wiederzuerwecken – wenn er erstmal tot war, würde Bastien ohnehin wieder frei sein. Warum also sollte er um seine Existenz kämpfen? Er hatte die Wahrheit seit zehn Jahren verborgen – wenn er weiterhin leben wollte, musste er alles aufgeben. Seinen Titel. Sein Zuhause. Sein Land. Die Leute hatten bemerkt, dass er nicht alterte. Seine adeligen Freunde in London witzelten schon, ob er seine Seele verkauft hätte.

Aber jetzt zu sterben ... das würde bedeuten, dass er Althea Bastien auslieferte.

Dann wäre er tot ... was interessierte es ihn dann noch, ob Bastien Althea eroberte?

Der Schlaf übermannte Yannick und ließ ihn in die Dunkelheit hinabgleiten. Er zwang seine Finger, sich zu bewegen, und sie gehorchten langsam. Es dauerte einige Herzschläge, ehe sie sich rührten.

Er erinnerte sich jetzt wieder – wie Altheas Wimpern ihre Augen beschatteten. Wie ihre grünen Augen sich von ihm abwandten, als er nackt in das Mondlicht trat. Er hatte ihre schuldbewusste Miene bemerkt, hatte es jedoch auf die Schüchternheit einer Jungfrau geschoben, die das erste Mal einem nackten Mann gegenüberstand.

Nein, verdammt. Das war es nicht. Sie hatte ihn angelogen.

4. KAPITEL

Auferweckt

Berühr uns, Althea. Streichle uns beide.

Sie träumte wieder. Erneut lag sie in dem düsteren Schlafzimmer in der Mitte des großen Bettes. Sanftes Licht schimmerte auf den dunkelroten Bettvorhängen, ergoss sich über die gedrechselten Bettpfosten und tanzte auf ihrer Haut. Sie war nackt, ihr Haar hing offen über ihre Brüste. Althea presste die Schenkel zusammen, und ihre Hand ruhte über ihrem Schamhaar, um es zu verbergen.

Sie lag auf einer bestickten Tagesdecke aus feiner Seide, die sich an ihrer Haut weich und kühl anfühlte. Yannick lag rechts von ihr ausgestreckt, stützte sich auf den Ellenbogen und lächelte auf sie hinab. Sein Handrücken strich über ihre Wange. Ihr nackter Vampirkrieger. Seine gewaltige Erektion drückte sich gegen ihren Schenkel. Die Augen und das Haar glänzten hell und silbrig-gold im flackernden Licht der Kerzen.

Aber die sinnliche Stimme kam von links.

Langes, goldenes Haar kitzelte ihre Lippen und ihre Wangen. Feste Lippen drückten sich von links auf ihren Mund, während Yannick sich an sie schmiegte und von rechts ihren Hals leckte. Yannicks Hand glitt unter ihre linke Brust und verweilte direkt über ihrem Herzschlag. Doch die Hand des anderen Mannes schob seine beiseite.

Sie zitterte vor Lust und spürte dieses Zittern, das an ihrem Rückgrat hinaufkroch, als die beiden Münder sich auf ihre Lippen und ihren Hals legten. Jeder Mann umfasste eine Brust. Sie nahm die kleinen Unterschiede zwischen den beiden Männern wahr. Yannicks Hand war rauer, die seines Bruders weicher. Yannicks Finger reizten und kniffen ihre Brustwarze, aber sein Bruder verkehrte diese Liebkosungen in

Schmerz – nicht so stark, dass sie protestierte und sich gegen ihn wehrte, aber genug, um in genussvoller Agonie aufzustöhnen.

Althea blickte zu den spiegelnden Augen ihres zweiten Liebhabers auf, dunkle Untiefen von Hitze und erotischem Wissen. Sie wusste, dass er Yannicks Bruder war. Sebastien de Wynter.

Zweieiige Zwillinge, dachte sie träge. Seine Hände glitten zu ihren Schenkeln hinab. Obwohl um sie herum alles in Schatten lag, wusste Althea, dass die beiden unterschiedlich aussahen. Und irgendwie wusste sie auch, dass die beiden sie auf unterschiedliche Weise lieben würden.

Streichle uns beide, Althea.

Sie sehnte sich danach. Die Leidenschaft verbrannte ihr Inneres. Althea bewegte leicht die Hüften und ihre empfindlichen Hüftknochen berührten beide Schwänze.

Nein, flüsterte sie in Gedanken. *Ich … kann es nicht.*

Sebastiens Lachen war leise und unverfroren. *Liebchen, lass dich nur nicht zur Gefangenen deiner Moral machen. Genieß es einfach.*

Yannick lächelte sie erneut an, aber mit seinen Augen funkelte er seinen Bruder warnend an.

Sie ist noch nicht so weit, Bastien.

Wieso konnte sie die Worte hören, die für Bastien bestimmt waren?

Bastien sprach zu ihr. *Niemand sündigt im Traum, Liebchen.*

Stimmte das? Sie wollte es um jeden Preis glauben.

Kühn ließ sie zunächst ihre Rechte hinabgleiten. Sie umschloss Yannicks Penis. Ihr mutiges Handeln überraschte sie, und es überraschte Yannick noch viel mehr, wenn sie nach seinem heiseren Stöhnen urteilte. Sie umschloss den vertrauten Schaft und ließ die Fingerspitzen über die glatte Haut hinaufgleiten bis zu seiner festen Spitze. Ihn so zu berühren, ließ ihr Herz schneller schlagen. Sie spürte, wie sie feucht wurde und sich schmerzhaft nach ihm sehnte.

Allein wenn du mich berührst, würde ich am liebsten schon explodieren.

Sie fühlte Bastiens Anspannung, als er Yannick stöhnen hörte.

Ihre linke Hand glitt hinab. Sie wollte es zufällig erscheinen lassen, als ob sie keine Kontrolle über ihr Handeln hatte. Ihre Finger tänzelten über die Spitze von Bastiens Penis. Berührten seine warme Feuchtigkeit.

Ja.

Sein Penis unterschied sich von Yannicks – er war dünner, Althea konnte ihn mühelos mit der Hand umschließen. War er länger? Sie war nicht sicher, konnte schließlich nicht widerstehen, einen heimlichen Blick auf die Schwänze zu werfen – erst auf Yannicks und dann den seines Bruders. In der Dunkelheit konnte sie wenig erkennen. Sie sah nur, dass beide Schwänze so einzigartig waren wie die beiden Männer und beide wunderschön.

Selbst in dem dämmrigen Licht konnte sie den Gesichtsausdruck der beiden Zwillinge sehen. Eine Spur Unsicherheit. Die Angst, dass Althea den einen dem anderen vorziehen könnte? Dass einer besser war als der andere?

Sie sind beide perfekt. Sie versuchte, beide gleichzeitig zu streicheln, aber es ging nicht. Ihre linke Hand erreichte schneller die Spitze von Bastiens Penis, und sie drückte ihn sanft. Bastien legte den Kopf in den Nacken. Er schloss die Augen.

Oh ja, mein Engel. Wenn du so weitermachst, komme ich.

Kommen. Das war ihr Wort für Leidenschaft.

Althea begann beide Glieder zu drücken. Das Stöhnen der beiden Männer vermischte sich mit ihrem eigenen Herz-

73

schlag. Sie spürte, wie ihre Vagina auf die Erregung der Männer reagierte. Sie streichelte schneller. Sie war unbeholfen, was die beiden Männer jedoch nicht zu stören schien. Yannick stöhnte heiser, beinahe verzweifelt. Bastien schnappte nach Luft. *Ja, ja, gib's mir, fick mich ...*

Sie küssten Althea auf den Mund, die Wangen, die Ohrläppchen, den Hals. Sie hungerten nach ihr.

Yannicks Penis schwoll zuerst an, wurde so groß in Altheas Hand, dass sie ihn kaum mehr mit den Fingern umschließen konnte. Seine Lenden bäumten sich auf, er legte den Kopf in den Nacken und schrie auf. In diesem Moment war er so verletzlich, dass es Althea den Atem raubte. Sie spürte, wie sein Samen über ihre Hand spritzte.

Du verlierst immer zuerst die Kontrolle, triumphierte Sebastien. Dann schrie auch er ihren Namen und kam.

„London?"

Althea starrte ihren Vater überrascht an. Ihre Kutsche schwankte, weil sie sich nur langsam den Berg zum Friedhof hinaufquälte. Die Kiste auf ihrem Schoß verrutschte. Sie griff fester zu. Die Kiste durfte nicht herunterfallen.

Ihr Vater saß ihr gegenüber und lehnte sich auf seinen Gehstock.

„Ja, mein Mädchen, London. Es ist hier zu gefährlich für dich. Und du hast es dir verdient, London kennenzulernen. Es ist eine aufregende Stadt."

London sollte aufregend sein? Wie konnte irgendwas an London auch nur annähernd so spannend sein wie die Jagd nach Zayan? *Und das Abenteuer, mit zwei Männern das Bett zu teilen,* flüsterte ihre innere Stimme. „Was ist an London aufregend?"

„Du bist eine junge Dame. In London gibt es Bälle, Einladungen, Gentlemen, die dich kennenlernen wollen. Das ist es doch, was junge Frauen mögen." Seine blauen Augen blinzelten ihr hinter der Brille zu.

„Aber ich mag all das nicht. Ich tue genau das, was ich immer tun wollte."

„Deine Mutter hätte gewollt, dass du diese Dinge erlebst."

Oh nein, das war ungerecht, wenn er jetzt ihre Schuldgefühle weckte. Sie konnte nicht wissen, was ihre Mutter gewollt hätte. Sie war drei gewesen, als ihre Mutter mit dem zweiten Kind im Kindbett starb. Althea konnte sich kaum an sie erinnern. Die wenigen Porträts von ihrer Mutter blieben in Kenworth House. Dort waren sie viel zu selten. Nur eine winzige Miniatur gab es, die sie immer bei sich trug. Sie zeigte ihr das lebendige Lächeln, das wilde, kastanienbraune Haar, die lebhaften grünen Augen und die Liebe und Lebensfreude, die ihre Mutter ausgestrahlt hatte.

„Aber sie ließ dich weiter Vampire jagen, weil sie wusste, wie wichtig es dir war", erinnerte ihn Althea. „Sie ließ dich das tun, was du tun musstest."

„Und meine geliebte Anne hätte mich für verrückt erklärt, wenn sie wüsste, dass ich es dich auch tun lasse." Er streckte das Bein aus und rieb sich durch die Hose den schmerzenden Oberschenkel. „Du lenkst mich von der Arbeit ab, mein Mädchen. Ich kann mir nicht immer noch Sorgen um dich machen …

„Das brauchst du auch nicht. Ich bin alt genug, um selbst auf mich aufzupassen."

Ihr Vater lehnte sich zurück, als die Kutsche sich plötzlich nach rechts neigte und durch tiefe Wagenrinnen ratterte. „Willst du die Wahrheit wissen, Liebes? Ich möchte, dass du dir einen Ehemann suchst. Schenk' mir Enkelkinder. Ich möchte endlich Großvater werden."

Ihr Herz hüpfte so plötzlich wie die Kutsche. Heiraten? Das konnte sie nicht! Ein Ehemann würde nie eine Frau akzeptieren, die Vampire jagte. Die kurze Zeit, die sie bisher in London verbrachte hatte, hatte sie zwei Dinge gelehrt. Männer erwarteten von einer Ehefrau, dass sie hübsch anzusehen war wie ein paar Blumenranken auf einer Porzellantasse. Und dreiundzwanzigjährige Blaustrümpfe mit Brille und nur mäßigen familiären Verbindungen zum Adel fesselten kaum die Aufmerksamkeit der Männer.

Althea öffnete den Mund, um zu protestieren. Aber dann sah sie ein sanftes Glänzen in den Augen ihres Vaters – der Gedanke an Enkelkinder ließ ihn glücklich lächeln. Ohne Zweifel stellte sich ihr Vater gerade vor, wie er unter einem Apfelbaum saß und einen süßen Jungen oder ein hübsches kleines Mädchen auf den Knien schaukelte.

Ihre Gedanken wirbelten wie die verwirrenden Lichter der letzten Nacht. Ihr Vater sehnte sich nach Enkelkindern. Aber wie sah es bei ihr aus? Wollte sie Kinder? Sie hatte immer gedacht, dass sie die Welt erst vom Bösen befreien sollte, bevor sie Kinder bekam. Doch das war natürlich unmöglich.

Wäre es das wert, ihre Träume aufzugeben, nur um zu heiraten und Kinder zu haben?

Und wie sollte das überhaupt gehen – wie konnte sie jetzt auch nur einen Gedanken an Heirat verschwenden?

Sie errötete bei dem Gedanken an ihre Hände, die sich auf Yannicks und Bastiens Schwänze legten. Tief in ihr hörte sie erneut das Stöhnen der beiden Männer. Ihr Körper spannte sich an, ihr wurde heiß und sie spürte, wie sich ihre Brustwarzen unter dem schlichten Kleid, das sie trug, aufrichteten. Ihre Vagina zog sich zusammen und pochte leise wie ein zweiter Herzschlag.

Würde das nun immer so sein?

Sie blickte aus dem Fenster. Maidensby verschwand hinter ihnen. Bald hatten sie ihr Ziel erreicht – den Friedhof.

In gewissem Maße konnte sie ihren Vater verstehen. Nachdem sie wusste, wie es war, Yannick und Bastien zu streicheln und zu berühren, konnte sie an nichts anderes mehr denken. Verbotene und sinnliche Erinnerungen hatten die Kontrolle über sie gewonnen. Wie erregend es gewesen war, sie beide in Händen zu halten! Zu wissen, dass sie beide ihretwegen so hart und erregt gewesen waren! Sie liebte es, an die Schwänze der beiden zu denken, an ihre harten, austrainierten Körper, ihre Augen, die voller Hunger silbrig glänzten. Sie liebte den Gedanken daran, wie die Zeit stillgestanden hatte, als nichts anderes zählte als ihre gemeinsame Lust.

Sie konnte sich nicht einmal auf die bevorstehende Aufgabe konzentrieren. Sie wollte nur weiter von Sex mit den beiden Vampiren träumen.

Hör sofort damit auf, befahl Althea. Sie verdrängte die Gedanken an das dämmrige Schlafzimmer aus ihrem Traum und zwang sich, in die Welt hinauszuschauen.

Blasses Sonnenlicht strich über die mit Stroh gedeckten Dächer. Schafe grasten auf den frischen, grünen Feldern. Die Kutsche fuhr an einem gichtig zusammengekrümmten Schäfer vorbei, der seine Herde vor sich hertrieb. Zwei junge Frauen mit Hauben und schlammbespritzten Röcken hielten große Blumensträuße in den behandschuhten Händen.

Ein idyllischer Ort – genau richtig, um einen Vampir zu verstecken. Und dies war auch kein Ort, um sich wie eine … eine Hure zu verhalten. Aber genau das hatte Althea getan …

„Althea, Liebes?"

Die sanfte, freundliche Stimme ihres Vaters riss sie aus ihren Überlegungen wie ein Schlag auf die Hand.

Sie drehte sich zu ihm um. In ihren Augen brannten Tränen. Was sollte sie ihm antworten?

„Aber ich kann und will dich nicht mitten in diesem schweren Kampf alleinlassen."

„Ich werde es überstehen. Du brauchst keine Angst zu haben." Sein Lächeln strahlte Zuversicht aus, aber sie spürte einen Stich in die Magengrube. Althea atmete tief durch.

„Ich möchte aber bei dir bleiben. Ich mag dieses Leben."

„Das weißt du doch gar nicht, Liebes. Ich habe dir nie die Chance gegeben, ein normales Leben zu führen."

„Aber ich mache mir nichts aus Bällen, aus der feinen Gesellschaft. London würde sich für mich nie normal anfühlen." Warum sollte sie die Jagd aufgeben und gegen ein zurückgezogenes, langweiliges Leben eintauschen?

Und sie legte keinen Wert auf die feine Gesellschaft. Sie hatte Yannick – einem Vampir! – gestattet, sich schändliche Freiheiten herauszunehmen. Und sie hatte diese Freiheiten, die er sich nahm, ebenfalls genossen. Während ein Gentleman jederzeit so etwas tun konnte – unverheirateten Frauen war das nicht gestattet. Wie sollte sie diese höflichen, keuschen Küsse ertragen, wenn sie von wildem Sex mit zwei Vampiren träumte?

Durch das Kutschenfenster sah Althea die großen Steinsäulen des Friedhoftors. Sie waren da.

„London wird sich schon bald normal für dich anfühlen, mein Mädchen. Und natürlich wirst du irgendwann heiraten wollen."

Sie passierten die ersten Grabsteine. Manche waren schon einige Hundert Jahre alt. Sie waren vom Zahn der Zeit verwittert und ausgeblichen, manche auch zerbrochen. Die Kutsche knirschte über den Kies an Steinkreuzen und einer großen Krypta vorbei. Knorrige Eichen streckten ihre Äste über den alten Gräbern aus, und die Zweige wiegten sich sanft im Wind und malten tanzende Schatten. Huschende Geister, dachte sie.

So wild schlug auch ihr Herz. Geheimnisse und Abenteuer umgaben sie. Sie würde an einer unaussprechlichen Zeremonie teilnehmen.

Sie wollten einen Untoten zurück ins Leben holen.

Wie konnte man das mit einem albernen Ball vergleichen?

Behutsam strich Althea über den kleinen Kasten auf ihrem Schoß. „Die Wahrheit ist: Ich will nicht heiraten. Ich will Vampire jagen."

„Und ich will nachts ruhig schlafen, Althea. Du wirst heiraten." Seine Stimme duldete keinen Widerspruch.

Argwöhnisch blickte Althea ihren Vater an. „Du hast doch nicht etwa schon jemanden ausgesucht, oder? Das würdest du nicht tun, nicht wahr?"

Die Kutsche kam zum Stehen.

„Natürlich nicht, Liebes." Die Tür wurde geöffnet. Sonnenlicht und der üppige Geruch der Frühlingserde machten Althea trunken. Vögel zwitscherten.

„Ich habe eine Dame beauftragt, dir bei der Suche zu helfen."

Als ihr Vater mühsam aufstand, war Althea an seiner Seite und griff nach seinem Ellenbogen, um ihn zu stützen.

„Und wer ist diese Dame?"

„Die Frau meines alten Freundes Sir Randolph Peters. Er ist Mitglied der Royal Society."

Angst und Überraschung griffen mit eisiger Hand nach ihrem Herz. „Eine Heiratsvermittlerin?"

Ihr Vater blickte betreten zu Boden. Er wirkte schuldbewusst, aber bevor er zu seiner Verteidigung ansetzen konnte, kam ihm Mick O'Leary zu Hilfe. Er lehnte sich von außen an die Tür. „Sind Sie so weit, Sir?"

Altheas Protest musste warten. Sie würde sich nicht die Blöße geben, vor Mr. O'Leary mit ihrem Vater zu streiten. Althea biss sich auf die Zunge und half ihrem Vater aus der Kutsche. Doch sie flüsterte: „Nein, Vater. Ich will keine Kupplerin. Und ich werde nicht nach London gehen."

Mit einem Schnaufen trat ihr Vater auf den ausgeklappten

Tritt. „Doch, das wirst du, mein Mädchen."

Mick O'Leary führte Althea und ihren Vater den Weg zur Krypta entlang. Althea schlug nach einer Biene, die um ihre Haube summte. Die kleine Kiste schlug gegen ihr Bein. Zwei Arbeiter folgten ihnen und trugen den großen Koffer.

Einst wäre ihr beim Anblick von Mr. O'Learys Muskeln, die sich unter dem Leinenhemd abzeichneten, der Atem gestockt. An diesem Morgen aber konnte sie nur an Yannick denken … und daran, wie es war, ihn und seinen Bruder in ihren Träumen zu berühren.

Ein Stein löste sich unter ihrem Fuß und Althea stolperte. Schlamm beschmutzte den Saum ihres Kleids. Sie blickte zu ihrem Vater, der unbeirrt auf die Krypta zu marschierte und immer wieder die Beschwörungsformel murmelte, mit der er den Fluch brechen wollte. Ob es funktionierte?

Sie erreichten den Fuß des Hügels. Die Grasnarbe war aufgerissen, wo die Männer die alte steinerne Grabstätte freigelegt hatten. Gemauerte Ziegelsteine hatten gestern noch den Weg versperrt. Die Männer hatten bis zur Abenddämmerung gearbeitet und jetzt waren genügend Steine herausgehauen, damit sie die Grabkammer betreten konnten. Innen leuchtete eine Fackel.

„Die Kiste, Althea", sagte ihr Vater.

Er wollte, dass sie draußen wartete. „Ich werde mit hineingehen."

Mick O'Leary grinste. „Da drin ist es aber schmutzig, Mädel, und es riecht nicht gerade frisch …"

Ihr wütend funkelnder Blick traf den Iren. „Es ist nicht so, als hätte ich das noch nie gemacht."

Er streckte seine schwielige Hand aus. „Dann lassen Sie sich helfen, Miss Yates."

„O'Leary …", sagte ihr Vater ungeduldig und mit einem mahnenden Unterton.

Althea trat an die Öffnung. Sie hatte genug von diesem männlichen Gehabe! Sie stützte sich an den Ziegelsteinen am Eingang ab und zwängte sich in die Grabkammer.

Das Licht der Laterne erhellte den großen Raum und warf unheimliche Schatten auf die steinernen Wände. Die Luft in der Krypta war feucht, aber es roch nicht muffig, wie sie es erwartet hatte. Frische Luft wehte durch die Öffnung in der Ziegelwand. Es gab keinen Gestank nach Verwesung – die Körper in den Sarkophagen waren nicht tot und verrotteten nicht.

Vor vielen Hundert Jahren war dieses Grab gebaut worden und dann – mit Erde und Grassoden bedeckt – dem Vergessen anheimgefallen. Nur der berühmte Vampirjäger Lord Devars hatte noch davon gewusst. Der Adelige hatte es im letzten Jahrhundert vor allem benutzt, um Vampire hierherzubringen und sie zu vernichten.

Und auch Zayan war diese Kammer bekannt.

Die Suche nach der versteckten Krypta war aufregend gewesen, obwohl sie hauptsächlich darin bestanden hatte, vergilbte Berichte und alte Karten zu sichten. Sie erinnerte sich noch genau an den spannenden Moment, als Mr. O'Leary mit der Schaufel gegen den zugemauerten Eingang gestoßen war.

Das Licht flackerte auf den feinen Verzierungen der Steinsarkophage. Ein Dutzend dieser steinernen Särge standen ordentlich aufgereiht an den düsteren, modrigen Wänden.

„Die Höhle der Vampire." In der Stimme ihres Vaters lag atemlose Aufregung – wie bei einem Jungen, der ein Pony geschenkt bekam.

Die Arbeiter kletterten nun ebenfalls durch die Öffnung. Sie trugen hölzerne, angespitzte Pflöcke hinein. Althea spürte, wie sich plötzlich Übelkeit in ihrem Bauch ausbreitete. Ihre Beine gaben beinahe unter ihr nach, und sie lehnte sich Halt suchend an die Wand.

Natürlich würden sie all die anderen Vampire töten, außer dem einen, den sie befreien wollten. Waren es alles Ghoule? Oder gab es hier auch welche, die charmant und schön waren wie Yannick? Gab es noch andere Vampire wie ihn? Und war sein Bruder so wie er – nicht nur ein von Blutdurst getriebenes Wesen?

Sie spürte einen Blick auf sich ruhen und wirbelte herum. Ihr Vater studierte sie nachdenklich. Seine grauen Brauen zogen sich zusammen.

Erriet er etwa, dass sie sich zu einem Vampir hingezogen fühlte?

Nein, bestimmt nicht.

Und schließlich war sie nicht schwach geworden – nicht so richtig. Sie wusste immer noch, dass Vampire gefährliche Kreaturen waren, die zerstört werden mussten. Natürlich hatte sie das nicht vergessen.

Um ihre Verlegenheit zu überspielen, schritt sie die Reihe der steinernen Särge ab. Sie berührte die Abdeckungen der Särge, um ihren unsicheren Gang zu kaschieren. Ihre Finger fuhren über die eingemeißelten Lebensdaten und Namen. Anthony Austen – 1612 bis 1705. Francis Smythe – 1512 bis 1705.

Der dritte war der älteste, aber die Buchstaben waren noch immer deutlich zu erkennen. Stephen of Myrlyn – 1100 bis 1706.

Das erste Datum zeigte die Geburt eines Vampirs auf. Das zweite zeigte auf, wann er zerstört worden war. All diese Vampire waren bereits zerstört worden.

Über Zayan sagte man, dass er über zweitausend Jahre alt war, aber als sie jetzt sah, wie alt Stephen of Myrlyn geworden war, versetzte ihr das einen stechenden Schmerz. Wie es wohl war, über sechshundert Jahre lang einsam jagend durch die Nächte zu gehen?

In sechshundert Jahren würde auch Yannick noch auf dieser Erde weilen, wenn sie schon längst begraben war. Schon längst zu Staub geworden war. Längst vergessen …

Schuldgefühle übermannten Althea. Es war, als hätte jemand Gift in ihre Adern geträufelt. Sie hatte Yannick angelogen. Sie war seinem beschwörenden, glühenden Blick ausgewichen, um ihre Lüge zu verbergen. Aber sie fürchtete, dass er längst Bescheid wusste. Machte das einen Unterschied? Heute Nacht wusste er ohnehin, dass sie es getan hatten. Und was würde er dann wohl tun?

Würde er zu ihr kommen und seine Wut an ihr auslassen? Oder würde er – was vielleicht noch schlimmer war – gar nicht zu ihr kommen?

Der nächste Sarg trieb ihr die Tränen in die Augen. Er trug keine Daten wie die anderen, auf denen das Datum der Verwandlung und das Datum der Zerstörung standen.

William. 1700 bis 1708. Ruhe sanft.

Ein achtjähriger Vampir?

Das Herz schlug ihr bis zum Hals, als sie näher trat und den Deckel des letzten Sargs betrachtete. Er war leer. Ihre Finger strichen über kalten, glatten und weißen Stein. Sie spürte unter ihren Fingerspitzen ein sanftes Summen. Ein leichtes Vibrieren, das sich verstärkte und einen bestimmten Rhythmus annahm. Schwach, aber regelmäßig spürte Althea ein Pochen, das immer wieder für lange Momente aussetzte. Der Herzschlag eines Vampirs.

„Welchen brauchen wir, Sir?", fragte O'Leary.

Sie wusste es, ohne dass ihr Vater es sagte.

„Der am Ende der Reihe. Dort, wo Althea steht."

Sie blickte auf. O'Leary kam zu ihr. Er trug ein Brecheisen und eine zweite Lampe heran. Ihr Vater stand noch immer nahe dem Eingang in der Ecke, zusammen mit den jungen, mutigen Arbeitern. Einer stemmte mit dem Brecheisen

die Steinabdeckung eines Sargs auf, die knirschend beiseite-
rutschte.

„Zu Asche verbrannt!", verkündete ihr Vater mit nüchterner Stimme.

War auch der achtjährige William auf diese Art zerstört
worden?

Als O'Leary sie erreichte, rief ihr Vater: „Sei doch nicht so
verdammt ungeduldig, O'Leary. Warte noch einen Moment,
bevor du den Sarkophag öffnest."

Trotz seines verwundeten Beins war ihr Vater innerhalb
weniger Augenblicke bei ihnen. Wieder blickte er sie so merkwürdig an, als wüsste er, dass sie die Gegenwart von Sebastien
de Wynter spüren konnte. Ihre Hand ruhte noch immer auf
dem Deckel des Sargs. Es war, als strömte eine unglaubliche
Energie in ihre Hand bis in ihren Arm. Sie konnte die Hand
nicht wegziehen.

Obwohl sie sicher war, dass Sebastien de Wynter in diesem Sarkophag ruhte, konnte sie es so recht nicht glauben.

„Wie hat Zayan es geschafft, ihn hierherzubringen? Der
Eingang war seit hundert Jahren unberührt, und ebenso war
es mit dem Hügel. Ist er wirklich durch Erde und Stein hier
eingedrungen und hat Sebastien hier lebendig begraben?"

Ihr Vater nickte knapp. „Er kann so was tun. Ebenso kann
er mit einer Handbewegung den Eingang öffnen und anschließend mit bloßer Gedankenkraft wieder versiegeln."

„Wie ist das möglich?"

„Wie ist es möglich, dass die Toten leben? Nur, weil wir
es nicht verstehen, bedeutet das nicht, dass es diese Macht
nicht gibt. Und wir müssen erkennen, wie gefährlich diese
Macht ist."

Ihr Vater wies auf seinen Koffer. „Öffnest du ihn bitte,
Liebes?"

Althea hatte erst einmal in den Koffer blicken dürfen. Als

sie ihn jetzt auf den Sarg neben Sebastiens Sarkophag stellte und öffnete, erinnerte sie sich an den flüchtigen Blick, den sie damals auf ein goldenes Halsband geworfen hatte. Jetzt lagen in dem Koffer zwei identische Halsbänder.

Sie wandte sich zu ihrem Vater um. Er legte gerade sorgfältig kleine Bündel mit getrockneten Kräutern auf dem weißen Sargdeckel aus, in einem rautenförmigen Muster, das wohl nur er genau kannte. Dabei fiel er in einen eintönigen Singsang. Sie wusste, jetzt durfte sie ihn nicht bei seiner Arbeit unterbrechen.

„Avia aura. Avia solari. Avia noctus.“

Die Wörter ergaben für sie keinen Sinn. Es war kein Latein, aber ebenso wenig Englisch oder irgendeine andere Sprache, die sie kannte.

Während er sprach, ging er langsam um den Sarg herum und berührte ihn an jeder Seite.

„Aura se selen. Aura se nordum.“

Ihr Vater hob schließlich einen Schierlingszweig, der am Ende zurechtgeschnitten war, sodass er eine scharfe Spitze bildete. Er fuhr über dem Sarg ein Kreuz nach: von unten nach oben, von rechts nach links.

„Bey ara nonum.“

Er zeichnete einen Kreis über den Kräutern nach.

„Ecta enta aura. Ecta enta decum.“

Dann hob ihr Vater den Kopf. „Öffnet den Sarg.“

5. KAPITEL

Befreit

„Seine Augen sind offen." Eine Frau lehnte sich über seinen Sarg. Eine Frau, die so süß nach Lavendel und Frühlingsblumen duftete, nach frischem Brot und Landluft. Voll und kehlig und weich strahlte ihre Stimme pure Weiblichkeit aus, worauf sein Körper alsbald reagierte, obwohl er sich nicht bewegen konnte. Seine plötzliche Erektion war ausdauernd und fordernd. Aber er war zur Bewegungslosigkeit verdammt.

„Ja, aber er kann nichts sehen", antwortete eine ältere Männerstimme.

Das stimmte nicht. Er konnte sehen. Zwar nicht allzu gut – seine Augen waren immer noch schwach – aber es genügte, um die weichen, rosigen Lippen zu sehen und das volle Haar, von einer dunklen, roten Farbe, die an dunkelroten, süßen Wein erinnerte. Einige Strähnen hingen in ihr Gesicht, das von alabasterner Blässe war. Goldene Funken wurden von etwas reflektiert, das sie vor den Augen trug. Sie kräuselte die Lippen und blies eine der Strähnen aus ihrem Gesicht.

Althea. Er wusste ihren Namen aus seinen Träumen. Ein wunderschöner Name für eine begehrenswerte Frau.

Bastien de Wynter versuchte Altheas Bewegungen zu folgen, aber es misslang. Wärme rann prickelnd durch seine lange ungenutzten Glieder. Ein Gefühl von Triumph überkam ihn, als er merkte, dass er gerade mit dem Zeh gewackelt hatte. Althea, seine Retterin!

Er roch das Tageslicht. Da er eine Kreatur der Nacht war, kannte er die Unterschiede zwischen Tag und Nacht. Ein Atemzug genügte ihm, um den Geschmack einer Tageszeit auf der Zunge zu schmecken.

Verdammt, wollten sie ihn im Tageslicht rösten, nachdem

er ein Jahrzehnt in der Hölle überlebt hatte?

Er lauschte in sich hinein. Wo war der langsame, beinahe unhörbare Herzschlag, der mit seinem eigenen so perfekt im Gleichklang schlug?

Da war nichts.

Wo war Yannick? War er irgendwo in England begraben worden?

Aber wie, zum Teufel, war es Althea dann gelungen, ihn aufzuwecken?

Sie kehrte zurück und lehnte sich wieder über ihn. Erneut überfluteten ihn die unglaublichen Aromen von Brot, pulsierendem Blut, weiblichem Schweiß, Lavendel und Wildblumen. Bevor er hier lebendig begraben worden war, hatte er nie versäumt, jede Nacht sein Gesicht am Hals einer Frau zu vergraben – und die Zähne in ihre Haut zu schlagen.

Ja, Süße, komm noch ein bisschen näher.

In seinen Träumen hatte sie ihn verzaubert. Hatte ihn mit ihrer verlockenden Unschuld eingewickelt und ihn schier wahnsinnig gemacht vor Lust und Begehren. Seit zehn Jahren hatte er sich nicht bewegen können, obwohl sein Geist wach war und alles um ihn herum wahrgenommen hatte, sobald es Nacht wurde. Verdammte Qual …

Er sehnte sich schmerzlich danach, sie sofort zu berühren. Aber bisher reagierten nur seine Zehen, seine Fingerspitzen und die Gesichtsmuskeln. Seine Lippen zuckten. Er blinzelte.

Hatte sie es bemerkt?

Nein, ihre Aufmerksamkeit richtete sich auf die eigenen Hände und den Gegenstand, den sie darin hielt. Ihre kleinen runden Brüste füllten das enge Mieder vollständig aus. Mit bezaubernder Anmut bewegten sie sich unter dem hellbraunen Musselin auf und ab.

Zayan hatte ihn nackt begraben. Er spürte, wie ihr Blick über seinen Körper glitt. Spürte, wie ihr Blick in seinem Schritt verharrte. Auf seinem Schwanz, der nicht mehr ruhte.

Ihre Augen weiteten sich hinter den Brillengläsern.

Berühr mich, bitte. Er wollte den süßen Duft nach Frühling an seiner Haut haften haben, er brauchte ihre Berührungen. Aber sie blickte auf.

Kaltes Metall berührte seine Haut oberhalb seiner Brust, direkt unter der Kuhle zwischen seinen Schlüsselbeinen. Seine Haut fühlte sich betäubt an. Was tat sie mit ihm?

Ihre Finger glitten an seinem Hals hinauf.

Verletzlich. Nie zuvor hatte er sich so verletzlich gefühlt.

Wenn er jetzt sterben sollte, dann wünschte er sich, dass er seinen Kopf ein letztes Mal zwischen ihren Brüsten bergen durfte. Er wünschte sich, sie einmal zu vögeln. In seinen Träumen hatte sie ihm Hoffnung auf die erotischen Untiefen ihrer Seele gemacht. Er wollte die Chance haben, diese Geheimnisse zu erforschen.

Taubheit breitete sich in Bastiens Körper aus. Zugleich aber spürte er einen flammenden Schmerz an den Stellen, wo ihre Finger ihn berührten. Ihr Blick hielt seinen fest, als sie ihm das Haar zurückstrich und seinen Hals freilegte.

Altheas Hände zitterten, als sie Bastiens langes Haar zurückstrich. Im Licht der Lampe glänzten die Strähnen so golden, wie das Halsband, das sie in der Hand hielt.

Ihr stieg die Schamesröte ins Gesicht. So laut wie eine Kriegstrommel hämmerte ihr Herz.

Lustvolle Schauer rannen über ihren Rücken, als ihre behandschuhten Finger seine kalte, perfekte Haut berührten.

Nur eine unschuldige Frau konnte einem Vampir das Halsband anlegen. Das machte es viel schwieriger, eine Vampirin zu fangen, denn eine männliche Jungfrau zu finden, war ungleich komplizierter …

„Beeil dich, mein Mädchen.“

„Mein Gott, er hat ja einen Steifen. Der ist so hart wie eine

Eisenstange." Mick O'Learys ungehobelter Kommentar ließ Althea zusammenzucken. Vor ihrem Vater, Mr. O'Leary und den Arbeitern kämpfte sie dagegen an, auf Bastiens Erektion zu schauen. Aber das Bild hatte sich ihr ins Gedächtnis gebrannt, obwohl sie nur einen kurzen Blick gewagt hatte.

Natürlich sah sein Penis genauso aus wie in ihren Träumen. Zwischen Bastiens und Yannicks Schwänzen gab es Unterschiede, aber das wusste sie auch aus den Träumen. Er war geschwungen wie ein Bogen, und der schwere Kopf neigte sich zu seinem Bauch. Er sah beinahe wie eine Waffe aus – gefährlich, leidenschaftlich und wild.

Sie durfte nicht hinsehen.

Zwischen ihren Schenkeln spürte sie Feuchtigkeit, die ihre Unterhose durchnässte.

Aus dem Augenwinkel sah sie, dass ihr Vater ein Tuch über Bastiens unübersehbare Erektion legte, um ihr den schockierenden Anblick zu ersparen.

Erst letzte Nacht hatte sie ihre Hand um diese Erektion gelegt und ihn gerieben, bis Bastien sie angebettelt hatte, dass er kommen durfte. Bis er ihren Namen geschrien hatte und …

Nein. Das durfte sie nicht denken. Es war nur ein Traum gewesen.

Ja, sie hatte von Bastien geträumt. Aber sie hatte das Lager mit seinem Bruder Yannick geteilt. Wenn sie die Augen schloss, wurde Althea sofort wieder von den Erinnerungen übermannt, wie Yannicks Zunge ihre … ihre empfindlichsten Orte umkreiste. Wie seine Zunge in sie eindrang. Sie reizte. Sein Mund auf ihrem. Seine Hände auf ihren Brüsten. Wie er aussah, als er sie zwischen ihren Schenkeln angelächelt hatte.

Halt!

Sie lehnte sich über Bastien und legte das Halsband um

seinen Hals, direkt unterhalb des Adamsapfels. Es war so eng, dass sie es nicht verschließen konnte. Sie musste die beiden Enden zusammenfügen, aber das Halsband war zu eng.

Sie zerrte daran.

Hatten sich seine Augen bewegt?

Ihre Brüste berührten seine Brust, als sie sich so dicht über ihn lehnte wie nur irgend möglich. Sie balancierte auf den Zehenspitzen und ihre Brustwarzen stießen hart gegen das Mieder. Gerade noch rechtzeitig konnte sie ein leises Stöhnen zurückhalten.

„Was ist los, mein Mädchen?", fragte ihr Vater.

Das antike Halsband, das Einzige – oder besser gesagt eins der beiden, die auf dieser Welt existierten – war zu klein. Aber sie wollte verdammt sein, wenn sie vor Mick O'Leary zugab, dass sie nicht in der Lage war, eine so einfache Aufgabe zu erfüllen.

Oder ließ sich das Halsband nicht verschließen, weil sie nicht mehr unschuldig war? Ihr Jungfernhäutchen war zwar noch intakt, aber sie fühlte sich nicht länger unschuldig.

Es verunsicherte sie, dass Bastiens Augen offen waren, obwohl er sie vermutlich nicht sehen konnte. Althea hob eine Hand und strich über seine Augenlider, um sie zu schließen, wie man es bei einem Toten tat.

Aber er war nicht tot. Ihr Körper wusste das. Sie pulsierte inzwischen zwischen den Beinen. Sie sehnte sich danach, sich über ihn zu lehnen und seinen Mund und ihren mit einem köstlichen, gierigen und alles verschlingenden Kuss zu beglücken. So wie in ihren Träumen.

Sie fühlte erneut die Schamesröte.

Wie konnte sie so etwas nur wollen, nachdem sie bereits mit Yannick …? Vielleicht kam Yannick diese Nacht wieder zu ihr … Wie sollte sie ihm wieder in die Augen blicken?

Aber jetzt war sie vollends entflammt und voller Sehnsucht und Leidenschaft für Bastien.

Mit zitternden Fingern zerrte sie an dem Halsband. Das Metall fühlte sich in ihren Händen warm an und schien sich wie durch Zauberei zu dehnen. Der Verschluss klickte. Plötzlich spürte Althea, wie ein Schwall Kraft durch ihre Hände und ihre Arme bis in ihre Schultern drang.

Erneut musste sie die Augen schließen, denn Bastien in die Augen zu blicken, war mehr als sie ertrug. Sie fürchtete, ihn im nächsten Moment zu küssen. Er war ein wunderhübscher Prinz, der von einem Zauberspruch zur Bewegungslosigkeit verdammt war und nur durch ihren Kuss wiedererweckt werden konnte.

Er war wirklich schön, dachte sie. Langes, goldenes Haar umrahmte sein Gesicht und reichte bis zu den Schultern. Die Brauen waren ebenfalls golden, zu den Schläfen hin aufwärtsgeschwungen. Anders als bei Yannick waren seine Wimpern hell und beschatteten dicht geschwungen seine hohen Wangenknochen. Sein voller Mund war sanft geschwungen. Würde er genauso männlich und sündig schmecken wie in ihren Träumen?

Was passierte nur mit ihr?

Eine sittliche Frau konnte nicht zwei Männer begehren. Eine gute Frau brauchte nicht mehr als einen Mann zu lieben, nein, sie *durfte* diese Leidenschaft nicht fühlen, die Althea in diesem Moment für Sebastien de Wynter empfand.

„Gut gemacht, mein Mädchen", sagte ihr Vater begeistert. Althea schrak zurück, weil er so dicht neben ihr stand. Und weil er sie *gut* nannte. Schuldbewusst trat sie wortlos beiseite und umschlang sich selbst mit den Armen, während ihr Vater und die beiden Arbeiter ein Totenhemd über Bastiens nackten Körper breiteten.

„Am besten bringen wir ihn zurück zum Gasthaus", sagte ihr Vater. „Und dann suchen wir nach dem anderen."

„Du kannst den Earl nicht gefangen setzen, Vater." Althea beobachtete, wie ihr Vater vor der Tür zu Yannicks Zimmer kniete und mit einem Dietrich versuchte, das Schloss zu knacken.

„Natürlich kann ich das, Liebes. Ich brauche beide Zwillinge, um Zayan zu vernichten."

„Er hat dein Leben gerettet." Sie bemühte sich, ihre Stimme ruhig zu halten und keine Gefühle zu zeigen. Ihr Herz schlug so laut, dass sie fürchtete, ihr Vater könnte es hören.

„Er ist ein Vampir." Ihr Vater stocherte mit dem Dietrich im Schlüsselloch herum. „Verdammt noch mal, nie funktioniert dieses blöde Ding."

Hörte sie da ein Knarren? Althea fuhr auf dem Absatz herum. „Hör auf", flüsterte sie. Kam da eins der Zimmermädchen oder ein anderer Gast?

Ihr Vater stand auf und hakte sich bei ihr unter, als wolle er den Anschein erwecken, dass sie gemächlich zu ihren Räumen schlenderten. Einige Herzschläge lang lauschte Althea angestrengt.

„Da ist niemand, Liebes. Du hast ja schon Angst vor Schatten!"

Sie streckte die Hand aus. „Dann lass es mich versuchen. Deine Finger ..."

„Mit meinen Fingern ist alles in Ordnung."

„Ich sehe doch, wie geschwollen sie sind, Vater. Bitte, lass mich es versuchen."

Ihr Vater schien widersprechen zu wollen, wie er es immer tat, wenn es um seinen Rheumatismus ging. Doch dann gab er Althea den Dietrich und sie kniete sich vor das Schlüsselloch. Sie richtete ihre Röcke und schob die Brille auf der Nase zurecht. Auch dies war eine Fertigkeit, die sie noch perfektionieren musste. „Versuch' es mit Gefühl", sagte ihr Vater immer. Sie ruckelte die Spitze vor und zurück, rauf und runter und tastete nach dem Widerstand.

Das Klicken ließ sie zufrieden lächeln. Sie hatte es geschafft! Aber zugleich überkam sie ihr schlechtes Gewissen. Stand sie tatsächlich kurz davor, das zweite antike Halsband um Yannicks Hals zu legen?

Er wusste, wer sie war. Er war in ihr Bett gekommen und hatte gewusst, was sie war. *Ich bin ein Vampir. Du bist eine Vampirjägerin.*

Langsam schob sie die Tür auf. „Ich glaube, wir können dem Earl vertrauen, Vater."

„Ich habe nie einem Vampir vertraut, Althea." Seine Stimme überschlug sich beinahe. „Und es gibt keinen Grund, jetzt damit anzufangen."

Aber sie vertraute Yannick.

Als sie den Raum betreten wollte, griff ihr Vater nach ihrem Arm und hielt sie zurück. „Lass mich zuerst gehen, Liebes."

Erneut kämpfte sie mit Schuldgefühlen und ihrem Gewissen. Yannick war ein Vampir. Es bestand kein Zweifel, dass er jetzt in seinem Sarg lag, die Arme über der Brust gekreuzt. Sie musste daran denken, dass er zu allererst ein Vampir war. Und sie war seine Jägerin.

„Verdammt! Ich fürchte, er ist nicht hier."

Die Erleichterung, die Althea durchflutete, beschämte sie. Sie trat in das Zimmer und schaute sich um. Der Wirt hatte Yannick nicht das beste Zimmer gegeben, aber es war größer als ihres. Durch das massive Bett und die wuchtigen Möbel wirkte es jedoch ebenso beengt. Nirgends stand ein Sarg, und es hätte auch kaum einen Platz dafür gegeben. Das Bett war unberührt. Ihr Vater blickte sogar unter das Bett, hob die alte Tagesdecke an und ließ sich stöhnend auf die Knie sinken. Sie wollte ihm zu Hilfe kommen, aber da es offensichtlich war, dass ihr Vater nichts finden würde, ließ sie es bleiben.

Dem Himmel sei gedankt! Sie hatte Zeit gewonnen – Zeit, in der sie sich nicht zwischen dem Mann, den sie begehrte und ihrer Berufung entscheiden musste.

„Mist." Ihr Vater sank auf das Bett. „Ich hab alles versucht, um seinen Aufenthaltsort aus den Dienern herauszubekommen. Und weil sie nichts wussten, habe ich gedacht, dass er das Offensichtliche wählt. Wo kann man sich besser verstecken als in dem Raum, in dem jeder einen vermutet?"

Er trommelte mit seinem Gehstock auf den Boden. „Also fragen wir uns erneut: Wo hat Seine Lordschaft seinen Sarg versteckt?"

Das Sonnenlicht wurde durch seine Brillengläser reflektiert, als er Althea anblickte. Sie schüttelte den Kopf. „Ich hab keine Ahnung."

„Ich vermute, er wird eine Kiste benutzen und keinen Sarg. Seine Diener haben keine Ahnung, wer er wirklich ist. Aber niemand hat eine so große Kiste gesehen, in die er hineinpasst. Und er ist ja nun wirklich nicht gerade klein …"

Oh nein. Das war er definitiv nicht.

„Vielleicht hat er sich auf dem Kirchhof versteckt?" Würde Yannick es wagen, einen Sarg zu stehlen? Der Gedanke erschütterte Althea, denn Yannick war zu vielem in der Lage. Sie vergaß zu schnell, wer er wirklich war.

„Gute Idee, mein Mädchen. Lass uns das versuchen."

Althea blickte aus dem Fenster und beobachtete die Reihe der Lichter, die auf das freie Feld zusteuerten. O'Leary, ihr Vater und die Arbeiter schwärmten aus.

Sie schob das Fenster auf und lehnte sich hinaus. Der Geruch von Regen und Schlamm strömte herein. Nach Sonnenuntergang hatte es angefangen zu regnen. Aus dem Wolkenguss war ein Nieselregen geworden, immer noch genug, um ihr Haar, ihr Gesicht und ihre Hände patschnass werden zu lassen, als sie sich vorlehnte, um die Männer zu beobachten. Die Lichter verschwanden aus ihrem Blickfeld, als die Männer eine Senke durchquerten, und als sie wieder auftauchten, waren sie ein wildes Flackern hinter den Bäumen.

Sie zog sich wieder in das Zimmer zurück und strich über ihre nassen Haare. Ihr Nachthemd war vom Regen feucht und drückte sich gegen ihre harten Nippel. Durch die Nässe war der Stoff beinahe durchsichtig. Ihr Bett war bereits aufgeschlagen. Es war einladend, zwischen die Decken zu schlüpfen und sich wieder aufzuwärmen. Und unter ihrem Kissen wartete auch das zweite Halsband.

Sie sank auf das Bett und ließ ihre Hand unter das Kissen gleiten. Würde Yannick heute Nacht zu ihr kommen? Er musste doch ahnen, dass sie ihn belogen hatte. Und das bedeutete, dass er heute wahrscheinlich nur kam, um ihr Blut zu trinken, sie zu zerstören mit seiner kalten, bösen Wut.

Wenn es ihr gelang, ihm das Halsband umzulegen, konnte sie sich retten. Wenn sie gezwungen war, ihn mit einem Pflock zu töten, so würde sie das nur tun, um ihr eigenes Leben zu retten.

Sie hatte ihn nur angelogen, um sich selbst zu schützen.

Althea sank auf das Bett. Die durchgelegene Matratze bog sich unter ihr.

So sehr sie es auch hoffte, aber wahrscheinlich würde es ihr nicht gelingen, Yannick mit dem Halsband zu kontrollieren. Bastien hatte sich befreit, und es war ihr Fehler, weil sie nicht länger unschuldig war. Das war alles nur passiert, weil sie so eine Idiotin gewesen war und nicht hatte widerstehen können.

Sie schluckte hart, als sie daran dachte, wie O'Leary entsetzt aufgeschrien hatte: „Er is' weg! Um Himmels willen!"

Althea hatte gerade ihren Mantel aufgeknöpft, als sie den

Schrei hörte. Sofort war sie zur Tür geeilt und erreichte den Flur im selben Moment, als O'Leary und ihr Vater aus Bastiens Raum stürmten. Ihr Vater hielt das Leichentuch hoch, mit dem sie Bastien bedeckt hatten, um ihn vor dem Sonnenlicht zu schützen. Die Sonne war gerade untergegangen.

„Wie konnte das passieren?", knurrte O'Leary.

Ihr Vater rückte seine Brille gerade, bevor er finster auf das Leichentuch hinabblickte. „Ich hab im ersten Moment gedacht, sein Zwilling könnte ihm geholfen haben. Aber das ergibt keinen Sinn. Wie konnte der Zwilling das Halsband lösen? Es sei denn ..." Aber ihr Vater schüttelte den Kopf. „Nein, das ist unmöglich. Es wird ja gerade erst dunkel."

Plötzlich wusste Althea mit tödlicher Sicherheit die Antwort. Bastien hatte entkommen können, weil sie keine Jungfrau mehr war. Darum hatte das Halsband seine magische Kraft nicht entfalten können. Sie musste es ihrem Vater und Mr. O'Leary sagen. Aber sie brachte kein Wort hervor. Welchen Unterschied machte es, wenn sie ihren Fehler gestand? Der Schaden war nun mal angerichtet.

Sie konnte ihr Schweigen so leicht rechtfertigen – wie sie schon ihren Betrug an Yannick rechtfertigt hatte.

„Gut, dann brauchen wir heute Nacht wohl nicht in die Krypta gehen." Ihr Vater strich sich über den Hals. Seine Schultern waren eingesunken.

Gesteh ihm, was du getan hast, zwang sich Althea. Aber stattdessen biss sie sich auf die Lippen.

Ihr Vater wandte sich an O'Leary. „Sie werden auf die Jagd gehen. Der erweckte Vampir wird nach Blut hungern. Was wir brauchen, sind mehr Männer. Verdammt, dieses ganze verdammte Dorf wird erfahren, wer wir sind."

Althea trat zu ihrem Vater. „Ich werde meine Armbrust holen." Aber konnte sie das? Würde sie ihren Pfeil auf Yannick abschießen? O'Leary konnte es, und ebenso ihr Vater.

Aber sie konnte es nicht. Was sollte sie nur tun?

„Oh nein, Liebes. Du bleibst hier, in deinem Zimmer."

Jetzt verstand sie. Er schloss sie von der Jagd aus. Und sie durfte ihre Kammer nicht verlassen? „Das ist doch lächerlich. Ich kann gut auf mich selbst aufpassen, wenn wir auf die Jagd gehen." Das alles war ihre Schuld, und sie wollte eine Chance haben, es wiedergutzumachen.

„Ich will, dass du in deinem Zimmer bleibst. Dort bist du in Sicherheit."

„Aber ich *muss* mitkommen! Diese Dorftrottel haben doch keine Erfahrung und sind die meiste Zeit betrunken. Und was ist mit dem Halsband?" Sie hielt den Atem an. Höchstwahrscheinlich konnte sie die Halsbänder nicht mehr anlegen. Sie sollte wohl besser dafür sorgen, dass ihr Vater nach einer wahrhaft unschuldigen Frau suchte.

„Nun, das erste Halsband hat nicht das bewirkt, was wir wollten, nicht wahr?"

Sie hoffte, dass die beiden Männer nicht sahen, wie ihr die Schamesröte ins Gesicht schoss. „Wie willst du sie sonst unter Kontrolle bringen?"

„Pfeile, die in eine genau bemessene Kurare-Lösung getaucht sind. Selbst bei Vampiren wirkt dieses Pfeilgift aus dem Regenwald paralysierend. Sie müssen unter Kontrolle sein, bevor du ihnen die Halsbänder anlegst. Ich gehe hier keine Risiken mehr ein – jetzt nicht mehr."

Pfeilgift? Althea griff nach dem Arm ihres Vaters. „Nein, tu das nicht! Es könnte ihn töten!" Zwar wusste sie, dass das Herz nach einem Treffer mit Pfeilgift weiterschlug, aber die Lähmung brachte den Atem zum Stillstand. Und das bedeutete den Tod. Sie hatte Artikel der Royal Society über dieses Gift gelesen. Es war ein unkalkulierbares Risiko.

Überrascht blickte ihr Vater Althea an. Sie betete darum, dass er ihre Aufregung nicht an ihrem Gesicht ablesen konnte.

Aber bei Gott, sie konnte nicht zulassen, dass Yannicks Leben aufs Spiel gesetzt wurde.

Der Blick ihres Vaters verfinsterte sich. „Mach dir keine Sorgen, mein Mädchen. Ich bin schließlich Experte. Es gibt Versuche, die zeigen, dass das Pfeilgift die Vampire nicht tötet – wenn man es in den richtigen Dosen anwendet. Das verdanken sie ihrer verlangsamten Atmung und ihren durchtrainierten Muskeln." Er hatte ihre Hand getätschelt. „Ich will ihn nicht umbringen, Liebes, nicht mal aus Versehen. Ich brauche ihn."

Jetzt, da sie in ihrer Kammer allein war, starrte Althea an die dunkle Decke. *Komm nicht, Yannick.*

Doch was war schlimmer? Wenn er fortblieb und riskierte, vergiftet zu werden? Oder wenn er zu ihr kam? Dann war sie gezwungen zu wählen.

Eigentlich sollte sie keine Zweifel haben. Als Jägerin sollte es ihr keine Schwierigkeiten bereiten, ihn außer Gefecht zu setzen. Eine Jägerin konnte sich Gefühle und Zweifel nicht leisten.

Was war das? Flügelschlagen? Es war ein flüsterndes Geräusch, das sich vom Rauschen des Regens unterschied.

Sie wartete angestrengt lauschend und mit angespannten Muskeln. Lange saß sie so da, bis Rücken und Schultern sich völlig verkrampft hatten.

Sie sollte erleichtert sein, wenn er nicht kam. Aber stattdessen fühlte sie sich schlecht. Sie legte sich wieder auf das Bett und schloss die Augen.

Mein Engel …

Ihre Lider flatterten. Sie musste eingeschlafen sein. Sie spürte das Gewicht der Decken, unter denen sie lag. War er wirklich hier? Oder träumte sie wieder?

Sie öffnete die Augen. Um sie herum war nur Dunkelheit. Selbst die Lampen im Innenhof des Gasthauses waren inzwischen erloschen. Nur der leise Windhauch und der elegante Flügelschlag verrieten ihr, dass er da war.

Er konnte sie ohne Licht sehen. Althea richtete sich auf. „Yannick?" Sie griff nach dem Nachttisch, um die Kerze anzuzünden.

Aber ehe sie den Zünder fand, bewegte sich das Bett unter ihr, als er sich zu ihr setzte. Seine Finger umschlangen ihre und hielten sie davon ab, Licht in die Dunkelheit zu bringen. Lange, elegante Finger. Kühl.

„Yannick." Sie flüsterte erneut seinen Namen und lächelte. Mit der freien Hand tastete sie nach dem Halsband. Er war nur wenige Zentimeter von ihr entfernt, aber in der Dunkelheit konnte sie nicht mehr ausmachen als ein dunkles Schemen.

Er griff nach ihrem Ellenbogen, als ihre Hand das Halsband berührte. Starke Hände griffen nach ihren Handgelenken, nicht grob, aber bestimmt. Sie konnte sich nicht aus seiner Umklammerung lösen. Sein Geruch betörte sie, er roch nach männlicher Haut, nach dem frischen Regen. Plötzlich schob er ihre Arme über ihren Kopf. Sie keuchte, als er sie auf das Bett schob.

Nein, Liebes. Ich bin's. Bastien.

6. KAPITEL

Im Fallen

Bastien verstärkte seinen Griff. Althea kämpfte unter ihm und versuchte, sich ihm zu entziehen. In der Dunkelheit konnte er sie mit seinem Vampirblick gut erkennen: Ihr blasses Gesicht strahlte, das weinrote Haar umgab es wie eine Corona. Die grünen Augen blitzten ihn wütend an.

„Lassen Sie mich los!" Ihr rechter Fuß traf sein Schienbein, als sie um sich trat. Als Nächstes traf ihr linker Fuß seine Hüfte und sie strampelte wild unter ihm. Bastien ächzte, als der Schmerz ihn so unvorbereitet an seiner empfindlichsten Stelle traf.

Seine Daumen glitten über die Innenseite ihrer Handgelenke. „Ich will dir nichts antun, mein Liebling."

Dieses widerspenstige Frauenzimmer stemmte sich gegen seinen Griff und sein Gewicht. Und es gelang ihr sogar, sich unter ihm ein Stückchen zu bewegen. „Dann lassen Sie meine Hände los."

Wie begehrenswert sie war, wenn sie sich so kratzbürstig gab! Bastien grinste sie verschmitzt an. „Lass mich nur einen Augenblick diesen Anblick genießen."

Althea lehnte sich zurück. Ihre Lippen zitterten. Aber es war nicht, weil ihr Tränen in den Augen standen. Nein, sie war wütend. Röte stieg in ihre blassen Wangen. Obwohl sie keine Chance hatte, seinen Armen zu entkommen, versuchte sie erneut, ihre Handgelenke seinem festen Griff zu entziehen.

Temperamentvolle Frauenzimmer hatten ihn schon immer fasziniert. Und nach zehn Jahren, in denen er lebendig begraben gewesen war, begehrte er dieses hier schmerzlich.

„Was wollen Sie von mir? Mein Blut?" Ohne eine Spur

von Angst sprach sie, ihre Stimme war weich und kehlig. Der Duft nach Lavendel und Wiesenblumen umgab sie, zusammen mit dem Geruch ihrer Erregung. Und das faszinierte ihn erst recht. Sie hatte keine Angst vor ihm.

„Ich würde nie das Blut meiner Retterin trinken, Liebste." Obwohl er ihr dieses Versprechen gab, spürte er seine Eckzähne anwachsen.

Retterin besänftigte sie etwas. Die Anstrengung des Kampfes hatte ihre Röte nur tiefer werden lassen. Ihre festen, runden Brüste bebten mit jedem hastigen Atemzug. Ihre Brüste lagen direkt unter seinen Lippen, die Konturen ihrer Nippel waren durch den dünnen Stoff ihres Nachthemds deutlich zu sehen.

„Ich glaube Ihnen kein Wort", flüsterte sie. Sie gab sich kühl und zweifelnd. Trotzdem hatte ihre Stimme etwas Weibliches, ein seidiges Schnurren, ganz natürlich. Sie versuchte nicht, mit ihm zu flirten oder ihn gar zu verführen.

„Ich öffnete meine Augen und sah eine Göttin. Zuerst dachte ich, es wäre nur ein weiterer Traum, dass du nicht real sein konntest. Liebes, ich würde nie dem Engel Schmerz zufügen, der gekommen ist, mich zu befreien."

Sie kämpfte nicht länger gegen ihn an. „Warum würden Sie, ein Vampir, glauben, dass ein Engel geschickt wurde, um Sie zu befreien?"

„Kein Mann würde etwas anderes glauben, wenn er die Augen öffnet und als Erstes dich sieht." Er ließ ihre Handgelenke los. Später, wenn sie ihm vertraute, würde er sie in jene Spiele einführen, die er am meisten genoss.

Sie ließ die Arme sinken. „Sie haben von mir geträumt?" Heimlich glitt eine ihrer Hände unter die Bettdecke.

Sie versuchte offenbar, ihn abzulenken. Aber warum? Was verbarg sie unter der Bettdecke? Eine Waffe? Bastien zog die Bettdecke schneller zurück als sie auch nur blinzeln konnte.

„Noch ein Halsband? Wie wolltest du mir das denn anlegen?" Er zwinkerte ihr zu. „Wolltest du einfach auf mich draufklettern und es zu Ende bringen?"

Seine Beine umklammerten ihre Hüften und er legte seine Hand auf ihre, um sie von dem Metallhalsband fortzuziehen. Er stützte sich auf. Seine Knie sanken in die weiche Matratze ein. „Tut mir leid, wenn ich dich enttäuschen muss, Althea, aber dieses Halsband kann mir nichts antun."

„Dann hat Yan… Seine Lordschaft Sie nicht befreit?"

„Nein, Süße." Bastien hatte die Anwesenheit seines Zwillings Yannick wahrgenommen, seit sich die Nacht über das Dorf gesenkt hatte. Aber er war frei, erstmals seit einem Jahrzehnt war er frei. Er hatte weiß Gott Besseres zu tun, als diese erste Nacht in Freiheit mit seinem frömmlerischen Bruder zu verbringen. Sein verdammter, heiliger Bruder, der ihn lieber in einer Krypta verrotten ließ, statt ihn zu befreien. Wie lange war sein Zwilling schon frei gewesen? Hatte die süße Althea ihn schon vorher befreit?

Altheas Blick verfinsterte sich. „Dann haben Sie sich das Halsband selbst abgenommen, Mr. de Wynter?"

„Mr. de Wynter?" Statt ihre Frage zu beantworten, hob Bastien ihre Hand an seine Lippen und küsste jede Fingerkuppe einzeln. Ihr Geruch betörte ihn, wie der Ruf der Sirene. Oh, er liebte den Duft einer so zurückhaltenden jungen Frau. So zart und sauber! Wie er es genoss, diese süßen Düfte zu trinken, bevor er sich über sie beugte und seine Zähne in den Hals eines hübschen Mädchens versenkte! „Nenn' mich Bastien, Süße. Ich pflege nicht gerne formellen Umgang mit den Frauen, mit denen ich schlafe."

Obwohl seine Hand die ihre festhielt, entzog sie sich ihm. „Ich werde auf keinen Fall mit Ihnen …"

Sie vollendete den Satz nicht, aber das brauchte sie auch nicht. Eifersucht flammte in ihm auf. Schnell und heftig wie der Schlag einer Peitsche. Vorhin hatte sie beinahe seinen Bruder beim Vornamen genannt. Hieß das, dass Yannick bereits *seine* Retterin geliebt hatte?

„Hast du meinen Bruder befreit?", fragte er und gab seiner Stimme einen sanften und verführerischen Klang.

Sie schüttelte den Kopf. „Er wurde damals sofort befreit."

Bastien kämpfte seine aufflammende Wut nieder. Wie um alles in der Welt hatte Yannick freikommen können?

„Von dir zu träumen hat mich davor bewahrt, verrückt zu werden, Althea. Verlass mich nicht." Er schleuderte das Halsband zu Boden. Dann rollte er sich auf den Rücken und zog Althea auf sich. Er seufzte zufrieden, als er ihr Gewicht auf sich spürte. Er griff nach ihrem Hintern und massierte ihn. „Es war eine Qual, jeden Tag bei Sonnenuntergang zu erwachen. Ich war nicht in der Lage, mich zu bewegen. Nicht mal blinzeln konnte ich, und meine schlimmste Befürchtung war, bis in alle Ewigkeit dort zu liegen. Weißt du eigentlich, wie schön es war, irgendwann aus diesem verfluchten Sarg aufzublicken und dich zu sehen?"

Ihre Handflächen lagen auf seiner Brust. „Aber …" Sie verstummte. „Sie haben mich gesehen?"

„Ja, ich konnte dich sehen, wie du auf mich hinabschautest, so strahlend wie ein Sonnenaufgang. Und ja, verdammt, ich weiß wie ein Sonnenaufgang aussieht."

Sie zweifelte wohl an seiner Aussage, aber er meinte jedes einzelne Wort ernst. Bei Gott, wieder zum Leben erweckt und bei ihr zu sein, war fast zu viel. Er wühlte seine Hand in ihr volles, weiches Haar. Zog sie zu sich herunter, in der einen Hand ihren runden Hintern, in der anderen das seidige Haar.

Wenn er Althea verführen wollte, musste er den Weg über ihre Gedanken gehen. Mit den verbotenen Fantasien gelang es ihm sicher, sie zu erregen.

Althea stemmte sich gegen seine Umklammerung.

Er ließ sie los und betete darum, dass sie ihn nicht verließ. Sein Herz schlug heftig, wie er es nie erlebt hatte, seit er ein Vampir geworden war. Lebendig oder untot, nie war er bei einer Frau so zögerlich gewesen. Die meisten gaben sich ihm bereitwillig hin. Er hatte sie umschmeichelt, bezaubert und verführt, und das war alles, was er tun musste. Manchmal reichte es, einer Frau zu befehlen, das Lager mit ihm zu teilen. Aber er fühlte sich unsicher. Ihre Loyalität Yannick gegenüber war so spürbar, dass er sie fast greifen konnte.

Etwas fiel aus dem Ausschnitt ihres Nachthemds und strich über seine Wange. Ein Kreuz, das an einer silbernen Kette um ihren Hals hing. Bastien bewegte den Kopf und schnappte nach dem Kreuz. Es fühlte sich warm an auf seiner Zunge, und er saugte behutsam daran, bis sie es ihm entriss. In der Dunkelheit sah er die Angst in ihrem Blick.

Aber sie verließ das Bett nicht.

„Verdammt, du bist wirklich eine Schönheit", hauchte Bastien. Bei seinen Worten zog sie den Kopf zwischen die Schultern. Sie schien verlegen, blickte beiseite und wich seinem Blick aus, obwohl sie nicht wusste, dass er sie anblickte.

„Ich sollte das nicht tun", sagte sie schließlich.

Bastien war es gewohnt, die Schuldgefühle einer Frau beiseitezuwischen. „Ist es wegen Yannick?" Er griff nach ihrer Wange, um sich zu vergewissern. Ihre Hitze schoss durch seine Hand. „Ich weiß, dass ich dich in deinen Träumen mit Yannick geteilt habe."

Er spürte, wie erneut Hitze in ihrer Wange aufflammte. Doch diesmal konnte er es sogar sehen – er hatte die Sinne eines Nachtjägers.

„Was hat Yannick mit dir gemacht, Süße?"

„Das kann ich nicht sagen."

Er tastete nach ihrem Kinn. „Ich weiß, was wir getan haben, Althea. Ich war dort, in deinen Träumen. Und ich habe unaussprechlich schöne Dinge mit dir getan. Nichts kann mich schockieren."

Sie strich das Haar hinter ihr Ohr. „Nein, ich fürchte, ich kann es nicht. Weil es … privat ist. Und … intim."

Er grinste frech. „Ach komm schon. Mein Bruder und ich teilen uns immer die Frauen."

„Immer?" Sie starrte ihn mit weit aufgerissenen Augen an. Selbst in der Dunkelheit sah er das Glitzern darin. Obwohl er die genaue Farbe nicht erkennen konnte, wusste er, dass sie grün waren, grün wie die regennassen Rasenflächen rings um Inglewood. Yannick war dort zu Hause. Er selbst schon lange nicht mehr.

Mit einer fließenden Bewegung setzte er sich auf, sodass er sie umfassen konnte. Kurz wehrte Althea sich, als er sie zwischen seine gespreizten Schenkel setzte. Sie lehnte nun gegen seine Brust, und seine Erektion pochte gegen ihren Rücken. „Ja, immer. Und das heißt, ich habe oft genug gesehen, was er mit Frauen macht."

Sie leistete keinen Widerstand, als er die Hände auf ihre schmalen Schultern legte. „Also, was stellt Yannick an, um eine Frau zu befriedigen?", dachte er laut nach. „Wobei habe ich ihn beobachtet?"

Sie seufzte bei seinen Worten.

Bastien fasste ihr Haar zusammen und schob es beiseite, ehe er mit der Zunge über ihren Nacken fuhr. Sie schmeckte süß und salzig gepaart mit weiblichem Schweiß und Lavendelseife. Er fuhr ihren Hals entlang bis zu ihrem Ohr. „Hat er's dir mit seinem Schwanz besorgt?"

Er knabberte an ihrem Ohrläppchen. Dann umschlang er sie und zog Althea noch dichter an sich. Sie wehrte sich nicht. Er spürte ihren Herzschlag an seinem Unterarm.

„Bitte …"

„Oder mit seinem Mund?"

„Sagen Sie das nicht."

„Es gibt keinen Grund, sich zu schämen, Liebes. Es macht Spaß, über Sex zu reden." Er biss sanft in ihr Ohr, und sie bog den Rücken durch, seufzte leise."Es wirkt wie ein Aphrodisiakum."

Ein Schauer rann durch ihren Körper, und er erkannte, dass seine Worte sie erregten. Sie mochte es also doch, über Sex zu reden.

„Und du brauchst dich nicht zu schämen mir zu sagen, was Yannick mit dir gemacht hat, Liebes. Du bist dazu bestimmt, von uns beiden begehrt zu werden." Vorerst jedenfalls.

Sie drehte sich zu ihm um. „Und was ist, wenn ich nicht an Bestimmung glaube? Vielleicht glaube ich ja, dass ich wählen darf. Was ist, wenn ich nur einen von Ihnen beiden erwähle?"

Bastien schob seine Hände nach oben und umfasste ihre Brüste. Er spürte ihren Herzschlag, der heftig und beständig gegen seine Handfläche brandete. „Dann wählst du mich, mein Engel."

Um Himmels willen, dachte Althea. Die Wahl fiel ihr nicht leicht. Wie schon sein Bruder war Bastien nackt zu ihr gekommen – sie konnte seine nackte, warme Haut spüren, die sich an ihren Rücken presste. In der Dunkelheit und ohne das Licht des Mondes konnte sie ihn nicht sehen, aber sie wusste, dass er seine langen, muskulösen Beine neben ihren ausgestreckt hatte. Seine breite Brust war wie eine massive Wand in ihrem Rücken.

Sie sollte sich in seinen Armen nicht wohlfühlen. Er war der Gefangenschaft entkommen, und wahrscheinlich war er gefährlich. Seine Berührungen durften sie nicht erregen. Ihre Haut durfte nicht vor Erregung brennen, überall dort, wo er sie berührt hatte.

Und wie er mit ihr sprach, mit heiserer Stimme, als ob er sich wirklich nach ihr gesehnt hatte – seine Worte waren ein Flehen und ein sanftes Kommando zugleich. Wie schaffte er es, gleichermaßen dreist und verletzlich auf sie zu wirken? Aber seine Verletzlichkeit rührte ihr Herz.

Hielt er sie wirklich für seine Retterin?

Und was war mit Yannick? Letzte Nacht hatte ihr Herz für ihn geschlagen, und es hatte gezittert vor Angst, ob er es schaffte, sich rechtzeitig vor Sonnenaufgang in Sicherheit zu bringen. Ihr dummes, verräterisches Herz konnte doch nicht einfach so wankelmütig in seiner Loyalität für die beiden Männer hin und her springen, oder?

Nein. Das, was sie für Bastien fühlte, war anders. Es war Sympathie, ja. Vielleicht auch Mitleid und Sorge. Mehr nicht. Obwohl auch er in ihren Träumen verführerisch und unwiderstehlich gewesen war. Es konnte nicht mehr sein.

Aber Bastiens Mund beschritt einen Pfad aus Feuer auf ihrem Hals. Es war wie brennendes Öl auf Wasser. „Wähle mich", wiederholte er, verlockend wie der Teufel persönlich.

Sie riss sich nur mühsam zusammen. „Ich bin eine Vampirjägerin. Ich werde keinen von Ihnen wählen."

Seine starken Arme umfassten sie fester, pressten sie gegen seinen Körper. Sein erigierter Penis lag zwischen ihnen. Er fühlte sich riesig an und drückte gegen ihren Rücken. Und merkwürdig, seine heftige Umarmung schenkte ihr Sicherheit, obwohl sie doch seine Stärke fürchten musste, die er nur ihr zuliebe zügelte.

Er war so anders als Yannick. Seine Brust weicher, die Arme und Beine dünner und das goldene Haar länger. Es kitzelte sie, als Bastien ihren Hals küsste. Seine Stimme und die Stimme von Yannick waren einander sehr ähnlich. Es war so schlimm, dass sie jedes Mal zusammenzuckte, wenn er sprach. Aber trotzdem musste es noch andere Unterschiede geben.

Yannick vereinte die Arroganz eines Adeligen mit der Güte eines liebenden Mannes. Bastien hatte sie wehmütig seine Retterin genannt, aber zugleich lachte er boshaft in sich hinein, als seine Fangzähne sanft über ihren Hals fuhren. Sie spannte sich an und schrie in Panik auf. Als er sanft mit weichen Lippen und seiner zarten Zunge an ihrer Schulter saugte, wandelte sich ihre Erleichterung schnell in Leidenschaft, und sie wusste nicht, was sie tun sollte.

Bastien hielt sie fest. Seine Hände lagen nun auf ihren Brüsten, und durch den dünnen Musselin ihres Nachthemds massierte er sie leicht.

„Also gut. Ihr wollt, dass wir Zayan töten, und dann werdet ihr uns töten, nicht wahr?" Seine Stimme war nicht mehr als ein Zischen.

Sie wich zurück. Sie wusste es nicht. Sie hatte es nicht gewusst. „Woher wissen Sie, dass wir Sie … dass du deshalb wiedererweckt wurdest?"

„Ich konnte jedes Wort hören, das ihr gesprochen habt, dein Vater, du und dieser irische Kerl."

„Ich dachte, Sie konnten nichts …"

Seine Finger kniffen sie in die Brustwarze und sie wand sich in seinen Armen, weil die Lust sie völlig überrumpelte. Ihr Po drückte sich gegen seine Erektion.

„Weißt du, warum Zayan mich eingesperrt hat, Althea?"

Seine Berührungen durften ihr nicht gefallen. Das durfte nicht sein. „Weil Sie ihn töten könnten. Ich verstehe jetzt, dass Sie … Sie und Yannick ihn nur gemeinsam zerstören können."

„Hätte es nicht mehr Sinn gehabt, einen von uns zu zerstören? Wenn einer von uns tot wäre, hätte Zayan nichts zu befürchten." Er richtete sich auf, seine Lippen lagen nicht länger auf ihrem Nacken. Doch seine Hände bewegten sich noch immer auf ihren Brüsten, und mit jedem Streicheln fühlte Althea Sehnsucht in ihrer Vagina pulsieren. Sie fühlte sich schon jetzt heiß und feucht an. Aber noch immer vermischte sich ihre Lust mit Angst.

Sie drehte sich zu ihm um, aber in der Dunkelheit konnte sie nicht einmal sein Gesicht sehen. Sein Atem strich über ihre Wange. Seine Worte ergaben sogar für ihren verwirrten Kopf einen Sinn. Warum hatte Zayan die Zwillinge verschont?

„Ich habe keine Ahnung, warum er Yannick nicht getötet hat." Eine Hand glitt herab und ruhte auf ihrem Bauch. Die Finger schoben langsam ihr Nachthemd hoch. Bastien murmelte mit seiner tiefen Stimme: „Aber mich hat Zayan nicht getötet, weil wir mal Liebhaber waren."

Sie musste ihn falsch verstanden haben. „Wie meinen Sie das?"

„Zayan und ich." Eine Spur übersättigten Amüsements schwang in seiner Stimme mit.

Wie sehr sie sich wünschte, ihn sehen zu können! Sie versuchte, sich vollends zu ihm umzudrehen, in die Richtung zu blicken, aus der seine Stimme kam. Ihre Hand stieß an seinen Oberschenkel.

Wie hatte er Zayans Liebhaber sein können? „Aber Sie sind beide …"

„Vampire?"

Ihr Herz zog sich schmerzhaft zusammen. „Nein. Sie und Zayan sind Männer."

„Aber auch Männer können Liebhaber sein, Süße. Das musst du doch wissen."

Sie wusste, dass es irgendwie so was gab. Und es war Sünde! Aber das schockierende Bild von einem Mann, der Bastien berührte, nahm vor ihrem inneren Auge Gestalt an. Die große Hand eines Mannes, die ihn dort berührte, wo sie ihn berühren wollte. Eine Hand auf einer breiten Schulter, auf seiner Brust. Küsste ein Mann die Brustwarzen eines anderen Mannes wie sie es bei Yannick getan hatte? Gab es einen

Mann, der Bastiens schmale Hüften und seine Beine erkundet hatte? Hatte dieser Mann Bastiens Schwanz berührt?

„Du bist neugierig, stimmt's? Du stellst dir vor, was zwei Männer miteinander tun. Wie sie einander lieben."

Weil sie wusste, dass Bastien sie sehen konnte, schüttelte Althea den Kopf – eine offensichtliche Lüge. Sie wollte es wissen, ja, sie verzehrte sich danach, mehr zu hören.

„Haben Sie ihn geliebt?"

„Ach komm schon, Süße, ich vermute, du interessierst dich nicht für die großen Gefühle, sondern für den Sex."

„Nein", log sie erneut. Aber sie war wirklich neugierig. Küssten sich Männer so, wie Mann und Frau es taten?

Sie erinnerte sich an die Träume. Bastiens Mund, der sich auf ihren legte, seine geschickte Zunge in ihrem Mund, die sie zur Sünde verlockte.

Wie konnte es sein, dass Bastien zwar einerseits die gleichgeschlechtliche Liebe begehrte, aber andererseits in ihren Träumen zu ihr kam, sie mit einer solchen Leidenschaft küsste und liebkoste?

„Es kann sehr erotisch sein, jemanden des eigenen Geschlechts zu lieben", versprach er ihr.

„Es wird als Perversion angesehen."

Sein Lachen war wie der Gesang des Teufels, verlockend und lasterhaft in der samtenen Dunkelheit. „Ich liebe Perversionen, Süße."

Sein Bruder war da anders. Auch wenn Yannick in allem so geschickt war, so hatte er sie doch mit Zärtlichkeit und Vorsicht verführt. Mit Bastien in ihrem Rücken fürchtete Althea, sie würde der Nacht nicht entkommen, ohne ihre Seele zu verkaufen.

„In Wahrheit aber ist nichts, was die Menschen im Bett tun, um einander Lust zu schenken, pervers." Er hauchte einen Kuss auf ihre Wange und sie erzitterte von der überraschenden Zärtlichkeit. Aber im selben Moment glitt seine Hand unter ihr Nachthemd und legte sich auf die Innenseite ihres nackten Schenkels. „Es gibt nichts Verwerfliches daran, dass mein Bruder und ich dich zur Ekstase bringen. Du verdienst es, uns beide zu deinen Sklaven zu machen."

Das durfte nicht sein. Althea stieß gegen seine gespreizten Beine, als sie versuchte, ihm zu entkommen.

„Bleib bei mir."

Und wieder hörte sie sein sanftes Bitten und ließ sich davon erweichen.

„Kannst du dir vorstellen, wie es ist, eine andere Frau zu lieben?", flüsterte er. „Ihre vollen Brüste zu küssen? Ihre kleinen, harten Nippel in den Mund zu nehmen? Sie zu berühren und zu schmecken, und wie sie dasselbe mit dir tut?"

Seine Hand legte sich auf den Hügel zwischen ihren Beinen. „Stell dir vor, wie du vor Sehnsucht brennst und wie nass du wirst. Ich vermute, tief in dir bist du mir ähnlich, Althea. Sinnlich und gefährlich. Ich wette, du würdest es genießen, zwei Frauen bei ihrem Liebesspiel zu beobachten."

Seine Hüften bewegten sich vor und zurück. Seine Zungenspitze tanzte über ihren Nacken. „Ich liebe es, die Frauen dabei zu beobachten, wie sie an den Nippeln der anderen saugen. Oder wenn sie einander zum Stöhnen bringen. Frauen genießen es, die Brüste eines anderen Mädchens zu erkunden. Eine Frau mit kleinen, reifen Brüsten verwöhnt gern die üppigen Brüste ihrer Freundin, und umgekehrt hungert die andere nach dem Gefühl kleiner, fester Früchte unter ihren Händen. Besonders erregend ist es, wenn sie sich umarmen und ihre Brüste sich aneinanderschmiegen und sie ihre Nippel aneinanderreiben." Sein Daumen glitt über ihre linke Brustwarze, als wolle er seine Worte bekräftigen.

„Ich kann mir nicht vorstellen, bei so einer Sache zuzusehen!" Aber in diesem Moment fand seine andere Hand ihre

Klit, und sie stöhnte auf. „Ooooh!"

Sterne explodierten vor ihren Augen, als er begann, sie zu massieren. Sie musste … durfte nicht …

„Du vergisst wohl, dass ich in deinen Träumen war."

Wie schaffte er es, ein so harmloses Wort wie *Träume* so verrucht klingen zu lassen?

„Diese Träume haben mich am Leben erhalten." Er bewegte seine Hand schneller, bis sie nur noch Lust und Stöhnen war.

„Nun, was können zwei Mädchen noch im Bett machen?" Bastien überlegte. „Sie mögen es, sich gegenseitig Stäbe in die kleinen Muschis zu schieben. Ich hatte mal zwei Geliebte, die waren regelrecht verrückt danach und lieferten mir eine tolle Vorstellung. Sie steckten sich die aus Elfenbein geschnitzten Stäbe in jede nur denkbare Körperöffnung, saugten zugleich an den Nippeln der anderen und trieben es so weit, bis sie beide ganz nass waren und nur noch Stöhnen sich ihnen entrang. Dann kniete sich die eine auf allen vieren nieder und die andere schob ihr einen Stab in ihren kleinen Arsch. Bis zum Anschlag."

Er wollte sie schockieren. Es musste einfach so sein, denn warum erzählte er ihr all diese … diese groben Dinge? Sie schämte sich, denn ihr Herz schlug bei seinen Schilderungen immer heftiger – und das nicht aus Abscheu.

„Sie waren beide kurz vor ihrem Orgasmus, nur durch ihre gegenseitigen Liebkosungen. Die zweite Frau bekam den anderen Stab in ihren Anus geschoben, und erst dann brachten sie mich ins Spiel. Sie knieten vor mir und leckten mir den Schwanz. Es brauchte nur ein paar Stöße von mir, ehe sie beide schreiend kamen."

Althea stockte bei seinen Worten der Atem, so sehr schämte sie sich, aber ihren Körper kümmerte es nicht, ob sie sich schuldig fühlte. Seine Finger brachten sie dem Höhepunkt nahe … so nahe … Sie grub ihre Fingernägel in seine Oberschenkel.

Aber er ließ von ihr ab und ihre Erregung ließ nach.

Sie wagte es nicht zu protestieren.

„Bevor ich Zayan begegnete, haben Yannick und ich so manche Nacht im Bordell verbracht und all diese Spiele der Lust genossen."

Yannick hatte auch solche Dinge getan? Natürlich hatte er. In ihren Träumen hatte er sie zusammen mit Bastien verwöhnt.

Bastien wisperte: „Doch nachdem Zayan mich verwandelt hatte, zeigte er mir eine dunkle, erotische Welt, nach der ich schnell süchtig wurde. Hast du schon mal Opium versucht?"

Sie schüttelte stumm den Kopf.

„Sex kann genauso sein. Es macht süchtig, bis du zum Sklaven deiner Begierde wirst. Und natürlich muss die Dosis immer stärker werden."

„Was …" Sie wollte ihn nicht ermutigen, aber die Neugier – und ihre pochende Klit – ließ sie fragen. „Was heißt das – eine stärkere Dosis?"

„Hast du dir schon mal vorgestellt, wie sich eine Peitsche auf deinem nackten Hintern anfühlt?"

„Um Himmels willen, nein!"

„Oder Seile, die um deine Handgelenke gewunden sind und dich fesseln, sodass du den Wünschen deines Herrn hilflos ausgeliefert bist?" Wieder drängte er sich gegen sie, presste seinen Penis gegen ihren Hintern. „Oder der köstliche Schmerz, wenn Klammern deine Nippel quetschen? Eine ordentliche Tracht Prügel mit der Reitpeitsche?"

Sie schwankte, ihre Vagina pochte. „Würden Sie Frauen derart wehtun?"

„Haben deine Erfahrungen mit meinem Bruder dir nicht gezeigt, was Leidenschaft bedeutet? Hat er dich nicht die Lust des Schmerzes spüren lassen?"

Seine Berührungen waren nun härter, die Finger glitten

verlangend über ihre Klit. Sie hielt nur mühsam einen Schrei zurück. Es war unbeschreiblich gut.

Gib mir mehr. Bitte, ich will mehr.

Wie schon Yannick in der letzten Nacht schaffte Bastien es, sie bis an die Grenze zu treiben. Sie fürchtete seine Liebkosungen und verzehrte sich zugleich nach ihnen. Vielleicht verstand sie jetzt, was er meinte. Ein bisschen zumindest.

Bastiens Berührungen waren nur noch federleicht. Er quälte sie. Seine Finger ließen sie nach mehr verlangen, hungern, und sie schob sich fordernd seiner Hand entgegen.

Wollte er sie denn nicht zum Höhepunkt bringen? Wollte er sie nur quälen? „Ich bin nicht dafür gemacht, Schmerzen zu ertragen", sagte Althea schnell.

„Das sind die meisten nicht. Aber in der dunklen Welt der Lust lernen der Unterworfene und der Meister einander zu vertrauen. Ich lernte, dass die wahre Herausforderung für den Meister darin besteht, seinen Sklaven zu locken, damit er sich noch weiter darauf einlässt. Mehr akzeptiert. Zwang schafft nur wahre Schmerzen – obwohl einige Frauen dieses Spiel genossen, bei dem der Mann ihnen seine Wünsche aufzwang."

„Das würde ich nicht wollen."

Sein Lachen neckte sie. „Ich habe es am meisten genossen, weil man sich bei diesem Spiel nur auf den Sex konzentriert. Ich mag es nicht, wenn man Schmerz nur um des Schmerzens willen zufügt. Es ist mehr. Und ich weiß, was Schmerz bedeutet. Es geht dabei nicht darum, einander einfach nur Schmerzen zuzufügen und diese zu ertragen. Aber als ich in diese Welt eintauchte, gab es dort nichts außer der Macht von Bestrafung und Leidenschaft. Ich habe Tage in einem Kerker verbracht, mit willigen, gefesselten Sklaven und ihnen Befehle erteilt wie ein dekadenter König. Und habe Stunden damit zugebracht, sie zu fesseln, meine gehorsamen Diener. Sie mit Seilen und Ketten zu fesseln, sodass jede Bewegung, jeder

Kampf gegen ihre Fesseln ihnen Lust schenkte."

Althea wimmerte. Erregt, ängstlich und starr. *Ich weiß, was Schmerz bedeutet.*

Er lachte erneut, diesmal rauer. „Also, du siehst – es macht süchtig."

„Wollen Sie das auch mit mir machen?"

„Nur, wenn du es auch willst, mein Liebling."

Sie schüttelte den Kopf. „Aber was für ein Schmerz war das, den Sie ertragen mussten?"

„Ich musste vieles ertragen. Und ich erfuhr nur wenig Liebe, Süße. Beim ersten Blick in deine Augen, als du dich über meinen Sarg beugtest, las ich die größte Zärtlichkeit, die ich je in meinem Leben erfuhr."

„Das glaube ich nicht. Sie übertreiben."

„Bei Gott, es ist wahr, Althea. Ich bin von dem Mann, der mich gezeugt hat, beinahe zu Tode geprügelt worden."

Bevor sie antworten konnte, glitten Bastiens Finger durch die glitschigen, heißen Falten ohne Widerstand in ihre Möse. Seine andere Hand umfasst liebevoll ihre Brust.

Nein, das durfte sie ihm nicht gestatten. Sie versuchte seine Hand beiseitezuschieben und er zog sie zurück und ließ seine klebrigen Finger auf dem empfindlichsten Punkt im Dickicht ihres Schamhaars verharren.

„Aber in deinen Träumen hast du es doch genossen, von zwei Männern verwöhnt zu werden? Immerhin ist dein Lustempfinden dann nicht auf die Fähigkeiten nur eines Mannes beschränkt."

„Liebe ist wichtiger als Geschicklichkeit!"

„Ich würde dich ebenso lieben wie Yannick, nein, vermutlich würde ich dich sogar mehr lieben, mein Täubchen."

Konnte ein Vampir sie lieben? Nein, das war unmöglich. Sie hatten keine Seelen. Er benutzte dieses Wort nur, um sie zu einer Sünde zu verführen. Sie musste verstehen, was ihn in

115

diese Beziehung zu Zayan getrieben hatte.

„Haben Sie Zayan geliebt?", fragte sie erneut. „Haben Sie … Haben Sie ihn geküsst?"

„Auf den Mund, ja. Und auch seinen Schwanz."

Mein Gott! Sie dachte an Yannicks Zunge, die ihre intimen Regionen liebkoste. „Haben Sie seinen …"

„Seinen was, Liebes?" Seine Finger tauchten wieder zwischen ihre Schamlippen. Sie errötete in der Dunkelheit, als sie spürte, wie nass sie war.

„Mmmmh", murmelte er, als seine Finger in sie stießen. „Hat Yannick dich woanders geküsst außer auf die Lippen und deine süße Muschi? Die Nippel, nehme ich an." Er zupfte an ihrer Brustwarze. „Das würde mir auch gefallen, deine kleinen, festen Kirschen zu lutschen. Und wo noch?"

Sie konnte nicht sprechen, weil Schuldgefühle sie übermannten.

„Dann muss es irgendwas ganz und gar Verbotenes sein", fuhr Bastien fort. „Hat mein lieber Bruder etwa seine Zunge zwischen deine Hinterbacken getaucht?"

Hatte sie zuvor noch Zweifel gehabt, dass er und Yannick sich Frauen teilten, verschwanden diese schlagartig. Wie sonst hatte Bastien so genau wissen können, was sein Bruder getan hatte? Aber sie blieb stumm. Selbst wenn sie es gewollt hätte, wäre ihr kein Wort entschlüpft.

„Ja, Süße. Das machen Männer auch."

Der Gedanke daran, wie Bastien und ein anderer Mann solche Dinge taten, hätte sie in Angst und Schrecken versetzen müssen. Aber stattdessen steigerte sich ihr Verlangen noch.

Althea schluckte hart. Jetzt hatte sie Angst. Vor sich selbst. Sie war froh, dass er hinter ihr saß und ihr die Gedanken nicht vom Gesicht ablesen konnte.

„Wenn Männer einander lieben, machen sie es mit ihren Mündern und ihren Schwänzen. Und sie mögen es, wenn an ihren Nippeln gesaugt wird, wenn sie hart geküsst werden. Du weißt bestimmt, wie es ist, wenn Mann und Frau sich küssen: sein Schwanz presst sich gegen ihre willige Muschi, ein Versprechen für die folgenden Genüsse. Wenn Männer sich küssen, kämpfen ihre Schwänze wie Schwerter, und es fühlt sich genauso gut an."

Ein neues Bild drängte sich vor ihr inneres Auge: Zwei Männer, die ihre Hüften aneinanderpressten und deren Schwänze sich kreuzten.

„Und Männer lieben es, sich gegenseitig die Schwänze zu lutschen. Der Mund eines Mannes ist genauso warm und gefällig wie der einer Frau."

Seine lässigen Worte schockierten sie nun doch. „Sie meinen also, jeder ist recht, wenn …wenn Sie erregt sind."

„Nein, Süße, das meine ich keinesfalls. Und bevor ich Zayan begegnete, hätte ich nie einen Mann berührt. Aber nachdem Zayan mich einmal geliebt hatte, mich in seinen Mund nahm, in mich eindrang, all das … danach war ich süchtig."

Sie spürte, wie Bastien sich über sie beugte. Seine Lippen lagen auf ihren, heiß und weich, verführten sie, ihren Mund zu öffnen. Seine Eckzähne berührten ihre Unterlippe. Die Lust schoss wie ein Funkenregen durch ihren Körper bis zu ihrer Vagina. Althea stöhnte in seinen offenen Mund. Er zog sie näher an sich, und Althea verlor das Gleichgewicht, nur gestützt durch seine Hand an ihrer Brust, seinen Mund an ihrem. Seine Zunge umspielte ihre Zunge, füllte ihren Mund aus.

Seine Stimme drang in ihren Geist ein. *In unseren Träumen, mein Täubchen, habe ich mich in dich verliebt.*

Da ließ sie sich fallen. Gab sich ihm hin.

„Was, zur Hölle, tut ihr da?"

7. KAPITEL

Kribbeln

Yannicks barsche Stimme brach den Zauber. Althea stieß Bastien von sich fort und glitt vom Bett. Sie versuchte auf den Füßen zu landen, aber die Beine gaben unter ihr nach.

Yannick fing sie auf, bevor sie fiel. Er zog sie in seine Arme und drückte sie gegen seine nackte Brust. Ihre Lippen berührten sein Brusthaar. Ihr Körper passte sich perfekt seinem an, seine Erektion ruhte an ihrem Bauch und sie atmete seinen Duft ein – eine Spur von Sandelholz auf nackter Haut, das scharfe Aroma seiner Achselhöhlen, der volle, urwüchsige Geruch seiner nackten Männlichkeit. Sie hatte ihn nicht gehört – sie war so mit Bastien beschäftigt gewesen, dass sie nicht einmal bemerkt hatte, wie er gekommen war.

Zwei Fragen hämmerten in ihrem Kopf.

Warum war er zu ihr gekommen?

Wie viel hatte er gesehen?

„Ich … ich …" Sie versuchte, eine Erklärung zu finden. Es gab natürlich keine. Sie hatte seinen Bruder geküsst. Schlimmer noch, sie konnte ihre eigene Erregung riechen, und sie bezweifelte nicht, dass auch Yannick sie roch.

Wie er sie in diesem Augenblick hassen musste. Ihr Betrug war so absolut. Aber dann dachte sie erneut an Bastiens schockierende Worte. *Ich teile die Frauen immer mit Yannick.*

Vielleicht in den Träumen, vielleicht auch in der Vergangenheit. Aber in diesem Moment schien Yannick nicht erfreut zu sein. Sie spürte die Schamesröte in ihr Gesicht steigen. Sie stammelte ein paar Worte, bis sie erkannte, dass sich Yannicks wütender Blick nicht auf sie richtete, sondern auf seinen Bruder. Seine Arme umschlossen sie zärtlich.

„Wenn ich mich recht entsinne, ist dies der Teil des Traums, wo du ihren Nippel kneifst." Bastiens Stimme war anmaßend und spöttisch.

Yannick verstärkte seinen Griff. „Was hast du get…" Er hielt inne, als müsse er sich unter Kontrolle bringen. „Was hat er mit dir gemacht?"

Vermutlich wollte er wissen, was sie getan hatte, wie weit sie Bastien gestattet hatte zu gehen. „Nichts", sagte sie. Das stimmte nicht, und Yannick musste das wissen. Er hatte Bastiens Hände gesehen – auf ihrer Brust, zwischen ihren Schenkeln. Er hatte gesehen, wie sie sich küssten.

„Ich ließ ihn … er hat mich berührt. Und geküsst."

Ihre Matratze quietschte, als Bastien sich bewegte. „Und es gibt keinen Grund, warum wir das nicht tun sollten, mein süßer Engel. Warum bist du so besitzergreifend, Brüderchen? Du weißt, sie würde es genießen, wenn wir beide sie uns teilten. Sie ist eine einzigartig sinnliche Frau."

„Das bin ich nicht", protestierte sie leise. „Ich bin nicht so eine Frau."

„Aber wir wissen, dass du es bist", beharrte Bastien. „Und unter uns gesagt, wir haben mehr als genug Erfahrung, um das zu beurteilen."

Bei Gott, konnten diese beiden Männer etwa in ihre Seele schauen? Wussten die beiden mehr als sie?

Ein Funken flammte an ihrem Nachttischchen auf und beleuchtete die große, männliche Hand, das schmale, anmutige Handgelenk und den starken Unterarm. Die Hand bewegte sich und entzündete den Docht, der sofort Feuer fing. „Es ist unfair, dass du uns nicht sehen kannst, mein Täubchen."

Das Licht der Kerze setzte goldene Akzente auf Bastiens Haar, seinen muskulösen Oberkörper. Sie konnte ihn endlich sehen, ein Schimmern lag auf seinem schlanken Körper, den langen Beinen und seiner Erektion.

„Also los!" Er klatschte in die Hände und sein Glied bewegte sich mit seiner Begeisterung. „Lasst die Spiele beginnen!"

„Nein." Yannick legte in dieses Wort all die Arroganz, die einem Earl zustand.

Bastien runzelte die Stirn. „In meinen Träumen haben wir sie gemeinsam verführt. Hattest du etwa Träume, in denen du das Mädchen für dich hattest?"

Yannick lächelte bloß. Es war ein überhebliches Grinsen, von dem Althea ahnte, dass es Bastien ärgern würde.

Und das tat es. Bastiens silberne Augen reflektierten das Flackern der Kerze, und sie funkelten. „Kein Wunder, dass du es nicht eilig hattest, mich zu befreien, du verdammter Bastard."

„Ich hatte andere Gründe dafür, Bastien." Nur ein leichter Schimmer des Kerzenlichts reichte bis zu Yannick und ließ sein silberblondes Haar aufleuchten. Er hatte die Lider gesenkt, sodass seine Augen zu schimmernden Halbmonden wurden.

„Du hast ihn nicht vom Halsband befreit, oder?", flüsterte sie Yannick zu.

„Welches Halsband?"

„Ein hübsches Spielzeug, mit dem sie uns ihrem Willen unterwerfen wollte, Brüderchen." Nun war es an Bastien überheblich zu grinsen. „Sie hatte auch eins für dich hier in ihrem Bett deponiert. Obwohl ich hinzufügen muss", fügte er mit gefährlich leiser Stimme hinzu, „dass mir der Gedanke gefällt, dieses Halsband zu tragen und ihr zu Willen zu sein. Was sollten wir beide für dich tun, Süße? Wolltest du erst auf seinem Schwanz sitzen und dann auf meinem?"

„Bastien", warnte Yannick seinen Bruder. Althea spürte seine Erektion, die sich gegen ihren Hintern drückte. Offensichtlich erregten ihn Bastiens Worte.

120

„Ich hatte gehofft, euch beide dazu zu verführen, Zayan zu vernichten."

Bei dem Wort *verführen* spürte sie, wie von beiden Männern eine knisternde Energie ausging.

„Hast du das wirklich gehofft?", murmelte Yannick. Er umfasste ihre Brüste, die noch immer von Bastiens Liebkosungen angeschwollen waren. Ihre Brustwarzen wurden sofort hart.

Sie konnte Yannicks Gesicht nicht sehen, aber sie vermutete, dass er seinem Bruder einen triumphierenden Blick zuwarf.

Dieser kreuzte die Arme vor seiner beeindruckend breiten Brust. „Hast du geplant, uns gleichzeitig zu *verführen?*"

„Ich bezweifle das", gab Yannick an Altheas Stelle zurück.

„Du verlangst von der armen Süßen, dass sie zwischen uns wählt?" Bastien warf sich zurück auf ihr Bett. Es quietschte protestierend, als sein schwerer, muskulöser Körper auf der Matratze landete. „Nein, das hast du nicht von ihr verlangt, stimmt's? Du wolltest sie für dich haben, und nicht mal die junge Dame durfte etwas dagegen sagen. Arroganter Mistkerl. Was ist mit ihren Träumen, Yannick? Willst du ihr etwa verweigern, ihre Träume auszuleben?"

Seine Beine hingen links und rechts aus dem Bett, die nackten Füße auf dem Fußboden. Er griff nach seinem Glied, um es aufzurichten. Es hatte einen leichten Linksdrall, und wie in ihren Träumen sah sie nun, dass die Spitze seines Glieds dicker war als der Schaft. Vielleicht hing es deshalb etwas herunter, als wäre es zu schwer.

„Verlange keine Entscheidung von ihr, Yannick", drängte Bastien. „Sei nicht so verdammt egoistisch. Du weißt genauso gut wie ich, wie schön es für eine Frau mit zwei Liebhabern ist. Natürlich habe ich sie gefragt, wem von uns beiden sie den Vorzug gäbe", fügte er hinzu. „Aber sie sagte, dass sie dann keinen von uns wählen würde."

Yannicks Gesicht war bewegungslos, wie aus Stein gemeißelt. „Was hast du erwartet? Sie vernichtet unseresgleichen. Sie hat geplant, uns einzusperren, zu benutzen und uns anschließend zu töten." Seine Hände pressten ihre Brüste bei dem Wort *töten* schmerzhaft zusammen.

Altheas Widerspruch erstarb auf ihren Lippen. Yannick beschrieb genau das, was sie tun musste.

Aber Bastien lachte nur das ihm eigene, teuflische Lachen. „Sie ist zu allem entschlossen, wenn du mich fragst. Und sie hat einen starken Willen."

Althea war alles andere als zu allem entschlossen. „Entschuldigt, aber ich bin auch noch da, vergesst das nicht. Ich mag es nicht, wenn ihr so über mich sprecht, als wäre ich nicht da."

Yannick küsste sie sanft auf den Scheitel, aber sie traute seinen hübschen Gesten nicht länger. Sie bezweifelte nicht, dass er wütend war. Zweifellos war ein wütender Vampir in der Lage, sie innerhalb eines Lidschlags zu töten. Wenn er um seine Existenz fürchtete, war sie nicht länger sicher. Ihr Bauch krampfte sich zusammen. Ihre Lügen hatten sie in ernste Gefahr gebracht.

„Aber", fuhr Yannick über ihren Kopf hinweg an Bastien gewandt fort, „selbst nachdem ich weiß, wie gerne sie mir einen Pflock ins Herz schlagen will, kann ich nicht anders. Ich will sie lieben."

„Mir geht es genauso. Darum sind Männer, die nur mit ihrem Schwanz denken, dem Untergang geweiht."

Die Stimmung im Raum schlug um. Die Brüder schauten sie an. Althea bemerkte Bastiens intensiven Blick und fühlte zugleich Yannicks Blick auf sich ruhen. Die Kameradschaft rückte an die Stelle ihres Streits, und Althea war sicher, dass die Brüder über ihren Kopf hinweg einen verschwörerischen Blick gewechselt hatten. Plötzlich fühlte sie sich, als wäre sie in einem ihrer Träume gelandet. Die beiden Vampire waren entspannt und bereit, sie gemeinsam zu verwöhnen. Sie mussten einzig Althea schmeicheln, damit sie an ihrem Spiel teilnahm.

In ihrem Kopf drehte sich alles. Da waren zuerst die Schuld und ihre Angst um Yannick. Dann ihr zerstörerisches Verlangen nach Bastien. Und jetzt planten die beiden ... sie wollten ...

Sie hatte gedacht, ihre Intimität mit Yannick sei etwas Besonderes gewesen, aber nun erkannte sie, dass es für ihn nicht dasselbe gewesen war. Er lebte das freizügige Leben, von dem sie sich nicht einmal vorstellen konnte, wie es war, so zu leben.

Yannick schob sie in Richtung Bett. Althea zwang ihre Füße, ihm zu gehorchen.

Bastien richtete sich auf. Seine Augen leuchteten, sein Mund war auf gleicher Höhe mit ihrem Venushügel.

„Ich vermute, sie schmeckt köstlich?", fragte er.

„Wie Ambrosia", versprach Yannick.

„Aber du hast ihren edelsten Nektar nicht gekostet?"

„Nein. Und das wirst auch du heute Nacht nicht tun."

Bastien warf sein Haar über die Schulter und lehnte sich vor. Sein Kinn ruhte auf ihrem rechten Oberschenkel. Er schob ihr Hemd hoch. Der schwere Stoff streifte ihre Knie, bis zu dem Punkt, wo sich die Innenseiten ihrer Oberschenkel aneinanderpressten.

„Wir werden jede deiner Fantasien erfüllen", flüsterte Bastien. Dann barg er seinen Kopf unter ihrem Nachthemd.

Sie quiekte, als sich sein heißer Mund um ihre Vagina schloss, als seine Zunge hervorschnellte.

„Geduld, Brüderchen", warnte Yannick. Seine starken Arme hoben Althea mühelos hoch und aus der Reichweite seines Bruders.

Sein Mund nahm ihren, rücksichtslos forderte er sie. Seine Zunge drang in ihren Mund ein, als wolle er sie daran erinnern, wem sie zuerst gehört hatte.

Aus Angst zu stürzen, schlang sie die Arme um seinen Hals. Sie konnte dem seidigen Gefühl seines Haars unter ihren Händen nicht widerstehen und grub die Finger hinein. Vor der letzten Nacht hatte sie nie das Haar eines Mannes berührt, und jetzt fühlte es sich schon an, als gehöre Yannick ihr ganz und gar. Sein Haar war geschaffen worden, um von ihr berührt und gestreichelt zu werden.

Diesmal kümmerte es ihn nicht, als seine Zähne in ihre Lippen und ihre Zunge stachen. Es war nur ein leichtes Kratzen, aber sie spürte einen Tropfen ihres eigenen Bluts.

Sie wich zurück. „Ich wollte warten …"

„Ich weiß", flüsterte Yannick an ihre Lippen.

„Ich habe heute Nacht auf dich gewartet. Ich dachte nicht, dass du kommen würdest. Und dann war stattdessen Bastien da."

Warum versuchte sie sich zu erklären? Sie war Vampirjägerin. Es war egal, was sie für ihn fühlte. Es musste ihr egal sein.

Dennoch war sie hier, in den Armen eines Vampirs, der sie bis zur Besinnungslosigkeit küsste, während ihnen sein nackter Bruder zusah.

Sie klammerte sich an ihn, als Yannick an das Bett trat. Ihr Nachthemd rutschte hoch, und die kühle Nachtluft streifte ihre Beine.

Eine warme Hand streichelte ihr Schienbein. Bastiens Hand. Es konnte nicht Yannicks Hand sein, er hielt sie mit beiden Händen nach wie vor fest.

„So hübsche, kleine Füße." Bastien griff nach ihrem rechten Fuß. Leise lachend ließ er den Daumen über ihre Sohle gleiten. Das kitzelte! Sie lachte und quiekte, versuchte ihm den Fuß zu entringen.

Yannick lachte ebenfalls, und ihr Herz machte bei diesem tiefen, sinnlichen Klang einen Satz.

„Leg sie aufs Bett, Brüderchen. Mir ist danach, an ihren winzigen Zehen zu lutschen."

Yannick legte sie aufs Bett, während Bastien sich ihr zu Füßen am Fußende des Bettes hinkniete. Das Kerzenlicht beschien die zarte Linie seines Rückens und die Zwillingskurven seines Hinterns. Seine Beine lagen im Schatten. Er lächelte sie schelmisch an, seine Eckzähne schimmerten geheimnisvoll. Dann schlossen sich seine Lippen um ihren großen Zeh.

Yannick kniete sich neben seinen Bruder. Ein Earl lag ihr zu Füßen. Zwei unwiderstehliche Dämonen lagen ihr zu Füßen.

Sie kniff sich in den Arm, um sich zu versichern, dass sie nicht träumte. Nein, sie war zweifellos hellwach.

Sie zitterte erwartungsvoll, als Yannick ihren Fuß anhob und seine geöffneten Lippen sich ihren Zehen näherten. Althea hätte nicht im Traum daran gedacht, wie erotisch und empfindlich ihre Zehen sein konnten.

Und schließlich war es nicht so sündhaft, sich die Füße küssen zu lassen.

Ihr Zeh verschwand in Yannicks Mund. Er beobachtete sie über ihren Fuß hinweg. In seinen silbernen Augen las sie seine Begierde. Sie wollte ihm ein Lächeln schenken, doch ihr Gesicht verzerrte sich, als die Wonnen sie überschwemmten und ihr Stöhnen war Antwort genug.

Vielleicht war es doch nicht so harmlos, ihre Zehen …

Oh!

Sie saugten und streichelten und reizten Althea. Yannick streckte sich neben Bastien aus, und ihr flackernder Blick ging zwischen den beiden Männern hin und her. Sie waren schön. Nackt. Zwei breite Rücken. Zwei perfekte, muskulöse Körper. Zwei freigiebige, geschickte Münder.

Wie schön das war …

Sie schloss die Augen.

Einer von beiden hörte auf zu saugen. „Was meinst du, Brüderchen, ob sie sich noch an ihre Träume erinnert?" Es war Bastiens Stimme. „Ob sie noch weiß, wie wir beide ihre Nippel geküsst haben? Sieh nur, wie hart sie jetzt sind. Zwei wunderschöne Brüste. Eine für dich, eine für mich." Bastien küsste jeden ihrer Zehen nacheinander. Zusammen mit Yannicks nicht nachlassendem Saugen verursachte dies bei Althea einen wilden Sturm der Erregung.

Sie wagte nicht, die Augen zu öffnen. Als versuchte sie, mit der Dunkelheit die Sünde von sich fernzuhalten.

Oh, aber ja. Sie wollte es so sehr.

„Wer von uns beiden saugt besser an deinen Zehen, Liebes?" Wieder sprach Bastien. Sie konnte seine Frage unmöglich beantworten. „Wer von uns beiden hat verdient, deine Brust zu liebkosen?"

Sie schlug die Augen auf. Sie sollte wählen? Beide Männer knieten noch immer ihr zu Füßen. Zwei unwiderstehliche, nackte Dämonen blickten so unschuldig zu ihr auf wie kleine Hundebabys.

Versuch nicht, zu wählen, mein Engel, wenn du es nicht kannst.

Zum ersten Mal an diesem Abend sprach Yannick in ihrem Geist. Diese Intimität brachte sie zum Schluchzen.

Aber ich werde dir die größte Lust bereiten und gegen ihn gewinnen, denn ich habe ihm gegenüber einen Vorteil. Ich weiß, welche Freuden du am liebsten hast. Wenn du dich von Bastien nicht dazu zwingen lassen willst, einen zu erwählen, dann können wir beide unseren Mund auf deine kleine, köstliche Muschi legen und auch auf deinen süßen Hintern.

Bei dem Gedanken daran wimmerte Althea.

„Ja", flüstere sie. „Bitte." Aus ihr sprach Leidenschaft. Sie wollte beide Männer so sehr. Ihr Herz raste, wie es in ihren Träumen stets gerast war. Ihre Möse schmerzte vor Sehnsucht.

Willst du, dass wir dich so küssen? Dich mit unseren Zungen befriedigen? Dich immer und immer wieder kommen lassen? Zusammen? Willst du das wirklich, Liebes?

Yannick gab ihr die Chance, zu wählen. Er verführte sie nicht, wie er es in seinen Träumen tat. Ein letztes Mal hatte sie die Möglichkeit, sich zu ihrem Leben in Anstand durchzuringen. Ihr Blick traf seinen. Die Augen waren blass wie zwei Monde, funkelnd wie nahe Sterne. *Ich bin verloren,* flüsterte sie in ihrem Kopf. *Ich hab den Verstand verloren. Es muss doch falsch sein, sich nach euch zu sehnen ... aber das hat keine Bedeutung mehr. Ich bin immer gut gewesen, immer ... mein moralischer Kompass. . . ist zerbrochen. Yannick, bitte, ich weiß nicht ...*

Wie auf ein geheimes Kommando schoben sich die beiden Vampire auf ihr Bett. Licht und Schatten. Ihre Arme kreuzten sich über ihrer Brust, als sie sich neben ihr auf dem anderen Arm abstützten. Irgendwie schafften sie es, neben ihr auf dem schmalen Bett zu liegen. Ihre Beine drängten sich an Altheas Schenkel. Kalte Luft ließ ihre feuchten Zehen prickeln.

„Küss mich", flüsterte Yannick. Seine hellblonden Locken schimmerten wie Silber. Die dunklen Wimpern beschatteten seine Augen wie tiefe Brunnen.

„Nein, küss mich zuerst, mein Liebling. Ich liebe dich mehr", verlangte Bastien. Sein langes Haar hing ihm golden schimmernd ins Gesicht. Yannicks heißer Mund presste sich an ihre Wange. Bastiens Lippen berührten auf der anderen Seite ihr Ohrläppchen. Es war gar nicht so leicht, ihre Aufmerksamkeit gerecht aufzuteilen. Wenn sie den einen zuerst küsste, fühlte sich der andere dann nicht zurückgesetzt?

Sie drehte sich um und küsste Yannick. Denn er war der Mann, mit dem sie das erste Mal intim geworden war.

127

Danke, mein Engel. Er küsste sie hart und heftig, reizte sie mit seiner Zunge.

Von der anderen Seite griff eine Hand nach ihrem Kinn und sie drehte sich zu Bastien um. Wieder und wieder drehte sie den Kopf, und während der eine Zwilling sie küsste, saugte der andere an ihrem Hals, leckte ihre Wange oder knabberte an ihrem Ohr.

Bastien legte die Hand an ihre Wange und blickte ihr tief in die Augen.

Lass mich der Erste sein, mein Täubchen. Lass mich der Erste sein, der dich mit seinem Schwanz ganz und gar ausfüllt.

Bastien …

Sie hat die Wahl, Brüderchen. Dass du der Ältere bist, zählt hier nicht.

8. KAPITEL

Gefangen

Bastien stöhnte, als seine Finger Altheas feuchte Schamlippen auseinanderschoben. Aber seine Finger gerieten denen seines verdammten Bruders ins Gehege.

„Ihr wollt wirklich beide eure Finger … gleichzeitig in mich hinein …?"

Ja, sie dachte richtig. Es war etwas, das Bastien nie zuvor getan hatte, wenn er mit Yannick bei einer Frau lag. Sie achteten stets darauf, einander so wenig wie möglich zu berühren. Trotz allem waren sie immer noch Brüder. Und es gab manche Dinge, die nicht einmal Bastien ausprobieren wollte.

Aber Yannick würde ihm kaum den Vortritt lassen, und Bastien dachte nicht daran, zurückzustecken. Ihre beiden Zeigefinger glitten gleichzeitig in Altheas Vagina. Bastien spürte ihre Enge, aber er spürte auch den knochigen Finger seines Bruders. Verdammt. Wenn Yannick nicht wäre, würde Althea ihn ganz umschließen.

Althea schrie auf, aus Erregung und Überraschung gleichermaßen. Ihr Schrei ließ sein Verlangen nur noch mehr anwachsen. Sein Schwanz war inzwischen so aufrecht wie ein Maibaum, der nur darauf wartete, dass ein Mädchen um ihn herumtanzte.

Normalerweise stand er nicht auf Jungfrauen, und er war sicher, dass Yannick noch nie eine Frau entjungfert hatte. Aber was wusste er schon über Yannick – in den zehn Jahren seiner Gefangenschaft konnte sein vermaledeiter Bruder so manches getan haben, von dem Bastien nichts wusste.

Sein Bruder war frei gewesen. Während er in der Hölle geschmort hatte.

Aber die Revanche war nah. Sie lag neben ihm, blickte ihn

aus großen, grünen Augen an, während er seinen Finger in ihre kochende Tiefe versenkte.

Sie bewegte die Hüften, kam ihnen entgegen, während Yannick und er die Finger hin und her bewegten. Verzweifelt keuchten sie – Yannick, Althea und auch er selbst. Und jedes Mal, wenn sein Finger in sie stieß, wurde etwas von Altheas himmlischem Duft freigesetzt.

Das war mehr als nur eine Revanche – mehr als seinem Bruder die Frau wegzunehmen, die er begehrte.

Er wusste plötzlich nicht mehr, ob er ohne sie leben könnte, ohne ihr atemloses Stöhnen. Ohne sie in den Armen zu halten. Ihre Lust zu teilen.

Wenn er sie auch diese Nacht mit Yannick teilte, eins wusste Bastien: Morgen bei Mondaufgang wollte er ihr Herz endgültig für sich allein.

Seine Fingerspitze stieß gleichzeitig mit der von Yannick an ihr Jungfernhäutchen, und sie zogen sich beide zurück. Er reizte sie weiter, genoss ihr Stöhnen, ließ seinen nassen Daumen über ihre kleine Klit gleiten.

„Himmel, jaaa!"

Ihr Schrei ließ seinen Schwanz beben. Obwohl es ihm ein besonderes Vergnügen bereitete, eine Frau Stunde um Stunde zu reizen und sie nicht kommen zu lassen und er es ebenso genoss, sich selbst zurückzuhalten, wollte er im Moment nichts anderes als in Althea einzudringen. Wenn sie noch einmal so lustvoll aufschrie, konnte er sich wohl kaum mehr bremsen.

Nach zehn Jahren erzwungener Enthaltsamkeit konnte ihm das keiner vorwerfen.

Schließlich musste einer von ihnen beiden der Erste sein.

Diese grünen Augen, die von der Lust beinahe trüb waren, durchbohrten ihn. Er las ihr Vertrauen darin.

War er je der Erste gewesen, der eine Frau nahm? Hatte er je eine Frau vor Yannick bekommen?

Wenn er sich recht erinnerte, nie. Die meisten Frauen schmolzen dahin, wenn Yannick daherkam mit seinen guten Manieren und seinem Titel. Später erst erkannten sie, wie viel mehr Bastien ihnen geben konnte. Und wenn er sich mit einer Frau allein vergnügte – nun, das war eine finstere Welt, zu der Yannick keinen Zutritt hatte.

Bastien versuchte, sich auf Althea zu schieben, zwischen ihren weichen Schenkeln wollte er liegen und sich dann langsam in sie hineinschieben. Doch Yannicks Hand griff nach seiner Schulter und schob ihn fort.

Sie hat mich davor bewahrt, wahnsinnig zu werden, Yannick. Sie bedeutet mir sehr viel!

Er sah, wie die Schuld in Yannicks Augen aufflackerte. *Mir bedeutet sie auch sehr viel, Bastien.*

Also, was tun wir? Wollen wir uns um das Recht, sie zu entjungfern, duellieren? Du weißt ganz genau, dass wir einander niederschlagen können, ohne Schaden davonzutragen. Was ist der Maßstab? Wer ihr am nächsten steht? Bastien umarmte Althea und küsste sie, blickte Yannick aus dem Augenwinkel an. Er hatte seinen Bruder mit dieser Aktion überrascht, und kurzerhand öffnete er die Knöpfe von Altheas Nachthemd. Er schob den Ausschnitt auf, entblößte ihre blasse, perfekte Haut.

Es gibt keine andere Möglichkeit. Wir müssen es mit einem Kampf entscheiden. Er legte ihre Brüste bloß und beugte sich über sie, um den Geschmack ihrer Haut zu genießen, wie man eine Sommerfrucht genießt. *Ich bin gewillt, mir die Ehre, von ihr erwählt zu werden, zu verdienen.*

Ja, er konnte teilen, wenn es sein musste, aber verdammt, er wollte der Erste für sie sein. Sie war so süß und begehrenswert, wie sie sich ihm in ihrer Unschuld entgegenhob, als seine Zähne sich sanft in ihr üppiges Fleisch gruben. Er griff nach ihrer Hand und führte sie hinab zu seinem Schwanz.

Schon bei dem Gedanken, wie sich ihre Hand um ihn schloss, war er dem lustvollen Wahnsinn nahe.

„Ich kann nicht."

Was?

Althea schüttelte den Kopf. Tränen rannen über ihre Wangen. „Ich darf das nicht. Ich dachte erst, dass ich es kann, aber es geht nicht. Nicht mit euch beiden. Das ist … zu viel." Sie entzog ihm ihre Hand.

Verdammt noch mal. Bastien stöhnte, ließ sie aber los. Warum hatte sie nur einen so eisernen Willen? Warum war sie so verdammt brav?

Und im nächsten Augenblick lag Yannick neben ihr, küsste sie und umarmte sie. *Alles in Ordnung, mein Engel,* versicherte ihr Yannick.

Es schmerzte Bastien zu sehen, wie sie auf die Liebkosungen seines Bruders reagierte. Der eine Bruder war offensichtlich akzeptabel. Beide aber … Sie war noch nicht bereit für beide.

Sie hatte die Arme um den Hals seines Bruders geschlungen. Die Nacht, die Yannick und Althea geteilt hatten – die Intimität, die sie geschaffen hatten – dagegen konnte Bastien nicht ankämpfen.

„Ich will doch …", flüsterte sie. „Ich möchte so gerne … ich dachte, ich kann."

„Aber du bist noch nicht soweit, mit zwei Liebhabern das Lager zu teilen?", fragte Yannick.

„Ich sollte nicht mal für einen bereit sein."

Sie senkte die Lider und blickte Yannick aus halb geöffneten Augen an. Schüchtern flüsterte sie: „Letzte Nacht … es war wunderschön. Ich weiß, jetzt ist das anders, ich hab's verdorben …"

Das hast du nicht, versprach Yannick ihr.

Ein Pflock in seinem Herzen hätte Bastien nicht mehr

geschmerzt. Aber was nützte es, wenn er jetzt protestierte? Oder bettelte? Der Schlüssel zu ihrem Herzen war sicher nicht, sie zu irgendwas zu zwingen.

Bastien hasste es, sich seine Niederlage einzugestehen. Er küsste ihre Hand. *Du hast gewählt, Süße.*

Er setzte sich auf, schwang die Beine über die Bettkante und verharrte einen Moment. Er wünschte, sie würde die Hand nach ihm ausstrecken, ihn aufhalten und ihm sagen, er solle bleiben.

Er wartete. Aber alles, was er auf seiner Haut spürte, war die leichte Brise, die durch das offene Fenster eindrang.

Er stand auf.

Warum hatte sie seinen verdammten Zwilling gewählt?

Er spürte, wie Bitterkeit in ihm aufstieg. Warum zum Hades hatte sie Yannick erwählt? Schon bei ihrer Geburt war Bastien der Zweite gewesen, und was hatte es ihm gebracht? Einmal Zweiter, immer Zweiter.

„Es tut mir so leid", flüsterte sie.

Er war schon in Hunderten, ja Tausenden Schlafzimmern nackt einherstolziert, und es hatte ihm nie etwas ausgemacht, dass man ihm seine Erregung ansah. Er war *immer* willkommen gewesen. Aber jetzt, da er nackt vor Althea stand, fühlte Bastien sich verwundbar. Aber er grinste sein altes, wildes Grinsen und zeigte seine Eckzähne – ihre komplette Länge bis zu den scharfen Spitzen.

Bastien verneigte sich ein letztes Mal betont höflich vor seiner Liebsten und seinem Bruder.

Dann verwandelte er sich. Der Schmerz seiner Wandlung raste durch ihn, und sein ganzes Ich schrie auf vor Schmerz. Aber, zur Hölle, dieser Schmerz war ihm willkommen.

Verdammt, in diesem Moment war es ihm sogar egal, ob er zu Staub verfiel. Es wäre ihm fast lieber.

Doch so viel Glück hatte er nicht. Er stieg in die Luft auf, flatterte durch das Zimmer. Sein Herz schmerzte, doch die Schmerzen in seinem Körper ließen langsam nach. Dann steuerte er das Fenster an, flog hinaus in die feuchte, kalte Umarmung der Nacht.

Zielstrebig lief sie durch den prasselnden Regen auf das schützende Dach der alten Eiche zu. Mit den Händen hielt sie die Kapuze ihres Umhangs fest, während sie über die tiefen Pfützen hinweghüpfte.

Geschützt unter den breit gefächerten Zweigen zog er ein letztes Mal am Stumpen seiner Zigarre, ließ den aromatischen Rauch in die Nacht hinaus.

Die erregte Nervosität des Mädchens war für ihn so intensiv zu wittern, dass sie greifbar schien. Als sie näher kam, sah er ihre geröteten Wangen. Hörte das erregte Pochen ihres Herzens, das ihr Blut durch die Adern pumpte.

Er lächelte auf sie hinab, als sie ihn erreichte. Sie hatte einen neckischen Gesichtsausdruck aufgesetzt, als wolle sie verschleiern, dass sie für ihn gerade über ein morastiges Feld gelaufen war. Sie schob die Kapuze zurück, und er konnte ihre kastanienbraunen Locken sehen, die sich an ihren weißen Hals schmiegten. Ein Mädchen aus dem Dorf, sprühend vor Vitalität, wie er es von Landmädchen gewohnt war. Große, braune Augen begegneten frech seinem Blick.

„Also, was krieg' ich hier geboten? War nich' leicht, hier rauszukommen, da erwart' ich schon was."

Er zuckte mit den Schultern. Krümmte den Finger, damit sie näher kam.

Sie reckte das Kinn, tänzelte zu ihm herüber, warf die Locken über die Schultern nach hinten. Wiegte sich in den Hüften. Sie schob ihren Umhang auseinander, bis der braune Wollstoff sich teilte und den Blick freigab auf ein enges, weißes Kleid mit einem weiten Ausschnitt, der ihre üppigen, cremeweißen Brüste gut zur Geltung brachte.

Seine Zähne pulsierten. Sein Schwanz richtete sich auf.

„Das gefällt dir, was?", gurrte sie.

Er warf den Zigarrenstumpen fort.

Das Mädchen schnappte nach Luft, als er hart nach ihrem Hintern griff und sie dicht an sich zog. Ihre vollen Brüste drückten sich gegen seine Brust. Er schob ihr den Umhang von den Schultern, griff durch den weißen Musselin nach ihrem festen Arsch.

„Nich' so schnell", protestierte sie. Aber ihre Hüften und ihre Brüste pressten sich gegen ihn und ihr Atem kam in schnellen, keuchenden Zügen.

Er umklammerte sie mit beiden Händen, rieb seine Erektion in dem Tal zwischen ihren Schenkeln. Seine Stöße ließen keinen Zweifel daran, was er von ihr wollte.

Und das arme Dummchen, das ihn wohl besser hätte ins Gesicht schlagen und weglaufen sollen, reagierte auf seine rauen Bewegungen. Sie quiekte und verhielt sich, als entrüste sie sein Vorgehen, aber er konnte ihre Erregung riechen. Die Venen an ihrem Hals pulsierten.

Er würde sich nicht einmal die Mühe machen, sie zu vögeln.

Er hob sie hoch und schüttelte sie wie eine Puppe, sodass ihr Kopf durch die abrupte Bewegung nach hinten fiel.

„Du bist 'n bisschen grob!", rief sie, aber er ignorierte ihren Einwand und grub seine Zähne in ihren Hals.

Ihr Schrei durchschnitt die Stille der Nacht. Die kleine Schlampe kämpfte gegen ihn, stieß ihn verzweifelt von sich, trat um sich. Aber er hielt sie fest, seine Zähne tief in ihren Hals vergraben. Das Blut rann in seinen Mund, reich und dickflüssig. Kupfern, schwer, beinahe süß.

Ihre Anstrengungen ließen nach. Sie wimmerte, kaum zu hören im Rauschen des Regens.

Ach, meine Schöne, du schmeckst so gut …
Auch nach so vielen Jahrhunderten wallte die Leidenschaft jedes Mal in ihm auf, wenn er ein Mädchen nahm.

Ihre Hände lagen schlaff auf seinen Oberarmen, leblos hing sie in seinen Armen. Die Beine trugen sie nicht länger, und er schob eine Hand unter ihren Hintern, damit sie nicht wegrutschte.

„Nein …"

Er ignorierte sie, ließ von ihr ab und beobachtete das Blut, das aus der Bisswunde rann. Es lief über ihren Hals hinab in die Kuhle zwischen den Schlüsselbeinen und weiter, tropfte in den dunklen Spalt zwischen ihren Brüsten.

Der Geruch ihres Bluts würde ihn anlocken.

„Ich hab Schmerzen."

Yannick konnte ein Lächeln nicht unterdrücken, als Althea diese Worte aussprach. *Das ist der Schmerz, wenn man erregt ist und nicht befriedigt wird, mein Engel. Der Schmerz ist Teil der Lust.*

Sie runzelte die Stirn. „Ist das so? Muss man Schmerz empfinden, um Lust zu erleben?" Ihre Hände verharrten an den Knöpfen ihres Nachthemds.

Er lag nun halb auf ihr und stützte sich auf einem Arm ab, um sie mit seinem Gewicht nicht zu erdrücken. „Was genau hat Bastien dir erzählt?"

„Er hat über das Auspeitschen gesprochen." Althea zerrte an den Knöpfen.

„Nein, lass mich das machen", murmelte Yannick. Er schob ihre Hände sanft beiseite. „Was hat dir Bastien übers Auspeitschen erzählt?" Er versuchte, seiner Stimme einen beiläufigen Tonfall zu geben, als er nacheinander die restlichen Knöpfe öffnete. Wahrscheinlich hatte Bastien über die erotische Spielart des Auspeitschens gesprochen und nicht über die sadistische Variante.

„Er hat mich gefragt, ob ich es wohl genießen würde, wenn ich den Schlag einer Peitsche auf meinem Hintern spüre."

Das Bild brannte sich ihm ein. Verdammt, was um alles in der Welt war nur in Bastien gefahren? Und was war in ihn, Yannick, gefahren, dass die Vorstellung ihn erregte?

„Und er hat mir erzählt, wie zwei Frauen einander lieben", fuhr sie fort. „Und auch, wie zwei Männer es tun."

Sie mochte Schmerzen haben, aber er litt Höllenqualen. Es war eine pure Qual, ihr zuzuhören. Zehn Jahre Gefangenschaft hatten Bastien keinen Deut verändert. Was tat sein Zwilling als Erstes? Er erklärte einem süßen Engel alle möglichen und unmöglichen Sexpraktiken.

Sie biss sich auf die Unterlippe. „So, wie er es erklärt hat …"

„Es hat dich erregt?"

Ihre geröteten Wangen waren ihm Antwort genug.

„Hast du je mit einem anderen Mann geschlafen?"

Himmel noch mal, diese ganze Unterhaltung war zu viel für ihn. Seine Lenden zogen sich schmerzhaft zusammen, dass es sich anfühlte, als hätte jemand ihn mit dem Schwert durchbohrt.

„Nein, auf dem Gebiet hat Bastien weitaus mehr Erfahrung."

„Meinst du damit, du hast solche Erfahrungen auch gemacht?" Sie sah nicht aus, als schockiere sie die Vorstellung. Es war mehr so, als wäre sie neugierig, wie sie vor ihm lag und am Saum ihres Nachthemds zerrte, um es über die Hüften hochzuschieben. „Ich will das ausziehen."

Das wollte er auch. Er half ihr, das Nachthemd über den Kopf zu ziehen. Ihre Brüste hüpften ein wenig, als sie vom Stoff befreit wurden. Sie waren genauso schön wie in seinen Träumen. Letzte Nacht hatte er sie zum ersten Mal gesehen, hatte beobachtet, wie Althea sie berührt hatte, doch er hatte nicht die Gelegenheit gehabt, sie zu genießen. Jetzt holte er das nach. Sie reckten sich ihm entgegen, fest und rund, mit den vor Erregung geröteten Brustwarzen.

Er warf das Hemd achtlos beiseite und es segelte in die Ecke des Raums. Althea war nun nackt. Ihre Hände glitten zu den Brüsten, umfassten sie, ein bisschen als wolle Althea sie verstecken. Sie war sahnig, seidig, vollkommen. Die vollen Brüste waren zu groß für ihre schmalen Hände. Sie hatte weibliche Rundungen an Hüfte und Bauch. Ihre Schenkel waren zusammengepresst, sie lag halb auf der Seite und verbarg so das flammendrote Schamhaar vor seinem Blick.

Yannick hatte sich kaum unter Kontrolle. Er legte sich auf sie und drückte Althea in die Kissen, presste sich an sie, stützte sein Gewicht auf den Ellenbogen ab. Nackte Haut auf nackter Haut.

Sie klapste ihn spielerisch auf die Hüfte. „Nein, erzähl es mir. Hast du es je irgendwie mit einem Mann getan?"

„Nicht absichtlich, Liebes." Er lächelte sie an. „Es kann bei Orgien passieren, im Gewirr der Körper, dass ich vielleicht mal einen Schwanz berührt habe. Oder nach dem falschen Arsch gegriffen habe. Aber ich habe immer Frauen bevorzugt. Und du, mein Engel, bist die reizvollste Frau, die mir je begegnet ist."

In gespieltem Erstaunen hob sie die Augenbrauen. „Ach, dann warst du nicht Zayans Liebhaber?"

„Zayan?"

„Er hat dich nicht vernichtet, sondern dich eingesperrt. Und ich will wissen, warum er das getan hat."

Obwohl sie nackt unter ihm lag, stellte sie Forderungen! Sein Grinsen wurde breiter. „Ich werde es dir erklären, Süße. Aber nicht jetzt."

Ihre Hände glitten über seine breiten Schultern. Yannick

las in ihrem Blick Ehrfurcht und Leidenschaft, während sie ihn streichelte. Für eine unerfahrene Frau wusste sie sehr genau, wie ein Mann berührt werden wollte, damit er unter ihren Händen dahinschmolz.

„Stimmt es, dass Bastien und du euch immer die Frauen geteilt habt?"

Ihre heisere Stimme brachte etwas in ihm zum Schwingen. Was sollte er darauf antworten? „Ja, es kam vor."

„Aber nicht immer."

Yannick zuckte mit den Schultern. Nein, zur Hölle, er hatte jede Frau mit Bastien geteilt. Sogar jene, von der er einst geglaubt hatte, dass sie allein ihm gehörte. „Doch", gestand er und blickte ihr in die Augen. „Ich denke, Bastien hat recht."

Und dann brach seine Geschichte aus ihm hervor. Im ersten Moment konnte er nicht glauben, dass er ihr tatsächlich davon erzählte. Irgendwie hatte sie ihn dazu gebracht, ohne ein Wort zu sagen. Sie lag einfach unter ihm und blickte zu ihm auf mit diesem neugierigen, verständnisvollen, besorgten Blick.

Er war ein Vampir. Ein Dämon. Der entsetzliche Untote. Und er konnte dennoch Althea nicht widerstehen. Ihr Schamhaar war ein weiches Nest für seinen harten Schwanz, und ihre Brüste pressten sich gegen seine Brust. Plötzlich fühlte er sich seltsam befangen, beugte sich zu ihr herab, legte den Mund an ihr Ohr. Er konnte ihr nicht in die Augen sehen, als er anfing zu erzählen. Ihre Hände lagen auf seinen Hinterbacken, und es war, als sprach sie so zu ihm.

„Wir haben uns die Frauen schon geteilt seit wir uns mit den Mädchen auf den Heuschober geschlichen haben. Aber als wir vierzehn waren, nahm unser Vater uns mit ins Bordell. Er fand, dass wir es von einer erfahrenen Kurtisane lernen sollten und nicht von den enthusiastischen Milchmädchen. Die Bordellwirtin entschied, uns selbst zu unterrichten und nahm uns mit in ihr Schlafzimmer. Als Ältester ... durfte ich als Erster dran. Vor Bastiens Augen."

„Ihr wart vierzehn?", keuchte sie. Ihre Lippen kitzelten an seinem Hals, als sie ihn behutsam küsste.

„In der Welt meines Vaters war das nicht so außergewöhnlich. Er nahm oft an Orgien teil und hatte schon vor all seinen Freunden herumgehurt. Ich war zwar erregt, aber auch nervös, und ich wollte vor allem nicht versagen. Ich versuchte, es so lange wie möglich hinauszuzögern. Und sie war eine wunderschöne Frau, mit tollen Brüsten und langen, wohlgeformten Beinen."

Ihre Hände, die zuletzt seinen Nacken gestreichelt hatten, zogen sich zurück. „Ach so."

Fehler, Fehler. Verdammt, er hätte es besser wissen müssen.

„Sie war nicht annähernd so schön wie du, Liebes. Aber für einen vierzehnjährigen Jungen ... nun, nach einem halben Dutzend Stößen kam ich. Bastien, der eine Viertelstunde jünger ist als ich, stand in einem ewigen Wettstreit mit mir. Also ritt er sie härter und länger als ich es geschafft hatte, klammerte sich daran, seinen Höhepunkt so lange wie möglich hinauszuzögern. Meinen Bruder zu sehen, wie er kam ... zu wissen, was er fühlte ... sie dabei stöhnen und schreien zu hören ... ich war erneut erregt und tat mein Bestes, um seine Leistung zu überbieten. Und danach versuchte er es wieder. Am Ende der Nacht hatten wir die arme Frau bis zur Besinnungslosigkeit gevögelt. Trotzdem schien sie sehr zufrieden mit uns. Zum Schluss ließ sie uns an ihren Nippeln saugen. Ich war der Erste, der seinen Finger in sie hineinsteckte, und Bastien machte das wütend, weil ich ihn wieder übertrumpft hatte. Also spielte er mit ihrem Anus, was sie erneut erregte. Zum Schluss liebten wir sie gleichzeitig, beide in ihr. Nach dieser Nacht wollten alle Huren uns gemeinsam in ihren Betten haben. Und so kamen wir zu unserem Spitznamen."

„Die dämonischen Zwillinge", hauchte sie.

„Du bist die Erste, die ich nicht teilen will." Und das war die Wahrheit. Die Frau, die er einst hatte heiraten wollen, hatte ihm nicht das Herz gebrochen. Er war wütend gewesen wegen der Peinlichkeit und hatte es satt gehabt wieder einmal zu entdecken, dass die Frau ihn nur wegen seines Titels gewollt und sich zugleich in seinen Bruder verliebt hatte.

„Warum nicht?"

Er hob den Kopf und schaute in Altheas fragende Augen. „Ich weiß es nicht."

Sie berührte seine Lippen. Ein bezauberndes Lächeln umspielte ihren Mund. „Danke."

Diese wundervolle Frau war für ihn ein Mysterium. Wie konnte sein Geständnis ihr eine Freude machen? Er wollte sie küssen, aber plötzlich entwand sie sich ihm und schob sich weiter herunter. „Was machst du da?"

Sie griff nach seiner Hüfte und schob sich tiefer.

„Liebes ..."

Ihre Zunge berührte seinen Bauch, strich über seine Muskeln, sie tauchte ihre Zungenspitze in seinen Nabel. Bei dieser Berührung rauschte das Blut in seine Lenden und ballte sich dort schmerzlich.

„Leg dich auf den Rücken", befahl sie. „Ich kann dich so nicht berühren."

„Dein Wunsch ist mir Befehl, mein Engel." Gehorsam rollte Yannick sich auf den Rücken, aber das Bett war zu schmal, und beinahe wäre er auf den Boden gefallen. Sein Fuß stieß ins Leere und seine rechte Schulter hing plötzlich in der Luft. Doch schon kniete Althea über ihm. Das Kerzenlicht ließ sie wie eine Göttin wirken, wie sie über ihm saß. Das Haar schmiegte sich an die nackten Schultern und reichte bis zu ihren Brüsten.

Er fühlte sich plötzlich wieder wie ein unerfahrener Junge.

Sie beugte sich über ihn und ihre Brüste bewegten sich. Plötzlich fühlte er sich selbst wieder unschuldig, als sie ihr Haar am Hinterkopf mit einer Hand zusammenfasste.

Als sich ihre Lippen seinem Penis näherten, hämmerte sein Herz rasend schnell wie das eines Sterblichen. Das Verlangen verbrannte ihn beinahe.

„Bist du sicher, Liebes?" Bei Gott, er wollte es. Aber sie war immer noch eine Jungfrau, nicht die erfahrene Lady, die ihm beweisen wollte, wie gekonnt sie es ihm besorgen konnte in der Hoffnung, so sein Interesse für sich zu wecken.

„Ich möchte es französisch machen." Die bernsteinfarbenen Wimpern senkten sich. „Ich habe es so sehr genossen, als du das für mich getan hast."

Ihre Antwort raubte ihm den Atem. Sie wollte ihm die Lust bereiten, die er ihr in der letzten Nacht geschenkt hatte. Es ging ihr nicht darum, ihn zu verführen, weil sie etwas erreichen wollte. Es ging ihr einzig um sein Vergnügen.

Sie war ein Schatz. Einzigartig.

Ihre Lippen berührten ihn beinahe. Allein das Gefühl ihres warmen Atems auf der Spitze seines Schwanzes steigerte seine Lust, er spürte sie wie ein sanftes Ziehen bis ins Rückgrat.

Verachtete sie ihn nicht länger für das, was er war?

Nun, ihm wurde plötzlich klar, wie sehr er sich selbst verachtete. Er durfte nicht zulassen, dass sie sich ihm so hingab. Für sie bedeutete es zu viel. Sie sorgte sich um ihn – ihn, einen verdammten Vampir, dem es bestimmt war, zu sterben. „Nein, Liebes, nicht."

„Nicht?" In ihren Augen las er nur Unschuld.

Er stöhnte, als sie sich über die Lippen leckte.

„Nein …" Doch dann warf er all seine moralischen Bedenken über Bord. Die Versuchung war zu groß. Sie war zu schön … Ein Engel, den er nicht verdiente.

„Versuch nicht, ihn ganz in den Mund zu nehmen, Süße. An der Spitze ist er besonders empfindlich, und es reicht, wenn du ihn so weit in den Mund nimmst."

„Ist das so?" Althea schob sich erneut das Haar, das wie dunkelroter Samt schimmerte, aus der Stirn. Die Finger der anderen Hand strichen über sein Schamhaar, ehe sie sich um die Wurzel seines Penis' schlossen. „Aber möchtest du nicht, dass ich es wenigstens versuche?"

9. KAPITEL

Französisch

Zayan hörte das sanfte Rauschen der schlagenden Flügel und er grinste triumphierend. Wut und Eifersucht waren die Gefühle, die am einfachsten geweckt werden konnten. Nun, da sie erwacht waren, erfüllten sie die Nacht mit knisternder Spannung. Kleine Sterne sammelten sich um die heranflatternde Fledermaus. Die blauen Lichter tanzten spielerisch und ekstatisch um ihn herum. Es waren seine Engel, angezogen von dem Dämon, der zu ihm zurückkehrte. Sie hatten ihn lange vermisst.

Zayan beugte sich ein letztes Mal zu dem ohnmächtigen Mädchen in seinen Armen herab und fuhr mit der Zunge über ihren Hals. Ein letztes Mal wollte er ihr Blut schmecken.

Der Flügelschlag verharrte über seinem Kopf, als betrachte er das Angebot, das Zayan ihm machte.

War der Geruch des Bluts für Bastien verlockender als Sex?

Die blauen Lichter kamen näher und verwandelten sich in schimmernde Frauengestalten – Dämoninnen, die er einst aus den Sternenbildern erschaffen hatte.

Kichern und Quietschen umgab Zayan, als die Dämoninnen ihre menschliche Form annahmen. Langes Haar in verschiedenen Schattierungen wehte in der schweren Nachtluft, bezaubernde Hüften wiegten sich, nackte Brüste hüpften.

„Bastien ist zurückgekehrt", quietschte eine. Es war Esmee, die Jüngste – Zayan mochte ihr hellblondes Haar. Eine andere klatschte begeistert in die Hände, einige nahmen einander bei den Händen und begannen, in einem kleinen Kreis zu tanzen.

Aber heute Nacht wird er nicht zu euch kommen, meine kleinen Elfen.

Ihre spitzen Eckzähne glänzten über schmollend verzogenen Lippen. Glühendrote Augen blickten ihn finster an. „Aber warum nicht, Meister?"

Zayan wedelte genervt mit der Hand. Wie auf ein geheimes Kommando hin verwandelten sie sich wieder in die kleinen, blauen Sterne.

Sie erhoben sich in die Luft und umkreisten die Fledermaus.

Komm zu mir, Bastien, befahl er.

Die Luft vor ihm kam zur Ruhe, wurde dunkler, als würde alles Licht und Leben von ihr aufgesaugt. Nur der Regen fiel unvermindert weiter.

Allein Zayan konnte die Verwandlung vom Tier zum Menschen beobachten, wie sich die dunkle Gestalt ausdehnte und zu Fleisch wurde, nur er hörte den verzweifelten Schmerzensschrei, den noch nie ein menschliches Ohr gehört hatte.

„Du hast nach mir gerufen, Zayan?" Großspurig und arrogant, so wie Zayan ihn kannte, stand Bastien vor ihm. Nackt, schön und voller Rachedurst.

Einen Bann aufrecht zu erhalten, war ihm auch unbewusst möglich. Zayan entließ Althea ein wenig aus seiner Kontrolle. Wie klug von ihm, Althea zu benutzen, um die Zwillinge zu betören. Sie hatte die beiden verzaubert, aber war in ihrer Unschuld lediglich bereit, sich einem von den beiden hinzugeben.

Der Kampf um die unschuldige Althea hatte die Zwillinge entzweit, wie Zayan es geplant hatte. Sie verhielten sich wie Dummköpfe, gerade so, wie sterbliche Männer sich verhielten, wenn sie um die Gunst einer Frau kämpften.

Bastien entblößte seine Zähne. Mit leicht gespreizten Bei-

145

nen, den Körper angespannt, als rechne er jeden Augenblick mit einem Angriff. Aus seiner Haltung sprachen Zorn und Neid. „Geh zur Hölle, Zayan."

„Planst du etwa, mich dorthin zu schicken, Bastien?"

Mit Yannicks langem schwankenden Glied konfrontiert, wusste Althea nicht, was sie tun sollte. Sein Schwanz sollte sie mit Ehrfurcht erfüllen oder mit Angst oder Lust, aber sie fand ihn schlicht und einfach hinreißend. Selbst in ihren Träumen war sie ihm nie nah genug gewesen, um ihn zu küssen. Fast schien es, als recke er sich ihr entgegen. Die Spitze war seidig und prall und hatte am Rand sogar einen Schönheitsfleck. Ganz oben glitzerte ein winziger klarer Tropfen.

So merkwürdig und aufregend.

Und als sie zu Yannick aufblickte, konnte sie ein Kichern nicht unterdrücken. Er hatte die Arme hinter dem Kopf verschränkt und beobachtete sie stolz und … ja, beinahe aufgeregt wirkte er.

Sie zeichnete die Venen auf seinem Schaft mit dem Finger nach. Ihre andere Hand umschloss ihn.

Ein Kuss. Damit könnte sie doch anfangen. Und danach an ihm lecken. Bastien hatte davon gesprochen, dass die Frauen seinen Penis und die Hoden geleckt hatten.

Es kam auf einen Versuch an.

Sie stützte sich mit einer Hand auf seiner Hüfte ab, streckte die Zunge heraus und berührte ihn ganz sacht.

Ohhh. Seidig und weich fühlte er sich an. Sie fuhr mit der Zunge um die Spitze und schmeckte seinen Saft. Es prickelte und war leicht sauer.

Sie öffnete ihre Lippen, nahm all ihren Mut zusammen und nahm ihn in den Mund. Die heiße, samtweiche Haut seines Glieds füllte ihren Mund aus. Zu ihrer Überraschung stellte sie fest, dass er wirklich köstlich schmeckte.

„Mein Gott, dein Mund ist so heiß …", stöhnte er. Sanft strichen seine Hände über ihren Rücken.

Als Reaktion auf seine liebevollen Berührungen griff sie nach seinen Hoden. Sie verstand sofort, warum man auch Eier dazu sagte. In dem weichen Sack huschten die beiden festen Bällchen hin und her. Sie hielt sie vorsichtig in ihrer Hand und erforschte die leicht gerötete und knubbelige Haut. Sie spielte mit dem langen Schamhaar, das entgegen seiner weißblonden Mähne von einem dunklen Gold war.

Sie blickte auf. Yannick starrte auf sie herab, atemlose Qual zeigte sich auf seinen hübschen Gesichtszügen. Schüchtern, aber geschmeichelt, senkte sie den Blick.

„Aber du musst ihn nicht tiefer in den Mund nehmen, wenn du nicht willst …"

Er verstummte, stöhnte erneut, als sie vorsichtig an der Spitze seines Glieds saugte. Wie hätte sie mehr von ihm in ihren Mund nehmen können? Aber sie wusste – aus den Gesprächen der Dorfmädchen, die sie belauscht hatte – dass Männer es mochten, tiefer in die Frau zu stoßen, wenn sie sich liebten.

Vermutlich würde es ihm gefallen, wenn er tief in ihrem Mund wäre.

Sie schloss fest die Augen und senkte den Mund wieder auf ihn. Diesmal war sie zu weit gegangen. Althea würgte und prallte zurück.

Eine Hand tätschelte ihren nackten Hintern. „Alles in Ordnung, Liebes? Du musst das wirklich nicht tun."

Sie wischte die Tränen beiseite, die ihr in die Augen gestiegen waren. „Ich weiß, was ich falsch gemacht habe."

„Liebste!" Er lachte.

Dann sagte er nichts mehr, weil sie ihn wieder in den Mund nahm. Sie ließ ihre Zunge um seine Spitze kreisen, und er hob ihr die Hüften entgegen.

Langsam wurde sie mutiger. Was, wenn sie improvisierte? Mit ihm spielte? Vielleicht war es nicht allzu gut für ihn, aber sie musste doch lernen, was ihm gefiel.

Althea ließ ihre Zunge an seinem Schaft auf und ab gleiten. Dann versuchte sie dasselbe mit dem ganzen Mund. Mit einer schnellen Bewegung erreichten ihre Lippen sein Schamhaar, und bevor sie erneut würgen konnte, zog sie den Kopf zurück.

Vielleicht war sie gar nicht so schlecht? Immerhin stöhnte Yannick noch.

Sie saugte so hart an ihm, dass ihre Wangen sich zusammenzogen. Um die Spannung für ihn zu erhöhen, ließ sie den Schwanz aus ihrem Mund, sodass er hin und her wippte. „Nein, nein!", stöhnte Yannick enttäuscht.

Also verschlang sie ihn erneut, gierig und hungrig. Er stöhnte und seufzte, seine Hand vergrub sich in ihren Locken. Sie spürte, wie sich seine Hand verkrampfte, spürte, wie sehr er sich danach sehnte, dass sie ihn tiefer nahm, ohne es auszusprechen. Er wollte sie zu nichts zwingen.

Ihre Vagina fühlte sich nass an. Es war erstaunlich erregend für sie, ihn zu befriedigen. Sie frohlockte, als sie ihn anschwellen fühlte. Er wurde größer und sogar härter, während sie seine Hoden liebkoste. Jetzt hatte sie keine Angst mehr, irgendwas falsch zu machen, und sie umfasste seinen Hintern mit der freien Hand. Bei Gott, er fühlte sich toll an. Sie ließ ihre Finger in die Spalte zwischen seinen Gesäßbacken gleiten.

„Althea, Liebes …"

Er mochte das, oder nicht? Sie hatte ja nicht ahnen können, dass es ihr so ein Vergnügen bereitete, den Hintern eines Mannes zu streicheln.

Sie fühlte sich bestärkt und wurde mutiger, krallte sich wie eine Katze in seinen Hintern und zog ihn zu sich heran, um seinen Penis noch tiefer in sich aufzunehmen.

„Althea, meine wilde Jägerin, halte ein!"

Yannick griff nach ihrem Kinn und versuchte sanft, sie zu stoppen. Aber dieses freche Mädchen ließ sich nicht aufhalten, sie bewegte sich auf seinem Schwanz auf und ab.

Es hätte ihm ein Leichtes sein sollen, sich weiterhin unter Kontrolle zu haben, aber der Enthusiasmus einer unerfahrenen Frau konnte so viel erotischer sein als das genau kalkulierte Können. Sie machte dabei süße Geräusche, die durch seinen Schwanz gedämpft wurden. Leises Stöhnen, Seufzen, Schreien. Sie stöhnte, obwohl doch ihm Lust bereitet wurde. Als sie den Kopf zu weit hob, entglitt der Schwanz ihrem Mund mit einem sanften Plopp, das ihn nur noch mehr erregte.

Sie ließ sich davon nicht aufhalten, nahm ihn wieder in ihren heißen Mund.

Ihre warme, nasse Vagina rieb sich an seinem Schenkel.

„Nein, Althea, du musst aufhören", bettelte er durch zusammengebissene Zähne. „Ich komme sonst."

Sie schenkte ihm ein so freches Lächeln, ohne von seinem Schwanz abzulassen, dass er beinahe explodierte.

Ernüchternde Gedanken, er brauchte irgendwas Ernüchterndes, oder er blamierte sich und enttäuschte Althea.

Was konnte ernüchternder sein als sein drohender Tod. Ja, er dachte an Gevatter Tod, wie er mit einer Sichel in der Hand vor ihm stand, mit den knöchernen Fingern ungeduldig trommelte und darauf wartete, ihn endlich mit sich nehmen zu können.

Aber dieses Bild barg für ihn keinen Schrecken. Wenn Althea sein Herz nicht mit einem Pflock durchbohrte, würde er vielleicht bis Vollmond überleben. Gelang es ihm bis dahin nicht, Zayan zu zerstören, blieb von ihm nichts außer einem Häuflein Staub. Seelenlos würde er zwischen den Welten schweben bis in alle Ewigkeit.

Ja, das war wirklich ernüchternd, aber sein Schwanz war immer noch genauso unbeugsam wie die Schneide eines Schwertes, so ungeduldig wie eine Flasche Champagner, die man geschüttelt hatte, bevor der Korken aus ihr hervorschoss.

Er flehte sie an. „Nicht, Süße. Wenn du weitermachst, ist unser Spaß erstmal vorbei. Zumindest für eine Weile ….." Er hob behutsam ihr Kinn. „Komm zu mir."

„Aber du hast mich mit deinem Mund zum Höhepunkt gebracht. Würde es dir nicht gefallen, wenn ich dir dieselbe Freude bereite?"

„Du musst wissen, dass Männern selten die Gunst erwiesen wird, mehrere Orgasmen hintereinander zu haben."

Sie räkelte sich über ihm, gerade so, wie sich eine Katze in der wärmenden Sonne streckte. „Du kannst – kannst du nicht mehr als einmal kommen?"

„Oh, ich kann schon. Vampire können das, aber ich fürchte, dein Mund würde mich zu einem solch heftigen Höhepunkt bringen, dass ich für eine lange Zeit nicht wieder zur Besinnung komme. Wir müssten uns gedulden, und vielleicht geht die Sonne auf, bevor es weitergehen könnte." Er krümmte den Finger. „Lass mich deine Lippen schmecken."

Ihre geschmeidigen Beine umklammerten seine Hüften. Er bewahrte das Bild von ihr, wie sie über ihm kniete. Selbst in der Dunkelheit war sie für seine Augen ein wahrer Genuss. Die langen, weinroten Locken umrahmten ihren Körper, berührten beinahe seine Brust. Leidenschaftlich glühten ihre grünen Augen unter dichten Wimpern. Ihre Lippen waren feucht und gerötet.

Er hätte sich selbst zum Tode verurteilt, nur um sie zu bekommen.

Verdammt, das war es wert.

Althea senkte sich auf ihn, und Yannick biss sich in die

Unterlippe, als ihr Gewicht sich an seinen Schwanz drückte. Sie küsste ihn, fordernd und mit offenem Mund. Er schmeckte seinen Schwanz auf ihren Lippen.

Er wollte sie jetzt.

Sie zog sich zurück. Leise flüsterte sie: „Ich brauche dich."

Ja, mein Engel. Ich brauche dich jetzt, oder ich berste gleich. Oder sterbe. Oder ich zerbreche.

Ich weiß, stöhnte sie in seinen Gedanken. *Mir geht es auch so.*

Unendlich vorsichtig hob er sie hoch und legte sie auf die Matratze. Sie lag unter ihm. Bei Gott, er war mehr als bereit.

Er drückte seinen Schwanz nieder, schob sich auf Althea. Er wusste, sobald er erst ihre Vagina berührte, wäre er verloren.

Er atmete tief ein und aus.

Aber wenn er mit ihr schlief, musste er ihr wehtun. Sollte er sie jetzt nehmen, da sie von ihrer Lust getrieben war, ihre Erregung so groß war? Oder sollte er sie nicht erst noch einmal zum Höhepunkt bringen? Entspannt und zufrieden wäre sie vielleicht weniger ängstlich, wenn er ihre Barriere durchbrechen musste. Was machte es einfacher für eine Jungfrau?

Ihre Hüften hoben sich ihm entgegen. „Bitte."

Lass sie kommen, ermahnte ihn eine innere Stimme. *Es kann kein Fehler sein, wenn du sie erst zum Orgasmus bringst.*

Zwei Lichtblitze schossen aus Zayans erhobenen Händen und prallten auf seine Schultern. Bastien taumelte bei diesem heftigen Schlag, doch er hielt sich auf den Füßen. Er biss die Zähne zusammen, um nicht vor Schmerz aufzuschreien. Von einer glühenden Lanze durchbohrt zu werden hätte nicht so sehr geschmerzt. Und das wusste er verdammt gut.

Rauch stieg von seinen Schultern auf, wo er getroffen worden war. Aus den Augenwinkeln nahm er wahr, dass sein

Fleisch schwarz versengt war.

Die Lichter des Dorfes, das sich hinter der Wiese erstreckte, tanzten und flackerten vor seinen Augen. Schillernde, blaue Lichter wirbelten um ihn herum, kniffen ihn in den Schwanz. Er schlug sie beiseite.

Unsicher hielt er sich auf den Beinen. Er widerstand dem Drang auf die Knie zu sinken, weil der Schmerz durch seine Blutbahn raste. Es ließ ihn innerlich aufschreien, sein Verstand war benebelt. Bastien lachte wild. „Das ist alles? Kannst du nichts Besseres?"

Ein weiterer Schlag – die grünen Strahlen wurden glühend rot. Er tänzelte beiseite, aber die Blitze folgten ihm und trafen ihn in die linke Seite. Sie verfehlten sein Herz, aber er spürte, als seine Rippen wie Kleinholz brachen.

Die Beine gaben unter ihm nach und er konnte nicht verhindern, dass er zu Boden ging. Er hielt sich mühsam auf einem Knie und versuchte, sich wieder auf die Beine zu kämpfen. Verdammt, er wollte nicht vor Zayan zusammenbrechen.

Zayan hob erneut seine Hände. Rotes Licht flammte in seinen Handflächen auf und tauchte seine gebogene Nase, die Linie seiner Wangenknochen und seine vollen Lippen in ein unheimliches Glühen. Das Licht erreichte kaum die dunklen Augen, die in tiefen Höhlen ruhten. Das Weiße seiner Augen flackerte. Zayans Blick ließ Bastien nicht los.

„Hübsches Feuerwerk." Bastien bewegte sich vorsichtig. Seine Rippen begannen schmerzhaft zu pochen, als sie sich wieder zusammenfügten. Er spürte das Summen und die Hitze.

Ihm war bewusst, dass Zayan den nächsten Schlag auf seinen Kopf richten würde. Obwohl er Zayan verspottete, wusste er, dass es ihm nicht gelingen würde, sich schnell genug zu verwandeln …

Der grüne Blitz zischte unter ihm hinweg, als er sich in

die Höhe erhob. Er landete hart auf den Füßen, aber irgendwie hielten seine Muskeln es aus. Instinktiv hob er die rechte Hand und konnte den nächsten Blitz, der rot auf ihn zuschoss, mit der Handfläche auffangen. Er drang in ihn ein, riss Bastiens Arm so heftig zurück, dass er aus dem Schultergelenk sprang.

Bei dem plötzlichen Schmerz musste er beinahe würgen. Verdammt!

Mit bloßer Willenskraft gelang es Bastien, seinen Arm wieder einzurenken. Das Knacken ließ all seine Knochen schmerzhaft vibrieren.

Er konnte Zayan nicht besiegen, indem er seine Lichtblitze abfing. Zusammen mit Yannick könnte es ihm gelingen. Allein kämpfte er lediglich ums nackte Überleben. Aber nach einem Jahrzehnt in Gefangenschaft wollte er verdammt sein, wenn er sich umdrehte und in ewiger Verdammnis verbrannte.

Hinter ihm lag das bewusstlose Mädchen im Dreck. Sie war keine Jungfrau. Sein verstärkter Geruchssinn fing den Hauch von fremdem Samen an ihr auf. Und der reichhaltige Geruch ihres vergossenen Blutes stieg auf wie der Rauch von seinen Wunden. Verführte ihn. Machte ihn wahnsinnig.

Er war kein Tier, das nur seinen niederen Instinkten gehorchte.

Dann konzentrierte er sich wieder auf Zayan. Triumph blitzte in den Augen seines Schöpfers auf. Ein wildes Lächeln verzerrte den schönen Mund. Lippen, die er geküsst hatte. Lippen, die seinen Schaft entlanggefahren waren, getrieben von Lust, Verlangen und Leidenschaft.

Das lange schwarze Haar, dicht und glatt, umrahmte ein blasses, unnahbar schönes Gesicht.

Bastien schlug mit einem Lichtblitz zurück, den er direkt auf Zayans Grinsen richtete. Lachend öffnete Zayan den

Mund und schluckte den Blitz. Sein weißer Hals schimmerte bläulich, als er den Blitz herunterschluckte.

„Köstlich."

Bastien hob die Hand, um einen weiteren Lichtblitz auszusenden, aber die Kräfte gehorchten nicht länger seinem Befehl. Seine Haut kribbelte, die Muskeln zitterten. Nichts passierte. Der erste Lichtblitz hatte ihn völlig ausgelaugt.

Er versuchte, zu springen, wollte in Bewegung bleiben, um kein allzu leichtes Ziel zu sein. Seine geschwächten Beine gaben unter ihm nach und er stolperte, fiel in den feuchten Matsch.

Zayans Augen glitzerten zufrieden. „Deine Magie füttert mich nur."

Von hinten griff eine Hand nach Bastiens Hals, er stand plötzlich an die alte Eiche gepresst. Zayan war so schnell hinter ihn gesprungen, dass er es nicht hatte kommen sehen. Lange Finger schlossen sich um seinen Kehlkopf.

Er wirbelte herum, drosch die Faust in die Wange seines Schöpfers.

Mich zehn Jahre lang einzusperren ... Er spürte, wie unter seiner Faust der Knochen brach. Das Geräusch befriedigte ihn.

Wäre es dir lieber gewesen, wenn ich dich zerstört hätte? Zayans Hand schloss sich um seine Faust und drückte seinen Arm mühelos nieder. Weil er all sein Gewicht in den Schlag gelegt hatte, sank Bastien erneut zu Boden.

Wenn ich die Wahl hätte zwischen der Vernichtung und zehn Jahre lebendig begraben zu sein? Ja. Er schnappte nach den Handgelenken von Zayan.

Ein greller, weißer Lichtblitz explodierte hinter seinem Rücken mit der Stärke eines Kanonenschlags. Zayan ließ seinen Arm los, und Bastien fiel auf alle viere wie ein Hund. Und wie ein Hund schnellte er hoch, wollte seine Fangzähne in Zayans Hals graben.

Die Spitzen gruben sich in den Hals, den er einst geküsst hatte. Bevor er das Blut seines Schöpfers trinken konnte, segelte er durch die Luft und prallte mit einem Platschen in den Schlamm.

Zayans breiter, mächtiger Körper krümmte sich über ihm. Von der Hand seines Schöpfers niedergedrückt, schnappte Bastien verzweifelt nach Luft. Zayan aber riss seinen Kopf am Haarschopf beiseite und legte seinen Hals frei.

Selbst jetzt, da er wusste, dass er sterben würde, konnte Bastien nicht anders: sein Körper spannte sich an, sehnte sich nach Zayans Körper, der auf ihm lag. Zayans Knie presste sich gegen seine Hoden. Er wartete darauf, dass sein Schöpfer ihm das Knie in den Schritt rammte, wartete auf den Schmerz.

Stattdessen bewegte Zayan sein Knie, drückte es immer wieder in seine Hoden, und der Reiz ließ Bastiens Schwanz hart werden. Das war eine Qual, die jener ähnelte, wenn jemand Gewichte an seine Hoden hängte. Wie oft war er gezwungen gewesen, diese erotische Bestrafung von Zayan zu bekommen?

Es war erniedrigend gewesen. Nur darum hatte er die Frauen, die sich ihm unterwarfen, mit ähnlichen Spielzeugen beglückt.

Verdammt. Er lag hier, erwartete jeden Moment, dass Zayan seine Hoden zerquetschte und seinen Hals aufschlitzte – und er konnte nur daran denken, wie viel Lust es ihm bereitet hatte, jemanden zu beherrschen? Die letzte Geliebte, die er sich genommen hatte, bevor er begraben wurde, hatte diese Qualen genossen. Er war fasziniert gewesen, als er entdeckte, dass ihre Schamlippen gepierct waren, damit man Gewichte daranhängen oder sie anketten konnte. Er hatte es genossen, ihre Muschi an den Bettpfosten zu fesseln.

155

Er blickte auf. Zayan grinste ihn an. Sein Blick verschmolz beinahe mit Zayans undurchdringlich schwarzen Augen.

Sein Schöpfer neigte den Kopf. *Ich kann deine Gedanken lesen, mein Freund. Und tatsächlich, ich erinnere mich an das Mädchen mit den gepiercten Schamlippen.* Zayans rechte Hand kratzte über Bastiens Brust. Die langen, klauenförmig gebogenen Fingernägel rissen die Haut auf. Bastien spürte, wie sich seine Haut teilte, wie sein Blut aus ihm herausfloss.

Interessant, dass du gerade jetzt an Sex denkst.

Was meinst du denn, wie ich diese zehnjährige Hölle überstanden habe?

Die Fingernägel von Zeigefinger und Daumen gruben sich in seine Brustwarze. *Ich weiß, wie es für dich war in diesen Stunden des Gefängnisses. Ich weiß, wovon du geträumt hast, wenn du schliefst.*

Weißt du es wirklich, du Bastard?

Ich konnte dich vor zehn Jahren nicht vernichten. Zayan zupfte an Bastiens erregtem Nippel, verdrehte ihn. Bastien legte den Kopf in den Nacken, unterdrückte ein Stöhnen. Sein Schöpfer streckte die Hand zwischen ihren Körpern aus. Bastien war es zuwider, seine Erregung zu zeigen. Aber als Zayans Finger sich um seinen Schwanz schlossen, konnte Bastien sein Stöhnen nicht unterdrücken.

Warum hast du meinen Bruder nicht zerstört?

Einen geschützten Vampir? Nicht doch. Zayan strich mit der Zunge über Bastiens Hals.

Bastien schloss die Augen. Es war eine altbekannte, zärtliche Liebkosung. Warm und feucht – die Zungenspitze glitt über seine Arterie bis zum Ohr hinauf. Lust bahnte sich ihren Weg, sein Schwanz wurde hart, schnellte hoch. Zayan rieb ihn, drückte sein Knie härter gegen seine Hoden.

Er war kurz davor, zu sterben. Und sein Körper dachte an nichts anderes als an einen verdammt guten, harten Fick.

„Geschützt?", hauchte er. Zayans Hand zerrte an seiner Vorhaut. Was, zur Hölle, tat er da? War es denn wichtig, warum Yannick am Leben war? Warum war er selbst, Bastien, am Leben? Er musste es wissen, auch wenn er nicht mehr allzu lange leben sollte ... Aber was war es, das Yannick schützte? Zwar wollte er nicht, dass auch Yannick zerstört wurde, doch warum war Yannick wieder mal privilegiert und er nicht?

Zayan rieb seinen Schwanz im schnellen Rhythmus, der sein Blut in Wallung brachte und seinen Verstand umnebelte. Die Zähne seines Schöpfers pressten sich gegen seinen Hals, direkt dort, wo unter der Haut sein Puls pochte.

Bastien wusste, was passierte, wenn ein Vampir das Blut eines anderen Vampirs trank. Es bedeutete höchste Lust für jenen, der seine Zähne in das Fleisch grub. Jener aber, der sein Blut gab, erlitt Höllenqualen und wurde vernichtet.

Nach einem Jahrzehnt Gefangenschaft würde er einen qualvollen Tod sterben.

„Yannick!"

Er musste grinsen, als er das erste Mal mit seiner Zunge über Altheas harte Klit fuhr. Die Hände legte er um ihren Hintern und hielt sie fest, während er sie mit der Zunge verwöhnte.

„Aber willst du nicht ..." Sie stöhnte. „Willst du nicht ... mit mir schlafen?"

Doch, nachdem du für mich gekommen bist. Ein- oder zweimal.

„Zweimal!" Ihre Hüften hoben sich ihm entgegen. Altheas Finger krallten sich in sein Haar. Der feste Griff gefiel ihm. Schauer liefen über seinen Rücken.

Oder häufiger.

„Ich kann nicht mehrere Höhepunkte haben!"

Willst du mich herausfordern? Soll ich dir beweisen, wie

viele Orgasmen du haben kannst?

„Ich hätte Angst, dich herauszufordern", flüsterte sie.

Einfache Worte, die so viel über ihr inniges Verhältnis verrieten. Erst zwei Nächte hatten sie miteinander verbracht und unterhielten sich wie Freunde. Yannick hatte sich nie zuvor einer Frau so nahe gefühlt. Gut, er hatte andere Frauen geneckt, ihnen Komplimente gemacht und mit ihnen geschlafen. Hatte ihre geheimen Wünsche und Bedürfnisse kennengelernt und genau gewusst, wie er sie zum Höhepunkt brachte.

Aber nie hatte er diese Enge um sein Herz gespürt. Nie hatte sein Herz so heftig gepocht, wenn er eine Frau liebte. Und Althea war die erste Frau, der er sein Herz öffnete.

Er kostete Altheas köstliche Muschi, ohne sich weiter Gedanken darüber zu machen, wie es am besten für sie war. Er wollte sie nur schmecken, sie verschlingen, sein Gesicht zwischen ihren Beinen vergraben bis er nicht sehen, nicht denken und nichts anderes riechen konnte außer ihrer Leidenschaft für ihn.

Die Innenseiten ihrer Schenkel fühlten sich an seinen Wangen wie heiße Seide an. Mit einem leisen, sinnlichen Stöhnen legte sie die Beine um seinen Rücken. Ihre Fersen drückten sich in seinen Rücken, glitten hinab und liebkosten sein Gesäß. Seine Hoden zogen sich zusammen, als sich ihre Füße gegen seinen Hintern drückten.

Für eine Jungfrau war sie wirklich unbeschreiblich. Als wäre ihr die Sinnlichkeit angeboren. Ihre Hände und Füße glitten über seinen Körper, erkundeten ihn mit offensichtlicher Freude. Er hörte ihr kehliges Stöhnen und antwortete ihr.

Er musste sie zum Orgasmus bringen. Wenn er es nicht tat, verlor er noch die Kontrolle.

„Ja", flüsterte sie.

Ja, Liebes. Komm für mich.

„Nur ein bisschen härter, bitte …"

Er gehorchte, aber es genügte ihr nicht, denn sie drückte ihm ihre Hüften ins Gesicht. Althea übernahm die Kontrolle, griff nach seinem Kopf und hielt ihn fest. Er bekam kaum Luft, aber das war ihm gleichgültig.

„Ja, ja …" Sie warf den Kopf hin und her. Wild und zügellos. Er hielt inne. Nie hatte er erlebt, dass eine Frau unter ihm so wild wurde.

Sie drückte seinen Kopf wieder zwischen ihre Schenkel. „Bitte."

Yannick grinste und saugte härter an ihrer Klit. Sie verblüffte ihn. Jetzt erst sah er die kämpferische Vampirjägerin hinter der Fassade der jungen, sittsamen Lady.

Ja, mein Engel, lass dich einfach fallen.

Sie kam. Warf sich hin und her, als die Kontraktionen sie erfassten. Althea wimmerte und schluchzte, und diese leisen Geräusche waren für ihn viel intensiver, als wenn sie ihre Lust herausgeschrien hätte.

Er wollte nicht länger warten.

Yannick schob sich über Althea. Ihre Wangen waren gerötet, Schweiß glänzte auf ihrer Haut. Himmlisches Entzücken zeichnete sich auf ihrem Gesicht ab.

Er spürte ihre Vagina gegen seinen Schwanz drängen, als versuche sie, ihn in sich zu ziehen. Plötzlich erinnerte er sich, wie Bastien ihn im Traum aufgezogen hatte: *Du verlierst immer als Erster die Kontrolle.* Und als seine Schwanzspitze sich zwischen ihre nassen Schamlippen schob, betete er darum, dass der Traum keine Vorausahnung war, dass er nicht zu schnell kam.

Ihre Hände klammerten sich an seine Hüften. Schoben ihn vorwärts, sodass er einen Zentimeter in sie eindrang. „Bitte."

Yannick atmete tief durch. *Wir müssen es langsam angehen lassen, mein Engel.*

Ihm brach der Schweiß aus, so sehr musste er sich beherrschen, als er langsam in sie eindrang. Sie war bereit für ihn, hieß ihn willkommen und schloss sich fest um ihn. Hielt ihn in ihrer Hitze.

Er schob sich zurück, verharrte an ihrem Eingang. Er war bereit, in sie zu stoßen.

Sie wölbte sich ihm entgegen. *Ja.*

In den Träumen hatte Bastien sie in den Hals beißen wollen. Er hätte es nicht gekonnt, sie zum Vampir zu machen. Es war ihm zuwider, sie dazu zu zwingen. Aber könnte er sie dazu bringen, es zu wollen? Konnte er ihr Herz erobern, konnte er sie dazu bringen, ihn bis in alle Ewigkeit zu lieben?

Er konnte ihr kein ewiges Leben schenken. Aber bei Gott, er wollte ihr Herz erobern. Sein eigenes schlug heftig bei diesem Gedanken. Nie hatte ein solches Verlangen ihn vor dem Sex übermannt. Die Linie ihres Halses war nur wenige Zentimeter von seinen Zähnen entfernt. Alles, was er tun musste, war zubeißen …

Ihre vertrauensvollen Augen blickten zu ihm auf. „Ich fühle mich so … Es ist, als wollte ich dich tief in mir spüren. Dass du mich ausfüllst. Jetzt. Ich denke … Also, man sagt ja … Es ist besser, wenn du ihn einfach … hm … hineinstößt."

Einfach hineinstoßen? Jetzt konnte er sich erst recht nicht bremsen …

Ein stechender Schmerz durchfuhr plötzlich seinen Körper. Er schrie auf.

„Yannick?"

Altheas Augen weiteten sich ängstlich, aber er konnte nicht antworten. Er konnte nicht sprechen! Brennender Schmerz lähmte ihn.

Ich werde sterben.

Das war nicht sein Gedanke.

„Was ist los, Yannick? Was ist passiert?"

Er hörte die Panik in ihrer Stimme. Natürlich hatte sie Angst. Er war kurz davor gewesen, mit ihr zu schlafen. Und jetzt kämpfte er gegen den Schmerz an, der ihn überrollte, kämpfte, um nicht zu schreien.

Dann nimm mein Blut. Geh zur Hölle, aber bring es zu Ende.

Eine kalte Leere griff nach Yannicks Herz. Sein Rücken fühlte sich kalt und nass an. Als läge er in eiskaltem Wasser.

Vor seinen Augen verzerrte sich Altheas Gesicht. Er kämpfte, damit sie nicht verschwand, konzentrierte sich auf ihre weit aufgerissenen Augen und ihre Lippen, die sich bewegten. Am Rand seines Gesichtsfelds sah er ein weißes Licht, das immer größer wurde. Es verschwand nicht, als er blinzelte und benommen den Kopf schüttelte. Im Gegenteil: Das weiße Feld wurde größer, wie Wasser, das sich ausbreitet. Dann verschwand Althea. Seine Augen waren offen, aber er konnte sie nicht mehr sehen.

„Yannick, bitte! Bleib bei mir!"

Er konnte sie hören, aber ihre Stimme klang, als wäre sie weit weg. Doch er wusste, dass sie nach ihm rief, gleichgültig, ob irgendjemand im Gasthaus wusste, dass er bei ihr war.

Alles, was sie kümmerte, war er.

Er berührte sie noch, aber das Gefühl ihrer Haut unter seinen Fingern verblasste. Taubheit breitete sich von den Händen aus, unterbrach seine letzte Verbindung zu Althea.

Yannick? Yannick?

Das war nicht Altheas weiche Stimme. Die verzweifelte Stimme in seinem Kopf gehörte Bastien. Er hörte die Gedanken seines Zwillings. Schmeckte die Angst, fühlte die Wut in seinem Blut rauschen.

Er wusste, was passierte, wenn ein Vampir das Blut eines anderen Vampirs trank.

Instinktiv taumelte er zurück. Er spürte, wie sein Schwanz

Altheas Wärme verließ. War er aufgestanden? Hatte er das Bett verlassen? Wo war er?

„Althea?" Yannick hörte nicht mal seine eigene Stimme. Hörte sie ihn?

Dunkelheit. Der nächtliche Himmel. Das Rauschen des Regens. Schlamm. Der dicke Geruch nach Lehm umgab ihn. Auf seinen durchnässten und frierenden Körper gingen wahre Sturzbäche Regen hernieder. Stimmen kamen näher. Irgendwo leuchtete etwas auf, bewegte sich mit den Schritten der Männer. Stiefel schwappten im Schlamm. Das Klirren von Waffen.

Er drehte seinen Kopf – oder besser gesagt, Bastien drehte den Kopf. Ein Mädchen lag neben ihm, die Haut gespenstisch weiß. Ein weißes Mieder bedeckte kaum die üppigen Brüste. Es war durchnässt mit dunklem Blut. Das Blut bedeckte auch ihre Schultern und ihren Hals, wie ein morbider Schal. Die Augen – geöffnet? Blicklos? Nein, sie waren geschlossen.

„Yannick?", flehte Althea ihn an. Er streckte die Hand nach ihr aus. Seine Hand stieß gegen eine muskulöse Brust. Seidig fühlte sie sich unter seinen Fingern an, weich und angenehm. Und sie war blutrot.

Das Blut der Raben. Der Zorn von London. Eine akzentuierte Stimme, tief und heiser. Elegant. Spottend.

Plötzlich konzentrierten sich seine Gedanken auf seinen Schwanz und die Hand, die seinen Schaft liebkoste.

Althea? Hoffte sie, ihn wieder zu sich zurückzuholen, indem sie ihn erregte?

Es war eine *große* Hand. Lange Finger. Scharfe Fingernägel.

Er riss die Augen weit auf, aber alles, was er sehen konnte, waren Licht und Schatten. Goldene Strähnen hingen ihm in die Augen. Er konzentrierte sich. Haar. Es war feines Haar.

Nicht Altheas. Und auch nicht seins.

Bastiens Haar.

Bastien? Yannick rief in Gedanken wieder und wieder den Namen seines Bruders.

Er war mit seinem Bruder nie auf diese Weise verbunden gewesen. Sie waren Zwillinge, und darum hatten sie eine besondere Verbindung besessen. Sogar bevor er zum Vampir geworden war, wussten sie oft, was der andere dachte. Aber er hatte noch nie ein Geschehen durch die Augen seines Bruders beobachtet.

Er stöhnte. Nein, Bastien stöhnte. Ein heiseres Seufzen, aus dem gleichermaßen das sinnliche Verlangen und die Wut über seine Schwäche sprachen. Yannick spürte das Gewicht, das ihn niederdrückte, fühlte Atem, der über seinen Hals strich. Ein stacheliges Halsband berührte seine Haut. Er nahm den Geruch des anderen Mannes wahr – unverwechselbar. Saubere Haut, Zedernholzgeruch, der die Kleidung durchdrang. Eine Spur von Schweiß. Der scharfe Geruch nach männlichem Samen.

Und dazu das kupfrige Versprechen von frischem Blut.

Über ihm lag ein Mann, der mit seinem – nein, mit Bastiens – Schwanz spielte. Langes, schwarzes Haar hing über seine Wangen und seinen Mund, als er seinen Hals leckte.

Zayan. In seiner menschlichen Gestalt. Der einzige Hinweis, dass er nicht menschlich war, waren seine Eckzähne, die sich gegen Yannicks Hals drückten.

Er war tief in Bastiens Geist gefangen. Mit seinem Zwilling auf diese Art verbunden, fühlte er, wie er die Hand nach unten ausstreckte. Es war Bastien, der all das tat. Yannick war hilflos. Er spürte, wie Bastien nach der Erektion des Vampirs griff, die sich unter der maßgeschneiderten Hose abzeichnete.

Zayans kehliges Stöhnen hallte in seinem Kopf wider.

Die Verbindung war zu stark. Das Band war zu fest geknüpft. Er musste seinen Geist zwingen, sich umzusehen, die Umgebung wahrzunehmen.

Er musste die Verbindung mit Bastien kappen, um eine Chance zu haben, ihn zu retten.

Aber Yannick spürte unter seinen Fingerspitzen den Stoff, den Bastien jetzt beiseiteriss und seine Hand in die Hose steckte. Seine Finger kratzten über den langen, erigierten Penis, bis er Zayans Hoden umfasste. Haarlos und weich. Frisch rasiert.

Bastiens Stimme klang verschüchtert und lüstern in Yannicks Geist. Er folgte Bastiens Zärtlichkeiten, spürte das heiße Gewicht von Zayans Schwanz, der über seiner Hand lag. Er konnte die Verbindung nicht unterbrechen – nicht, solange seine Emotionen – Angst und Erregung – sich mit denen von Bastien vermischten.

Er massierte den Schwanz eines Dämonen. Und es gefiel ihm. Er spürte ein Streicheln an seinem eigenen Glied, als erwidere Zayan seine Liebkosungen. Es fühlte sich so real an, dass ihm die Sinne schwanden.

„Ich schaffe es, dass du zuerst kommst." Bastiens Stimme klang herausfordernd. Selbst im Angesicht der eigenen Vernichtung musste sein Zwilling das Gegenüber verhöhnen. Furcht griff nach Yannicks heftig pochendem Herz. Als sie sterblich gewesen waren, hatte er oft genug erlebt, wie Bastien seinen Gegner beim Duell so lange verspottet hatte, bis dieser in seiner Wut unkontrollierbar wurde. Mehr als einmal hatte dies dazu geführt, dass der Gegner schlecht zielte, weil seine Hand zitterte. Pures Glück hatte Bastien bis nach seinem fünfundzwanzigsten Geburtstag am Leben erhalten.

Yannick spannte sich an. Jeden Moment konnte Zayan zubeißen. Wenn er mit Bastien verbunden war, spürte er wohl auch den Schmerz? Würde er die Zerstörung seines Bruders am lebendigen Leib miterleben?

„Yannick! Yannick! Was passiert mit dir?"

Ein heißer Mund legte sich auf seinen, eine Zunge drang zwischen seine Lippen. Weiche Locken legten sich auf seine Brust, und er nahm den Hauch von Lavendel und Rosen wahr.

Althea.

Erleichterung überkam ihn, als er ihren süßen Mund auf seinem spürte. Er musste sich von diesem Bann befreien ...

Bastiens Stimme flehte in seinem Kopf. *Yannick. Lass mich nicht im Stich ...*

10. KAPITEL

Besessen

Althea schlang die Arme um Yannicks starken Nacken und küsste ihn so heftig sie konnte.

Yannick, bitte! Bitte rede mit mir! Antworte mir!

Wenn das den Bann nicht brach, was dann? Ihre Arme schmerzten, weil sie ihn so heftig geschüttelt hatte. Er war so groß, muskulös und schwer, sie konnte ihn kaum bewegen. Selbst als sie Schläge auf seine Brust hatte prasseln lassen, hatte er sich kein Stück bewegt. Er blieb verloren.

Seine großen, silbernen Augen starrten sie an. Aber er sah sie nicht.

Yannick, komm zurück zu mir. Halt mich fest. Küss mich.

Sie schlug erneut gegen seine Brust. Presste ihre Brüste gegen seinen Körper, der von kaltem Schweiß und Gänsehaut bedeckt war. Sie ließ ihre Hände überall hingleiten, auf und ab. Aber sie konnte ihn kaum wärmen. Es reichte nicht.

Er stand am Fenster, blickte hinaus in die schwarze Nacht. Sie hatte sich zwischen ihn und das Fenster gestellt, um ihn daran zu hindern, in die Nacht zu fliegen.

„Zayan." Der Name war nur ein raues Wispern, das sie kaum verstand.

Hatte Zayan seinen Verstand in Besitz genommen?

Wie konnte sie ihn befreien?

Zunächst musste sie ihn irgendwie vom Fenster wegbekommen. Am besten zurück ins Bett. Obwohl ihr der Gedanke verhasst war, ihn jetzt loszulassen, hatte sie keine andere Wahl. Sie betete, dass er nicht jetzt seine Gestalt wandelte. Kalte, feuchte Luft drang durch das offene Fenster in ihre Kammer. Sie löste ihre Umarmung um Yannicks Hals und fuhr auf dem Absatz herum. Jenseits der Felder sah sie die Lichter tanzen – ihr Vater und seine Jäger waren dort unterwegs.

Das Fenster schloss sich krachend und sie drehte den Riegel.

Wenn Yannick sich nun in eine Fledermaus verwandelte, konnte er nicht entkommen. Aber vielleicht würde er sich selbst töten, wenn er versuchte, durch das Glas zu fliegen? Würde er gegen die Scheibe flattern?

Nein, irgendwie würde sie das schon verhindern. Dieser Gedanke gab ihr neue Kraft. Sie drehte sich zu Yannick herum.

Was tat er? Überrascht beobachtete Althea, wie sich Yannicks Hand über seinen Bauch hinab zu seinem erigierten Penis schob. Hypnotisiert sah sie ihm dabei zu, als er begann, sich grob zu massieren. Innerhalb eines Herzschlags kehrte die Erregung zurück. Ihre Knie wurden weich, sie sehnte sich so sehr nach ihm. Er berührte sich selbst viel gröber als sie es je gewagt hätte. Sie hielt den Atem an.

Bis sie seine Augen sah. Weit aufgerissen, bewegungslos. Er blinzelte nicht einmal!

Sie griff nach seiner freien Hand und versuchte, ihn zu bewegen. Wahrscheinlich hätte sie mehr Glück gehabt, wenn sie versucht hätte, ein störrisches Pferd zu bewegen.

Sie zog heftiger.

Er taumelte nach vorne, machte einen Schritt. Sie schluchzte vor Erleichterung auf.

Noch ein Schritt. Und noch einen.

„Althea."

Er flüsterte wieder ihren Namen.

Yannick, ja. Hier ist Althea, ich bin für dich da.

Ihre Waden stießen gegen das Bett. Im selben Moment machte Yannick noch einen Schritt und sie stolperte. Ihr freier Arm schlug wild um sich und sie erhaschte einen Blick auf sein Gesicht, ehe sie hilflos auf das Bett plumpste.

Überraschung, Unruhe und plötzliche Erleichterung flackerten auf seinem schönen Gesicht auf. Dann stieß sein Schienbein gegen den Bettrahmen. Es gab ein lautes Krachen, und dann fiel er auch. Er taumelte und versuchte, sich mit der freien Hand abzustützen.

Sein Gewicht traf sie. Es fühlte sich an, als würde die Luft aus ihren Lungen gepresst.

„Uff!" Sie keuchte.

Augenblicklich schob er sich beiseite, hob die schwere Brust an. Sie schnappte nach Luft.

Gott sei Dank. Gott sei Dank. Gott sei Dank, er war wieder bei ihr.

Aber musste sie wirklich Gott danken? Doch, so musste es sein. Yannick war nicht wie die anderen Vampire, die sie in ihrem bisherigen Leben kennengelernt hatte …

„Althea, mein Engel, geht es dir gut?"

Er machte sich um sie Sorgen? Das war sein erster Gedanke, ob es ihr gut ging? Sie spürte einen Kloß im Hals und konnte nicht antworten. Stattdessen legte sie die Hände stumm auf Yannicks Wangen.

Sie wollte ihn festhalten. Als könnte ihn das beschützen …

„Zayan war in deinem Verstand, nicht wahr?"

Er nahm ihre Hände und hob sie über ihren Kopf. Sie lag unter ihm, wurde von ihm festgehalten, unfähig sich zu bewegen. Ihr Herz schlug wild und sie wand sich unter ihm. Gefangen zu sein war unbestreitbar aufregend.

„Nein, mein Engel", sagte er mit schwerer Stimme. „Mein Verstand war mit Bastien verbunden. Zayan hat ihn in seiner Gewalt."

Sie war sofort ernüchtert und schämte sich für ihre Gedanken. „Hat er …" Sie wagte es nicht, die Frage zu stellen. Das hier war eindeutig ihre Schuld. Wenn sie Bastien hätte

168

bleiben lassen … Hatte sie Bastien in den Tod geschickt, weil sie sich über ihre Träume hinweggesetzt hatte?

Und weil es ihre Schuld war, musste sie sich der Wahrheit mutig stellen. „Hat Zayan ihn vernichtet?"

Yannick ließ ihre Hände los und stand auf. „Ich weiß es nicht, Liebes. Du hast unsere Verbindung unterbrochen."

Sie legte die Hand erschrocken auf den Mund. „Oh mein Gott, das tut mir leid, ich …"

Er lächelte sie zärtlich an. Nun saß er auf der Bettkante, nackt und so prächtig im flackernden Kerzenlicht. „Ich bin froh, dass du es getan hast. Ich weiß nicht, was mit mir passiert wäre – mit meinem Verstand – wenn Bastien zerstört worden wäre, während diese Verbindung zwischen uns bestand."

„Er könnte tot sein …"

Yannick hielt kurz inne, und ihr sank das Herz.

Dann schüttelte er den Kopf. „Nein, er ist nicht tot. Wir sind Zwillinge, und selbst wenn wir gerade keine Verbindung haben, spüren wir einander jederzeit. Es ist wie ein zweiter Herzschlag in meiner Brust. Ich weiß, er ist am Leben, aber sein Geist hat sich mir verschlossen."

„Warum? Was bedeutet das?"

Er fuhr sich mit der Hand durch das silberblonde Haar. „Es könnte bedeuten, dass er sich absichtlich vor mir verschließt. Oder dass er zu schwach ist. Es kann auch sein, dass er die Gestalt gewechselt hat."

„Aber du kannst ihn spüren?"

„Seine Lebenskraft, ja. Und das bedeutet, ich kann spüren, wo er …"

Yannick sprach nicht weiter. Die Verbindung war so plötzlich wieder da, dass er seine Hand gegen die Wand stützen musste, um auf den Beinen zu bleiben.

Erneut konnte er durch Bastiens Augen sehen.

169

Ein unbeleuchtetes Herrenhaus. Verwitterter Stein, ruß-geschwärzte Fenster und eingestürzte Säulen neben der Eingangstür waren überwuchert von Bäumen und Sträuchern. Die Tür aus massivem Eichenholz hing offen in den Angeln und dahinter war es genauso dunkel und still wie draußen. Aber er spürte das Leben im Haus. Sterbliche Herzen schlugen dort, jemand atmete.

Die Vision verblasste und die Verbindung war wieder unterbrochen. Er suchte erneut, tastete im Dunkeln nach Bastien, aber da draußen war nichts.

„Sagt er dir irgendwas? Kannst du ihn wieder hören?"

Er blickte Althea an, die sich aufgesetzt hatte, nackt und verführerisch auf ihrem zerwühlten Bett. Ihre Augen waren vor Angst und Beunruhigung weit aufgerissen – sie fürchtete sowohl um ihn als auch um Bastien. Zaghaft streckte sie die Hand nach ihm aus und berührte seinen Rücken.

Yannick fragte sich, ob Bastien sich für diesen Kampf gegen Zayan entschieden hatte, weil er seine lustvolle Nacht mit Althea stören wollte. Zu Lebzeiten hatte Bastien jede sich ihm bietende Gelegenheit wahrgenommen, um ihm wehzutun, ihn zu irritieren oder ihn aufzustacheln. Er pflegte dann immer zu scherzen, dass sein adeliger Bruder ihn eines Tages wegen einer Frau erschießen würde. Und wenn sie beide zu viel getrunken hatten, war sein Zwilling mehr als einmal verdammt nah daran gewesen, ihn zu solch einer Tat anzustacheln.

Er hatte immer innegehalten, bevor er ein Schwert oder eine Pistole zog – selbst wenn Bastien nicht so rücksichtsvoll war.

Heute Nacht war es nicht anders.

Schüchtern bedeckte Althea ihre Brüste mit den Händen. Der Anblick war reine Verlockung. „Yannick?"

Sie öffnete die Beine und offenbarte ihm ihr burgunderrotes Schamhaar.

Yannick holte Luft. Er konnte ihren weiblichen Geruch wahrnehmen.

Kontrolle. Er musste sich unter Kontrolle haben. Aber die Leidenschaft übermannte ihn mit einer ungeahnten Kraft.

„Ich habe gesehen ..." Verdammt, seine Stimme zitterte. Selbst wenn er geschlagen worden war, hatte seine Stimme nie gezittert. „Ich habe durch seine Augen gesehen, Liebes. Er lebt."

Sie strich sich das wirre Haar aus dem Gesicht. „Gott sei Dank."

„Ja, so ist es."

Sie jetzt allein zu lassen, wäre Wahnsinn. *Kriech schon zurück ins Bett, leg dich auf sie, mach es endlich. Sie will es.*

Das Verlangen kämpfte gegen seinen Willen. Sein Glied schmerzte wie verrückt. Genauso war es mit seinen langen, pochenden Fangzähnen – es brannte wie Feuer, und der Schmerz raste durch seinen Kiefer und hallte in seinem Kopf wider. Sein Körper sehnte sich nach Befriedigung.

Sexuelle Erregung, die nicht befriedigt wurde, passte einfach nicht zu einem Vampir.

Ein letztes Mal wollte er sie schmecken. Ihre Lippen. Ihre Brüste. Ihr Geschlecht. Es war ihm egal, welches der drei. Oder eine Mischung aus allen dreien.

Aber ob nun eines oder alle drei – es würde ihn nicht befriedigen, und er wusste das nur zu gut. Wenn er nachgab, würde er sich bei Sonnenaufgang in ihrem Bett finden. Sein Bruder wäre bis dahin verloren.

Würde Bastien dich retten, wenn du an seiner Stelle wärst?

Vermutlich nicht. Yannick seufzte tief und stand auf.

Er hatte den Arsch seines Zwillings schon mehr als ein Dutzend Male gerettet, und bisher hatte er nie mehr zurückbekommen als Ärger und Schwierigkeiten. Nicht einmal ein gemurmelter Dank. Jedes Mal, wenn er Bastien aus einer Katastrophe rettete, hatte sein Bruder nicht lange gebraucht, um in noch größere Schwierigkeiten zu geraten.

Schmuggel. Duelle. Opiumhöhlen. Und zum Schluss Vampire.

Bleib bei ihr.

Er konnte nicht bleiben. Und Althea schwang ihre nackten Beine über die Bettkante. „Ich werde mit dir kommen."

„Nein, das wirst du verdammt noch mal nicht tun."

Mit einem genüsslichen Stöhnen rutschte Bastien in der Badewanne tiefer. Heißes Wasser strich wohltuend über seine Brust. Sein Haar lag nass im Wasser und bewegte sich wie Seetang.

Die Porzellanbadewanne mit den Klauenfüßen war so groß, dass er komplett untertauchen konnte, wenn er wollte. Er legte den Kopf in den Nacken, lehnte ihn an den kühlen Rand. Schloss die Augen.

Wo, zur Hölle, war Yannick? Jede Wette, dass er ihn ignorierte und die schöne Althea vögelte.

Er griff nach der Seife, die auf einem kleinen Tischchen neben der Badewanne bereit lag.

Hinter ihm wurde die Tür geöffnet. Bastien riskierte einen Blick. Blau glühende Sterne wirbelten in den Raum. Die glänzenden Lichter drehten sich und sausten aufgeregt hin und her.

In den Schlafzimmern von Zayans Landsitz gab es zwar Lampen und Kerzen, aber niemand hatte sie entzündet. Obwohl die Vorhänge geöffnet waren, drang kein Licht von draußen ein. Regen trommelte gegen das Glas und dichte Wolken verdeckten das Mondlicht.

Die blauen Sterne umkreisten seine Badewanne.

„Seid ihr gekommen, um mir eine letzte Nacht der körperlichen Liebe zu gönnen vor meiner Hinrichtung?"

Melodiöse Stimmen tanzten durch die stille Dunkelheit.

„Wir wünschen uns, dir beim Bad helfen zu dürfen, Meister."

Die Sterne explodierten und die Wucht ließ das Wasser in der Badewanne über den Rand schwappen.

Sechs nackte Dämoninnen erschienen, standen im Kreis um seine Badewanne. Mit zurückgelehntem Kopf nahm Bastien den köstlichen Anblick in sich auf. Ein Dutzend keck vorgereckter Brüste umgab ihn. Ein Dutzend langer, wohlgeformter Beine. Sechs Paar reflektierende Augen blickten ihn an. Sechs Münder lächelten ihn an, lockten und glänzten einladend.

Aber sein Schwanz, versunken im Wasser, blieb ruhig und regte sich nicht. All die Frauen waren wunderschön, drei Blonde und drei Dunkelhaarige, aber nicht eine konnte dem Vergleich mit Altheas Unschuld standhalten.

Dennoch lächelte er jede an und streckte die Arme auf dem Badewannenrand aus.

„Esmee." Er krümmte den Finger. Esmee besaß von allen Dämoninnen die üppigste Figur mit großen Brüsten, einem leicht gerundeten Bauch und breiten Hüften.

Sie deutete einen Knicks an, der ihre Brüste auf und ab hüpfen ließ. „Mein Lord de Wynter …"

„Nicht doch. Ich bin kein Lord, kleine Dämonin. Das ist mein Bruder."

„Du bist *mein* Lord", hauchte Esmee und kniete sich neben der Badewanne nieder. Ihr blondes Haar berührte das Wasser und die großen Brüste hingen schwer auf dem Badewannenrand. Als sie sich nach vorne lehnte, schoben sich die Brüste über den Rand und berührten ebenfalls das Wasser. Sie quietschte leise, und er lachte rau auf.

„Und ich bin die Glückliche, die dich waschen darf?", gurrte sie.

Dampf stieg um sie herum auf, verschleierte ihre blas-

173

sen Brüste und rosigen Nippel, die goldenen Löckchen ihres Schamhaars und das hübsche Gesicht. Die Illusion von anmutiger Schönheit wurde lediglich durch die scharfen Eckzähne und die glühend roten Augen vermindert.

Bastien hob sein Bein aus der Wanne und stellte den Fuß auf den Wannenrand. „Du kannst den Anfang machen."

Enttäuscht seufzten die Anderen auf, aber er fühlte sich nicht geschmeichelt. Sie alle waren Sukkubi, weibliche Dämonen, die alle mit demselben Enthusiasmus seinen Samen und sein Blut ersehnten.

Esmee trat an das Ende der Wanne.

„Nein. Beweg dich nicht aus meiner Reichweite. Und wende mir deinen Po zu."

Sie gehorchte und bewegte ihren Hintern die ganze Zeit. Ihre seifigen Finger glitten über die Sohle seines Fußes. Ihre Berührung war gekonnt und liebevoll. Kein sterblicher Mann konnte ihr widerstehen.

Die anderen Dämoninnen stöhnten verhalten auf, als er Esmee auf den Hintern klapste. Sie schob ihm ihren Po entgegen, sodass er ihn umfassen und streicheln konnte.

Sobald er den zweiten Fuß aus der Wanne hob, war eine dunkelhaarige, schwarzäugige Schönheit an seiner Seite. Schlank und geschmeidig wie sie war, besaß sie einen festen, kleinen Hintern. Sicher wäre es ein Vergnügen, sie zu schlagen, entschied er, während seine Hand mit einem satten Klapsen auf ihrem Hinterteil landete.

Er schlug sie leicht, bis ihre Hinterbacken sich röteten. Dann erst ließ er beide Hände im selben Moment hinabgleiten und fuhr mit je zwei Fingern in ihre heißen Mösen.

Sie seufzten und stöhnten, während sie sich auf seinen Händen bewegten.

Aber er beobachtete sie ungerührt. Er konnte sich nicht dagegen wehren, dass er ihnen distanziert zusah. Sein Penis hätte zu diesem Zeitpunkt normalerweise schon erigiert aus dem Wasser ragen müssen wie die Finne eines Hais. Stattdessen war er zwar ein wenig geschwollen, aber er lag immer noch schlaff im Wasser.

Der Geruch nach weiblicher Erregung erfüllte den Raum und Bastien konnte nicht Luft holen, ohne diesen Geruch wahrzunehmen. Leises Seufzen und Wispern kam aus jeder Richtung, und er hörte das deutliche Geräusch von Fingern, die begeistert mit den Muschis spielten.

Zehn Jahre hatte er in diesem Sarg gelegen, unfähig sich zu bewegen. Aber sein Penis hatte nicht geschlafen. Nacht für Nacht war die Erregung gekommen. Und er hatte nicht einmal seine Hände bewegen können, um sich Erleichterung zu verschaffen. In seiner ersten Nacht in Freiheit sollte sein Penis doch beim Anblick von so viel willigem Fleisch eine bessere Show abliefern.

Noch nie in seinem Leben hatte er die Erfahrung gemacht, dass sein Schwanz nicht das machte, was er wollte.

Und er riskierte nicht nur, die erfreuten Dämoninnen zu enttäuschen. Wenn er nicht in der Lage war, sie zu befriedigen, würden sie ihn ohne Zögern zerreißen. Da er noch von Zayans Blitzschlägen geschwächt war, könnte er sich kaum gegen ihren Angriff wehren.

War das der Plan seines Schöpfers? Ihn durch eine Orgie zu zerstören? Er musste lachen. Das war eine passende Art, ihn zu töten.

Ihm blieben nur noch wenige Minuten. Er brauchte einen Plan. Doch stattdessen dachte er an Althea, wie sie in Yannicks Armen lag. Wie sie ihre Lust herausschrie, weil sein Bruder sie vögelte.

Sein halberigierter Penis schrumpfte zusammen.

Verdammt.

Er dachte an Althea, wie sie in seinen Armen gelegen

hatte, ihr fester Po an seinen Schwanz gedrückt – der beeindruckend hart gewesen war. Erinnerungen überfluteten ihn. Der Duft von Lavendel auf ihrer weichen Haut. Die blasse Schönheit ihres nackten Halses. Brüste, die das mädchenhafte Mieder spannten. Die zarte Linie ihrer Schamlippen. Die reiche, einzigartige Farbe ihres Schamhaars.

Sein Penis stand wieder auf Halbmast.

Althea. Er rief in Gedanken ihren Namen. Aber natürlich kam keine Antwort. *Mein Täubchen.*

Althea war wunderschön, aber ihr wahrer Zauber lag in ihrem Inneren. Wenn sie atemlos auf seine sinnlichen Szenarien reagierte. Wenn sie verzweifelt versuchte, schüchtern und jüngferlich zu sein, sogar, als er ihre Leidenschaft riechen und das wilde Rauschen ihres Bluts hören konnte.

Sein Blut schoss so schnell in seinen Penis wie Pferde von der Startlinie in Newmarket.

Schließlich konnte er sich mit einer zufriedenstellenden Erektion sehen lassen. Ehe sie erneut in sich zusammenfiel, stand er auf. Das Wasser perlte an ihm herunter. Esmee griff nach seiner Hand und die dunkelhaarige Dämonin riss ungeduldig an seinem Unterarm, sodass er beinahe strauchelte, als er aus der Wanne stieg. „Geduld, Ladies."

Die anderen traten zu ihm. Drei von ihnen hielten dicke Handtücher, mit denen sie ihn abrubbelten. Seit er ein kleiner Junge gewesen war, hatte ihn niemand so heftig abgerubbelt. Eine trocknete sein Haar mit so viel Eifer, bis seine Strähnen um seinen Kopf ein einziges Durcheinander waren. Und jene, die keine Handtücher hatten, entdeckten seine saubere, leicht feuchte Haut mit gierigen Händen.

Eine Dämonin nahm seinen nun harten Penis in beide Hände. Eine andere griff nach seinen Hoden. Die dritte kniete hinter ihm und leckte seinen Anus.

Er sollte jede einzelne von ihnen jetzt vögeln wollen, aber

so war es nicht. Verdammt. Abrupt griff er nach der einen, die seinen Penis hielt – eine Füchsin mit großen, rot glühenden Augen und einer braunen Mähne. Wortlos griff er nach ihrem Po und zog sie an sich. Sein Penis wollte schon wieder schlappmachen, sodass er gezwungen war, nach ihm zu greifen, um in sie zu stoßen.

Ihre Arme schlossen sich um seinen Hals. Andere Hände kniffen seine Brustwarzen, spielten mit seinen Hoden, liebkosten seinen Hintern.

Bastien schloss die Augen, um die spitzen Zähne und höllischen, hellen Augen auszublenden. Er stellte sich vor, Althea läge in seinen Armen.

Ein lautes Klatschen brach in seine Fantasie ein, gerade in dem Moment, als sein Schwanz in sie eindringen wollte.

„Genug, meine Schönen. Lasst mich mit ihm allein."

Althea kämpfte sich in ihr Kleid. „Oh nein, Yannick. Ich werde mit dir gehen."

„Blödes Ding!", schimpfte sie. Sie stand auf dem Saum ihres Kleids, was es nahezu unmöglich machte, es hoch genug zu ziehen, um in die Ärmel zu schlüpfen. Sie schob die Brille auf ihre Nase.

„Nein, das wirst du sicher nicht tun. Ich kann ihn schneller finden, wenn ich meine Gestalt wechsle."

Althea sah nun, wie gut es war, dass sie das Fenster fest verschlossen hatte. Yannick konnte nicht einfach die Gestalt wandeln und aus dem Fenster direkt hinaus in die Nacht fliegen. Er musste immerhin so lange warten, um ans Fenster zu treten und es zu entriegeln.

Natürlich war er stärker als sie, und mit einem lauten Quietschen riss er den Riegel hoch und stieß das Fenster auf. Dann drehte er sich zu ihr um. „Du wärst nur eine Belastung für mich."

„Nun, dann solltest du dich auf alle Fälle beeilen, zu deiner Zerstörung zu gelangen. Wie willst du Zayan bekämpfen, wenn du allein bist, mein Lord?"

Ihre wütende Erwiderung verfehlte nicht die erwünschte Wirkung. Statt die Gestalt zu wandeln, hielt Yannick inne. Seine dunklen Brauen hoben sich über den Augen, die plötzlich gefährlich funkelten. „Mein Lord?", wiederholte er.

„Nun, du bist doch ein Lord, oder nicht? Du verfügst über mich, vollgestopft mit der Arroganz eines Adeligen! Ich soll hierbleiben und zulassen, dass du dem Monster unbewaffnet gegenübertrittst!" Ihre Finger kämpften mit den Knöpfen, und sie ließ einige am Bauch und an ihrem Hals offen. Da sie darunter nackt war, konnte man ein wenig nackte Haut sehen, aber die Wichtigsten waren geschlossen.

„Und was willst *du* gegen Zayan ausrichten?", fragte er.

Sein herablassender Tonfall ließ sie die Zähne zusammenbeißen. „Du hast all deine Macht gegen ihn geschleudert, aber es hat ihn nicht aufgehalten. Mein Pflock hat ihn zurückgetrieben."

In blinder Hast steckte sie die Füße in ihre Halbstiefel – natürlich falsch herum. Ohne sich darum zu scheren, bückte sie sich und zog ihren Handkoffer unter dem Bett hervor.

„Du bist die mutigste Frau, der ich je begegnet bin, Althea, aber dein Pflock hat gegen Zayan nichts ausgerichtet. Er hatte andere Gründe, sich zurückzuziehen."

„Den Schrei, den er ausstieß, als ich den Pflock in ihn stieß, habe ich immer noch im Ohr."

Yannick starrte auf den Koffer, den Althea auf das Bett wuchtete. „Er kann nicht wie andere Vampire zerstört werden." Er sprach langsam, als dächte er nach. Dann blickte er auf. Sie erschrak, als sie die rasende Wut in seinen glühend silbernen Augen sah. „Wollte dein Vater etwa, dass du ihm hilfst, Zayan zu zerstören? Hat er geplant, dich in so große

Gefahr zu bringen?"

„Ich jage nun mal Vampire. Ich habe keine Angst, Zayan gegenüberzutreten."

„Du verdammte Närrin!" Er trat zu ihr und griff so fest nach ihrem Handgelenk, dass es schmerzte. Sie hielt ein Wimmern zurück und versuchte, ihm ihre Hand zu entziehen.

„Willst du die Wahrheit wissen? *Ich* fürchte Zayan. Wie kann dein Vater dich in so große Gefahr bringen? Und wie kannst du dich selbst auf etwas einlassen, das du nicht mal verstehst? Du hast den Verstand verloren, mit dem du einst geboren wurdest."

Das saß. So dachte er über sie? Sie kämpfte nicht länger gegen seinen harten Griff und starrte in sein unbewegtes Gesicht. Er hatte nicht mal vor ihr als Jägerin Respekt. Er glaubte, dass sie nicht mehr war als eine dumme Frau. Gut genug, um auf dem Rücken zu liegen und ihm Lust zu schenken.

„Mein Vater plant, mich nach London zu schicken."

„London wäre genau der richtige Ort für dich."

Sie entschied, seine Worte zu ignorieren. „Um einen Ehemann zu finden. Selbst wenn ich den Wunsch hätte, das zu tun, könnte ich das sicher nicht länger in Erwägung ziehen, meinst du nicht? Nicht nach dem, was ich mit dir getan habe."

Er fuhr sich mit der anderen Hand über das Kinn. „Du bist immer noch Jungfrau."

Sie schlug mit der freien Hand nach ihm. Der Schlag saß: Laut klatschte die Ohrfeige, die sie ihm gab. Ihre Hand schmerzte, aber sie zwang sich, keinen Schmerzenslaut von sich zu geben. Und schon als sie die Hand sinken ließ, tat ihr leid, was sie getan hatte.

Er zuckte nicht mal mit der Wimper. Nicht, dass sie das von ihm erwartet hätte. Sie hatte ihm nicht wehtun wollen. Es war der schwache Versuch, ihm etwas mitzuteilen, das sie nicht in Worte fassen konnte.

Es schmerzte sie, weil er beiläufig beiseiteschob, was sie für ihn fühlte.

Schließlich ließ er ihr Handgelenk los. Selbst im schwachen Licht der Kerze konnte Althea erkennen, wie rot ihre Handfläche vom Schlag war. Aber sie ignorierte es und wies auf den Koffer. „Öffne ihn und wähle deine Waffen."

„Das ist Wahnsinn", fauchte er, aber er trat an ihr Bett, während sie die Schuhe vertauschte und hastig zuband.

„Verschlossen." Er fluchte. Gerade wollte sie sich diesem Problem zuwenden, aber bevor sie den Schlüssel gefunden hatte, brach dieser arrogante Mistkerl die Schlösser auf.

„Wenn ich mit dir da rausgehe, muss ich mich anziehen. Du siehst, es ist alles Zeitverschwendung." Er wühlte sich durch ihr Arsenal an Pflöcken und Pfeilen.

„Sich zu streiten ist auch pure Zeitverschwendung."

„Ich bezweifle, dass irgendetwas davon Zayan stoppen kann."

Althea hob das Halsband auf, das immer noch auf dem Boden lag. Es hatte Bastien nicht aufgehalten. Sie befürchtete, dass es bei einem so mächtigen Vampir wie Zayan erst recht nichts ausrichten konnte. Und sie war vermutlich nicht unschuldig genug, um es überhaupt anzuwenden. Aber vielleicht zwang es Zayan in die Knie, wenn er erst verwundet war. Sie durfte keine Möglichkeit außer Acht lassen.

Einfallsreichtum und schnelles Denken spielten bei der Vampirjagd eine wichtige Rolle. „Und warum musst du dich anziehen?", schnappte sie. Hastig wand sie ihr Haar im Nacken zu einem Knoten, den sie feststeckte.

„Wir nehmen das alles mit. Warte hier, du anstrengendes Weib." Mit diesen Worten verließ Yannick den Raum.

Nackt. In einen öffentlichen Flur.

Sie hatte nicht bezweifelt, dass er in der Lage zu solch einem Handeln war, oder?

Es gab kein ängstliches Schreien von Frauen oder erstaunte Rufe von Männern. Als sie ihren Koffer schloss – die nutzlosen Schlösser ließ sie offen – hörte sie eine Tür zuschlagen.

Würden sie Bastien lebendig finden? Oder waren sie zu spät? War sie schlichtweg verrückt, direkt in ihr Verderben zu laufen?

Ihr Vater würde sie umbringen, wenn er davon wüsste. Glücklicherweise, dachte sie ironisch, würde sie ohnehin bald tot sein.

Ihre Tür wurde aufgerissen. Yannick stand auf der Schwelle. Das blonde Haar war zerzaust und Wut zeichnete sich auf seinem Gesicht ab. Er hatte sich angezogen, jedoch wirkte er ebenso derangiert wie sie: eine zerknitterte Hose war in die Stiefel gestopft. Das Hemd hatte er nicht zugeknöpft, der Umhang hing schief.

„Bist du so weit?", bellte er.

Althea nahm den Handkoffer und stürmte an ihm vorbei. „Natürlich, mein Lord. Geh voran, ich folge dir."

11. KAPITEL

Verschüttet

„Ich kann ihren Puls fühlen, aber er ist schrecklich schwach. Kannst du ihr helfen?"

Trotz ihres Streits war Althea erleichtert, als Yannick sich neben sie hockte. Er legte die Finger gegen den Hals des Mädchens und Althea zog ihre zurück, damit er ungehindert nach dem Puls tasten konnte.

Sie konnte ein Zittern nicht unterdrücken. Geronnenes Blut bedeckte den Hals und die Brust des Mädchens. Das Mieder ihres Kleids war von ihrem Blut dunkelrot getränkt.

„Ist es zu spät für sie?"

Yannick legte ein Knie in die feuchte Erde und beugte sich über den entblößten, knochenweißen Hals. „Ihre Wunde ist geschlossen – wenn ein Vampir über eine Wunde leckt, heilt sie."

„War es ... meinst du, es war Bastien?"

Yannick lehnte sich zurück und hob sein Handgelenk an den Mund.

„Wirst du sie mit deinem Blut versorgen?"

„Ein wenig. Es wird ihr die Stärke geben, um zu überleben. Auf diesem feuchten Feld zu liegen, hilft ihr nicht gerade. Aber mein Blut wird sie vor einem Fieberanfall bewahren."

Der Regen drang durch Altheas Umhang und saugte sich in ihre Haube. Ihre Röcke sanken tiefer in den Schlamm, aber sie kümmerte sich nicht darum. Das arme Mädchen. Es war kaum älter als sechzehn. Die Brüste, von dem eng anliegenden Mieder betont, waren üppig und voll entwickelt, aber das Gesicht wirkte so jung. Geschwungene Lippen und eine winzige Himmelfahrtsnase. Wangen, die noch rund waren vom Babyspeck. Das Gesicht trug den Ausdruck sanften, vertrauensvollen Schlafs.

Warum hatte Yannick ihre Frage nicht beantwortet? „War das Bastien?"

Yannick öffnete behutsam den Mund des Mädchens und träufelte sein Blut auf dessen Zunge. „Er würde ihr Blut nicht auf diese Art verschwenden."

Was für eine grauenvolle Vorstellung. „Sie kann nicht trinken, stimmt's?"

„Wenn sie den Geschmack erst wahrgenommen hat, lasse ich das Blut in ihren Mund fließen. Ich muss vorsichtig sein – sie soll sich daran nicht verschlucken." Er blickte auf. „Mach dir keine Sorgen, Engel. Sie wird nicht sterben. In Zukunft wird sie solchen Gefahren immer aus dem Weg gehen."

Als ihre Blicke sich trafen, war die letzte Verärgerung vergangen und ihr Herz hatte einige Schläge ausgesetzt. Doch bei seinen Worten wuchs ihre Wut erneut. „Es ist wohl kaum ihr Fehler, dass ein Vampir sie angegriffen hat."

In ihrer Stimme lag jene Verachtung, die sie für seine Art schon immer empfunden hatte.

Aber er lächelte bloß, zeigte ihr seine spitzen Eckzähne. „Sie ist ein Mädchen vom Lande. Ein lebenshungriges Mädel, wenn ich sie mir so ansehe. Ich denke, sie kam hierher, weil sie einen Mann zu einem Stelldichein treffen wollte und hat dann etwas völlig anderes bekommen, als sie erwartet hat.

„Ich verstehe nicht. Du meinst ein Mann – ein sterblicher Mann – hat ihr das angetan?"

„Nein, ich glaube, Zayan hat ihr das angetan."

„Offensichtlich hat er ihr Blut nicht getrunken."

„Sie war sein Köder, Engelchen."

„Woher wusstest du, dass du hier nach ihr suchen musstest."

Er antwortete nicht, weil er sich darauf konzentrierte, sein Blut in den Mund des armen Opfers zu tropfen. Sie unterdrückte ein Schaudern, während sie ihn beobachtete. Der Ge-

183

danke, wie sein Blut so frei floss, ließ sie schwindeln. „Woher wusstest ..."

„Ich hab dich gehört, Süße." Seine Stimme war kalt wie der eisige Nordwind in den Karpaten. „Was willst du damit sagen? Dass ich ihr das hier angetan habe?"

„Nein, das hätte ich nie in Erwägung gezogen." Es stimmte. Der Gedanke war ihr zu schrecklich.

„Aber jetzt denkst du, dass es die perfekte Erklärung wäre, nicht wahr?"

„Nein. Ich denke nur, wenn du das hier getan hast – und du hättest es tun müssen, bevor du heute Nacht zu mir kamst – wäre sie inzwischen vermutlich tot."

„Das stimmt wohl", räumte er ein. Seine Stimme klang nicht mehr so eisig. „Ich habe die umliegenden Felder durch Bastiens Augen gesehen. Es waren genug Details, um diesen Platz wiederzuerkennen."

Er nahm sein Handgelenk vom Mund des Mädchens weg. Althea sah, wie sich der Hals des Mädchens leicht bewegte. Es schluckte. Noch einmal. Die Brust hob und senkte sich mit stärkerer Kraft.

Althea lehnte sich erleichtert seufzend zurück.

Yannick öffnete seinen Umhang am Hals. „Ich werde sie darin einwickeln, ihrer ist schon völlig durchnässt."

Ihr Herzschlag beschleunigte sich. Er war so besorgt um das arme Opfer und kümmerte sich so gut darum. Sorgfältig breitete er den Umhang auf dem Boden aus. Das musste er wohl auch tun, wenn er das Blut seiner Opfer trank, überlegte sie.

„Du denkst darüber nach, ob ich das auch tue, wenn ich auf die Jagd gehe, nicht wahr?"

Sie schluckte, weil er ihre Gedanken aussprach und fragte sich, wie entsetzt sie wohl dreinblickte. „Ich ... ich habe nie gesehen, wie du Blut trinkst."

„Ich tue es, das versichere ich dir. Aber ich habe nie dafür getötet." Yannick hob das Mädchen so behutsam hoch, dass er auf Althea wirkte wie ein ehrenhafter Ritter und nicht wie ein Dämon. Er legte das Mädchen auf den Umhang und wickelte es darin ein.

Althea half ihm mit den Beinen des Mädchens. „Wir müssen sie ins Warme bringen. In das Gasthaus, meinst du nicht? Ich habe keine Ahnung, wer sie ist und wo sie wohnt."

Er nickte. „Kannst du … nein, du wirst sie nicht allein tragen können."

„Du willst, dass ich sie in Sicherheit bringe, während du Zayan allein jagst." Verdammt, er hatte offensichtlich genug von ihr. Ging es ihm nur um ihre Sicherheit? Oder tat er das, weil er nicht glaubte, dass sie fähig war, Vampire zu jagen? Vom Stolz angestachelt verlangte sie: „Wie wäre es, wenn du sie zum Gasthaus bringst und ich Zayan verfolge?"

„Ich bezweifle nicht, dass du so was tun würdest, du Kratzbürste. Aber woher weißt du, wo du nach ihm suchen musst?"

„Du könntest es mir sagen, mein Lord."

Zu ihrer Überraschung lachte er rau auf. „Ich bin mir nicht ganz sicher. Ich kann ein Herrenhaus sehen, vermutlich war es einst das Heim eines Barons. Es muss dringend renoviert werden."

Sie war erst seit wenigen Tagen in Maidensby, aber sie hatte die Zeit sinnvoll genutzt und alles über das Dorf herauszufinden versucht. „Chatham Manor ist in der Nähe. Ich habe es nie gesehen, aber soweit ich weiß, ist die Familie vor Jahren ausgestorben. Seitdem ist das Haus verlassen."

„Und woher weißt du all das?"

Die Bewunderung in seiner Stimme ließ sie leise lächeln. „Getratsche unter den Hausmädchen im Gasthaus, die sich über das Aussehen, das Alter und die finanzielle Situation des neuen Besitzers ausließen." Sie streichelte die kalte Wange des Mädchens. „Es muss Zayan sein."

„Gut. Wo ist das Haus?" Yannick erhob sich und blickte auf sie hinab. Der Regen durchnässte sein Haar, das weiße Hemd und seine Hose.

„Wir stecken in einer Zwickmühle, nicht wahr, mein Lord? Du kannst das arme Mädchen nicht hier draußen allein lassen, und du brauchst mich, um dir den Weg zum Haus zu zeigen."

Er schob das nasse Haar aus dem Gesicht. „Du kannst zum Gasthaus zurücklaufen und Hilfe holen."

„Und ganz nebenbei erfährt Crenshaw, dass dieses Mädchen von einem Vampir gebissen wurde."

„Warum nicht? Er wird sich ohnehin fragen, welche Beweggründe dein Vater für seine nächtlichen Wanderungen hat."

„Ich vermute, das fragt sich das ganze Dorf", sagte Althea. „Aber ich werde trotzdem mit dir gehen."

„Du bist völlig durchnässt", machte er ihr klar und kniete sich wieder neben sie. In der Dunkelheit konnte Althea ihn kaum sehen, selbst als er ihr so nahe war. Aber sie hörte das Quietschen seiner Stiefel im Schlamm, als seine nasse Hand nach ihrem Kinn griff. „Du musst dich aufwärmen."

Ihre nasse, schmutzige Haube klebte an ihren Wangen. Kalte Bäche Regenwasser strömten über ihr Gesicht. Als sie den Mund öffnete, klapperten ihre Zähne. „Du bist auch durchnässt."

„Aber mich wird es nicht töten. Ich riskiere kein Fieber."

„Du kannst mich mit deinem Blut füttern und beschützen."

Sie hörte, wie er den Atem anhielt.

„Das würde ich tun, Süße. Um dein Leben zu retten." Er zog sie an der Hand hoch und sie schüttelte ihre nassen Röcke aus. „Und ich brauche dich nicht, um mich nach Chatham Manor zu führen. Ich kann Bastien hören, und das bedeutet, dass er am Leben ist und mir sagen kann, wo er ist. Und jetzt beweg deinen hübschen Hintern den Hügel hier hinunter in Richtung Gasthof."

Sie hatte keine andere Wahl, außer seinem herablassenden, groben Befehl Folge zu leisten. Nicht nur, weil sie anderenfalls den Tod des armen Mädchens riskierte. Vielleicht machte er sie absichtlich wütend auf ihn, damit sie ihn allein gehen ließ – direkt in den Tod. Aber sie konnte schwerlich auf ihn wütend sein, nicht nachdem er das Leben des Mädchens gerettet hatte. Hinter der Arroganz des Edelmanns, hinter der räuberischen Natur des Vampirs sah sie einen gutherzigen Mann.

Und sie konnte ihn nicht allein in diese große Gefahr gehen lassen. Aber er würde nicht allein sein. Bastien wäre bei ihm, und gemeinsam könnten die dämonischen Zwillinge Zayan besiegen.

Sie musste daran glauben. Doch sie sehnte sich schmerzlich danach, ihn ein letztes Mal zu küssen, bevor er ging. Sie wollte ihn festhalten, sein Gesicht berühren, sich seine Züge einprägen. Nur diese letzten Augenblicke, bevor er ging.

Doch als Althea sich auf die Zehenspitzen stellte, um seine Lippen zu küssen, sah sie, dass er über ihren Kopf hinwegstarrte. Sie wirbelte herum und blickte in dieselbe Richtung. Sie erspähte eine Laterne auf dem Hügel, die sich plötzlich auf sie zu bewegte. Vermutlich war es ihr Vater oder O'Leary oder einige seiner Arbeiter. Es stimmte, ihr Vater hatte die übliche Diskretion aufgegeben, als er Arbeiter engagierte, ihm bei seiner Jagd zu helfen. Die meisten waren vermutlich inzwischen betrunken, weil sie genügend Schnaps in sich hineingekippt hatten, um sich warm zu halten und nicht von der Angst überwältigt zu werden. Die Laterne bewegte sich schwankend hin und her – gerade so, als würde sie von einem Mann getragen, der nicht sicher auf den Beinen war.

Sie griff nach Yannick. Hitze überflutete sie, als ihre Hand seinen muskulösen Arm berührte. Selbst durch den durchnässten Hemdsärmel konnte sie seine Wärme spüren, während sie völlig steifgefroren war.

Er blickte auf sie hinab. Sie waren einander so nah, dass Althea sich ihm nur wenige Zentimeter hätte nähern müssen, damit sie sich küssen konnten. Aber sie wich zurück, als er leise lachte. Wie konnten ihn Vampirjäger amüsieren? Selbst wenn ihr Vater ihn nicht verletzten wollte, war da draußen ein Dutzend unkontrollierter Männer, die nur zu gerne ihre Äxte und Schaufeln eingesetzt hätten.

„Du musst gehen", drängte sie. „Geh!" Ein Plan begann, sich zu formen. Sie wusste genau, wohin er gehen würde. Nachdem sie in das Gasthaus zurückgekehrt war, konnte sie ihm später folgen.

Yannicks lang gezogenes Seufzen unterbrach ihre Gedanken. Er umfasste ihr Kinn und hob ihr Gesicht. Regen prasselte auf ihre Wangen. Er suchte ihren Blick mit seinen silbernen Augen. „Ich kann doch sehen, wie du Pläne schmiedest, süßer Engel. Und ich fürchte, die einzige Möglichkeit, dass ich dich in Sicherheit weiß, ist, wenn ich dich die ganze Zeit im Blick behalte."

„Dann nimm mich mit", hauchte sie triumphierend. Doch dann wallten Schuld und Mitgefühl in ihr auf. „Aber was ist mit dem Mädchen? Wir … ich kann sie nicht hier lassen."

Er lächelte. „Ein kurzes Eindringen in die Gedanken der Männer wird sie hierherführen, damit sie ihr helfen. Wir können jetzt entkommen und sie hier lassen."

„Aber …"

„Ich kann ebenso ihre Erinnerung an uns auslöschen."

„Perfekt." Althea trat zurück, um ihm die Möglichkeit zu geben, sich zu konzentrieren. Sofort vermisste sie die Intimität seiner Berührung, seiner Hand, die ihr Gesicht umfasste. Sie wartete. Tat er es? Drang er in die Gedanken der Männer ein?

Eindringlich wollte sie verlangen, dass er sich beeilte, doch bevor sie es aussprechen konnte, war er wieder hinter ihr und griff nach ihren Schultern. Jedes Mal, wenn er sie berührte, kribbelte ihre Haut. Nicht nur dort, wo er sie berührte, sondern am ganzen Körper. Und besonders in ihrem Schoß.

„Aber bevor ich das hier tue, müssen wir einen Handel machen." Seine Stimme war tief, leise und ernst.

„Einen Handel? Was für einen?" Unverzüglich gingen ihre Gedanken in Richtung eines erotischen Pakts.

„Du musst mir zuhören, Althea. Und du musst mir gehorchen. Ich verlange, dass du mir gehorchst und alles machst, was ich dir sage."

Sein kommandierender Tonfall machte sie erneut zornig. „Ich habe viele Jahre Erfahrung darin, Vampire zu jagen. Wenn ich dich daran erinnern darf, mein Lord."

„Es ist mir egal, und wenn du zwanzig Jahrhunderte Erfahrung darin hast, Vampire zu jagen." Er ging hinüber zu seinem schwarzen Wallach – eines seiner Kutschpferde, das er für ihre Suche gesattelt hatte. Das Pferd wieherte leise, als die Hand seines Herrn über seine Nase strich, wandte ihm den Kopf zu und genoss die Streicheleinheit sichtlich.

Sie raffte ihre Röcke und folgte Yannick. „Ich helfe meinem Vater länger, Untote zu jagen als du einer bist, mein Lord."

Das Pferd schnaubte und schlug mit dem Kopf. Die mitternachtschwarze Mähne tanzte über seinen geschwungenen Hals. Sie hätte nie erwartet, dass ein Vampir so ein gutes Händchen mit Tieren hatte.

Mit einem Zug löste Yannick den Knoten und zog die Zügel vom Ast herunter. „Althea, ich bezweifle deine Fähigkeiten nicht. Oder deinen Mut. Oder deinen schnellen Verstand."

In einer fließenden Bewegung setzte er den Fuß in den Steigbügel und schwang sich in den Sattel des riesigen Tiers.

Wütend erwartete Althea, dass er das Pferd herumriss und

davongaloppierte. Aber er zügelte das Tier, presste die Schenkel in die Flanken und beugte sich zu ihr herunter. Er umfasste sie um die Taille und hob sie auf seinen Schoß, wie er es schon vorhin vor dem Stall getan hatte. Sein Arm hielt sie fest, während das Pferd sich unruhig unter ihnen bewegte.

Sie drehte sich um und Yannick lehnte sich vor. Er küsste sie. Gebieterisch. Hungrig. Bis sein Kuss sie benommen machte und sie sich an seine Arme klammern musste. Ohne sich von ihren Lippen zu lösen, trieb er das Pferd zu einem leichten Galopp. Ihr Po stieß schmerzhaft gegen den Sattel. Sie war in ihrem bisherigen Leben selten geritten und hatte nichts für Pferde übrig. Sie waren groß, unberechenbar und flößten ihr Furcht ein.

„Entspann dich", flüsterte er.

Irgendwie brachte sein Kuss Althea dazu, sich zu entspannen. Sie fand sich in den Rhythmus hinein, hob sich leicht im Sattel, um die Stöße zu verhindern. Als sie sich im selben Rhythmus wie Yannick bewegte, ließ er ihre Lippen los. Er trieb den Rappen zu einem schnellen Galopp. Der Regen rann über ihr Gesicht, tropfte von der Krempe ihrer Haube. Sie schloss die Augen und vertraute Yannick.

Als sie über das Feld donnerten, presste er den Mund gegen ihr Ohr. „Bei Gott, süßer Engel, tu heute Nacht, was ich sage. Ich könnte es nicht ertragen, dich zu verlieren."

„Du hast keine Angst, nicht wahr?" Yannick schob einen nassen Ast beiseite, damit Althea ihm folgen konnte. Ein Schauer Regentropfen ging auf ihn nieder. Über ihnen rauschte der Regen unvermindert im Blätterdach. Vor ihnen sah er eine Öffnung im Dickicht und einen Streifen ungepflegten Rasen, das Gras vom Unwetter niedergedrückt. Zwischen verwobenen Ästen und wuchernden Sträuchern erspähte er das Dach, die weißen Säulen neben dem Eingang und die stille Erhabenheit des Mausoleums.

„Ich kann die Anzahl der Mausoleen, in denen ich mitten in der Nacht gewesen bin, kaum zählen." Althea duckte sich unter einem niedrigen Ast hindurch und richtete sich sofort wieder auf. Sie hielt den Rücken gerade und zeigte keine Furcht.

Sogar jetzt, da ihr Haar in nassen Strähnen an ihrem Gesicht klebte und ihre Haube von der Nässe zerdrückt war, war sie strahlend schön. Ein Tropfen fiel von ihrem Kinn. Er befürchtete, dass sie sich eine Erkältung holen würde. Sie wirkte stark. Es war eine innere Stärke, die er seltsamerweise häufiger bei Kurtisanen und Huren erlebt hatte als bei Frauen der besseren Gesellschaft. Er war sicher, seine furchtsame, zarte Mutter hatte diese Stärke nie besessen.

Er war als Gentleman erzogen worden. Besitzansprüche und Beschützerinstinkte waren ihm anerzogen worden. Es waren Eigenschaften, von denen er glaubte, dass sie einem Mann zustanden. Aber nie hatten seine Instinkte so laut danach geschrien, jemanden zu verwöhnen und zu beschützen. Er hatte seine Mutter vor Schlägen und anderen Brutalitäten bewahrt, und dafür hatte sein Vater ihn aufs Grausamste ausgepeitscht. Bei Althea brannte sein Bedürfnis, sie zu beschützen, wie ein verzehrendes Feuer. Er war dazu bestimmt, sie vor dem Bösen zu bewahren. Und sie war bestimmt, sich dem Bösen zu stellen.

Es schien Althea keine Probleme zu bereiten, sich gegen ihn zu behaupten – und er war bei Weitem gefährlicher als sein Vater es gewesen war. Er war größer gebaut, aber zudem war er unsterblich und besaß übernatürliche Kräfte.

Aber er war nicht wie sein Vater. Nie wollte er seine Kräfte gegen eine Frau wenden. Erst recht nicht gegen Althea. Ihr Dickschädel, den sie beständig durchsetzen wollte, stellte seine Geduld auf eine harte Probe, aber bei Gott, nie würde er die Hand gegen sie erheben.

„Kommst du?", fragte sie. „Du hast doch keine Angst?"

Yannicks Miene verfinsterte sich. Er trat zu ihr. Äste griffen nach ihm, doch er duckte sich nicht. Ein Ast, so dick wie sein Handgelenk, bog sich und brach durch, splitternd an seiner Brust.

Sie keuchte und ihre Augen weiteten sich. Doch als er ihre Seite erreichte, grinste sie ihn frech an, und da wusste er, sie hatte ihn mit ihrer Frage nur necken wollen. Er wünschte sich, wenigstens eine Spur von Angst bei ihr zu entdecken, und sei es nur, damit er sicher sein konnte, dass sie die Sache ernst nahm. Das hier war kein Spaß und auch kein Spiel.

„Ich habe nur um dich Angst, Süße", gestand er. Sollte sie daraus doch machen, was sie wollte.

Es war die verdammte Wahrheit. Sie hierherzubringen war ein Fehler, aber er bezweifelte nicht, dass sie allein hierhergefunden hätte. Und schlimmer noch, er hatte die albtraumhafte Vorstellung, sie wäre auch ohne ihn hierhergekommen. Nicht weil sie dumm war. Sie war eine intelligente Frau, die auf einem Gebiet bewandert war, das für eine süße Jungfrau wie sie kaum richtig war. Sie wäre hierhergekommen, weil sie um ihn besorgt war und ihn vor den ‚Vampirjägern' ihres Vaters beschützen wollte.

Er hielt weitere Äste für Althea beiseite. Dornen griffen nach ihrem Kleid. Er griff nach unten und half ihr, die Röcke zu befreien.

„Konnte Zayan nicht einen Gärtner einstellen?", murmelte sie, während sie gemeinsam an der vollgesogenen Wolle rissen.

„Es ist durchaus möglich, dass Zayan einen Gärtner hatte und das Blut der armen Sau getrunken hat."

„Ich vermute, so macht er es mit seinen Dienern, oder?" Sie runzelte die Stirn und verzog den Mund, während sie ihre

Röcke aus dem Dreck hob. „Obwohl ich keinen Klatsch über verschwundene Diener gehört habe."

Sie griff mit beiden Händen nach den Röcken, obwohl sie mit einer Hand noch immer den Handkoffer trug.

Er streckte die Hand aus. „Lass mich das tragen."

Altheas Kopf fuhr zu ihm herum. Ein bitterer Ernst lag in ihrem Blick. „Was ist mit dir? Du lebst auf deinem Landsitz. Beißt *du* deine Diener?"

„Ich vermute, Zayan holt sich das, was er braucht, weit entfernt von seinem Zuhause. Er kann große Distanzen in kurzer Zeit zurücklegen, wenn er seine Gestalt wandelt. Ich versuche bloß, diskret zu sein."

Sie hatten den Waldrand erreicht. Hinter den Bäumen rauschte der Regen unvermindert. „Ich weiß nichts über dich. Über dein Leben. Wie du als Vampir überlebst."

Er griff nach ihrer Hand, kreuzte seine Finger mit ihren, um sie sicher zu halten. Ein kleiner, vom Regen glitschiger Abhang markierte den Anfang des ungepflegten Rasens. „Pass auf, wo du hintrittst."

Aber sie lief spielerisch den Abhang hinunter und zog ihn mit sich. Seine Schuhsohlen rutschten und schlitterten wie ihre, aber sie erreichte den Fuß des Abhangs mit erstaunlicher Grazie. Er blinzelte das Wasser weg, das von seinen Wimpern tropfte.

Sie wandte sich ihm zu. Tropfen tanzten auf ihren hübschen Wangen. Ihre feuchten Lippen lockten ihn, als sie unschuldig die Tropfen ableckte. „Ich war so gefangen in den Träumen und davon, von Bastien und dir verführt zu werden, dass ich nicht die Fragen gestellt habe, die ich hätte stellen müssen."

Doch dann wandte sie sich ab, ohne eine weitere Frage zu stellen. Sie begann, über den abschüssigen Rasen zu dem weißen, stillen Mausoleum zu gehen. Er folgte ihr. Nie in seinem

Leben, ob sterblich oder unsterblich, hatte eine Frau ihm so den Kopf verdreht.

Sie wandte sich zu ihm um. „Ich möchte wissen, wie du der Gefangenschaft entkommen bist. Wir haben uns den Kopf darüber zerbrochen, um zu verstehen, wie du Zayans Fluch entkommen bist. Wir wissen, dass du es getan hast. Man hörte in der Stadt nur noch, der Earl of Brookshire sei aufs Land gezogen. Und da es keine Gerüchte über eine längere Abwesenheit gab, musst du ihm schon sehr bald entkommen sein. Hat dir jemand geholfen? Jemand, der den Zauberspruch kannte?"

Yannick holte sie ein und griff nach ihrem Ellbogen. Sie hatten die Steinstufen erreicht, die von Pfützen übersät waren. Ihr rotes Haar hatte sich, schwer vom Regen, aus der Haube gelöst.

„So ein Mist", seufzte sie.

Er hielt den Atem an, als sie die Haube abnahm und die wenigen Nadeln aus dem hüftlangen Haar löste. Weil er keine Antwort auf ihre Fragen wusste, stellte er ihr seinerseits einige Fragen. „Dein Vater hat vermutlich geplant, mit mir Kontakt aufzunehmen, nachdem er meinen Bruder aufgeweckt hatte. Hat er gehofft, er könne mich zwingen, ihm bei Zayans Zerstörung zu helfen?"

„Ja, und mein Vater hat auch geplant, dich gefangen zu nehmen. Ich habe … ich meine … wenn es nach mir gegangen wäre …" Sie errötete. „Aber wer hat dir geholfen, zu entkommen?", fragte sie erneut, um das Thema zu wechseln. „Ein anderer Vampir?" Sie griff nach dem Türgriff, doch die Tür ließ sich nicht öffnen. So hart sie konnte, rüttelte sie daran.

Er lehnte sich an ihr vorbei und legte seine flache Hand gegen die Tür. „Er hat geplant, meinen Bruder und mich zu töten, nicht wahr?"

„Nun, natürlich hat er das geplant. Aber wir … er … jetzt

würde er das nicht mehr tun."

„Wie überaus rücksichtsvoll von dir, meine Liebe." Er legte seine andere Hand auf ihre Schulter. Ihr Körper spannte sich unter ihm an.

„Ich kann die Tür öffnen", versprach sie eigensinnig. „Ich habe einen Dietrich in meinem Handkoffer."

„Die Tür ist von innen verriegelt, nehme ich an. Lass mich das machen." Er schob sie zurück und sandte einen weißen Feuerblitz durch den Spalt zwischen der Eichentür und der Steinmauer. Ein leises Klingeln war zu hören, als der Blitz das Schloss zertrümmerte. Er schob die mächtige Tür auf.

„Beeindruckend", gab sie widerwillig zu, und er musste lachen. „Aber was ist mit Bastien?"

„Er ist da drin."

„Nein, warum hast du deinen Bruder nicht befreit, nachdem du so schnell freikamst?"

Eine kalte, brutale Erinnerung stieg in ihm auf. *Weil mein Bruder mir ein Messer gegen die Rippen gedrückt hat und mich zum Vampir gemacht hat?* Nein, es war keine Wut gewesen, auch nicht Verbitterung, die ihn daran gehindert hatte, Bastien zu befreien. Er zuckte erschöpft mit den Schultern. „Ich hatte nicht die Möglichkeit, ihn zu befreien. Wie du, musste ich nach diesem verdammten Fluch suchen. Und ich wollte nicht, dass du ihn befreist, Althea. Ich wusste, dass dein Vater ihn nicht kontrollieren kann."

Das schwarze Innere des Mausoleums erstreckte sich vor ihnen. Marmorne Särge standen in dichten Reihen. Viel schneller als er es erwartet hatte, sah er die glatte Oberfläche der Wand – dann hörte er das ferne Krachen einer Tür. Es gab einen weiteren Raum, und was auch immer hinter der nächsten Tür lag – er hörte Stimmen.

Altheas Hände griffen durch seine durchnässte Hose nach seinen Hüften. Wie konnte allein ihre leichte Berührung sich so magisch anfühlen?

„Wie konntest du dann entkommen, wenn du nicht den Zauberspruch benutzt hast?"

„Ich habe einen Pakt mit dem Teufel gemacht. Der Teufel nennt stets einen Preis. Aber ich hatte keine Seele, die ich ihm bieten konnte." Er hätte nicht so viel sagen müssen, erkannte Yannick. Doch Altheas Berührungen schienen die Wahrheit über seine Lippen zu treiben. Er trat über die Schwelle und streckte die Hand nach ihr aus.

„Und nun beginnt das Abenteuer", versprach er.

12. KAPITEL

Opium

Althea stand in der Finsternis des Mausoleums. Obwohl sie stets ihren Mut betonte, spürte sie ein Schaudern, das ihr das Rückgrat hinaufkroch. Sie war noch nie ohne Licht in einer Krypta gewesen. Plötzlich beschwor ihre Fantasie Monster in den Schatten hervor.

Normalerweise spürte sie Angst, wenn sie Untote jagte. Das Geheimnis war, der Angst nicht zu erliegen. Und Yannicks Arm um ihre Taille beruhigte sie mit seiner Intimität.

Ohne Mondlicht konnte sie nichts sehen. Abgrundtiefe Schwärze erstreckte sich um sie und sie hatte kein Gefühl für die Größe des Raums oder dafür, was direkt vor ihr stand. Sie wagte es nicht, einen Schritt zu tun. Allein die Tatsache, dass sie auf beiden Beinen stand, ließ sie wissen wo oben und unten war. Die furchterregende Blindheit nahm ihr jede Orientierung. Ihr war als stolpere sie, obwohl sie sich nicht bewegte.

Was siehst du? Sie sprach in seinen Gedanken, weil sie fürchtete, Zayan könnte selbst das leiseste Flüstern hören.

Das wirst du bald sehen, Liebes. Riechst du den Rauch?

Ja. Die Erinnerung an Bastiens Grab stieg in ihr auf. An die Sarkophage, mit Asche gefüllt. An die gemeißelten Lettern, die für immer den Namen des achtjährigen Vampirs bewahrten. *Mein Gott, verbrennt er Bastien?*

Du hättest schon längst dein Abendessen erbrochen, wenn er das täte, Althea. Nein, es ist lediglich ein wärmendes Feuer. Das auch für Licht sorgen wird.

Aber wo ist das Feuer? Sie bewegte sich von ihm fort und drehte sich im Kreis. Sollte sie nicht einen Lichtschimmer sehen? Yannick hatte die Tür hinter ihnen geschlossen und sie

197

konnte nicht mal den Punkt ausmachen, wo die schwere Eichentür war, obwohl sie erst vor wenigen Momenten durch die Tür getreten war.

„Da ist ein Raum hinter diesem. Gut versiegelt, wie mir scheint", murmelte er hinter ihr.

Ohne seine Berührung war sie völlig verloren und wandte sich in die Richtung, aus der seine Stimme kam, die einzige Orientierung, die ihr blieb. Der Geruch von Rauch, üppig und süßlich, ließ ihr schwindelig werden. Sie tastete nach Yannick. Das Herz rutschte ihr bis in die Zehen, als sie nur Luft griff. *Beweg dich nicht fort,* verlangte eine innere Stimme – oder war es seine Stimme in ihrem Kopf? Aber Panik ergriff sie und sie machte einen Schritt, dann noch einen. Ihr Stiefel stieß gegen Stein und ihre Hände prallten auf die glatte, kühle Oberfläche eines Grabs.

Sie biss sich auf die Lippen, um nicht zu schreien. *Was ist los mit dir?,* schalt sie sich selbst. *Wie kannst du Angst vor einem Sarkophag haben? Wie viele hundert Gräber hast du bisher gesehen?*

Sie schluckte mehr von dem süßen Rauch und fühlte ihr Herz schneller schlagen. Es schien Räucherwerk zu sein, das offensichtlich die Wirkung hatte, ihren Herzschlag zu beschleunigen.

Hör auf, in der Dunkelheit umherzustolpern. Yannicks Hände umschlossen ihre Taille. *Wir gehen jetzt vorwärts, durch die Tür. Geh einfach los, ich führe dich.*

Er schob sie vorwärts, und sie ließ sich von ihm bereitwillig führen. Erneut legte sie all ihr Vertrauen in Yannick – einen Vampir.

Sie erkannte nicht die üblichen abgestandenen Gerüche einer Krypta. Stattdessen erfüllte der dicke, schwere Qualm ihre Sinne. Jetzt konnte sie die Tür sehen, weil sich kräuselnde Finger aus Rauch durch die schmalen Ritzen drangen.

Bist du immer noch in der Lage in Bastiens Gedanken zu sprechen?, fragte sie.

Wusstest du, dass du die sinnlichste und köstlichste Stimme hast, wenn du in meinen Gedanken sprichst?

Das überraschte sie. *Was?*

Eng an sie gepresst bewegte er seine Hüften und rieb den harten Schaft durch den Stoff von Hose und Röcken an ihrem Po. *Jedes Mal, wenn du in meinen Gedanken sprichst, will ich dich so sehr, dass es schmerzt.*

Er bewegte sich unmissverständlich.

Das ... Sein Bruder war in Gefahr. Sie waren im Mausoleum des mächtigsten Vampirs, dem sie je begegnet war. Das war kaum der richtige Zeitpunkt, um Lust zu empfinden. Aber sie tat es. Wie etwas Lebendiges entrollte sich die Leidenschaft in ihrem Schoß mit quälenden Schmerzen, die sie lähmten. Den Druck seines Schwanzes zu fühlen war ein Genuss.

Nein, wiederholte sie überzeugt. *Das ist wirklich nicht der richtige Zeitpunkt.*

Doch ihre Worte hatten keine Wirkung, als seine Hände an ihrem Brustkorb nach oben glitten. Sie war durchnässt und durchgefroren, tropfte wie eine nasse Ratte. Sie dünsteten beide den erbärmlichen Geruch nach nasser Wolle aus, den selbst der exotische, würzige Duft des Räucherwerks nicht komplett vertreiben konnte.

Sie atmete tief durch. Er roch nass. Nasses Haar. Nasse Haut. Moschusartig und männlich. *Bastien ...*

Sie zwang ihre verräterischen Gedanken, sich auf den in Gefahr befindlichen Bastien zu konzentrieren. *Kannst du mit ihm sprechen. Hörst du ihn?*

Nicht mehr, seit wir den Wald hinter dem Haus erreicht haben. Heiße, verlangende Lippen legten sich auf ihren Hals, über den durchnässten Schleifenbändern ihrer Haube.

*Um Himmels willen, Yannick! Kannst du sagen, ob er …
lebt er noch?*

Er ist ganz bestimmt am Leben. Ich höre ihn stöhnen.

Stöhnen! Er muss Schmerzen haben! Sie tastete vor sich.
Wo ist diese verdammte Tür?

*Du kannst sicher sein, dass er Qualen erleidet. Und hier ist
die Tür.*

Etwas Unterschwelliges war in seinen Worten, das so gefährlich schien wie der Sog der Gezeiten. Er wusste etwas, das
sie nicht wusste, und natürlich geruhte er nicht, dieses Wissen
mit ihr zu teilen.

Er ließ sie stehen, kümmerte sich um die Tür. Sie schlang
die Arme um ihren Körper. Zayan hätte neben ihr stehen
können und sie wäre kaum klüger gewesen. Wie sie diesen
Zustand hasste, diese … diese Blindheit. Diese Schwäche.

Von Dunkelheit umgeben lauschte sie auf das Geräusch
einer sich öffnenden Tür, auf das Quietschen der Scharniere.
Aber die Tür öffnete sich lautlos. Ein goldenes Leuchten
strömte heraus, zusammen mit wogendem Rauch. Als sie den
Rauch tief einatmete, spürte Althea, wie erneut Feuchtigkeit
zwischen ihre Schenkel schoss. Eine brennende Hitze machte
sich in ihrem Schoß breit.

Ihre Finger glitten hinab und pressten sich durch die Röcke auf ihren Venushügel.

Bist du so weit?

Nein. Sie war verrückt vor Lust und würde keinen Schritt
tun, bevor sie dieses lächerliche Verlangen nicht bezwungen
hatte. Sie musste mit Gewalt ihre Hand von ihrem Schoß
nehmen.

Nachdem ihre Augen sich an das Licht gewöhnt hatten,
sah sie Yannick neben der Tür stehen. Ein amüsiertes Lächeln zeichnete sich auf seinem hübschen Gesicht ab. Vom
Regenwasser niedergedrückt, wirkte sein silbernes Haar

dunkler, was ihn beinahe wie einen Fremden aussehen ließ. Seine nasse Hose schmiegte sich an seine Schenkel und zeichnete seine große Erektion sichtbar nach. Sie musste schlucken. Beinahe durchsichtig war sein nasses Hemd, und darunter zeichneten sich seine breiten Muskeln gut sichtbar ab. Die dunklen, aufgerichteten Nippel drückten gegen den Stoff.

Du könntest genauso gut ohne Hemd herumlaufen, erkannte sie schockiert. Doch ihr Körper war nicht im Geringsten überrascht. Sie spürte ein erneutes Pochen in ihrem Schoß.

Ich hätte darauf bestehen sollen, dass du Weiß trägst, süße Jungfer.

Sie blickte an sich herab. Ihr langer Mantel hing ebenso anregend eng und nass an ihrem Körper. Doch er war aus zweckmäßiger brauner Wolle und bei Weitem nicht so verlockend.

Immerhin drang wohltuende Wärme durch die offene Tür.

Werden sie uns sehen? Uns hören? Vampire hatten so gut ausgeprägte Sinne. *Uns ... riechen?*

Im Moment sind sie vermutlich zu ... abgelenkt, um selbst den betörenden Duft einer erregten Jungfrau wahrzunehmen. Er zog sie an sich, bis ihr Körper sich so dicht an ihn presste wie seine nassen Kleider.

Oh ja. Es verlangte sie danach. Sie stellte sich auf die Zehenspitzen und drängte ihre Möse gegen seine Wölbung.

Sie griff nach seinem Hemd und versuchte, ihn mit sich zu ziehen ... wohin nur? Irgendwo musste ein Sarg sein ... sie könnten sich dagegenlehnen, während sie ihm die Hose auszog.

Sex auf einem Sarg?

Was geschah nur mit ihr?

Es war Yannick. Er besaß die Macht, sie in ein Wesen zu

verwandeln, das wild nach Sex war und sich nicht länger unter Kontrolle hatte.

Schmerzlich sehnte sie sich danach, ihn weiter festzuhalten. Ihr rechtes Bein schlang sich um seine Waden und ihre Arme zogen ihn fest an sich. Doch sie zwang sich, ihn loszulassen.

Bevor ich dort hineingehe, muss ich mich bewaffnen. Sie öffnete die Schleife ihrer Haube und riss sich das nasse Ding vom Kopf. Es würde sie nur behindern. Dann kniete sie nieder und öffnete ihren Handkoffer. Zwei Pflöcke steckte sie in ihr Mieder, die scharfen Enden ragten zwischen ihren Brüsten hervor. Sie öffnete ihre zusammenklappbare Armbrust und streckte sie, bis es klickte. Perfekt. Die Armbrust war zwar klein, aber durch den Schnellspannhebel war sie im Vorteil. Es gab nicht viel Licht, und den Bolzen nach Gefühl in die Armbrust einzulegen, war eine Herausforderung. Die Spitze des Bolzens stach sie in die Fingerkuppe. Sie saugte sogleich daran. Zum Glück schmeckte sie kein Blut. Keine frische Fährte, die die Aufmerksamkeit eines Vampirs hätte erregen können.

Sie betete, dass die Armbrust sich abfeuern ließ, wenn die Zeit dafür kam. Und sie hasste es, nur einen Bolzen zu haben. Sie hatte nur eine Chance.

Bist du jetzt bereit, meine Jägerin? Leise Belustigung lag in Yannicks Stimme, die sie durch die Dunkelheit erreichte.

Es stimmte, eine Armbrust und ein Pflock konnten kaum seine Macht ersetzen, aber sie war stolz, dass sie auf sich selbst achten konnte.

Ja.

Dann komm, er zögerte bei dem Wort, *komm mit mir.*

Gräber. Althea hatte noch mehr davon erwartet – mehr weiße Marmorsärge, die sterbliche Überreste bargen. Doch der

Raum erwies sich als kleine Kammer und hier stand lediglich ein Sarg. Ein aufwendig gearbeiteter, nicht ganz so endgültiger Ruheort, der aus Eiche geschnitzt war und mit üppigen goldenen Intarsien verziert war. Kerzen leuchteten in großen Eisenständern, die Flammen flackerten. Der schwere, würzige Duft schien sich von ihnen zu ergießen wie dicker Rauch. Sie hatte nie gesehen, dass Kerzen so stark rauchten, selbst billige nicht. Aber der Geruch war nicht erstickend. Er war berauschend und geheimnisvoll. Sie holte tief Luft, um so viel wie nur möglich von diesem Duft in sich aufzunehmen.

Sex kann genauso süchtig machen wie Opium …

Der Geruch dieser Kerzen war suchterzeugend. Je mehr sie davon einatmete, desto mehr dürstete sie danach … Und der weiße Rauch, der im Raum hing, ließ ihn wirken, als wäre er direkt einem Traum entsprungen.

Samt in üppigen Farben hing an den Wänden, wie schwere Vorhänge, nur dass es hier keine Fenster gab, lediglich glattes Mauerwerk. Weiche, helle Teppiche mit komplizierten Orientmustern bedeckten den Boden.

Das hier war keine kalte Krypta. Es war nicht, was sie erwartet hatte. Nie hatte sie ein so sinnliches Versteck betreten. Exotisch. Elektrisierend. Sie wünschte sich, den Finger über die polierte Oberfläche des Sarges gleiten zu lassen. Zwei weitere Ausgänge führten aus dem Raum – und gaben ihr das Gefühl, noch tiefer in Sünde zu versinken, falls sie durch eine der Türen traten. Die Türen waren golden und standen offen, sodass sich das Licht aus den hinteren Zimmern in ihnen spiegelte.

Sie hatte noch nie ein so aufwendiges Mausoleum gesehen.

Welchen Weg nehmen wir?

Den rechten. Aber du musst hinter mir bleiben und alles tun, was ich tue. Wir müssen uns einen Platz suchen, an dem wir uns direkt hinter der Tür verstecken können.

Verstecken? Werden wir Zayan nicht angreifen?

Es gibt etwas, von dem ich glaube, du möchtest es dir erstmal ansehen.

Und was ist das?

Sei still. Vertrau mir, Süße.

Aber sie ertrug es nicht, einfach herumzusitzen und zu warten, während er durch die geöffnete Tür rechterhand spähte. Noch mehr Rauch drang aus dem Raum und sie wünschte sich, den intensiven Duft einzuatmen. Sie drängte sich zwischen Yannicks Körper und die Wand und riskierte einen Blick.

Dieser Raum war größer und rechteckig. Auch hier hatte jemand Veränderungen vorgenommen. An der gegenüberliegenden Wand brannte ein Feuer in einem riesigen, von Marmor eingefassten Kamin, der Licht und Wärme spendete. Genug Licht, um die meisten Dinge zu erkennen.

Was ist das?

Schhhh, warnte er. *Sag nichts, auch nicht in meinen Gedanken, bis ich es zuerst tue.*

Sie blinzelte. Tatsächlich, es war ein Käfig. Ihr erster Gedanke hatte sie nicht getäuscht. Ein überdimensionaler Vogelkäfig – groß genug, dass ein Mann darin Platz fand. Er stand direkt neben der Tür. Aus stabilem Eisen geschmiedet, reichte der Käfig bis zur Decke der Krypta und schwebte über dem Boden. Kissen mit Quasten aus bunter Seide lagen auf dem Boden, ausgebreitet in verschwenderischer Dekadenz. Das Türchen des Käfigs war mit einem Vorhängeschloss gesichert. Der Boden des Käfigs bestand aus weit auseinanderstehenden Stangen, sodass eine Person im Käfig behutsam auf ihnen balancieren müsste. Ketten hingen an einigen Stangen und an den Enden der Ketten sah sie – Fesseln.

Wo war Bastien? Zayan?

Ein leises, knurrendes Stöhnen kam irgendwoher.

Aber auf der Suche nach dem Ursprung des kehligen Lauts fiel Altheas Blick auf eine Wand, die mit blutrotem Samt behängt war.

Peitschen jeglicher Art hingen an der Wand. Ein Ochsenziemer mit dickem Griff. Eine neunschwänzige Katze. Eine Peitsche mit langem Griff und einem dünnen Lederband, das so gefährlich aussah, dass Althea schauderte. Und schließlich noch zwei Reitpeitschen. Und bei Gott – da hing auch eine Keule mit beängstigenden Dornen. Daneben hingen Rollen grobes Seil und etwas, das aussah wie dicke, schwarze Samtbänder.

Und dann sah sie das Bett.

Ganz mit schwarzer Seide und schwarzem Samt behangen, wirkte es eher wie ein Bett, in dem Satan liegen könnte. Acht glänzend schwarze Pfeiler, zwei in jeder Ecke, hielten einen schwarzen Seidenbaldachin. Dicke, schwarze Quasten hingen um die Pfeiler und die dicken, schwarzen Seile aus Seide hielten die Vorhänge offen.

Ein erneutes Stöhnen kam aus der Mitte des Bettes. Jetzt erspähte sie eine Gestalt dort, die sich unter den rabenschwarzen Decken bewegte.

Warum tat Yannick nichts? Worauf wartete er? Er hielt sie zurück, drückte ihren Rücken an sich, den Arm um sie gelegt. Die Wärme des Raums drang durch ihre nasse Kleidung und auch sein Körper strömte Hitze aus.

Wenn du willst, kannst du jetzt sprechen, Althea. Ich habe uns vor ihren Sinnen abgeschirmt.

Wie kannst du das tun?

„Weil Männer sich auf Sex konzentrieren, sogar wenn sie damit ihren eigenen Tod riskieren", murmelte er.

Sex? Sie wollte weiter in seinen Gedanken sprechen – es war so vertraulich.

Siehst du den Schrankkoffer da vorne? Den mit dem Berg Pelze oben drauf? Wir können uns dahinter verstecken, denke ich. Du musst wieder warm werden, Engel, und die Pelze werden dabei helfen.

Sie sank auf die Knie und kroch zu dem Schrankkoffer, der mit goldenen Beschlägen verziert war. Nur ein knapper Meter trennte die Tür von dem massiven Koffer, aber ihr Herz schlug auf dem kurzen Stück bis zum Hals. In durchnässten Kleidern die kurze Entfernung zu kriechen, ohne entdeckt zu werden, schien ihr nahezu unmöglich.

Triumph flammte auf, als sie ihr Versteck erreichte.

Zieh die Sachen aus.

Sie fuhr zu Yannick herum, der sich neben sie schob. *Das werde ich nicht.*

Du bist völlig durchnässt. Er blickte finster auf sie hinab, doch seine Augen glänzten silbrig in der Dunkelheit. Sie konnte fühlen, was er empfand: Sorge und Unmut. Er strich über ihren Mantel, und selbst durch die Schichten nassen Stoffes setzte seine Berührung ihre feuchte Haut unter Feuer. Ein Schauder rann durch ihren Körper.

Ich lehne es ab, dem Feind nackt gegenüberzutreten. Aber sie fummelte schon an den Knöpfen ihres Mantels. Es gab keinen Grund, zwei durchnässte Kleidungsstücke übereinanderzutragen.

Yannick half ihr, das Kleidungsstück abzustreifen. *Sei nicht so ein Dickkopf. Du kannst dich in die Pelze hüllen. Ich werde nicht zulassen, dass du dir eine Lungenentzündung holst ...*

Dann füttere mich mit deinem Blut.

Er hielt inne, den nassen Mantel noch immer in der Hand. *Es würde dich schützen, Althea, in einer kleinen Dosis. Aber bist du bereit, so etwas zu tun?*

Furcht und Aufregung brannten in ihr. Wie wohl sein

Blut schmeckte? Wie wäre es, sein Blut zu trinken? Ob sie ihn dann besser verstand?

Ja.

Sein Lächeln war schelmisch. *Also gut, Liebes. Auf deine Gesundheit.*

Als der erste Tropfen aus seinem Handgelenk tropfte, begann sie an ihrem Mut zu zweifeln. Ein Tropfen von dunkelroter Farbe sickerte über seinen blassen Unterarm. *Verschwende es nicht, Süße. Und es wird Zayan anlocken, wenn zu viel Blut fließt.*

Wovor sollte sie sich schon fürchten? Sie hatte oft genug ihre eigenen Schnittwunden abgeleckt. Mit ausgestreckter Zunge beugte sie sich über sein Handgelenk und schmeckte den Tropfen Blut. Weitere folgten, und der Geschmack traf sie wie hochprozentiger Schnaps. Der kupfrige Geschmack lockte sie, berauschte sie und machte sie hungrig nach mehr. Es wärmte sie wie der beste Brandy, brannte in ihrer Kehle. Feurige Wärme breitete sich in ihr aus. Wie bei köstlichem Wein war ein Schluck längst nicht genug.

Sie presste ihre Lippen an seine warme, glatte Haut und trank.

„Genug, Süße", murmelte er, aber sie krallte sich in seinen Arm, damit er sich ihr nicht entzog. Jetzt verstand sie, warum er sich nach dem Geschmack sehnte, der Intimität, der Sinnlichkeit. Sie hatte seinen Schwanz in den Mund genommen, aber sein Blut zu saugen war mindestens eine genauso köstliche Intimität.

Sein leises, tiefes und quälendes Stöhnen ließ sie innehalten. Mit halbgeschlossenen Augen lächelte er. *Das ist sehr erotisch für mich, Althea.*

Sie nahm alles um sich herum so viel deutlicher wahr. Den üppigen, verführerischen Duft der Kerzen. Die feine Struktur seiner Haut, die feinen Härchen auf der Unterseite seines

Handgelenks. Das Rauschen ihres Bluts. Das Schlagen ihres Herzens.

Mit einem Stups seiner Hand unterbrach er sie. *Ich kann es nicht riskieren, dir mehr zu geben.*

Natürlich, es würde ihn schwächen. Sie leckte ein letztes Mal über sein Handgelenk ...

Das Bett quietschte.

„Hast du mich gefangen genommen, weil du mich einfach noch mal ficken wolltest?" Die dunkle, heisere Stimme gehörte zweifellos Bastien. Er war am Leben.

Altheas Herz machte vor Freude einen kleinen Satz. Sie spähte an dem Schrankkoffer vorbei.

Von hier aus hatte sie einen viel besseren Blick auf das massive Bett.

Bastien hatte sich in der Mitte des Betts aufgesetzt. Mit nacktem Oberkörper saß er da, die schwarzen Laken um seine Hüften gewunden. Das goldene Haar hing verworren in sein Gesicht, seine Augen glühten unter schweren Lidern.

Das Wort, das er benutzt hatte, sank langsam in ihr Bewusstsein. *Ficken.* Sie wusste, was damit gemeint war – der sexuelle Akt.

Und sie sah, dass Bastien nicht allein im Bett war. Eine andere, schlanke Gestalt lag unter den schwarzen Laken. Eine Gestalt, die sich regte, die bei Althea das Gefühl hinterließ, einem Schatten zuzusehen, als sie sich bewegte. Nein, kein Schatten. Ein Mann in dunkler Kleidung, der sich auf seine Arme abstützte.

Bastien hatte ihr ohne ein Zeichen von Scham oder Schüchternheit erzählt, dass er Zayans Liebhaber gewesen war. Aber zwei Männer zu sehen, die das Lager teilten, überwältigte sie.

Zayan – das brutale Monster, das in ihres Vaters Zimmer nach ihr gegriffen hatte. Doch die kalte Böswilligkeit, die sie gespürt hatte, als er ihren Vater angegriffen hatte, war nicht länger da. Er drehte den Kopf in die andere Richtung, der Körper war in Schatten getaucht. Trotzdem strahlte er Macht aus. Eine beängstigende Macht.

Sie hatte erstmals Gelegenheit, ihn in aller Ruhe zu betrachten. Feuerschein zeichnete einen roten Schimmer auf mitternachtschwarzes Haar, das über seine Schultern fiel und fast bis zur Hüfte reichte. Es war dick und gewellt. Eine nachtblaue Seidenrobe bedeckte ihn von den Schultern bis zu den Füßen, und er besaß breitere Schultern als jeder Mann, den sie je gesehen hatte – sogar breiter als bei Yannick oder Bastien.

Zayan drehte sich um, sodass Licht auf seine Gesichtszüge fiel. Der Feuerschein zeichnete sein scharfgeschnittenes Gesicht nach und ließ ihn sowohl attraktiv als auch dämonisch aussehen. Sie konnte den Blick nicht von ihm abwenden.

Merkte er, wenn sie ihn anstarrte? Sogar ein Sterblicher konnte es spüren, wenn man ihn anstarrte. Ob Yannick ihren Blick ebenso abschirmen konnte wie ihre Körper?

Sie schluckte ein Keuchen herunter, als Zayan nach Bastiens Kinn griff. Sein Griff war sanft, die Berührung eines Liebenden.

Nie hätte sie erwartet, dass in den Berührungen zweier Männer so viel Zärtlichkeit liegen konnte – erst recht nicht, wenn ein brutaler Dämon einen Vampir berührte. Aber Zayans lange Finger strichen über Bastiens Gesicht, und dessen halb geschlossene Augen zeigten seine Leidenschaft.

Althea hielt den Atem an, als sie Bastiens leises, ermutigendes Stöhnen hörte. Plötzlich strich etwas Weiches über ihre Haut. Wärme senkte sich schwer auf ihre Schultern. Pelze. Yannick stopfte die Pelze um sie herum fest, begrub sie darunter bis zu ihren Brüsten. Während sie Zayan und

209

Bastien beobachtete, hatte sie es kaum mitbekommen.

Sie begegnete Yannicks heißen Augen. Überrascht stellte sie fest, dass er mit nacktem Oberkörper neben ihr saß. Ihre Kehle wurde trocken, als ihr Blick hinabglitt zu den weißen, braunen und schwarzen Pelzen, die ihn von der Hüfte abwärts einhüllten. Sie konnte einen Streifen seiner Hose erspähen.

„Warum ziehst du dein Kleid nicht aus, Süße?"

Leidenschaft raubte seiner Stimme die Kraft. Sorge um ihre Gesundheit hatte nichts mit seinem Vorschlag zu tun.

Du trägst auch noch deine Hose und die Stiefel, schalt sie ihn in Gedanken.

Mit einem schelmischen Grinsen schob er die Felle beiseite. Sie erhaschte einen Blick auf dunkle Haut. Seine Hose war geöffnet und sein Schwanz ragte hervor. Bei der Vorstellung, wie sich die weichen Härchen der Felle auf seinem empfindlichen Schaft und der geschwollenen Spitze seines Schwanzes anfühlten, zitterte sie. Sie rang nach Atem, nahm den berauschenden, sinnlichen Duft auf. Ihre Brustwarzen zogen sich zusammen, drängten gegen ihr Mieder wie winzige Fingerhüte.

Sein Penis sprang aus dem Nest hervor. Aber sie hörte ein leises Knurren vom Bett und fuhr herum, um zu sehen, was dort passierte.

Zayan hielt nicht länger Bastiens Gesicht wie ein zärtlicher Liebhaber. Er hatte Bastiens goldene Locken gepackt und zerrte ihn zu sich. Althea wimmerte, weil sie mit Bastien fühlte, der so brutal misshandelt wurde. Bis sie sah, wie Bastien durch die seidene Robe in Zayans Brust kniff. Sein Finger und der Daumen mussten Zayans Brustwarze kneifen. Im Gegenzug legte Zayan seine Hand um Bastiens Penis und griff hart zu.

Bastiens heiseres Stöhnen ließ ihren Körper sich schmerz-

210

haft zusammenziehen.

Bei Gott ... Bastien gefiel es.

Bastiens Lippen prallten heftig gegen Zayans. Sie neigten die Köpfe, um einander inniger zu küssen. Ihre Münder öffneten sich, und sie schmeckten einander. Sie küssten mit dem Hunger und der Sehnsucht von Mann und Frau, doch waren sie dabei weit aggressiver. Sie waren konkurrierende Männer, die um die Vorherrschaft selbst dann kämpften, wenn sie einander Lust schenkten. Und es gab keinen Zweifel, dass ihnen dieses Lust bereitete.

„Es gefällt dir also, ihnen zuzusehen, Süße." Yannicks sanfter, neckender Tonfall ließ ein Schauern über ihr Rückgrat rieseln.

Himmel, ja. Sie genoss, was sie sah. Yannicks Erektion kuschelte sich an ihren Schenkel, und seine Hand hatte sich um ihre linke Brust geschlossen, aber sie konnte den Blick nicht von den beiden Männern auf dem Bett abwenden. Große Männerhände griffen nach Brustwarzen, kniffen und streichelten. Ihre Hände fuhren über den breiten Rücken des anderen – der eine in feine Seide gekleidet, der andere reine, nackte Haut, glänzend von Schweiß.

Ja, sie mochte es, zuzusehen, aber sie wagte nicht, es Yannick zu gestehen.

Magst du es, die Hand eines Mannes am Schwanz eines anderen zu sehen?

Er musste wissen, wie sehr ihr das gefiel. Gegen seine Handfläche raste ihr Herz. Und mit jedem keuchenden Atemzug hob und senkte sich ihre Brust.

Sag mir, ob dich erregt, was du siehst. Sogar in ihren Gedanken war Yannicks Stimme tief und unwiderstehlich.

Warum erregt es dich, wenn ich es dir sage?

Weil die zügellose Fantasie und das Verbotene die Lust des Mannes um ein Vielfaches erhöht.

Erregt es dich, Yannick? Erregt es dich, wenn du zwei Männer beobachtest, die einander berühren …? Sie brach ab, weil Bastien und Zayan begannen, einander zu liebkosen. Sie berührten nicht bloß den hochgereckten Penis des anderen. Beide hielten das Glied des anderen mit festem Griff und bearbeiteten ihn mit langen, festen Bewegungen. Zayans Takt war offensichtlich, da Bastiens Penis nackt und gut sichtbar war. Bastien hatte jedoch das Glied des Dämonen durch die nachtblaue Seidenrobe ergriffen. Althea schluckte, als Zayan seine Hand nach unten zu Bastiens Hoden schob. Er spielte grob mit ihnen. Dabei hatte Althea immer geglaubt, sie seien empfindlich und müssten vorsichtig liebkost werden. Doch Männer wussten anscheinend besser, was ihnen gefiel. Sie kannten offenbar Geheimnisse, von denen Althea nichts wusste.

Fasziniert beobachtete sie, wie Zayan mit Bastien spielte, den Druck veränderte, seine Hand mal schneller und mal langsamer bewegte.

Schließlich ließ Bastien seinen Kopf nach vorne sinken. Sein Haar hing ihm ins Gesicht wie ein goldener Vorhang. „Gott … Gott … Gott …", stöhnte Bastien. „Lass mich nicht kommen, jetzt noch nicht. Nicht bis ich meinen Schwanz in deinen Arsch gesteckt habe, bis du um Gnade flehst!"

In seinen …! Und er sprach das so ungehobelt aus. *Männer …*

Ja, Süße? Yannick beugte sich über ihren Hals und schob das feuchte Gewicht ihres Haars beiseite. *Was hast du gerade über Männer erfahren?*

Besser gefragt: Was hatte sie bisher nicht erfahren? Eine Menge, fürchtete sie. Wie hatte sie sich in so gefährliche, unberechenbare Kreaturen verlieben können wie Vampire? Warum ausgerechnet Yannick?

Ausgerechnet Bastien?

Sie leckte über ihre trockenen Lippen. *Miteinander sind sie viel ... gröber als wenn sie mit Frauen zusammen sind.*

So zeigen sie ihre Zuneigung.

Zuneigung? Es war wohl kaum Zuneigung. Zayan schob Bastien auf das Bett und presste seine spitzen Eckzähne gegen die Brust Bastiens. Der Dämon ergriff Bastiens Hoden mit einer starken Hand und quetschte sie zusammen. Doch statt zu schreien und gegen ihn zu kämpfen, legte Bastien den Kopf in den Nacken. „Ja", stöhnte er.

Männer genossen definitiv diesen groben Umgang.

Aber sie verstand schon, warum es so war. Sie konnte nicht verhehlen, wie sehr es sie allein erregte zuzusehen. Die merkwürdige Mischung aus Erregung und Angst spannte sie an.

Yannick leckte im selben Moment über ihren Hals, als Zayan seinen Kopf über Bastiens Hals beugte. Sie musste sich in die Lippe beißen, um ihren Schrei zu unterdrücken. Plötzlich war ihr, als erlebe sie die Szene auf dem Bett, und Yannicks heiße Zunge imitierte die Liebkosungen, die Bastien erhielt.

Sie erwartete, dass Zayan zubiss, aber sie konnte nichts sehen außer Zayans Hinterkopf und seinem langen, rabenschwarzen Haar und dahinter Bastiens Gesicht, das sich schmerzhaft vor Lust verzog.

„Wer ist Zayan?", flüsterte sie. „Was ist er?"

Aber Yannick schob wortlos ihre feuchten Röcke hoch. Sie sah ihre bloßen Waden, skandalös nackt, weil sie sich nicht mit Strümpfen aufgehalten hatte.

„Was ist Zayan?", wiederholte sie, aber erneut bekam sie keine Antwort. Yannick beugte sich stattdessen über sie, er kniete zwischen ihren nackten Beinen und zog die Pelze über sie beide.

Erzähl mir, was du siehst, befahl er.

Es für ihn beschreiben? *Aber …*

Ihr Protest stoppte abrupt, weil Yannick sein Gesicht in ihrem Schoß barg. Sie öffnete ihre Schenkel für ihn, aber er schob sie wieder zusammen und hob sie, sodass ihre Beine auf seinen Schultern ruhten. Ihre Füße in den Stiefeletten hingen auf Höhe seiner Taille in der Luft. Sein Kinn kratzte an der empfindlichen Haut ihrer Schenkelinnenseiten. Seine Hände umfassten ihren Hintern.

Beim ersten Lecken seiner Zunge befürchtete sie, vor Lust aufschreien zu müssen. *Das darfst du nicht. Würde mein Schreien uns nicht verraten?*

Nein, Süße. Du kannst so laut schreien wie du willst. Wenn du lieber still bleibst, bist du für mich eine Frau mit bewundernswerter Willenskraft.

Sie fühlte sich geschmeichelt. Langsam verstand Althea seine Methode. Er bekundete seinen Respekt für ihre überragenden Fähigkeiten und verführte sie damit, das zu tun, was er von ihr wollte.

Seine Finger öffneten ihre Schamlippen und sie stöhnte so leise sie konnte bei dieser sanften Berührung.

Was werde ich währenddessen tun?

Dieser Mistkerl. Er würde keine Ruhe geben, bis er sie dazu gebracht hatte, unmögliche Dinge auszusprechen.

Du wirst meine Möse lecken. Obwohl sie es nur in Gedanken sagte, errötete sie. *Und warum wünschst du zu hören, was auf dem Bett passiert? Willst du auch dort sein?*

Ein anderer Schwanz ist interessant, aber ich bevorzuge deine nasse, herrliche Möse. Ich sehne mich danach zu hören, was du siehst, in deinen eigenen, verführerischen Worten. Du weißt, Süße, du hast die Macht, mich allein mit deinen Worten zum Höhepunkt zu bringen.

Althea blickte auf seinen breiten, muskulösen Rücken hinab, auf seine starken Arme, die ihre Schenkel hielten. Spielerisch knabberte er an ihren Schamlippen. Er reizte sie, spielte mit ihr und hatte nicht vor, sie zur Ekstase zu bringen, bis sie auf sein Spiel einging.

Du hast eine unbeschreibliche Macht über mich, Althea, versprach er.

Sie atmete den Duft der Kerzen ein und blickte zum Bett hinüber, wo sich zwei männliche Körper zu einem erotischen Tanz vereinigten, der ihr den Atem raubte.

Heute Nacht wollte sie ihre eigene Macht entdecken.

13. KAPITEL

Gerettet

„Zayan", flüsterte sie, „legt sein Gewand ab."

Dies kostete Zayan nur einen winzigen Augenblick, und er zerriss in der Eile die schöne Seide. Der alte Vampir erhob sich von Bastiens Brust, warf das Kleidungsstück achtlos beiseite, und Althea konnte den Dämon in seiner vollen Pracht bewundern. Als er auf dem Bett gelegen hatte, war er ihr nicht so groß vorgekommen. Er musste weit über einsneunzig sein, fast zwei Meter. In den Karpaten hatte sie Riesen wie ihn gesehen. Und wie jene prächtigen Männer besaß Zayan den Körperbau eines Bullen. Breite Schultern, die sich spannten, als er sich zu Bastien hinabbeugte und …

„Oh!"

Du klingst überrascht?, fragte Yannick, den Kopf zwischen ihre Schenkel gebettet. *Was siehst du, Süße?*

Er hat … er küsst die Spitze von Bastiens … Sie kämpfte darum, das Wort auszusprechen. *Bastiens Schwanz. Sein Mund ist geöffnet, die Eckzähne sind zu beiden Seiten von Bastiens Schaft. Er … er kreist mit der Zunge um ihn. So wie ich …*

Wie du es bei mir getan hast?

Er hat ihn in den Mund genommen!

Gefällt es Bastien?

Er greift nach Zayans Haar … Ich glaube, er will Zayan wegschieben.

Yannick lachte leise. Sie spürte wie Nässe ihre Vagina erfüllte. Yannicks Zunge, die in sie hinein- und herausglitt. Sie beobachtete … sah zu, wie Bastiens Schwanz gelutscht wurde, während Yannick mit seiner Zunge in sie stieß.

Sie war unrettbar sündig.

Sie könnte genauso gut das Halsband wegwerfen, denn inzwischen war sie kaum mehr eine unschuldige Jungfrau. Und was Zayan machte, schockierte sie.

Er hat Bastiens Penis ganz in den Mund genommen. Wie kann er das tun? Müsste er nicht bis in seinen Hals reichen? Da muss er sich doch verschlucken!

Es ist knifflig, aber es geht.

Atemlos beobachtete Althea Bastien, der Zayans Kopf streichelte. Erstaunt stellte sie fest, wie liebevoll Zayan sich Bastiens Penis widmete. Er leckte ihn von unten nach oben, wirbelte die Zunge um die Spitze und streichelte zugleich die komplette Länge. Bastiens Penis schien größer und größer zu werden. Seine Hüften bewegten sich ruckartig nach oben. Plötzlich – so schnell, dass sie aufkeuchte – senkte Zayan seinen Mund, schluckte das Glied zur Gänze und begann den Kopf auf und ab zu bewegen.

Bastien rang nach Luft und griff nach dem Kopf des Vampirs. Zayan saugte härter, fester und schien sogar zu stöhnen, während er Bastien verwöhnte.

Was passiert, mein Engel?

Ich glaube … Bastien erreicht gleich seinen Höhepunkt. Sie schloss die Augen und wandte den Kopf ab. *Das ist falsch, es ist privat. Ich kann das nicht mit ansehen. Ich muss gestehen, ich würde es gerne ansehen, aber ich sollte nicht.*

Yannicks Zunge erreichte den tiefsten Punkt in ihr, den sie für möglich hielt, zog sich zurück, reizte ihren Eingang. Die Leidenschaft überkam sie erneut. *Bastien hat Sex immer gerne vor Publikum genossen.*

Aber das ist etwas Intimes. Der Raum duftete nach sinnlicher Leidenschaft. Das Aroma der Kerzen schien den Duft nach männlichem Schweiß zu verstärken. Das war mehr als bloßer Sex, spürte sie. Die Schläge und der raue Griff nach dem anderen sprach von Wut und Gewalt – nein, von Macht.

Sie konnte nicht mal verstehen, warum Bastien es Zayan

erlaubte, ihn überhaupt zu berühren, es sei denn, er riskierte sein Leben, wenn er es nicht tat. Aber Bastien wirkte nicht gerade unwillig. Und Zayan war offenbar entschlossen, seinem ehemaligen Liebhaber Lust zu bereiten.

Yannicks Zunge glitt aufwärts. Umkreiste ihre Klit. „Ohhh!"

„Ich komme!", schrie Bastien. Und, bei Gott, sie sah hin.

Sie sah Zayans langen Hals, der sich bewegte, als er schluckte. Bastiens Kopf war nach vorne gebeugt, die Schultern hatte er vom Bett gehoben. Der Höhepunkt dauerte an. Ihre Vagina schloss sich fest um Yannicks gemächlich stoßende Zunge, während sie beobachtete, wie Bastien kam. Seine Muskeln zogen sich zusammen, seine Beine zuckten, und seine Hüften stießen hart gegen Zayans Mund.

Ihre Hüften bewegten sich ebenfalls, bis Yannick sie fester griff, um sie zu zügeln.

Bastien schrie seine Lust heraus. Fluchte sogar, während eine Welle nach der nächsten über ihn hinwegrauschte. Seine vollen, festen Lippen teilten sich. Halb von den Lidern bedeckt, überschattet von den dichten Wimpern schimmerten seine Augen wie glühende Kohlen.

Und Yannick saugte an ihrer Klit. Härter und härter. Bewegte sich, veränderte den Winkel und …

Ohhh!

Sie keuchte – oder war es Bastiens Keuchen? Sie war sich nicht sicher. Heiseres, abgehacktes Keuchen. Ihres war kratzig und abgerissen, blieb ihr im Hals stecken.

Ja, jaaa …

Der kleine Tod. Wie sehr sie jetzt verstand. Als sie für Yannick das erste Mal kam, hatte sie ausgesehen wie jetzt Bastien? Das war erst letzte Nacht passiert! Und Yannicks Augen hatten wie silberne Sterne geglüht, wie Kometen, die sie nicht losließen. Sie hatte es genossen, Yannick dabei zu beobachten, wie er in diesen Mahlstrom der Lust geriet, und jetzt genoss sie es, Bastien dabei zuzusehen. Er kam ebenso wie Yannick zum Höhepunkt, das Gesicht zu einer Maske aus köstlichem Schmerz verzogen, während durch seinen Körper die Wellen der Lust rasten. Sie genoss es, zu beobachten, wie er explodierte.

Yannicks Finger drang in sie ein. Ein Finger nur, der immer wieder in sie hineinstieß. Sie bog sich ihm entgegen, schwelgte in den herrlichen Gefühlen. Sie wollte, dass auch Yannick kam. Er sollte für sie kommen …

Süße Althea.

„Willst du … willst du wissen …" Sie kämpfte um jedes Wort, wollte beschreiben, wie Bastien seinen Höhepunkt erlebte.

Zwei lange Finger drangen in sie ein, öffneten sie weit. Sie keuchte, als sich ein dritter Finger gegen ihren Anus drückte. Ihre Muskeln verkrampften sich. Er umkreiste ihren Anus mit dem Finger, bis sie unkontrolliert, halb wahnsinnig vor Lust stöhnte. „Ja, ja. Oh, bitte, ja. Tu es."

Sie schloss fest ihre Augen, als sein nasser Finger in ihren Anus glitt.

Dann riss sie die Augen auf. Sein Finger bekam Gesellschaft. Alle vier Finger massierten ihre beiden Öffnungen.

Auf dem Bett fiel Bastien mit geschlossenen Augen auf die Matratze, als hätte er sich völlig verausgabt. Sie schluckte. War es vorbei? Zayan kletterte wieder auf Bastiens schlaffen Körper. Würde er ausgerechnet jetzt Bastien beißen, da dieser geschwächt und gesättigt war?

Doch der alte Vampir verlangte stattdessen einen Kuss von Bastien. Zayans Penis ragte fordernd vor, während er Bastiens Körper mit Küssen und zärtlichem Knabbern übersäte. Die Zuneigung und die Liebe, die sie auf Zayans attraktivem Gesicht sah, raubten ihr den Atem.

Zayan drehte Bastien um, sodass dieser auf dem Bauch lag. Bastien gehorchte und lag ausgestreckt quer im Bett.

Yannick stieß sie immer heftiger. Althea schloss die Augen, während sich erneut die Lust in ihr zu ungekannten Höhen aufschwang. Sie blinzelte, sah die lange Linie von Bastiens blassen Schultern. Ließ ihren Blick über die schöne Kurve seines Rückens hinab zu den festen Muskeln seines Hinterns wandern.

Zayans Hand legte sich auf Bastiens Po.

Was hatte er vor?

Dann erkannte sie, was er vorhatte, als Zayan seine Erektion zwischen Bastiens feste Hinterbacken schob.

Er dringt in ihn ein!

Fassungslos beobachtete sie, wie Zayan seine Hüften nach vorne stieß. Sein Penis verschwand in voller Länge. Tauchte wieder auf und verschwand.

Über Bastiens Rücken gebeugt, schob Zayan sich in ihn hinein.

Yannicks Finger glitten noch immer in ihre Vagina und ihren Anus.

Zayans Muskeln spannten sich an, als er härter und immer härter eindrang, bis er ganz in Bastiens Anus steckte und seine Hüften gegen Bastiens pralle Hinterbacken schlugen. Und Bastien hob seinen Hintern, um jedem von Zayans Stößen entgegenzukommen. Schweiß glänzte auf Bastiens Rücken, glänzte im Feuerschein. Es sah aus, als wäre er mit Gold übergossen worden. Zayan warf sein Haar hin und her, auch sein Rücken war nass von Schweiß.

Beide Männer stöhnten. Ihre tiefen, rauen Stimmen vermischten sich. Zayan lehnte sich vor, und Bastien kam ihm willig entgegen. Spitze Eckzähne gruben sich in Bastiens Nacken. Hände griffen gierig nach einander, Finger umschlossen heftig einander.

Diese Szene zu beobachten, von Leidenschaft ebenso wie von Liebe durchdrungen, war unerträglich erotisch.

Althea griff nach Yannicks Kopf, krallte sich in sein Haar, wollte ihm denselben Rhythmus aufzwingen wie Zayans Stöße. Zwang ihn, sich schneller zu bewegen. Seine Finger kneteten sie. Seine Zunge peitschte sie auf. Peitschte sie wie ein Hieb mit einer Gerte …

Sie zersprang.

Lichter explodierten vor ihren Augen – blaue, rote und weiße Lichtblitze tanzten.

Zayans Heulen hallte im Raum wider.

Umgeben von den Pelzen, von Altheas vollem Aroma und von dem Geruch der süßlichen Kerzen fiel Yannick zurück und zog Althea über sich. Feuriges Verlangen schoss durch ihn, als ihre pochende Scham ihn berührte. Ihr Herz schlug heftig gegen seines.

Verdammt sei dieser nasse, fürchterliche Fummel! Er hätte ihn Althea liebend gerne vom Körper gerissen und ihren nackten Körper in diese kostbaren Felle gebettet.

Wenn es ihm gelang, über den nächsten Vollmond hinaus zu überleben, würde er jedes einzelne von Altheas biederen Kleidern verbrennen und ihr Dutzende schöner Roben kaufen.

Aber plante Bastien überhaupt, Zayan zu zerstören – den Dämonen, den er vögelte?

Althea schlang die Arme um seinen Hals und presste ihre weibliche Wärme gegen ihn, um ihn innig zu küssen. Yannick fluchte innerlich. Er musste schleunigst eine Verbindung zu Bastien aufnehmen.

Aber Altheas Wärme und ihre Hingabe waren wichtiger. Ihre Brust hob und senkte sich hinreißend mit jedem schnellen Atemzug. Er warf einen Zobelpelz über sie. Dann küssten sie einander, und er ließ sie ihr eigenes Aroma auf seinen Lippen schmecken.

Ihre Hand legte sich auf seine Wange. *Das war so schön. Ich hab das Gefühl, ich fliege noch immer.*

Das war Wahnsinn. Sie in diesem Mausoleum zu lieben, während die Gefahr nur wenige Schritte entfernt lauerte. Doch die Gefahr hatte ihr Blut wohl zusätzlich angeheizt. Als er sie in den Berg Pelze fallen ließ und den Zobel wieder über sie zog, schlang sich ihr Bein um seines. Er schob ihr hüftlanges Haar zurück, das inzwischen nahezu trocken war.

Ihre Augen glitzerten im Feuerschein. *Sie haben Liebe miteinander gemacht. Ich hatte ja keine Ahnung, wie Männer es miteinander tun. Wie aufregend das war ...*

Fandest du es erregend, sie zu beobachten?

Ja. Ich hab Angst, es mir einzugestehen, aber ich fand es erregend.

Sie setzte kleine Küsse auf seine Wange. Verdammt, er hungerte danach, sie zu nehmen. Seine Lungen füllten sich mit diesem dicken Rauch – er war sicher, dass es ein Aphrodisiakum war, das mit den Kerzen verbrannt wurde. Sein Schwanz war so hart wie der Stein, aus dem dieses Gebäude geschaffen worden war. Und jeder Atemzug ließ seinen Penis schmerzen.

Zayan hat Bastien von hinten genommen. Ich dachte erst, es wäre ... aber es war so sinnlich. So aufregend! Intensiv und hart, aber schließlich war es die Art, wie Zayan ihn berührte. Nicht wie ein Dämon, nicht als wäre er böse. Er berührte Bastien so, wie ich dich berühren würde. Mit so viel Liebe ...

Liebe? Das letzte Gefühl, von dem er gedacht hätte, dass Bastien es Zayan zeigen würde. Oder irgendwem, wenn Yannick ehrlich war.

Althea war nicht länger unschuldig. Nicht, nachdem sie Zeugin dieser Ereignisse geworden war.

Ihre Hand glitt an seinem Hals hinab, über seine Brust zu den Brustwarzen. Sie griff nach beiden und kniff ihn. Schmerz schoss von seinen Nippeln wie ein Blitz hinab und explodierte in seinen Lenden. Sein Schwanz ging beinahe los wie eine Kanone. Sie war so mutig, seine kleine Jägerin. Und sie war eine gelehrige Schülerin der sinnlichen Künste.

Yannick kämpfte um seine Selbstbeherrschung und gewann sie mühsam zurück. Ihre Hand wanderte hinab zwischen ihre Körper und umschloss seinen Schwanz, der sich hart wie ein Cricketschläger gegen ihren Bauch schmiegte.

Ihre Berührungen waren nicht länger zärtlich und behutsam. Sie griff nach ihm wie er es tun würde, wenn er wahnsinnig wäre vor unerfüllter Lust und sich einfach nur Erleichterung verschaffen wollte.

„Ich will dich." Ihre rauchige Stimme war verlockender als ein Raum voller Dämoninnen. „Ich will all das mit dir tun, was wir in meinen Träumen getan haben. Jetzt weiß ich, wie ich diese Träume verstehen muss: als lockende Fantasien. Und ich will jede einzelne erleben."

Ein Kribbeln war auf seinem Hals und seinen Schultern, setzte sich fort, wo sie ihn berührte: an seinem Schwanz und seiner Brustwarze, die sie immer noch kniff. Sie schlang das andere Bein um seine Hüfte und schob den Fuß in seine Kniekehle.

Eine wunderschöne Jungfrau flehte ihn an, mit ihr all ihre Fantasien zu erleben. Obwohl er wusste, dass er jederzeit von einem brennenden Lichtblitz in den Rücken getroffen werden konnte, hungerte er danach, ihrem Wunsch zu entsprechen.

Zur Hölle, er konnte nicht. Yannick schloss seine Augen und konzentrierte sich, denn da er nichts sah, arbeiteten seine anderen Sinne umso besser. Vor allem sein Geruchssinn. Altheas Duft verhexte ihn, und jede ihrer Berührungen war eine köstliche Qual. Sie drückte ihre Hüften an ihn und versuchte, seinen Schwanz an sich zu pressen.

Warte bitte, Liebes.

Ihr enttäuschtes Seufzen ließ ihn an seinem Verstand zweifeln. Aber er hatte keine Wahl. Er blendete alles andere aus – ihr liebliches Gesicht, ihren verlockenden Körper, ihre leisen Seufzer, die gefährliche Kraft der Kerzen. Er konzentrierte sich auf die Dunkelheit. Darauf, Zugang zu Bastiens Gedanken zu bekommen.

Wut traf ihn zuerst. Ein turbulenter Strudel aus Zorn und sexueller Erregung. Bastiens Gefühle wirbelten in ihm herum, ein Kaleidoskop der fundamentalsten und brutalsten menschlichen Gefühle. Rachsucht und glühender Zorn. Leidenschaft und Wut, weil er so viel Verlangen verspürte. Und unter all dem spürte er eine Sehnsucht – eine Liebe, untrennbar verbunden mit Schmerz und Leid, dass Yannick keuchte. Er fühlte, wie sein Blut sich in Eis verwandelte, als er dieses Gefühl spürte.

Er vergewisserte sich der Verbindung, stützte sich behutsam auf den ausgestreckten Armen hinter seinem Oberkörper ab.

Würde Bastien gewillt sein, Zayan mit ihm gemeinsam anzugreifen? Das Verlangen nach Rache war die dominierende Emotion, die Yannick spürte.

Althea seufzte, legte den Arm um seinen Hals und zog ihn zu sich herab.

Er öffnete die Augen. *Althea, meine Süße. Ich werde dich nicht hier lieben.*

Ihre Augen flehten ihn an. *Ich weiß, wie gefährlich es ist, aber ... ich will es so sehr,* flüsterte sie in seinen Gedanken.

Diese verdammten Kerzen.

Was tun die beiden?, fragte sie. *Ruhen sie sich aus?*

Oh, sie sind noch lange nicht fertig, Süße. Ich glaube, Zayan bindet gerade Bastiens Handgelenke an die Bettpfosten.

Er fesselt ihn?

Es ist für ihn ein erotisches Spiel. Ich nehme an, Zayan wird eine Peitsche aussuchen.

Sollten wir ihn nicht jetzt angreifen?

Nein. Die Peitsche dient auch ihrer sexuellen Befriedigung.

Oh Gott. Bastien hat mir davon erzählt. Wie er sich danach sehnt, wenn die Peitsche über seinen ... seinen nackten Hintern saust. Genießt du es auch, geschlagen zu werden?

Bedauern keimte in Yannicks Herz. Altheas Unschuld war etwas Wertvolles gewesen, und er hatte es leichtfertig vergeben, Stück um Stück. Es wäre doch die Pflicht eines Gentlemans, eine Frau zu beschützen und ihren Blick auf die Welt vor den allzu schlimmen Ausschweifungen zu bewahren.

Nein, ich genieße es nicht, geschlagen zu werden. Ich habe zu viele Schläge von der Hand meines Vaters bekommen. Darum habe ich nie eine Vorliebe dafür entwickelt, die Peitsche auf meinem Arsch zu schmecken.

Altheas Arme legten sich um ihn, und sie hielt ihn sanft fest. Sorge, Mitleid und Schock las er in ihren grünen Augen – allesamt Emotionen, die zu wecken er stets gehasst hatte. *Dein Vater hat dich geschlagen? Warum?*

Weil ich ungehorsam war. Weil ich Regeln brach. Weil ich meine Mutter vor ihm beschützte. Manchmal auch, weil ich die Zeit an einem Winternachmittag tatenlos verstreichen ließ.

Das ist schrecklich.

Er gab ihr nach. Sein Penis, das spürte er, war ermattet zur Seite gesunken, wie er sehen konnte. Statt stolz zwischen seinen Schenkeln aufrecht zu stehen, neigte er sich nach links und der Kopf bog sich nach unten. Verdammt sei sein Vater.

Ein Knall.

Der erste Schlag landete auf Bastiens Hintern. Jetzt war der richtige Zeitpunkt gekommen, anzugreifen, während Bastien sich in die Strafe ergab. Seine Gefühle waren jetzt grob und erregt, während er gefangen war in einem Hin und Her aus Unterwerfung und Trotz.

Ich werde Zayan angreifen, warnte Yannick. *Du musst hierbleiben.*

Althea spürte die Aufregung des bevorstehenden Kampfs. Sie hob ihre Armbrust auf und folgte Yannick trotzig. Sie trat aus den Schatten, und obwohl er sich nicht umdrehte, hörte sie seinen Befehl in ihrem Kopf.

Bleib zurück, Althea.

Vor dem Bett stand Zayan mit dem Rücken zu ihnen. Schweiß glänzte auf seinem Rücken mit jedem kräftigen Schlag der Peitsche. Auf den schwarzen Laken ausgebreitet lag Bastien. Er wimmerte und stöhnte bei jedem Hieb. Die samtenen Seile, die ihn an die Bettpfosten fesselten, spannten sich bei jedem Schlag an, bis Bastien sich wieder entspannte und sie locker zwischen seinen Gelenken und den Pfosten hingen. Bevor der nächste Hieb seine Haut traf.

Selbst sie konnte den kupfrigen Geruch von Blut wahrnehmen.

Wie konnte das angenehm sein?

Althea hielt den Atem an, als Zayan die Peitsche beiseitelegte und sich stattdessen über sein Opfer beugte. Er leckte über jede einzelne Wunde und murmelte zärtliche Worte.

Und plötzlich geschah das Undenkbare: Das Schreckliche wurde für Althea erotisch.

Aber jetzt war nicht die Zeit, darüber nachzudenken. Sie duckte sich hinter einem anderen Schrank. Von hier aus hatte sie alles im Blick – und hatte zugleich freie Schusslinie zum Bett. Wenigstens hatte sie ihre Brille noch. Doch die Gläser waren von getrockneten Regentropfen übersät. Wenn Zayan sich umdrehte, würde sie den Bolzen direkt in sein Herz schießen. Und sie tat besser daran, ihn nicht zu verfehlen.

Geh zurück und versteck dich, Althea.
Und wer gibt dir Rückendeckung?

Das Herz schlug ihr bis zum Hals, als Yannick mit nacktem Oberkörper das Bett erreichte. Ohne sein Hemd wirkte er so verwundbar.

Er hielt wenige Schritte entfernt inne, die Beine leicht gespreizt, die Hände vor seiner Brust erhoben. Er schützte sein Herz.

Der nächste Hieb von Zayans Peitsche wurde mitten in der Luft gestoppt, und das Ende fiel schlaff auf Bastiens Rücken. Im selben Moment zischten zwei weiße Blitze aus Yannicks Händen und lösten die Schlingen um die Knöchel seines Bruders.

Mit einem Brüllen schnellte Zayan herum. Sein Haar wehte um seinen Oberkörper wie ein schwarzer Umhang. Seine glühend roten Augen hefteten sich auf Yannick. Ein dunkles, böses Lachen wurde von den Wänden zurückgeworfen.

Zayans Explosion warf Yannick zurück. Entsetzt beobachtete sie, ohne ihm helfen zu können, wie sein Rücken mit einem Krachen auf den Boden prallte und sein Kopf mit einem Knall folgte. Trotz des schweren Schlags war Yannick so schnell wieder auf den Füßen, dass es Althea schien, als flimmere er vor ihren Augen. Mitten im Sprung schickte er einen Strahl helles Licht, das gegen Zayans nackte, breite Brust prallte.

Triumph bemächtigte sich Altheas. Zayan strauchelte. Doch er tat nur zwei Schritte nach hinten, ehe er sich wieder gefangen hatte. Jetzt erkannte sie, wie ungleich der Kampf zwischen Yannick und dem alten Dämonen war. Sie hatte noch nie so große Angst vor einem Feind verspürt. Sie fürchtete um Yannick.

Zayan konnte ihn jederzeit vom Angesicht der Erde tilgen. Instinkt leitete sie. Ihre Finger spannten den Hahn ihrer

Armbrust. Sie beruhigte ihren Atem. Jetzt durfte sie keine Gefühle zulassen, die sie zur Unachtsamkeit verleiteten. Warten … warten …

Zayan heulte wie ein Wolf und hob die Hände …

Jetzt!

Der Bolzen flog und traf Zayan in die nackte Brust. Der Aufprall ließ ihn zurücktaumeln, seine Beine stießen gegen das Fußende des Bettes. Seine riesige Hand schlang sich um den Bettpfosten. Er verzog die fleischigen Lippen zu einem Grinsen. Er blickte zu dem Schaft hinab, der aus seiner Brust ragte.

Verdammt. Sie hatte ihn verfehlt. Der Bolzen steckte wenige Zentimeter zu hoch in seiner Brust.

Althea spannte sich an, duckte sich hinter dem Schrankkoffer. Sie wusste, der nächste Schlag von Zayan würde direkt durch den Koffer dringen und sie zerreißen …

Feuer explodierte vor ihr. Die Flamme umschloss sie wie eine Umarmung. Schreie hallten in der Kammer wider – ihre eigenen entsetzten Schreie. Sie konnte das Feuer sehen, das umgeben war von tiefster Schwärze.

Dann sah sie nichts mehr.

„Willst du sie? Sie ist dein, nimm sie dir."

Benommen öffnete Althea die Augen. Sie fiel …

Nein. Sie lag auf dem Bett. Jenem Bett, auf dem Bastien und Zayan sich geliebt hatten, auf dem Bastien ausgepeitscht worden war. Über ihr erstreckte sich der schwarze Betthimmel riesig und formlos, wie der Nachthimmel. Sie sah verschwommene Schemen darauf. Weibliche Formen, nackt und verführerisch, die auf dem Betthimmel herumtollten, ihre Glieder schlangen sich umeinander. Sie blinzelte, um besser zu sehen. Ihre Brille war fort.

Althea setzte sich auf und stützte sich auf ihre schwachen

Arme. Ihr Kleid war halb zerrissen, ihre linke Brust freigelegt und die Röcke ein fesselndes Gewirr um ihre Beine. Zayan hatte sich am Fußende des Bettes hingefläzt und schenkte ihr ein böses Lächeln. Seine Fingerspitze strich leicht über ihre nackte Fußsohle.

Sie krabbelte zurück. Jenseits des Fußendes standen Bastien und Yannick, die Gesichter einander zugewandt. Doch beide beobachteten sie. Yannicks Gesicht wirkte, als wäre es in Stein gemeißelt. Seine Augen waren starr, sie spiegelten das Licht des Feuers regungslos. Sie wusste aber, dass er hinter dieser Starre seinen Beschützerinstinkt verbarg. Sie blinzelte erneut und blickte zu Bastien. Seine Augen ließen ihr Herz rasen. Sie las darin so viel Verlangen, so viel Angst.

„Ich stehe dir nicht im Weg, wenn du sie für dich beanspruchst", sagte Zayan zu Bastien. „Du kannst sie als Spielzeug haben, wenn du es wünschst." Nachlässig wies Zayan auf Yannick. „Es ist schließlich dein privilegierter Bruder gewesen, der verhindert hat, dass du Anspruch erhoben hast auf das, was du wolltest. Wenn du mich zerstörst, was erreichst du schon damit? Die Vorherrschaft deines Bruders? Vielleicht auch Zerstörung."

Tief und beherrschend erfüllte Zayans akzentuierte Stimme ihre Gedanken. Sie wünschte, sie hätte ihren Vater gezwungen, ihr mehr über Zayan zu erzählen. Yannick und Bastien wussten alles über ihn, aber sie wusste nichts. Und nun sah sie, wie ungestüm sie gewesen war, einen Feind zu jagen, den sie kaum verstand.

Zayan hatte sich auf der Matratze ausgestreckt wie ein nachsichtiger römischer Herrscher. „Ich kann ihn nicht zerstören, Bastien. Er ist geschützt. Aber du als sein Zwilling hast die Macht, die ich nicht habe. Die Entscheidung, mein Lieber, liegt bei dir."

Mit einem Keuchen realisierte sie, dass Zayan die Wahrheit sprach. Die Entscheidung ruhte allein in Bastiens Händen. Ob er seinen Liebhaber zerstörte oder seinen Bruder.

Althea erkannte, dass weder Yannick noch Bastien versucht hatten, Zayan zu bekämpfen, nachdem dieser sie gefangen genommen hatte. Beide hatten Angst um ihre Sicherheit.

Sie blickte flehend zu Bastien herüber. Hielt den Atem an. Doch sein Gesichtsausdruck verfinsterte sich, seine Wimpern beschatteten seine Augen. Er kreuzte die Arme vor seiner nackten Brust. Ein höhnisches Lächeln bog seine perfekten Lippen. „Du willst mich dazu bringen, meinen Bruder umzubringen." Er drehte sich zu Yannick um. „Und du verlangst von mir, dass ich den Vampir umbringe, den ich begehre. Zum ersten Mal in meinem Leben – oder in meinem Leben nach meinem Leben – halte ich die Zügel in meinen Händen." Bastien leckte sich die Lippen, als wollte er diese neue Erfahrung schmecken. Seine blausilbernen Augen leuchteten voller gefährlichem Übermut.

Zayan schwang die Peitsche. Das Ende knallte über den Boden nahe Bastiens Füßen. Bastien wich nicht zurück, obwohl die Peitsche seine Zehen berührte. Er nahm einen störrischen Gesichtsausdruck an. Für einen ausgewachsenen, nackten Vampir wirkte er auf einmal überraschend kindlich und verletzlich. „Du hast mich gerade nur geschlagen, weil ich es dir erlaubt habe. Noch einmal: Die Entscheidung liegt allein in meinen Händen."

Zayan lachte, ein grausames und leises Lachen. Er grapschte nach Altheas Knöchel. Ehe sie nach ihm treten konnte, hatte er sie zu sich gezogen. Die Röcke, die bisher um ihre Knie gehangen hatten, rutschten höher und offenbarten ihre nackten Schenkel. Diese roten Augen bohrten sich in ihre Seele, während Zayan die Länge ihres linken Beins streichelte, bis hinauf zur Innenseite ihres Oberschenkels. Seine Berührung ließ sie erzittern, entzündete eine ihr unbekannte Angst.

Selbst in Todesgefahr hatte sie sich nicht so gefürchtet.

Zayan hielt ihren Blick fest, ließ aber ihr Bein los. Er neigte den Kopf mit schauriger Höflichkeit. „Ich werde sie nicht entweihen. Also, mein junger Liebhaber, wie lautet deine Entscheidung?"

„Ich werde keinen von euch beiden töten."

Doch im selben Augenblick schnellte Bastiens Hand in die Höhe und ein Feuerball sprang aus der Handfläche hervor. Ein weißer Blitz traf Zayans Schulter. Im selben Moment schoss Yannick einen weiteren Blitz auf Zayan ab. Der weiße Feuerball traf Zayan auf der anderen Seite, direkt über dem Herzen. Die Zwillinge schickten einen Blitz nach dem Nächsten, trieben Zayan vom Bett. Der alte Dämon krümmte sich auf dem Boden, kroch rückwärts wie ein verwundetes Tier.

Eine rote Flamme raste aus Zayans rechter Hand. Sie explodierte gegen Yannicks Bauch. Für einen Moment stand Altheas Herz still. Aber das Licht verschwand und Yannick hielt sich unverletzt auf beiden Beinen. Gott sei Dank! Dem mächtigen Ansturm der Zwillinge konnte Zayan nichts entgegensetzen. Offenbar waren seine Kräfte geschwächt. Yannick und Bastien aber strotzten vor Kraft, und ihre Augen glühten furchterregend in bläulichem Weiß. Sie schienen aus der Kraft des anderen ihre eigenen Kräfte zu nähren.

Sie sollte sich sicher fühlen, triumphierend. Aber der Anblick ließ sie unruhig werden. Es erinnerte sie daran, was diese Männer in Wahrheit waren. Sie war eine Sterbliche unter Dämonen.

Althea suchte das Bett und den Boden nach ihren Pflöcken ab. Sie waren fort – vermutlich hatte Zayan sie gefunden und weggeworfen. Sie hasste es, ohne eine Waffe zu sein. Aber sie konnte sehen, dass die Zwillinge ihre Hilfe nicht brauchten. Sie trieben Zayan zur Feuerstelle zurück. Jedes Mal, wenn er versuchte, zu einer Seite auszubrechen, vereinigten die Zwillinge ihre Kräfte und sandten feurige Stöße aus, die Zayan zurückhielten. Wollten sie ihn in die Flammen treiben?

Zayans nackter Rücken berührte nun beinahe das Feuer. Die Flammen tanzten hinter ihm. Mit seiner schwarzen Mähne und den wilden, feurigen Augen sah er aus wie Satan persönlich, der am Tor zur Hölle Wache hielt.

Bastien warf Yannick ein triumphierendes, großspuriges Grinsen zu, der zurücklächelte. Die beiden hoben ihre Hände.

Whooosh!

Das Feuer verschwand, und eine heftige Windbö sauste durch den Raum. Die Kerzen verloschen und tauchten den Raum in tintige Schwärze. Ein Luftzug rauschte an Altheas Wangen vorbei. Als wäre das Feuer in den Kamin aufgestiegen und hätte die Luft im Raum mit sich genommen. Zayans rote Augen glühten nicht länger vor der Wand.

Althea strengte sich an, etwas zu sehen. Aber Sterne tanzten vor ihren Augen. Ein lautes Knistern näherte sich dem Bett, das Wirbeln bewegter Luft.

Flügel. Etwas sauste an ihr vorbei, so nah, dass ihr Haar aufgewirbelt wurde.

Sie drehte sich um, blind und dennoch bereit, sich zu verteidigen. Stieß gegen eine warme Brust.

Es ist alles in Ordnung, Liebes. Er ist fort. Ausgeflogen. Bastien.

Wie erstaunt sie über Bastien war. Sie hätte nie den Mut gehabt, Zayans Leben zu schonen. Sie hätte ihn aus lauter Angst getötet.

Bastiens Arme legten sich beschützend um ihren Körper. Er hauchte einen Kuss auf ihren Scheitel. Sie kuschelte sich glücklich an seinen starken, beruhigenden Körper. Sie war verlegen, weil sie ihre eigene Stärke und ihren Mut verloren hatte.

Sie klammerte sich an ihn. Sie hatten ihr Leben gerettet,

die dämonischen Zwillinge. Sie hatten gemeinsam für sie gekämpft. Tränen traten in ihre Augen. Tränen der Erleichterung, der Freude und der Dankbarkeit.

Yannick legte beruhigend die Hand auf ihre Schulter. Er
küsste ihren Nacken. Sie erzitterte bei diesem köstlichen Gefühl, zwischen zwei mächtigen Männern gefangen zu sein.

Nun, Süße, flüsterte Yannick in ihren Gedanken, *was deine
Fantasien angeht …*

14. KAPITEL

Geteilt

„Ein passender Ort für einen Engel, um seine Unschuld an zwei Dämonen zu verlieren."

Althea keuchte auf, als Bastien sie hochhob und über die Türschwelle in eines von Zayans Schlafzimmern trug. Yannick folgte ihnen. Er trug eine Flasche von Zayans bestem Wein, drei Gläser und einen Kandelaber mit drei langen, weißen Wachskerzen.

Bastien bewegte seine goldenen Brauen spielerisch auf und ab. „Ach, keine von Zayans Kerzen!"

„Zayans Kerzen?", fragte sie.

„Sie erwecken Leidenschaft. Entflammen die Lust."

Sie verstand das Wortspiel und stöhnte leise, während Bastien die Tür mit seinem Fuß öffnete. Er schritt zum Bett. Sie fühlte sich plötzlich in der Luft, dann prallte sie auf ein riesiges Bett. Unter ihr bauschte sich eine elfenbeinfarbene Tagesdecke. Dieses Bett war das Gegenteil von Zayans schwarzem Bett in seinem Mausoleum. Cremefarbene Vorhänge umspielten vergoldete Pfosten, und weiße Seidenrosen verzierten zu kleinen Sträußen gebunden die goldenen Seile.

Erstaunt blickte sie sich um und nahm die weiblich geprägte Einrichtung wahr.

Ein weißgoldener Sekretär und ein zierlicher Stuhl mit heller Seidenpolsterung. Eine Chaiselongue ganz in weiß, und weiße Federn, die in großen, weißen Vasen angeordnet waren.

Für wen könnte dieser Raum zuvor bestimmt gewesen sein? Bastien hatte ihr von den devoten Kurtisanen erzählt, die Zayan sich hielt. War dieser üppig ausgestattete Raum für sie gedacht? Oder war er von den vorherigen Bewohnern so zurückgelassen worden?

„Lass uns dir diese nassen Sachen ausziehen." Yannick stellte den Kandelaber auf den Sekretär.

Althea holte unsicher Luft. „Bist du sicher, dass Zayan bis zur Morgendämmerung nicht wieder auftaucht?"

„Ein bisschen Gefahr würzt die Sache", neckte Bastien sie.

„Zayan wird sich ein Opfer suchen, um seine Stärke zurückzuerlangen und sich zu heilen", versicherte ihr Yannick.

Was bedeutete, dass unschuldige Dorfbewohner seine Beute sein würden. Sie richtete sich auf. Zayans Haus musste doch voll sein mit seinen Geheimnissen, mit Wissen, das sie benutzen konnte, um ihn zu besiegen …

Bastien küsste sie, ein heißer, verlangender Kuss. Er begann, die Knöpfe ihres Kleids zu öffnen. Hitze überflutete sie, als seine Knöchel ihre feuchte Haut durch die zerrissene Wolle berührten. Sie war eine Jägerin … Sie konnte sich jetzt nicht ihren Leidenschaften hingeben, sie sollte Zayans Haus durchsuchen …

Aber obwohl der betörende Kerzenrauch nicht länger ihre Lungen füllte, gab sie ein wohliges lustvolles Seufzen von sich. Bastien küsste sie so leidenschaftlich, dass er ihr den Willen raubte, sich zu bewegen.

„Du bist perfekt", murmelte er. „Eine Göttin."

„Herrlich", pflichtete Yannick ihm bei. Seine Stimme war sanft und schmeichelnd.

Sie errötete, als sie die unverhohlene Bewunderung im Blick beider Männer sah, als ihre nackten Brüste zum Vorschein kamen. Yannick half ihr auf die Füße und sie stand auf dem weichen Teppich. Ihr Kleid fiel bis zu den Knöcheln herab. Wie wunderbar, endlich von dem kalten Gewicht befreit zu sein. Und wie merkwürdig befangen sie sich plötzlich fühlte. Jetzt stand sie mitten in ihrem Traum, der zum Leben erwachte. Immerhin waren auch die beiden Männer nackt, aber sie waren so herrlich, so perfekt! Doch wenn sie ehrlich war, blickten die beiden sie an, als wäre sie auch perfekt.

Beide Männer saßen nun auf dem Bett und klapsten mit demselben teuflischen Lächeln einladend auf ihren Schoß. Aber sie konnte nicht zwischen ihnen wählen. Sie konnte einfach nicht. Yannick beobachtete sie mit seinen silbernen Augen, ein verletzlicher Ausdruck in seinem wunderschönen Gesicht. Er hatte ihren Vater gerettet, hatte ihr Leben gerettet, hatte sie in ihren Träumen geliebt, hatte sie immer beschützt. Ein Dämon und zugleich ein Held – zwei Tatsachen, die in ihren Augen nie nebeneinander existieren konnten.

Und der freche Bastien. Der wilde, böse Schurke, der es abgelehnt hatte, Zayan zu töten. Dennoch hatte er den mächtigen Dämon angegriffen, um sie zu schützen. Ihr Herz schlug für Bastien genauso laut wie für Yannick. Ihr Herz und ihre Nippel und ihr Schoß wussten glücklicherweise nicht, dass es falsch war, sich in zwei Männer zu verlieben.

Sie setzte sich zwischen die beiden aufs Bett. Sie lachten. Kehlige, heisere Laute. Yannick griff nach der Flasche, goss ein Glas ein und reichte es ihr. Ein Schluck, um sich Mut zu machen, entschied sie. Aber Bastien sank nach hinten, zog sie mit sich, und bevor sie sich selbst fangen konnte, lag sie auf ihm. Erleichtert stellte sie fest, dass sie das Glas noch hielt, aber etwas von dem Wein wurde verschüttet und ergoss sich über ihre Brüste.

Ein köstliches Vergnügen. Bastien leckte den Wein von ihren Brüsten. *Zayan hat noch andere Schlafzimmer, in denen es eine Menge Spielzeug gibt, das wir mit dir ausprobieren können.*

„Ich will nicht ausgepeitscht werden", sagte sie. Aber sie spürte selbst, wie zaghaft sie diese Worte aussprach. Bastiens Zunge spielte so liebevoll mit ihren Nippeln, dass er ihr den Atem raubte.

Yannicks Hand legte sich auf ihren Rücken, während er

trank. „Trink deinen Wein, Liebes. Du musst durstig sein."
Seine Hand folgte ihren Kurven hinab zu ihrem Po. Umschloss ihn, drückte ihn. Teilte die Pobacken und ließ sie erbeben. Sie musste sich in Bastiens Schulter krallen.

Sie hatte keinen Durst. Sie hungerte – hungerte nach der Sünde.

Und als könnten sie ihre Gedanken lesen, lieferten die dämonischen Zwillinge das, was sie begehrte. Zu ihrem Entsetzen tauchte Bastien seine Finger in ihr Weinglas, ehe er sie zwischen ihre Schenkel schob und den Wein über ihre harte Klit rieb. Sie lachte und spürte, wie eine wilde Gier sie überkam.

Hinter sich spürte sie Yannick, drehte sich halb zu ihm um. Seine Zunge strich über ihren Po, es kitzelte und erregte sie. Sein Finger strich sanft über ihre pulsierende Öffnung, bis sich ihre Zehen krümmten. Er musste es gewusst haben, denn seine nackten Zehen berührten ihre Füße. Sie kreischte. Wein wurde verschüttet. Es war den Dämonen egal; sie stießen mit ihren Fingern und leckten sie, bis sie schrie. Bis sie ihr Weinglas beiseitewarf und es auf den Boden fiel. Bis ihr Rücken sich durchbog und ihr Kopf in den Nacken fiel. Sie war gespannt wie ein Flitzbogen.

Und dann traf es sie. Es war wie ein Sirren in ihr, wie ein Bolzen, der von einer Armbrust schnellte. Sie warf sich so wild hin und her, als der Orgasmus sie erfasste, dass sie beide Männer trat, die sie festhielten.

Ich liebe es, ihr zuzusehen, wenn sie kommt. Bastien küsste ihre schweißnasse Stirn.

Yannick lachte leise in sich hinein, streichelte ihren empfindlichen Po und beugte sich über sie, saugte an ihrem Hals.

Ihre Lider flatterten und sie sah verschwommen Bastiens spiegelgleiche Augen. *Ich würde so gerne dein Blut schmecken, Süße. Es würde für dich die Lust noch steigern.*

„Nein." Yannicks Einwurf war klar und klang wie ein Befehl.

Bastien lächelte unmerklich und holte ihr Glas zurück. Er goss ihr mehr Wein ein. Yannick streckte sich hinter ihr auf dem Bett aus und reizte ihre Füße mit seinen. Sie nahm einen Schluck von dem feinen, französischen Wein. Er hatte die tiefrote Farbe von Blut.

Sie streichelte Yannicks Fußsohlen mit ihren Zehen. Seine Füße fühlten sich rauer an, und seine Zehen waren sehr lang. Ihre Füße waren weich und zart, seine waren knochig, mit Adern übersät, ganz anders als ihre. Männer, entschied sie, hatten die schöneren Füße. Sie erregten sie. Aber an diesen beiden Männern erregte sie ohnehin alles.

„Ich mag das", murmelte Yannick. Er führte ihre Hand zwischen seine Beine. Bei ihrer Berührung wurde er härter und länger. Sie streichelte seinen Penis.

Gott, das ist eine wunderschöne Qual, wenn du ihn in der Hand hältst und massierst.

Althea hielt inne. Er war zuletzt zweimal erigiert gewesen und hatte beide Male kurz davor gestanden, mit ihr zu schlafen. Sein Penis wirkte jetzt noch größer und fühlte sich härter an. Sie hätte nicht gedacht, dass so was möglich war.

„Ich bin dran", flüsterte Bastien und rollte sie zu sich herum. Wärme umfing sie von hinten. Yannick presste sich an sie. Sein warmer Penis glitt zwischen ihre Schenkel. Instinktiv öffnete sie die Beine für ihn und stöhnte, als sein Penis gegen ihre Schamlippen stieß. Sie war nass und bereit. Mit seinem Penis verteilte er ihre Nässe. Aber der Gedanke, ihn von hinten in sich aufzunehmen, während sie Bastiens Mund küsste …

Doch Yannick ließ sein Glied einfach zwischen ihren Beinen ruhen. Bastien ließ widerwillig von ihren Lippen ab. Jetzt war Yannick wieder an der Reihe. Seine Lippen legten sich vertraut auf ihre, er wirkte beinahe überheblich. Er küsste sie, bis die Hitze durch ihren ganzen Körper bis zu den Zehen rauschte und sie sich in den Himmel aufsteigen fühlte. Er prahlte vor seinem Bruder mit seinen Künsten! Immerhin, in diesem kindlichen Wettstreit war sie die wahre Siegerin, entschied Althea.

Bastien bedeckte ihre nackte Schulter mit Küssen. Althea fühlte sich erhitzt und fast überreizt, als läge sie noch immer unter den Pelzen. Sie seufzte sinnlich und räkelte sich lustvoll. In ihrem Traum hatte sie sich alles genommen, hatte die Schwänze der beiden Männer zugleich in die Hand genommen. Sie wusste, dass es ihnen gefiele, aber Schüchternheit hielt sie davon ab.

Dabei war sie kaum mehr unschuldig. Beide Hände lagen jeweils in der Mitte einer breiten, männlichen Brust.

Bastiens Mund umfasste ihren Nippel. Die Berührung seiner Lippen und die Hitze seiner Zunge verursachten ein Prickeln, das von ihrer Brust hinabschoss bis in ihren Schoß. Das Gefühl war nun nicht mehr neu für sie, aber nicht weniger aufregend.

Sie küsste Yannicks Hals. Mit geschlossenen Augen tauchte sie ihre Zunge in die winzige Kuhle zwischen den Schlüsselbeinen, ließ ihre Zunge weiterwandern. Sie liebte den süßen Geschmack seiner Haut, den Duft von Schweiß. Sie rutschte tiefer, und Bastien machte ihr Platz. Er ließ nicht nach, ihren Nippel mit der Zunge zu umkreisen.

Mit weit geöffnetem Mund nahm sie Yannicks Brustwarze auf. Sein Stöhnen war entzückend. Doch um ihn zu reizen, stieß sie Bastien von sich fort, damit er aufhörte, an ihr zu saugen.

„Du bist dran", flüsterte sie. Dann küsste sie Bastiens Nippel. Sie leckte erst den rechten, dann den linken, presste ihre Lippen über sein Herz auf die Haut.

„Süßes Täubchen", wisperte er.

Doch war Yannick verletzt, weil sie Bastien mehr Aufmerksamkeit zukommen ließ und seine beiden Brustwarzen küsste? Das ging nicht. Wieder wandte sie sich zu Yannick um, kuschelte sich an ihn und liebkoste seine rechte Brustwarze mit ihren Lippen. Die Hände der beiden waren überall, kneteten ihren Po, streichelten ihre Brüste, fuhren an der Schenkelinnenseite hinauf. Finger glitten zwischen ihre Beine, und sie sollte sich fragen, wessen Hand es war, aber es war gleichgültig. Finger, nass von ihren Säften, streichelten ihren Hintern, ihre Schenkel, ihren Nabel, ihre Brüste. Beide Männer knurrten leise, wie gefährliche Wölfe. Ihr üppiger Duft erfüllte den Raum.

Bastien zog sie sanft von Yannicks Nippel fort.

Mit heiserer Stimme schimpfte sie: „Ich kann nicht garantieren, dass jeder von euch beiden dieselben Zärtlichkeiten bekommt! Ihr müsst lernen, freigiebig zu sein. Das hier ist kein Wettstreit, ihr müsst euch nicht beweisen. Ihr müsst mit dem zufrieden sein, was ich bereit bin, euch zu geben."

„Werde ich das wirklich sein?"

Wer von den beiden hatte diese Herausforderung formuliert?

Yannick, erkannte sie. Er rollte sie auf den Rücken. In seinen strahlend hellen Augen las sie, was er mit diesen Worten meinte. Was er wollte. „Willst du das hier, mein Engel?"

„Ja", sagte sie drängend. Und es stimmte. Verlangen überkam sie. „Jetzt."

Auf seine starken Arme gestützt senkte Yannick seine Hüften zwischen ihre Beine. Sie spreizte ihre Schenkel weit, weil sie wusste, dass sie diese Position einnehmen sollte. Aber sie war sich unsicher, ob sie ihre Beine einfach nur öffnen oder so weit wie möglich spreizen sollte.

Aber in dem Moment, als die Spitze seines Glieds zwi-

240

schen ihre Schamlippen glitt, wusste sie, wo sie ihre Beine haben wollte. Um seine Hüften geschlungen.

„Geduld, süßer Engel", mahnte Yannick. „Wir nehmen uns Zeit."

Er küsste ihre Brust. Zu ihrer Überraschung nahm Bastien den anderen Nippel in den Mund, leckte sie zärtlich und liebkoste sie. Er berührte sie überall, wo Yannick sie nicht berührte, und sie brannte vor Verlangen. Sie war so nass, dass Yannick einfach in sie hineinglitt und sie ausfüllte.

Sie wollte sich ihm entgegenbiegen, wollte ihn tiefer in sich aufnehmen, aber Hände hielten ihre Hüften fest.

„Lass ihn das machen, Süße", mahnte Bastien. „Es wird ein bisschen wehtun."

„Entspann dich", murmelte Yannick.

„Es wird das Beste sein, wenn du die Barriere mit einem Stoß durchbrichst", riet Bastien. Yannick hob den Kopf und starrte seinen Bruder an. Sie blickte zwischen den beiden hin und her. Bastien lächelte. „Ich weiß, dass du keine Erfahrung mit Jungfrauen hast."

„Danke, dass du die Fülle deiner Weisheit mit mir teilst, Brüderchen."

Sie kicherte. Es war völlig unpassend, aber sie konnte nicht anders. Yannick lächelte sie entschuldigend an, bevor er sich über sie beugte und sie küsste. Er stieß im selben Moment in sie.

Ein Stoß.

Der Schmerz explodierte. Althea spannte sich an, biss die Zähne zusammen. Ihre Finger krallten sich in Yannicks Rücken, die Nägel gruben sich in seine Haut. Sie schluchzte, kämpfte gegen den Schmerz. Sie drückte sich in die Matratze, wollte nur fort von diesem Schmerz. Yannick lag auf ihr, den Kopf ihr zugeneigt leckte er ihre Lippen. Sie schloss fest die Augen und konzentrierte sich auf das Gefühl seiner warmen

241

Zunge, die über die Kurve ihrer Unterlippe fuhr.

Wärme und Nässe umschloss erneut ihren Nippel. Bastiens Lippen. Es konnte nur Bastien sein, denn Yannicks Mund presste sich immer noch auf ihren. Finger streichelten ihre Klit. Entsetzt wollte sie sich entziehen. Es waren Yannicks Finger. Er küsste sie erneut sanft auf den Mund.

„Entspann dich. Der Schmerz lässt nach, stimmt's?", flüsterte Bastien. Seine Zunge kreiste langsam um ihren Nippel.

Sie nickte. Ja, er sprach die Wahrheit. Der Schmerz verschwand und ließ ein herrliches Gefühl von Erfülltsein zurück. „Ich denke", murmelte sie mit einem verführerischen Lächeln, „ich bin bereit für mehr." Sie hob ihm die Hüften entgegen, legte beide Hände in Yannicks Nacken und blickte tief in seine schimmernden Augen. Zentimeter für Zentimeter drang seine Länge erneut in sie ein. Sanft und langsam glitt er heraus, bis zur Spitze.

Bastien reizte ihren Nippel und Yannick stieß wieder in sie, bis seine Leiste gegen seine Hand stieß und seine Finger hart gegen ihre Klit trieb.

Lichtblitze schienen im Betthimmel über ihrem Kopf zu explodieren.

Sie klammerte sich an seine Schultern. Er sah so gequält aus. Schweiß glänzte auf seiner Stirn, ein Tropfen fiel auf sie herab und traf ihre Lippen. Es fühlte sich kühl an und schmeckte nach Salz. Ein weiterer Tropfen benetzte ihre Wimpern. Sie drehte den Kopf und blinzelte. Sie sah Bastiens goldenes Haar, sein Kopf beugte sich über ihre Brust.

Die Innigkeit war beängstigend. Ergreifend. Schluchzend ließ sie ihre Hände über Yannicks Rücken bis zu den Rundungen seines Pos hinabgleiten. Er stieß heftiger und tiefer in sie. Seine Hand rieb zugleich unbarmherzig an ihrer Klit.

Er zog seine Hand zurück. Ihre arme Perle pochte voll unerfüllten Verlangens. Verzweifelt griff sie nach seiner Hand,

242

damit er weitermachte. Obwohl er doch Erfahrung hatte und wusste, was sie jetzt am meisten brauchte, wollte sie im Moment einfach nur seine Hand dort spüren.

Aber er wusste, wie er Althea Lust bereiten konnte. Er spreizte seine Hand unter ihrer Taille und hob ihre Hüften an. Als seine Hüften gegen ihre prallten und gegen ihre geschwollene Perle rieben, wusste sie, dass sie ihm vertrauen musste.

Yannick hielt sie fest. Sie war für seine Stöße empfänglich, hieß ihn willkommen, während er immer schneller in sie stieß. Mit jedem Eintauchen schob er seine Hüften vorwärts, bis er ganz in ihr war. Seine Hoden prallten gegen ihren Po. Er bewegte sich, drang jetzt in einem anderen Winkel in sie ein. Sein dicker Schaft rieb sich an ihrer Klit.

Ja, oh ja.

Er gab den Rhythmus vor und sie gab sich dem hin. Sie wusste nicht, wie man tanzte, sie hatte nie die einzelnen Schritte gelernt, aber Instinkt brachte sie dazu, sich ihm entgegenzuheben und jedem Stoß zu begegnen. Ihre nassen Körper prallten aneinander, vereinigten sich und trennten sich. Zu ihrer Freude nahm sie ihn immer tiefer auf. Einmal war es zu tief, und sie keuchte auf, weil er an ihre Grenze stieß.

Aber sie konnte sich seinem Rhythmus nicht anpassen. Sie fiel zurück, und er rutschte aus ihr heraus. Mit einem verzweifelten Knurren drang er wieder in sie ein. Sie versuchte, nicht nochmals denselben Fehler zu machen, aber es passierte erneut. Sie konnte sich nicht auf die Lust konzentrieren, wenn sie seinen Bewegungen folgte.

Er stöhnte und strich ihr das wirre Haar aus dem Gesicht. „Ist es gut, Süße?"

„Gut?", fragte sie atemlos. „Es ist Himmel und Sünde zugleich und das Schönste, was ich je erlebt habe."

Bastien lachte. „Wenn sie dir das alles noch erzählen kann,

stößt du sie nicht hart genug." Er drehte ihren Kopf und verschloss ihre Lippen mit einem Kuss.

„Lieg still", ermahnte Yannick sie. „Lass mich das Kommando übernehmen, Liebes."

Sie versuchte es. Aber ihre Hüften bewegten sich ohne ihr Zutun, angetrieben vom Verlangen. Sie bewegten sich, um sich mit ihm zu vereinigen.

Bastien küsste sie. Yannick vögelte sie. Althea schlang beide Beine um Yannicks Oberschenkel. Ihre Fersen trommelten auf seine angespannten Hinterbacken, während er sich auf und ab bewegte. Und ihre Hände – eine glitt über Yannicks verschwitzten Rücken, die andere massierte Bastiens Erektion.

Es gab in diesem Raum keine berauschenden Kerzen, die ihre lüsterne Wildheit hätten entschuldigen können. Dies war kein Traum.

Es kümmerte sie nicht. Sie wollte es, genau so.

15. KAPITEL

Erschüttert

Yannick stöhnte, als sein harter Schwanz erneut in das feurige Innerste von Althea fuhr. Sie lag unter ihm, so schön, leicht gerötet und nackt. Er hatte zwar keine Seele, aber er hatte nie ein so intensives Verlangen gespürt, wenn er eine Frau liebte. Er blickte hinab in Altheas helle, grüne Augen. Sein Herz zog sich zusammen und pochte nicht nur vor Anstrengung so heftig.

Strähnen ihres weinroten Haars berührten ihre Lippen. Ihre vollen Wangen glühten rosig. Mit jedem seiner Stöße legte sie den Kopf in den Nacken, und ein kehliges Stöhnen entrang sich ihren Lippen. Er wollte sie zum Schreien bringen.

Doch eine Jungfrau sollte man mit Vorsicht behandeln. Yannick kämpfte um seine Selbstbeherrschung. Es trieb ihn, seinem Verlangen nachzugeben und seinen Schwanz zur Gänze in ihr zu versenken. Sie griff nach seinem Hintern, um ihn tiefer in sich zu ziehen, krallte die Nägel in seine Haut.

„Oh ja!", schrie sie. Seine Zurückhaltung brach zusammen.

Er spreizte ihre geschmeidigen Schenkel und ritt sie hart. Sein Schaft küsste ihre Klit.

Über ihnen schwankte der Baldachin im Rhythmus, das Bett quietschte. Und der willige Engel unter ihm forderte ihn, verlangte mehr. Ihre Fersen trommelten.

Sie war seidig und cremig, glühend wie geschmolzener Zucker. Eng war sie, und jedes Mal, wenn er sich zurückzog, schloss sich ihre Passage hinter ihm, sodass er sie mit jedem Eindringen neu erobern musste.

Sein Blick war getrübt. Dennoch sah er Bastien, der sich neben Althea kniete. Seine Hand lag um seinen dicken, leicht gebogenen Penis. Zu seinem Entsetzen berührte Bastien mit der Spitze seines Schwanzes Altheas feuchte Lippen. Sie drehte den Kopf zu ihm, lächelte ihn ängstlich an. Dann öffnete sich ihr Mund.

„Tu das nicht."

Bastien, Dämon, der er nun einmal war, ignorierte ihn. Er nahm die Einladung an. Seine Schwanzspitze verschwand zwischen ihren Lippen. Wie betäubt sah Yannick die dunkelrot glänzende Haut – den geschwollenen Kopf von Bastiens Penis – und Altheas weiche, rosafarbene Zunge, die sich mit ihm vereinigte.

Bastien legte den Kopf zurück und heulte. Althea lächelte frech. Ihre Hand schloss sich um den Schaft, und gemeinsam mit Bastiens Hand massierte ihre Faust seinen Schwanz.

Yannicks Hoden zogen sich zusammen. Sein Schwanz schwoll an und pulsierte. *Warte*, sagte er sich. *Halt dich zurück. Wofür hast du ein Dutzend Jahre Erfahrungen gesammelt, wenn du nicht mal einen verdammten Orgasmus zurückhalten kannst?*

Aber als Bastiens Schwanz tiefer in ihren Mund glitt, hielt Yannick es kaum mehr aus. Immerhin war Bastien so vernünftig, es Althea zu überlassen, wie tief sie ihn in sich aufnahm.

Sie krallte sich in Bastiens Po und zog ihn näher. Yannick stöhnte vor Überraschung und Verlangen auf. Sein süßer Engel schockierte ihn bis ins Mark. Sie schwelgte im Genuss von Bastiens Penis, als wäre er ein köstliches Vergnügen. Ihre Zunge kreiste um ihn, dass Yannick kaum seinen Augen traute.

Aber sie nahm Bastien zu tief in ihren Mund auf, vermutete Yannick, denn sie würgte und zog den Kopf abrupt zurück. Sie keuchte, Tränen schossen ihr in die Augen und eine bezaubernde Röte überzog ihre Wangen. Sie schluckte und blinzelte die Tränen fort. Dann nahm sie den Schwanz seines

246

Bruders erneut in den Mund.

Jetzt musste er sie zum Höhepunkt bringen, denn er hielt es nicht länger aus. Er ritt sie härter und schneller, rieb sich an ihrer nassen Klit.

Sie hob sich ihm entgegen, ihre Hüften prallten hart aneinander. Dann ließ sie Bastiens Schwanz los. Sie keuchte und stöhnte.

Zusammenhanglos stieß sie Worte hervor. „Ja, oh ja … ich werde … ich … ich werde …"

Ihr Schrei stieg zum Baldachin auf. Yannick dankte dem Himmel, drang tief in ihre Vagina ein, die sich zusammenzog und sich fest um ihn schloss.

Sein Verstand geriet in Flammen. Sein Rückgrat verwandelte sich in warme Flüssigkeit und schoss hinab, durch seine Hoden, explodierte in seinem Schwanz. Der Orgasmus, auf den er die ganze Nacht schon gewartet hatte, erfasste ihn mit einer unbändigen Kraft und riss ihn auseinander. Er gab sich dem hin. Blind, verletzlich und verloren drang er tief in Althea ein.

„Süße, du hast mich gebissen", sagte Bastien.

„Sie braucht ihre Ruhe."

Der Befehlston seines Bruders entflammte Bastiens üblichen Trotz. Er ignorierte die Warnung und küsste Althea. Ihre Wimpern flatterten. Ihr Gesicht trug einen süßen, verträumten Ausdruck. Wie sehr er sich wünschte, dass er derjenige gewesen wäre, der sie so zum Strahlen gebracht hatte. Die Schrammen von ihren Zähnen auf seinem Schwanz schmerzten noch immer – obwohl sie bereits verheilten. Doch wenn er in ihren süßen Honig eintauchen dürfte, würde das die Heilung sicher beschleunigen. Die Heilung verlief langsamer als gewöhnlich, denn die Morgendämmerung war nahe.

In Wahrheit wollte er Althea nicht wehtun. Aber er hatte

nicht mehr so viel Zeit. Und ihre Arme hießen ihn willkommen.

„Ich fürchte, es ist zu skandalös", flüsterte sie. „Zwei Männer in derselben Nacht zu lieben ..."

„Nichts ist skandalös, mein Täubchen." Bastien öffnete sie mit den Fingern. Ihre Nässe brandete gegen seine Hand.

„Bist du zu wund?"

„Ein bisschen. Aber ich sehne mich schmerzlich danach, dich zu spüren." Sie kicherte leise. „Ich bin unverbesserlich."

Die Spitze seines Glieds drang in ihren heißen Schoß ein. Sie umfing ihn. „Du bist wunderbar." Aber ehe er ganz in sie stieß, nahm er ihr Kinn in die Hand. „Du willst mich?"

Sie sagte nichts, sondern nickte und biss sich in die Unterlippe. Ihr Körper sprach für sie, hob sich ihm entgegen, und sie schlang die Hände um seinen Hals, legte ein Bein um seines. Aber nicht umsonst war er ein Dämon. Er wollte sie nicht auf dieselbe, langweilige Art nehmen wie sein Bruder.

Mit einem neckenden Zwinkern bat er sie um Vertrauen. Dann griff er nach ihren Fußknöcheln.

„Du kannst mich so halten, während du in mich eindringst?", fragte sie erstaunt. Yannick hatte ihre Beine schon einmal so hochgehoben, aber offensichtlich nur, um ihre Vagina besser zu erreichen, als er sie verwöhnte.

Zwei langsame Stöße ließen Bastien bereits vergessen, dass er der Zweite war. Er beugte sich über sie und vergrub sein Gesicht an ihrem Hals, hielt ihre Beine jedoch weiterhin gespreizt. Sie kam ihm entgegen, voller eifriger Begeisterung. Er liebte sie dafür.

Das Tageslicht kam näher. Er spürte es in seinem Blut. Fühlte es in seinem langsamer schlagenden Herzen.

Verdammt. Er hatte gehofft, das Vergnügen für beide ausdehnen zu können, sie langsam und träge zu lieben, nicht schnell und hastig. In einer fließenden Bewegung kam er auf die Knie, ohne seinen Schwanz aus ihr zurückzuziehen. Er legte ihre Füße auf seine Schultern.

„Du liebe Güte!"

Sein erster Stoß entlockte ihr einen entzückten Schrei. „Du kommst damit so tief!"

Stolz ließ seinen Schwanz noch mehr anschwellen – er konnte nichts dagegen tun. Er stillte ihr Verlangen auf diese Weise. Tief und langsam. Bis sie zusammenbrach vor Lust, quiekte wie ein Kätzchen und sich unter ihm krümmte. Sie pochte um ihn, entzündete seinen Schwanz wie ein Streichholz eine Lunte in Brand setzte. Er explodierte.

„Wie hat dein Vater von Zayan erfahren?"

Althea nippte an dem köstlichen Wein. War dies wirklich erst ihr zweites Glas oder schon das dritte? Womöglich schon das vierte? Das Summen in ihrem Kopf wurde etwas lauter. Sie versuchte, sich auf Yannicks Frage zu konzentrieren – und auf die Fragen, die ihr zugleich in den Sinn kamen. „Was mich viel mehr interessiert, mein Lord, ist, wie du von meinem Vater erfahren hast."

Yannick lag ausgestreckt auf den zerwühlten elfenbeinfarbenen Laken. Er hob ihren Fuß in seinen Schoß und streichelte zärtlich ihre Sohle. Prickelnde Lust rann durch ihr Bein aufwärts. Beinahe hätte sie den Wein verschüttet. Ihr Fuß trat aus, und ihre Ferse stieß gegen sein ruhendes Glied.

Er lächelte, ließ seine weißen Eckzähne schimmern und massierte sie fester. „Die Royal Society zur Untersuchung Mysteriöser Phänomene. Dein Vater ist angeblich kein Mitglied, aber dort kennt ihn jeder. Er hat einen ausgezeichneten Ruf."

Sie war in die Tagesdecke gewickelt. Auf ihrer anderen Seite lag Bastien. Er hatte sich an sie gekuschelt, wie in ihren Träumen. Er hielt die Augen geschlossen, und sie dachte er schliefe. Bis er seine Hand zu ihrer Brust hinaufgleiten ließ und sie unter der Decke träge streichelte.

Sie musste wirklich versuchen, nachzudenken.

„Als ich erfuhr, dass er eine Reise nach Maidensby plante", fuhr Yannick fort, „und dass er noch dazu in großer Aufregung war, musste ich befürchten, dass er von Bastien erfahren hatte und ihn befreien wollte. Ich vermutete, er würde Bastien unter seine Kontrolle bringen und zwingen, Zayan zu zerstören."

Sie nickte. „Er hat nicht alle seine Pläne mit mir geteilt. Ich wusste nur, dass er seit Langem versucht hat, den Ursprung der Vampire zu erforschen. Wir haben erfahren, dass Zayans Existenz schon in Urkunden vor dem Mittelalter belegt wurde. Es gibt römische und keltische Berichte über eine Kreatur, von der mein Vater glaubt, es sei eine Beschreibung von Zayan. Ist Zayan der älteste Vampir? Ist er der Herr aller Vampire?"

Bastien bewegte sich bei ihren Worten. Doch zu ihrer Enttäuschung tat er nichts anderes als mit seiner Fingerspitze in die Falte zwischen ihrer Brust und ihrem Brustkorb zu fahren.

„Nein. Zayan ist nicht der Herr aller Vampire", antwortete Yannick. Er drückte jeden einzelnen Zeh. „Wenn es das ist, was dein Vater sucht, liegt er falsch."

„Ist Zayan so böse wie man es von ihm sagt? Er hat das Mädchen auf dem Feld nicht getötet ..."

„Das tat er nur, weil er wusste, ich würde den Tod spüren", unterbrach Bastien sie und gähnte. „Er hat sie als Köder für mich benutzt. Er wusste, ich würde nur von einem lebenden Opfer angelockt werden." Wie ein warmer, zufriedener Löwe streckte er sich neben ihr und schnurrte. „Genug geredet, mein Täubchen. Es ist bald Tagesanbruch. Ich möchte gerne sicher sein, dass du wohlbehalten in das Gasthaus zurückgekehrt bist, bevor die Sonne aufgeht."

Bastien nahm ihr das Glas aus der Hand und trank es leer. Er leckte sich die Lippen. „Köstlich. Weicher Wein, der Geschmack einer reizenden Frau und sogar der Geschmack meines eigenen Fleischs."

„Zeit nach Hause zu gehen", sagte Yannick.

Nach Hause! Wie konnte sie nach so einer Nacht heimgehen? Was sollte sie sagen? Sicher hatte jemand sie vermisst …

Hatte ihr Vater sie vermisst? Oder war er noch auf der Jagd? Lieber Gott, sie hatte keinen Gedanken an ihn verschwendet, während er sich in Gefahr begeben hatte. War er Zayan begegnet, nachdem der Vampir Bastien und Yannick entkommen war? Immerhin war Zayan geschwächt.

So viele Geheimnisse waren in diesem Haus. Zayan musste gestoppt werden, und wenn Bastien es nicht tat, mussten ihr Vater und sie sich der Sache annehmen. Bei Tageslicht konnte sie in aller Ruhe das Haus durchsuchen. Sie fasste ihre Gedanken, ihren Plan in Worte. „Ich könnte viel über Zayan in Erfahrung bringen."

Yannick schüttelte den Kopf und legte ihren Fuß auf die Bettdecke.

Sie stemmte die Hände in die Hüften. Doch dann ließ sie es bleiben. Sie musste nicht mit den beiden streiten. Sie kehrte einfach mit ihrem Vater zurück.

Sie schwang die Beine über die Bettkante und sprang auf. Bei Tag wären Yannick und Bastien in Sicherheit …

„Aber Moment! Bastien, wo wirst du schlafen?"

„Soll ich etwa in das Zimmer im Gasthaus zurückkehren, in dem du mich eingesperrt hast?" Er grinste frech und ließ seine Zähne aufblitzen.

„Das könntest du. Ich kann dafür sorgen, dass dir nichts passiert."

„Dann werde ich das vielleicht tun, mein Täubchen. Ich

werde den Schlaf eines glücklichen Dämonen schlafen, wenn ich weiß, du wachst über mich." Er gähnte. „Wir haben eine Stunde, bevor die Sonne aufgeht. Genug Zeit, um noch einmal Liebe zu machen."

Kurzerhand kniete Bastien vor ihr nieder und vergrub sein Gesicht in ihrem Schoß. Es ging so schnell! Lust rauschte durch sie und sie klammerte sich an seine breiten Schultern. Ihre Beine wölbten sich, aber er hielt ihre Schenkel weit geöffnet, während er ihre brennende Klit liebkoste.

Sie stand kurz davor, zu explodieren.

Yannick beobachtete sie wie hypnotisiert. Wie gebannt blickte er sie mit den silbrig glänzenden Augen an. Sie musste schamlos aussehen. Zerzaust. Die Hitze stieg in ihre Wangen. Ihre Lippen öffneten sich, sie keuchte. Ihr Haar war eine Fülle verschlungener Locken, die um ihren Kopf tanzten. Bastien brachte sie zum Zittern, erschütterte sie mit seiner leicht rauen Zunge an ihrer Perle.

Sie schloss die Augen, als sie spürte, wie ihre Säfte aus ihr flossen wie eine Frühlingsflut, die einen Damm bricht.

„Meine Güte, sie ertränkt mich mit ihrem Honig", murmelte Bastien.

Sie hörte, irgendwo in ihrer Nähe, Yannicks heiseres Stöhnen.

Alles, woran sie denken konnte, war das Gefühl jener herrlichen Explosion, die sich zwischen ihren Beinen aufbaute. Nur ein kleines Bisschen noch und …

Hände griffen nach ihrem Hintern. Überrascht blickte sie auf Yannick, der hinter ihr kniete. Er hatte das schon einmal getan, aber zusammen mit den Liebkosungen seines Bruders schien es ihr zu schockierend, um es auszusprechen.

„Nein", keuchte sie.

Oh doch, sagten die beiden unisono.

Yannick tauchte die Spitze seiner Zunge in ihren pochenden Hintereingang. Althea schluchzte. Sie wollte das alles so sehr. Genauso wie sie all das andere gewollt hatte. Zu ihrer Schande erkannte sie, dass sie einfach nur kommen wollte. Sie war so nahe dran, so quälend nahe und sie wusste einfach, diese beiden Männer würden sie in die höchsten Höhen der Ekstase führen. Zur Hölle mit den Regeln, mit den Gefühlen, mit dem anständigen Verhalten.

Sie wollte es. Und sie gaben es ihr. Wenn sie beide liebte, war sie gefangen in einem unbeschreiblichen Zwiespalt. Auch das kümmert sie nicht. Jetzt nicht.

Yannicks Zunge umkreiste und schmeichelte ihre Rosette. Hitze umfing sie, und seine nasse Zunge füllte sie aus, während Bastiens Zunge sich an ihr rieb und sie in den Wahnsinn trieb.

Sag meinen Namen, verlangten beide im selben Moment von ihr.

Oh, ihr seid wahrlich Dämonen, schrie sie in ihrem Kopf. *Oh!*

Sie lachten beide auf äußerst dämonische Art. Leckten sie, drangen in sie ein und saugten an ihr. Schneller und schneller.

Sie zerbrach wie dünnes Glas. Es war, als wirbelten tausend winzige Scherben durch die Luft. Sie schrie auf, verlor den Boden unter den Füßen, und sie mussten Althea festhalten, als der Orgasmus sie umfing.

Gerade, als sie den Gipfel erreichte, verstärkten beide Männer ihre Anstrengung. Ein weiterer Orgasmus folgte dem ersten. Sie schluchzte. Schlug um sich, wurde festgehalten.

Sie kam, und es war wunderbar und wild. Und ihre Vampirzwillinge hielten sie fest, während sie auf dieser Welle der Lust ritt.

16. KAPITEL

Am Morgen

Yannick hielt Althea besitzergreifend an sich gedrückt, während er den Wallach die unebene Straße so schnell wie möglich entlangjagte. Er unterdrückte ein Stöhnen, als ihr Hintern gegen seinen Schwanz stieß. Fest in seine Hose gedrückt, versuchte sein Penis sich nach dem herrlichen Po zu strecken.

Das schlafende Dorf lag vor ihnen und zwischen den Bäumen erhaschte er einen Blick auf das schwarze Feld dahinter und den Horizont. Im Osten verschmolz das tiefe Schwarz mit dunklem Violett und Blau.

Yannick drückte seine Schenkel in Ares' Flanken und trieb das Tier an. Die Morgendämmerung war nahe. Bastien folgte ihnen in Gestalt einer Fledermaus, flatterte immer wieder um sie herum. Er wollte wohl Althea nicht mit ihm allein lassen, erkannte Yannick bedauernd.

Er nahm die Zügel in die eine Hand und schlang die Arme um Altheas Taille. Sie schmiegte sich an ihn, eine berauschende Mischung aus Gegensätzen. Weiche, weibliche Formen gepaart mit unbeugsamem Mut, den sie durch ihren geraden Rücken und das gereckte Kinn zeigte. Sie war eine einzigartige Frau. Dickköpfig und sinnlich, intelligent und feurig. Sie war tapfer, ohne leichtsinnig zu sein.

Ich versuche zu verstehen, warum Bastien sich geweigert hat, Zayan zu töten.

Von allen Dingen, die sie in seiner Vorstellung hätte denken können, war dies am unwahrscheinlichsten gewesen. Er hatte gehofft, sie würde noch einmal ihre sinnlichen Momente durchleben. Er hatte gehofft, sie würde darüber nachdenken, was für ein toller Liebhaber er war.

Er hätte es bevorzugt, seine Fähigkeiten im Bett zu diskutieren.

Ich weiß es nicht, Süße. Und er wusste es wirklich nicht. Er konnte nur Vermutungen darüber anstellen, dass Bastien irgendwie die Umstände von Yannicks Befreiung erfahren hatte und sich danach entschieden hatte, einfach bis zum nächsten Vollmond zu warten. In wenigen Tagen würde er vernichtet werden, wenn Zayan nicht starb. Und dann bekam Bastien alles. Er konnte seinen Titel, sein Vermögen und den Landsitz beanspruchen – solange er gewillt war, seine wahre Natur zu verbergen.

Und Althea. Den wertvollsten Schatz von allem.

Ich sehe keine Möglichkeit, Bastien zu überreden, dass er den Mann ermordet, den er offenbar liebt, sagte er. *Sie waren einst Liebhaber, und mir scheint, es sind noch immer ... Gefühle im Spiel.*

Sie drehte sich ihm zu. Ihre Wange presste sich dort gegen seine nackte Brust, wo sein Hemd offen stand. Die Berührung ihrer seidigen Haut ließ seine brennen. *Ja, das stimmt, nicht wahr? Ich sah es an der Art, wie sie einander berührten. Sie waren aggressiv und kämpften miteinander, aber jede Berührung war so ... war erfüllt von Liebe. Darunter war Zärtlichkeit.*

Also verstand sie das.

Aber wenn er nicht bereit war, Zayan aus Rache zu töten, fuhr sie fort und bewegte sich anmutig vor ihm im Sattel. *Welchen anderen Grund müsste er haben, um Zayan zu vernichten?*

Ich weiß es nicht, mein Engel, gestand er erneut.

Und es gibt keine andere Möglichkeit, Zayan zu töten? Was wäre, wenn du ihn schwächst und ich ihn anschließend mit dem Pflock erledige?

Nein. Bastien und ich müssen es tun.

Sie hob ihr Kinn und ihr Haar kitzelte ihn. Sie brachte ihn

schier zum Wahnsinn! Er wollte sie küssen. Verdammt noch mal, er wollte sie lieben, jetzt sofort, während sie auf einem galoppierenden Pferd saßen!

Ich kann einfach nicht glauben, dass es hoffnungslos ist, beharrte sie.

So sehr sie ihn mit ihrer Dickköpfigkeit in den Wahnsinn trieb: Er mochte diesen Charakterzug an ihr.

Wer war Zayan in seinem sterblichen Leben? Mein Vater hat mir nicht allzu viel über Zayan erzählt. Und bei meiner Suche habe ich nicht allzu viel über seine sterbliche Vergangenheit gefunden.

Ihr Hintern rieb sich erneut an seinem Schwanz. Es fiel Yannick schwer, klar zu denken.

Zayan ist ein sehr alter Vampir. Er muss eine blutige Vergangenheit haben, vermutete sie.

Althea war ein zielstrebiges Mädchen. Der Sex mit ihr hatte ihn bis in sein Innerstes erschüttert. Sie jedoch schien sehr sachlich mit diesem leidenschaftlichen Zwischenspiel mit zwei Männern umzugehen, als wäre es von nicht allzu großer Bedeutung.

Er seufzte in ihr Haar. *Zayan hat eine blutige Vergangenheit,* versicherte er ihr. Er trieb das Pferd zu größerer Eile, da der Weg in besserem Zustand war. *Als Sterblicher war er ein General, er führte ständig Kriege. Ich glaube, sein sterblicher Name war Marius Praetonius, und er eroberte viele Gebiete – das war vor der Zeitenwende. Er tötete für die Ehre, aus Notwendigkeit, aber ebenso tötete er, weil es ihm Spaß machte. Angeblich trank Zayan das Blut seiner Opfer, auch als er noch sterblich war. Er entwickelte einen unheiligen Blutdurst. Vermutlich hat er in der Folgezeit, um seinen Durst zu stillen, seine eigenen Männer geopfert. Dann gelüstete es ihn nach dem Blut Unschuldiger …*

„Jungfrauen", hauchte Althea.

„Und Kinder", fügte er heiser hinzu. „Als Zayan älter wurde, begehrte er das Blut der Jungen, um sein Leben zu verlängern."

Sie nickte. „Wie Gräfin Elisabeth Bathory. Sie trank auch das Blut der jungen Frauen, um jung zu bleiben."

Sogar wenn sie über Zayan redeten, verstärkte Yannick seine beschützende Umarmung. Verdammt, er wollte nicht, dass Althea auf die Jagd ging, um Zayan zu vernichten. Aber wie er wusste, war sie zu dickköpfig. Es würde nichts bringen, sie im Unklaren zu lassen. Also erzählte er ihr, was er über ihren gemeinsamen Feind wusste.

„Aber wie es mit vielen Generälen passiert, die wahnsinnig werden", erklärte er, „wurde Zayan verraten. Sein engster Vertrauter war ein General, und er war eifersüchtig auf Zayans Stärke und seinen Erfolg. Er versuchte, Zayan zu ermorden. Zayan konnte entkommen, aber er wurde von denen gefangen genommen, die er vernichten wollte. Sie folterten ihn, doch er entkam. Er behauptete, dass er einen Pakt mit Luzifer geschlossen hatte, um zu überleben. Er hatte ausgehandelt, dass er für alle Zeiten als Dämon über die Erde wandeln dürfe und trat damit in den Dienst von Satan. Im Gegenzug würde er lebende Menschen in Untote verwandeln, würde ihre Seelen der dunklen Seite darbringen. Aber dann begann er zu glauben, dass er stärker wäre als der Teufel, dem er diente. Er glaubte, seinen Meister besiegen zu können. Und so kam es, als Zayan besessen von meinem Bruder wurde, dass dieser ein Werkzeug Luzifers wurde, um sein Monster zu zerstören. Und so machte Bastien mich zu einem Vampir, unter der Kontrolle Luzifers. Er schuf mich. Um die Macht zu teilen, damit kein Dämon zu viel davon besaß."

„Ein Werkzeug Luzifers?" Althea richtete sich überrascht auf.

„Gibt es ... Unterhältst du dich mit Luzifer?", fragte sie

und drehte sich erneut zu ihm um.

Warum?, fragte er gedehnt in ihren Gedanken. *Möchtest du ihn treffen?* Das Letzte, was er brauchen konnte, war eine mutige Althea, die Luzifer jagte. *Aber du kannst ihn nicht pfählen. Der Teufel kann nicht zerstört werden, Liebes.*

Bastien war das Werkzeug Luzifers? Althea konnte es kaum glauben. Und wohin führte das? Was würde der Teufel von Bastien verlangen, nachdem er Zayan zerstört hatte?

Kalte Angst rann über ihren Rücken. Ihr wurde übel vor Entsetzen. Wenn die Zwillinge tatsächlich in den Diensten des Teufels standen, war sie dann nicht verpflichtet, sie zu zerstören?

„Aber stehst du auch in Luzifers Diensten?", bohrte sie nach.

„Ich habe nie einen Pakt mit dem Teufel geschlossen."

„Du sagst, dass du es getan hast", erinnerte sie ihn.

„Ich meinte damit, dass ich nie direkt einen Pakt mit dem Teufel geschlossen habe. Und es gibt Möglichkeiten, dich aus einem Vertrag mit ihm zu befreien, wenn du vorsichtig vorgehst."

„Bastien könnte also befreit werden?"

„Ich weiß es nicht, Liebes. Ich werde langsam zu müde, um darüber nachzudenken."

Sie verstand. Am Horizont wurde der dunkelblaue Himmel immer heller, und sie erkannte ein leichtes, rosiges Glühen, das den Aufgang der Sonne ankündigte. Yannick trieb sein Reittier an. Mit einem Arm hielt er sie fest an sich gedrückt, seine Schenkel pressten sich an ihre. So ritten sie in Maidensby ein.

Und du brauchst auch Ruhe, meine Süße.

Wurden alle Frauen so umhegt, wenn sie ihre Jungfräulichkeit verloren? Sie wusste es nicht. Sie kannte sich in weiblichen Angelegenheiten nicht aus. Wahrscheinlich lag es daran, dass sie zu viel Zeit ihres Lebens mit ihrem Vater allein verbracht hatte.

Auch Bastien hatte sie wie eine Kranke behandelt, hatte sie zu Yannicks Pferd getragen. „Sanfte Behandlung für eine verletzte, einstige Jungfrau", hatte er gesagt.

Sie donnerten die Straße entlang, hinauf zur Kirche und zu dem Kirchhof, auf dem Bastien so lange eingesperrt gewesen war. Yannick lenkte sein Pferd dorthin. Auf dem Hügel lag die graue Steinkirche, daneben das Pfarrhaus. Vor ihnen bewegten sich tanzende Lichter auf sie zu. Sie kamen über die Straße den Hügel herauf.

Yannick zügelte Ares. Althea hörte Flügelschlagen. Diesmal sah sie den großen Schatten einer Fledermaus, die sie in der Dämmerung umschwärmte.

Bastien nahm vor ihnen Gestalt an. „Jesus", murmelte er. „Männer mit Fackeln. Das ist nie ein willkommener Anblick für Vampire."

„Laternen, keine Fackeln", korrigierte Yannick. Er sprach langsam und betont. Althea erkannte nun, es war seine Art, um jegliches Zeichen von Angst oder Schwäche zu verbergen.

„Es wird mein Vater sein, der von der Jagd zurückkehrt." Seine Jagd nach den beiden Männern, mit denen sie die Nacht verbracht hatte. Schuldgefühle überfluteten sie wie eine Welle. „Lasst mich hier zurück und flieht. Bitte! Ich werde dein Pferd zurück in den Stall bringen und ihnen erzählen, dass ich es mitgenommen habe, als ich hier hinauskam."

Die beiden Männer waren einen Moment still. Es war ein langer, kostbarer Moment.

„Bitte", wiederholte sie. „Lasst mich euch beschützen."

„Sie werden denken, dass du sie anlügst." Yannicks Blick verfinsterte sich, als Bastien ihr seine starken Arme entgegenstreckte und ihr vom Pferd half. Er küsste sie sanft auf die Wange, ehe er sie auf ihre Füße stellte. „Mir gefällt der Gedanke nicht, dich mit ihrer möglichen Wut alleinzulassen", fügte Yannick hinzu.

„Welche andere Möglichkeit habt ihr?", fragte sie.

Altheas Vater wird ihre Geschichte glauben wollen, sagte Bastien.

Schließlich nickte Yannick. Er beugte sich über den Hals der riesigen Pferdes und flüsterte etwas in sein Ohr, bevor er aus dem Sattel stieg. Das schwarze Pferd stand still und gefügig. Yannick reichte Althea die Zügel. Auf sie wirkte das Tier riesig, zumal sie keine Erfahrungen mit Pferden hatte.

Sie fühlte dennoch eine Welle der Freude in ihr aufsteigen, weil Yannick ihr sein Pferd anvertraute. Sie wusste, wie sehr er seine Tiere liebte.

„Ihr müsst beide vorsichtig sein", mahnte sie. Zugleich fühlte sie sich dumm, aber sie konnte nicht anders. Wenn Zayan sich in Sicherheit bringen wollte, genügte es, einen der Zwillinge umzubringen.

Sie standen beide im Schatten der riesigen Eiche, ein Streifen schützende Dunkelheit gegen die aufkommende Dämmerung. Sie sah die Verwandlung der beiden nicht, aber dann flatterten sie ein letztes Mal an ihrem Gesicht vorbei, als versuchten sie, ihr einen letzten Kuss zu geben.

Und dann war sie allein und hielt die Zügel krampfhaft in der Hand. Das Pferd Ares stupste sie sanft in den Rücken, als wollte es sie antreiben, mutig voranzuschreiten und ihrem Schicksal zu begegnen.

Sie musste ihrem Vater gegenübertreten und den Männern mit ihren Waffen und Laternen.

Ihr Vater erklomm den Hügel als erster, noch vor den Arbeitern. Ehe Althea ihn davon abhalten konnte und ohne seine Schritte zu verlangsamen, schloss er sie fest in seine Arme. Der Geruch nach feuchter Wolle überschwemmte sie. Althea konnte kaum atmen.

„Dem Himmel sei Dank, du lebst! Oh, tu mir das nie wieder an!"

Bereits als sie gegen ihres Vaters Paletot gedrückt wurde, erkannte Althea, dass sie nicht länger dieses bedingungslose Gefühl der Sicherheit hatte, das sie stets in seinen Armen gekannte hatte. Heute Nacht, in einer einzigen Nacht, hatte sie sämtliche moralischen Weisungen verraten, die er sie gelehrt hatte. Schuldgefühle rangen mit Sachlichkeit. Sie konnte nicht gestehen, was sie mit Yannick und Bastien getan hatte. Ebenso wenig konnte sie ihrem Vater von dem Landsitz und dem Mausoleum erzählen.

Denn wie sollte sie ihm erklären, woher sie davon wusste? Konnte sie davon erzählen, ohne zu gestehen, dass sie mit den Zwillingen zusammen gewesen war?

Sie hatte den Mut gehabt, in Zayans Haus einzudringen mit nichts außer einem Pflock und einer Armbrust als Waffen. Doch allein der Blick in ihres Vaters gepeinigte, blaue Augen hinter der Brille lähmte ihre Zunge.

„Was, zur Hölle, haben sie mit dir gemacht?", schrie er. Dann knurrte er, griff nach ihrem Haar und strich es beiseite.

Nicht allzu vorsichtig untersuchte er ihren Hals, dann neigte er ihren Kopf und untersuchte die andere Seite.

Er dachte wirklich, sie sei von den Zwillingen ausgesaugt worden. „Nein, Vater. Ich bin nicht gebissen worden."

Sie entzog sich ihm. Ihr Vater hatte seinen Hut verloren, und sein wirres, weißes Haar hing nass herunter. Getrocknete Regentropfen und Fingerabdrücke machten seine Brille zu einer verschwommenen Maske vor seinen Augen. Schlammspritzer reichten bis zu seinen Wangen und seiner Stirn. Tiefe Linien hatten sich in sein Gesicht gegraben, und seine Lippen zitterten.

Seine Brust hob und senkte sich mit jedem rasselnden Atemzug. Im Schein der Laterne, die ein junger Mann neben ihm hielt, wirkte sein Gesicht tiefrot.

„Himmel, Vater. Was ist mit dir passiert?" War er auf Zayan getroffen?

„Was passiert ist?", knurrte er. Aber dann keuchte er. Sie legte ängstlich den Arm um seine Schulter und wäre beinahe gestürzt, als er sich schwer auf sie stützte. „Du verschwindest mitten in der Nacht und fragst mich, was passiert ist? Ich habe jeden einzelnen Zentimeter dieses Dorfs auf der Suche nach dir durchkämmt. Ich habe befürchtet … ich hab befürchtet, dass du für mich längst verloren warst, Althea."

Mr. O'Leary erschien hinter ihrem Vater und griff nach seinem Arm. Seine dunklen, irischen Augen blickten sie verächtlich an. „Er ist erschöpft, Mädel. Wir müssen ihn ins Gasthaus bringen, da hat er's warm und trocken."

Das verstand sie. „Gut, dann lasst uns nicht verweilen …"

„Nein. Ich werde mich nicht vom Fleck bewegen, solange ich nicht herausgefunden habe, was mit meinem kleinen Mädchen passiert ist."

„Das ist dummes Geschwätz, Sir, und das wissen Sie", sagte O'Leary und schob ihren Vater in Richtung Abhang. Althea klammerte sich an die Hand ihres Vaters.

„Mr. O'Leary hat recht, Vater. Ich bin gesund und in Sicherheit, aber ich fürchte, dir geht es nicht gut. Bitte, lass uns dich ins Warme bringen, dann können wir reden. Du brauchst Ruhe."

Ihr Vater drehte sich zu ihr um, und sie wich zurück. Durchdringend blickte er sie an. „Du hast auch nicht geschlafen, stimmt's? Und du bist völlig durchnässt. Außerdem würde ich allzu gerne wissen, woher du diesen Mantel hast."

Ihre Hände glitten über den Mantel. Bastien hatte ihr einen von Zayans Mänteln gegeben. Sie schluckte nervös. Aber sie hatte keine Eile, ihrem Vater von der letzten Nacht zu erzählen. Morgen, bei Tageslicht, wäre es früh genug. Dann konnten sie nach Zayans Haus suchen. Tagsüber waren sie in Sicherheit. Und bis dahin musste sie sich eine glaubhafte Geschichte ausdenken.

„Ich werde dir alles erzählen", versprach sie.

Aber zum ersten Mal in ihrem Leben würde sie ihrem Vater einen Haufen Lügen auftischen. Und sie erkannte, dass es nie zuvor eine größere Distanz zwischen ihnen gegeben hatte. Ja, es wäre wohl besser gewesen, wenn sie ihm gehorcht hätte und nach London gegangen wäre.

Als sie die Hälfte des Hügels hinabgestiegen waren, stolperte ihr Vater. Sie konnte ihn nicht stützen, und auch O'Leary wurde davon überrascht, denn er fiel neben ihn hin.

Die Hand ihres Vaters krallte sich über seinem Herzen in die Brust. Sein Gesicht verzog sich qualvoll.

Sein Herz! Sie hatte keine Ahnung, was zu tun war.

Er rang keuchend nach Luft.

Gib ihm Luft. Lass ihn atmen, schrie eine Stimme in ihrem Kopf.

Sie fürchtete, ihre Bemühungen könnten sinnlos sein. Dennoch riss Althea seinen Paletot auf und zerrte an seiner Krawatte. Ihr Vater hielt seine Hand fest auf die Brust gepresst. Sein Gesicht wurde grau, und kalter Schweiß stand ihm auf der Stirn. Sie wischte ihm die Stirn mit dem losen Ende der Krawatte ab.

„Bitte atme, Vater. Versuch, zu atmen." Sie hatte keine Ahnung, was man zu jemandem sagen sollte, der gerade eine Herzattacke erlitt. Die Männer standen hilflos um sie herum und wussten ebenso wenig, was zu tun war. Einer hielt ihr eine Flasche mit Schnaps hin.

Würde es helfen oder alles nur schlimmer machen?

O'Leary hielt die Idee wohl für sinnvoll. Er hielt die Schnapsflasche an ihres Vaters Lippen. Aber der Brandy oder Gin lief über seine Lippen, ohne dass er etwas davon trank.

„Bitte, bitte, Vater" flehte sie. „Bitte halte durch." *Yannick, ich wünschte, du könntest kommen. Du kannst ihn retten, das weiß ich.*

Sie blickte in den Himmel hinauf. Aber natürlich würde Yannick ihr nicht zu Hilfe kommen. Weil er es nicht konnte.

Die Hand ihres Vaters zitterte auf seiner Brust. Seine Atemzüge wurden tiefer und verlangsamten sich.

„Der Schmerz ... der Schmerz verschwindet", wimmerte er.

Sie versuchte, ihn am Sprechen zu hindern.

„Liebes ... ach, meine Kleine, es war wie ein Blitz, der in meinen Brustkorb einschlug. Winzige Nadelstiche in meinem Arm. Ich konnte nicht mal meine Finger fühlen." Er richtete sich mit Hilfe von O'Learys starken Armen auf.

Tränen brannten in ihren Augen und flossen über ihre Wangen. Nein. Sie durfte jetzt nicht hysterisch werden.

„Tragen Sie ihn, Mr. O'Leary. Aber bei aller Eile, seien Sie vorsichtig."

Es brauchte zwei Männer, um ihren Vater zu tragen. Ein kräftiger Mann namens Creedly half O'Leary. Sie hielt auf dem gesamten Weg zurück ins Gasthaus ihres Vaters kalte Hand und legte ihre Fingerspitzen auf sein Handgelenk. Immer wieder tastete sie nach dem Puls. Er war nicht stark, wurde aber regelmäßiger.

Es war die Sorge um sie, die ihn fast getötet hatte. Und es war egal, wie oft sie seine Hand hielt oder über seine kalte, nasse Stirn wischte. Das machte nicht wieder gut, was sie getan hatte.

Yannicks Blut hätte ihm vielleicht geholfen. Aber was konnte sie für ihren Vater tun? Sie musste sicherstellen, dass er nicht erneut solch einen schlimmen Schock erlitt. Sie musste sicherstellen, dass er nie die Wahrheit erfuhr.

Sie stand am oberen Ende einer Treppenflucht. Im Mondlicht schimmerten die Stufen weiß und schwangen sich in einer Kurve hinab und verschwanden in einem Meer aus Flieder, der über die Stufen hing. Direkt vor ihr hing der Mond hoch am Himmel und strahlte bläulichweiß. Es war beinahe Vollmond. Etwas Weiches streichelte ihre Haut, und sie entdeckte, dass sie in ein tiefschwarzes Tuch gehüllt war. Darunter war sie nackt.

In wessen Garten stand sie? Helle Statuen tollten inmitten der Rasenflächen herum, zwischen Büschen aus lilafarbenem Flieder und weißen Rosen. Sie entdeckte den Satyr Pan. Daneben Diana mit dem Bogen, Jagdhunde zu ihren Füßen. Barbusige Nymphen beugten sich über ein Bassin. Ein Wassergeist fing eine der Nymphen ein und stahl ihr einen Kuss. Vergebens versuchte sie, ihm zu entkommen.

Merkwürdig. Obwohl sie alle aus Stein waren, seelenlos und blicklos, erweckte das küssende Pärchen ihr Verlangen. Das war verrückt, zumal die Vorstellung, zu einem Kuss gezwungen zu werden, sie entsetzte.

Nun, eine Statue konnte nicht lebendig werden und sie bedrängen, tröstete sie sich. Aber wo war sie?

Es war nicht Zayans Park, denn dieser hier war gut gepflegt und bezog seine Schönheit aus der Ordnung, die hier herrschte.

Dann musste hinter ihr ein Haus sein. Sie begann, sich umzudrehen, obwohl es schwierig war. Ihre Füße gehorchten ihr nicht so, wie sie sollten.

Süßer Engel, komm mit uns. Yannick und Bastien tauchten aus den Schatten auf. Bastiens langes, goldenes Haar flatterte hinter ihm und glitzerte im Mondlicht. Seine Beine spannten sich unter der Hose aus hellblauem Stoff, als er zwei Stufen auf einmal nahm. Er trug ein dunkelblaues Jackett. Sie hatte ihn nie zuvor angezogen gesehen. Sein Geschmack war ... extravagant, vorsichtig ausgedrückt. Yannick lächelte sie an *und streckte die Hand nach ihr aus. Sein Haar glänzte wie polhertes Silber. Er trug einfache Kleider. Er hatte das Auftreten eines jungen, wohlhabenden Gentlemans, der auf dem Land lebte. Ein taillierter Mantel, eine weiße Krawatte, lederne Reithosen, die seine muskulösen Beine zeigten, polierte Stiefel. Etwas dezenter, aber er strahlte ebenso hell.*

Yannick griff nach ihrer Rechten, Bastien nahm ihre linke Hand. Sie lachten verschwörerisch, wie Schuljungen, die gerade beschlossen hatten, den frisch gebackenen Kuchen aus der Küche zu stibitzen. Als sie an Altheas Händen zogen, fiel das schwarze Tuch zu Boden und ließ sie nackt zurück.

Sie wechselten einen Blick. Ehe Althea auch nur Luft holen konnte, schoben die beiden sie auf die Treppenstufen und überschütteten sie mit Küssen auf ihre Lippen und ihre Brüste. Sie liebkosten Althea und zerrten mit der freien Hand an ihren Jacketts, Hemden und Hosen und enthüllten ihre breite Brust und große, rosige Erektionen.

Wir können nicht auf den Stufen Liebe machen, *dachte sie schüchtern.*

Wir können, wenn du mit deinem Rücken auf mir liegst, *versprach Bastien.* Möchtest du das, mein Täubchen? Yannicks Schwanz in deinem heißen Schoß und meiner ... meiner stößt in deinen Arsch? Wir wollen dich völlig ausfüllen mit unseren Schwänzen.

Sie keuchte bei seinen schockierenden Worten.

Willst du das? Völlig erfüllt sein von zwei Schwänzen?

Lüsternheit wogte in ihr. Sie wollte. Ihre Vagina schmerzte danach, ihr Po prickelte. Sie stöhnte und drehte den Kopf, leckte Bastiens Hals, als er die Spitze seines Glieds zwischen ihre Pobacken schob ...

„Miss Yates? Sind Se wach, Miss Yates? Muss mit Ihnen sprechen, wenn's nichts ausmacht."

Die schrille Stimme drang in ihren Traum ausgerechnet an diesem Punkt ein. Althea zuckte zusammen, blinzelte und versuchte, die Stimme zu verdrängen. Sie versuchte sich vorzustellen, wie Yannick ihre Beine spreizte. Doch der Traum war verloren und es war nur ihre Vorstellungskraft, die das Bild hervorrief.

„Miss Yates!"

Althea öffnete die Augen. Schwaches Sonnenlicht füllte ihren Raum. Die Gardinen waren weit geöffnet und es war offensichtlich schon lange nach Sonnenaufgang. Die Geräuschkulisse aus dem Gasthaus drang von unten herauf und die Rufe und Gerüche des Dorfes drangen durch das offene Fenster in ihre Kammer.

Hatte ihr Vater eine weitere Herzattacke erlitten?

Nun vollkommen wach, schlug sie die Decke zurück. Ihre nackten Brüste überraschten sie. Sie zog das Laken an die Brust. Sie war so erschöpft gewesen, dass sie nicht einmal in ihr Nachthemd geschlüpft war. Wie dumm von ihr.

„Was ist los, Sarah?", rief sie, sprang zugleich aus dem Bett und griff nach ihrem Unterhemd, das auf dem Stuhl lag. Sie erkannte die Stimme des Zimmermädchens, die allerdings nicht mehr so fröhlich klang, wie in den letzten Tagen. „Ist etwas mit Sir Edmund? Geht es ihm nicht gut?"

„Nein, ihm geht's gut, Miss. Er schläft im Moment. Mr. O'Leary hat mir gesagt, ich soll zu Ihnen kommen."

Mit dem Unterhemd über ihrem Kopf und den Armen, die sich in der Eile darin verhedderten, war Altheas Antwort gedämpft. „Also, wie auch immer. Was ist so dringend, Sarah?"

„Ich bin von einem Vampir gebissen worden, Miss."

Im selben Moment gelang es Althea, das verdrehte Unterhemd über ihre Hüften zu schieben. Der Saum reichte nur bis zu ihren Schenkeln. Das war nicht gerade sittsam, aber besser, als wenn sie nackt war.

„Du kommst besser herein, Sarah. Erzähl mir deine Geschichte."

Nach der Suche ihres Vaters letzte Nacht wusste wohl ganz Maidensby, dass sie Vampirjäger waren.

Was Bastien und Yannick in noch größere Gefahr brachte – wenn sie von einem Fackeln schwingenden Pöbel gejagt wurden.

Während sie mit schnellen Schritten zur Tür eilte, erkannte Althea, wie sehr sich ihr Vater veränderte. Er wurde alt. In jüngeren Jahren wäre er nie so sorglos gewesen. Er war immer so diskret gewesen. Gut, nicht so sehr in den Karpaten, wo die Legenden über Vampire tief im Volksglauben verwurzelt waren. Aber in England hatte er immer Vorsicht walten lassen. Er betonte immer, es sei das Beste, die Leute glauben zu lassen, dass solche Dinge Mythen seien.

Sie hob den Schlüssel vom Boden auf, steckte ihn ins Schloss und öffnete die Tür.

Sarah stolperte herein. Die blonden Korkenzieherlocken hingen wild unter ihrer Haube hervor, und ihre blauen Augen hatte sie weit aufgerissen. Aber Althea las in ihren Augen keine Angst, sondern Aufregung. Sarah schob ihr goldenes Haar zurück und legte ihren Hals frei. „Sehen Sie, da sind die Spuren seiner Zähne, Miss."

Zwei winzige Wunden verunstalteten den cremefarbenen Hals. Aber Sarahs Wangen waren rosig, und was passiert war schien ihr nichts auszumachen. Die Wunden waren sauber.

Sie nahm Sarah am Ellenbogen und schob sie zum Stuhl. „Was ist passiert?"

„Ach, es war eigentlich nicht schlimm, Miss Yates, und es hat gar nicht wehgetan. In Wahrheit war es sogar richtig aufregend."

„Oh, Sarah. Du musst mir genau erzählen, was passiert ist. Wie sah dieser Vampir aus?"

„Er war groß. Und so wahr mir Gott helfe, aber er war der teuflischste und schönste Mann, den ich je gesehen hab. Es war kurz vor Sonnenaufgang. Ich hatte das Feuer geschürt und hab die Kiste mit der Asche rausgebracht. Es war noch dunkel, und ich ging raus, da packte mich der Herr um die Taille und zog mich mit sich. Oh, da war ich erstmal ängstlich. Dann dachte ich, das ist seine Lordschaft, weil er so groß war und blondes Haar hatte."

„Seine Lordschaft", wiederholte Althea. Sie hatte gedacht, es wäre Zayan gewesen und nicht Yannick. Natürlich musste auch Yannick sich ernähren, aber warum hatte er ein so verlockendes Mädchen gewählt?

Ein Blick auf Sarah machte die Antwort offensichtlich. Es versetzte Altheas Herz einen Stich. Das Mädchen war höchstens achtzehn und ein süßes Ding. Sie trug ein einfaches Kleid mit einem tief ausgeschnittenen Mieder, und ihre üppigen Brüste quollen über das Mieder. Ihr Unterhemd bedeckte zwar die Brüste, aber es war so verwaschen, dass es beinahe durchsichtig wirkte und kaum etwas verhüllte. Das Kleid verjüngte sich zu einer schmalen Taille, dann verbreiterte es sich über den Hüften.

Althea war es unmöglich, nicht auf Sarahs verführerische Figur zu starren. Ihre Brüste wippten, während Sarah ihre Geschichte mit weit ausholenden Bewegungen ihrer kleinen Hände erzählte. Bastiens böse Geschichten über Frauen, die sich mit anderen Frauen vergnügten, quälten Althea, während sie versuchte zuzuhören.

Sieh in das Gesicht des armen Mädchens, schalt sie sich. Und sie versuchte es tapfer.

Sarah bekam wohl ihren prüfenden Blick nicht mit, Gott sei Dank. Das Mädchen lehnte sich nach vorne. „Aber er war es nicht."

„Er war es nicht?" Sie hatte den Faden verloren.

„Seine Lordschaft. Er war auch ein Gentleman. Und nackt war er. Splitternackt. In seiner ganzen, herrlichen Nacktheit stand er vor mir, er hatte eine breite Brust, so was hab ich noch nie gesehen. Meine Arme hingen irgendwie um seine Taille, als er mich so überraschend griff. Und ich hielt seinen Hintern. Seine Pobacken waren wie kleine Äpfelchen, so fest und rund."

Es war nicht seine Lordschaft? Nicht nur ihre Wangen brannten jetzt. Ihr Blut war in Wallung geraten, und sie lief hin und her. Sarahs lebhafte Beschreibung passte auf Yannick, aber ebenso ...

„Er hatte wunderschöne, goldene Haare", fuhr Sarah fort. „Und als er seine Lippen auf meinen Hals gelegt hat, hab ich mich an seinen Haaren festgehalten, damit ich nicht umkippe."

„Bastien."

„Entschuldigen Sie, Miss?" Sarahs Blick verfinsterte sich, und ihre Zunge machte ein missbilligendes Schnalzgeräusch.

Ein hysterisches Kichern kam über Altheas Lippen. Offensichtlich dachte das Mädchen, sie hätte *Bastard* gemurmelt.

Wozu sie jedes Recht hatte. Bastien hatte ihr seine Liebe gestanden und dann ging er dort hinaus und fing sich unschuldige Mädchen. Natürlich hatte Bastien ihr nie versprochen, ihr treu zu sein ...

Dieses Mal konnte sie das Kichern nicht zurückhalten. Treu! War sie wahnsinnig? Sie hatte beide Zwillinge in der Nacht geliebt – sie konnte kaum erwarten, dass die Männer ihr ewige Treue versprachen, oder? Und sie hatte Bastien geliebt, nachdem er ihr zugesehen hatte ... Allein bei dem Gedanken wurde sie vor Entsetzen rot. Er hatte zugesehen, wie sie die Leidenschaft mit einem anderen Mann geteilt hatte. Sie wusste verdammt gut, dass Bastien für sie nicht all die anderen Frauen aufgeben würde.

„Woll'n Sie den Rest von der Geschichte hören, Miss?",
unterbrach Sarah ihre Gedanken.

Althea erkannte, dass sie ans Fenster getreten war und dem
Mädchen den Rücken zuwandte. Sie drehte sich um. „Mach
weiter", brachte sie hervor.

„Naja, ich dachte, er wollte mich gleich noch nehmen, die
meisten Typen ziehen sich ja nicht mal aus, wenn sie sich ein
Mädel rannehmen. Und er hatte schon sein Breitschwert ge-
zückt …"

„Er war bewaffnet?" Sobald sie es ausgesprochen hatte,
erkannte sie, was das Mädchen meinte.

„Nein, Miss." Sarah errötete. „Sein Schwanz, Miss. Sie
wissen schon …"

Althea stützte ihre Hand gegen den alten Kleiderschrank.
Die Mädchen vom Dorf kannten wohl einige Begriffe für den
Intimbereich eines Mannes, aber sie war nicht sicher, ob sie
mehr davon hören wollte.

Sie wurde langsam wirklich verdorben. Das musste aufhören …

„Aber er hat mich nur gebissen." Sarah strich über ihren
Hals. „Er hat versprochen, es würd nicht wehtun, und er hatte
diese heisere Stimme, dass mir ganz anders wurde. Ich konnt
mich nicht mal auf den Füßen halten. Es tat ein bisschen weh,
aber nur ganz wenig, und dann überkam mich so ein ganz tol-
les Gefühl. Und obwohl er meine Melonen und meine Möse
nich berührt hat, bin ich echt explodiert. Oh, aber Sie wissen
natürlich nicht, wie das ist, Miss."

Überrascht blickte Althea das Mädchen an. Doch sie
schaffte es gerade noch, ihr zuzustimmen. „Ähm, nein."
Einst hätte sie das Mädchen für seine vulgäre Sprache geta-
delt. Doch jetzt stolperte sie beinahe über die eigene Zunge.
Sie sagte dennoch: „Wir brauchen keine unangemessenen Be-
schreibungen, Sarah. Aber bitte, fahre fort."

„Nein, Miss, ich wollte nicht derb sein. So war es nun mal. Ich keuchte und er lachte. Er leckte meinen Hals und dann schien er einfach in die Luft zu verschwinden. Ich sah eine riesige Fledermaus, und dann bin ich wieder ins Haus gerannt, mit einem Mal konnte ich wieder laufen, aber dann bin ich kopfüber in die Speisekammer gefallen."

Althea begann langsam, die Vorurteile zu verstehen, die Yannick gegen seinen Zwilling hegte. Bastien war unverbesserlich. Sarah an einem Ort zu beißen, an dem er leicht gefangen genommen werden konnte, war dumm genug. Aber dass er es versäumt hatte, ihre Wunde zu heilen und ihre Erinnerung an ihn zu löschen, war völlig … nun, wahnsinnig.

Es lag wohl in Bastiens Natur, dass er es genoss, Angst und Panik zu verbreiten, indem er nicht umsichtig mit seinem Hunger umging. Schließlich genoss er es auch, ausgepeitscht zu werden … Welche gesellschaftlichen Regeln würden ihm tatsächlich etwas bedeuten?

Während sie über Bastiens unvorsichtiges Verhalten nachdachte, merkte sie auch dies: Ihr Herz war vollkommen durcheinander. Sie hatte viel mehr mit Yannick gemeinsam, sah man von seinem Status als Earl ab. Aber sie konnte ebenso wenig dem bezaubernden Halunken Bastien widerstehen. Er versprach ihr das Verbotene, das Gefährliche, das Sündige. Und sie hungerte, davon zu kosten.

„Meinen Sie, er wird noch mal zu mir kommen?", fragte Sarah.

„Nein, das wird er höchstwahrscheinlich nicht tun. Ich werde dafür sorgen."

„Oh, wie woll'n Sie das anstellen, Miss?"

Sarahs Frage ließ sie schlecht aussehen. Sie hatte gesprochen, ohne darüber nachzudenken.

„Also werden Sie Vampire jagen, ja?" Sarahs Augen weiteten sich voller Staunen und Respekt. Einen Moment sonnte

272

sich Althea in der Bewunderung des Mädchens. „Puh, ich würde auch gerne Vampire jagen."

Althea erkannte, dass Sarah glaubte, sie würde schöne nackte Männer durch die Landschaft scheuchen. Was sie manchmal auch tat. Aber nicht alle Vampire waren hübsche und reizende Männer. Manche waren grässliche Biester, grotesk und scheußlich. Andere waren blindwütige Dämonen, die allein von ihrem Blutdurst getrieben wurden. Die Untoten kamen in vielen Gestalten.

„Es ist ein sehr gefährlicher Beruf und ..." Althea brach ab. Die Worte *und er ist wohl kaum passend für eine junge Frau* kamen ihr nicht über die Lippen. Sie fühlte einen schwesterlichen Beschützerinstinkt, der die jüngere, naive Frau vor Gefahren bewahren wollte. Aber das war eine männliche Argumentation, die alle um sie herum benutzten – sogar ihr Vater.

„Du kannst Vampire jagen, wenn du willst. Aber zuerst musst du so manche Fähigkeit erwerben. Du müsstest mit einem erfahrenen Jäger trainieren und du müsstest viel lesen – über Legenden, Geschichte und alte Kulturen."

„Können Sie mich unterrichten?"

„Ich glaube nicht, Sarah. Fühlst du dich heute anders als sonst? Ist dir unwohl oder schwindelig? Fühlst du dich schwach?"

„Oh nein, Miss. Ich fühl mich gesund."

„Ich finde du solltest dich ausruhen, bevor du wieder an die Arbeit gehst."

„Crenshaw wird nicht erfreut sein, das zu hören."

„Dann werde ich mit Mr. Crenshaw reden. Und Sarah ... am besten erzählst du niemandem, was dir passiert ist."

Das Mädchen senkte den Blick und schaute betreten zu Boden. Was nur bedeuten konnte, dass es bereits die Geschichte mit anderen geteilt hatte – vermutlich mit jedem

Diener, dem sie begegnet war.

Mist.

Als Sarah aufstand, wurde ihr hübsches Gesicht ernst. „Wenn er zurückkommt, Miss, werde ich es Ihnen erzählen", versprach sie.

„Suche nicht die Gefahr, Sarah", warnte Althea sie. „Nicht alle Vampire sind so freundlich und … rücksichtsvoll wie der, dem du begegnet bist." Sie wollte nicht, dass Sarah nach einer weiteren Begegnung mit Bastien strebte – nicht nur, weil die Eifersucht in ihr Herz stach. Das Bild jenes Mädchens auf dem Feld, durchnässt vom Regen und vom eigenen Blut besudelt, würde sich für immer in ihr Gedächtnis eingraben. Was passierte, wenn Sarah Zayan begegnete? Sie griff nach Sarahs Hand. „Es gibt einen Vampir, der sich hier in der Gegend herumtreibt. Und er ist weder freundlich noch bezaubernd. Er ist ein grässliches Ungeheuer und wenn er dich beißt, wird er dich töten."

„Oh, das würde ich nicht wollen!"

„Nein, natürlich nicht. Du musst nach Einbruch der Dunkelheit vorsichtig sein, Sarah. Und die anderen Mädchen auch." So, wie Sarah Bastien beschrieb, würde bestimmt jedes Mädchen im Dorf hoffen, einem Vampir zu begegnen. Althea beschrieb Zayan so lebendig wie möglich, und sie betonte die roten Augen, die langen Eckzähne und jene brutale Kraft, die ihm innewohnte, bis Sarah am ganzen Körper zitterte.

Mit weit aufgerissenen Augen versprach Sarah, jede junge Frau und jedes Kind zu warnen.

Dann schob Althea das Mädchen zur Tür. Sie musste schleunigst nach ihrem Vater sehen. Aber sie konnte nicht aufhören, sich zu fragen, ob Bastien zurückkehrte. Oder ob er nun, da er frei war, sein wildes Leben mit Zayan wieder aufnahm – dem Mann, dem er ergeben war. Würden die Zwillinge in der kommenden Nacht zu ihr zurückkehren?

17. KAPITEL

Sapphische Freuden

Althea starrte überrascht auf das Tablett, das Mick O'Leary trug. „Würstchen! Ich denke wirklich nicht, dass er schon wieder so weit bei Kräften ist, um Würstchen zu essen."

Mr. O'Leary zuckte mit den Schultern. Er zwinkerte ihr zu und nickte zu ihres Vaters geschlossener Tür. „Er hat sie gerochen und hat mir gesagt, ich soll ihm welche holen."

Sie verdrehte die Augen. „Bring sie wieder runter. Der Koch soll eine Fleischbrühe machen." Aber sie nahm die Tasse und die Teekanne vom Tablett, ehe Mr. O'Leary wieder verschwand.

Was auch immer sie sehen würde, sie versprach sich, dass sie ein fröhliches Gesicht machen würde. Sie hatten schon so manche schwere Verletzung ihres Vaters überstanden, die er nach Kämpfen mit Vampiren davontrug. Einmal hatten sie nach einem heftigen Kampf monatelang in einem Kloster bleiben müssen, während die gebrochenen Glieder ihres Vaters langsam heilten.

Althea öffnete die Tür und schob sich in die Kammer ihres Vaters.

Ihre Schritte stockten. Er wirkte so klein, als wäre er über Nacht geschrumpft. Sein Gesicht war aschfahl. Die Hände lagen auf dem Quilt, blass und so dünn wie Pergament wirkte seine Haut, übersät mit blauen Adern. Seine Augenlider flatterten, als sie das Bett erreichte, dann öffnete er sie langsam. Ein schwaches Lächeln umspielte seine Lippen, als er sie sah.

Sie hatte nicht erwartet, dass er noch so krank aussah. Ihre Hände zitterten. Das Geschirr auf dem Tablett klapperte, als sie es auf das Nachttischchen stellte. Dampf stieg aus der Tasse auf, in die sie frischen Tee goss.

„Wie geht es dir, Vater?"

Seine Hand zitterte, als er sie nach dem Tee ausstreckte. „Besser, mein Mädchen. Und dich am Leben und bei guter Gesundheit zu sehen, hilft mir sehr."

Sie tätschelte seine andere Hand. Erneut musste sie hart schlucken, weil die Schuldgefühle sie übermannten. „Ich habe mit Mr. Crenshaw gesprochen, Vater. Es gibt einen Arzt in Shropshire Downs, nur eine Stunde von hier. Ich habe nach ihm geschickt."

Er hob die Tasse, und der Tassenrand stieß gegen seine Lippen, so sehr zitterte seine Hand. „Ich brauche keinen Arzt."

„Doch, das tust du, Vater." *Und das alles ist allein meine Schuld*

„Was ist heute Nacht mit dir passiert, Liebling? Und ich will die Wahrheit hören."

Obwohl er seine Brille nicht trug und sie vermutlich nicht klar erkennen konnte, zuckte sie unter seinem Blick zusammen.

„Bastien ... Bastien de Wynter kam letzte Nacht in meine Kammer, Vater." Sie musste ihm ein Stückweit die Wahrheit sagen – aber nicht alles, denn davon bekäme er vermutlich eine neue Herzattacke.

Tee schwappte über den Tassenrand.

Sie beugte sich halb über ihn, um ihm zu helfen.

„Nein." Er wedelte mit der Hand. „Was hat Bastien de Wynter mit dir getan?"

„Nichts ... Er hat nur mit mir geredet." Was stimmte, aber sie würde nie zugeben, worüber Bastien gesprochen hatte. Nein, diese Enthüllung würde ihren Vater sicher töten.

„Nur geredet?" Der Blick ihres Vaters verfinsterte sich.

Sie nickte langsam. „Ich weiß nicht, ob er plante, mich zu beißen. Er hat es nicht versucht. Aber dann kam Yan ... der Earl kam, um ... mich zu beschützen."

„Dann kämpfen die dämonischen Zwillinge um dich, mein Mädchen." Er sank in die Kissen. „Das habe ich befürchtet. Dass sich eines Tages ein Vampir in dich verliebt und alles in seiner Macht stehende tun wird, um dich zu besitzen."

„In mich verlieben!" Althea errötete. Sie fühlte die Hitze in ihrem Gesicht.

„Bitte, Althea! Ich könnte es nicht ertragen, dich an einen Vampir zu verlieren, denn die einzige Möglichkeit für einen der de Wynters dich zu beanspruchen besteht darin, dich in einen Vampir zu verwandeln."

Sie zuckte entsetzt zurück, das Bett bewegte sich bei dem Ruck, sodass ihr Vater noch mehr Tee verschüttete. „Wie ungeschickt von mir!", rief sie. „Lass mich …"

„Was ist noch passiert, mein Kleines? Haben sie dich nach draußen gelockt?"

„Ich bin nicht gebissen worden, Vater, ich schwöre es. Und Bastien ist verschwunden. Aber der Earl konnte mit ihm Verbindung aufnehmen, sie haben eine starke, mentale Verbindung. Und er sah ihn in Gefahr, bei Zayan …"

„Also bist du auf die Jagd nach diesem verdammten Zayan gegangen!" Er versuchte, sich aufzurichten. Seine Untertasse rutschte vom Bett herunter und zerbrach am Boden. Die Scherben flogen in alle Richtungen.

„Mit seiner Lordschaft, ja. Und er hat mich nur äußerst widerstrebend mitgenommen. Ich habe darauf bestanden, aber er hat mich vor jeglichem Schaden bewahrt. Und wir retteten Bastien." Ihre Geschichte wurde langsam zu einem verwirrenden Chaos. „Aus dem, was der Earl erzählte, konnte ich entnehmen, wo Zayan ist."

Sie erwartete, ihr Vater würde auf diese Information anspringen und von ihr verlangen, dass sie ihm verriet, wo Zayan war. Stattdessen presste er seine freie Hand auf das Herz. „Und du bist dorthin gegangen. Zusammen mit einem Vampir!"

„Geht es deinem Herzen nicht gut?"

„Ein kleines Zwicken. Und unwichtig verglichen hiermit. Herr im Himmel, Althea! Er hätte dich umbringen können!"

„Nein, Vater. Ich vertraue Yannick."

Sie hätte ihn genauso gut mit einem heißen Schürhaken anstoßen können. „Yannick!", knurrte er, weil sie ihn bei seinem Vornamen nannte. Seine Wangen waren glühend rot, und die Röte erreichte seine Stirn. „Und du sagst, du vertraust ihm! Einem Vampir! Du darfst *nie* einem Vampir trauen."

„Aber ich kann ihm vertrauen", widersprach sie und erhob sich vom Bett. „Er hat mich weder gebissen noch hat er mir wehgetan." Doch sie sank zurück auf die Bettkante. Ihr Protest machte ihren Vater nur noch trauriger.

Er seufzte, knurrte und sank in die Kissen. „Ach, mein Mädchen. Du bist klug und tapfer. Ich habe das nie bezweifelt. Aber du bist eine zu große Verlockung für einen Vampir."

Das überraschte sie. Auf welche Weise sollte sie eine Verlockung sein?

„Also, wo ist er?" Er war immer noch wütend und nahm einen weiteren Schluck vom Tee.

„Chatham House. Zayan hat das verlassene Haus angemietet. Und er hat seinen Sarg in das Mausoleum bringen lassen." Wie viel sollte sie zugeben? Sie wankte bei dem Gedanken, ihrem Vater von dem großen Bett und den Peitschen an den Wandhalterungen zu erzählen.

Um ihre Nervosität zu verbergen, nahm sie die Tasse ihres Vaters und goss ihm mehr Tee ein. Ein Pochen an der Tür ließ sie herumfahren: Sarah trug ein Tablett herein und knickste hastig. Das war viel besser für einen Kranken: eine Terrine mit dampfender Fleischbrühe und ein Teller mit weichen Brötchen. Ein kleines Tellerchen mit Butter vervollständigte das Bild.

Ihr Vater knurrte, als er das sah. „Wenn du wirklich willst, dass ich mich besser fühle, gehst du nach London. Ich werde dich heute dorthin schicken, ob du willst oder nicht. Ich will dich in Sicherheit wissen."

Althea nahm ihm die Teetasse ab und ersetzte sie durch die Terrine mit dampfender Brühe. Was sollte sie nur tun? Die Zwillinge zurücklassen? Die Mission unerfüllt lassen, die der Beginn ihrer Karriere als Vampirjägerin sein sollte? Oder sollte sie bleiben und riskieren, ihren Vater zu verlieren? Die Sorge um sie könnte sein schwaches Herz überfordern.

„Ich bleibe lieber und passe auf dich auf."

„Ich habe ein langes Leben gehabt, Althea. Und ich bin stärker als du vielleicht denkst. Aber die dämonischen Zwillinge wollen dich. Dich fortzuschicken ist die einzige Möglichkeit, dich vor ihnen zu beschützen." Mit zittriger Hand führte er den Suppenlöffel zum Mund. „Herr im Himmel, ich hätte lieber Würstchen gehabt."

„Iss deine Brühe, Vater."

Er knurrte erneut.

„Vater, ich verstehe, warum du so beseelt davon bist, Zayan aufzuhalten. Aber ich kann nicht zulassen, dass du ihn jagst. Du bist viel zu schwach. Wenn der Arzt erst hier war …"

„Ich habe keine Lust, einen Arzt zu empfangen. Und was Zayan betrifft, so werde ich ihn nicht stoppen. Ich kann es nicht. Nur die Zwillinge sind dazu in der Lage. Jetzt kommt es allein auf ihren Rachedurst an."

„Du meinst, du wirst ihn nicht jagen?"

„Ihm meinen Rücken zuwenden und ihn weiterhin töten lassen? Nein, das kann ich ebenso wenig tun. Ich muss versuchen, die Zwillinge zu überreden; und irgendwie muss ich die Leute vor Zayan beschützen."

„Iss mehr Brühe", verlangte sie. Ihr Herz schmerzte, voller Stolz für ihren Vater. Er wollte das Unmögliche vollbringen, und wenn es nur eine Menschenseele rettete.

Ihr Vater nahm einen weiteren Löffel voll Suppe und verzog das Gesicht. „In der Krypta habe ich ein paar alte Tagebücher gefunden. Sie waren dort begraben, erhalten und geschützt. Und darin stand vieles über Lord Devars Kampf gegen Zayan. Hast du den Sarkophag in der Krypta gesehen? Jenen, in dem das Kind lag?"

Das Herz schlug ihr bis zum Hals. Sie nickte.

„Zayan hat das Kind dieses Jägers verwandelt. Aus reiner Boshaftigkeit. Und er ließ dem Vater damit keine andere Möglichkeit, außer einen Pflock in das Herz seines eigenen Sohns zu stoßen, damit der Junge seinen Frieden fand. Davor habe ich Angst, dass Zayan versucht, dich zu verwandeln, um mich aufzuhalten."

Letzte Nacht hatte Zayan die Gelegenheit gehabt, erkannte sie. Aber er hatte sie nicht in einen Vampir verwandelt, weil er sie als Köder für Bastien missbraucht hatte. Aber beim nächsten Mal …

Sie konnte sehen, wie sehr ihr Vater sich aus Sorge um sie krümmte, und Schmerz zeichnete sich auf seinem Gesicht ab. Eine Konfrontation mit Zayan in seinem geschwächten Zustand würde ohne Zweifel seinen Tod herbeiführen. Um sie zu retten, wäre er mehr als bereit, sein eigenes Leben zu riskieren.

Sie hatte keine andere Wahl.

„Wenn ich nach London gehe, wirst du mit mir kommen? Wirst du diesen Kampf den dämonischen Zwillingen überlassen? Bitte, Vater, ich flehe dich an! Ich gehe mit dir nach London, wenn du diesen Kampf aufgibst."

Ihr Vater schaufelte mehr Fleischbrühe in sich hinein. „Und wirst du nach einem Ehemann Ausschau halten?"

„Einem Ehemann!"

Aber wenn sie protestierte, könnte ihn das zur Wahrheit führen. Sie konnte sich nicht ansatzweise vorstellen, wie entsetzt, wütend und schockiert ihr Vater wäre, wenn sie ihm gestand, dass sie ihre Jungfräulichkeit zwei Vampiren hingegeben hatte.

Nun, technisch gesehen nur einem, aber sie fühlte sich, als hätte sie an beide ihre Unschuld verloren ...

Die technischen Details interessierten nicht. Es würde ihren Vater sicher umbringen, wenn er davon wüsste.

Schuldbewusst blickte Althea ihren Vater an. Er wartete auf ihre Antwort, rührte mit dem Löffel in der Brühe herum, und die Hoffnung in seinen Augen ließ ihr Herz taumeln.

Sie müsste lügen und so tun, als suche sie einen Ehemann, wie ihr Vater es wünschte. Wenn sie jetzt log, konnte sie sich später noch immer Sorgen um die Wahrheit machen.

Ihr Herz tat weh, als sie nickte.

Sie würde Bastien und Yannick verlassen. Und das schmerzte so sehr wie die Angst, ihren Vater zu verlieren.

„Toll, London! Wie kann ich Ihnen da nur danken, Miss Yates?"

Die Augen waren ständig in Bewegung, während Sarah sich vorlehnte und aus dem Fenster der Kutsche starrte. Als ob drei Stunden Reise sie schon nach London gebracht hätten.

Althea lehnte sich in den schwankenden Sitz zurück. Die Kutsche fuhr mit der größtmöglichen Eile, wie ihr Vater es befohlen hatte. Die Straße jedoch war nach den Frühlingsregenfällen in einem schlechten Zustand und das Gespann konnte nicht so schnell laufen.

Seit drei Stunden hatte Sarah ohne Unterlass aufgeregt geschnattert. Althea hatte nur grummelnd geantwortet. Zweimal hatte sie gebeten, ein wenig schlafen zu dürfen, obwohl sie keinen Schlaf fand. Schließlich gab ihr das Mittagessen einen Grund, ruhig zu sein. Während Sarah hingebungsvoll an ihrer Fleischpastete knabberte, hatte Althea die Blicke der

Männer um sie herum wahrgenommen, die Sarah interessiert und beinahe lüstern betrachteten.

Ihre Gründe, Sarah als Reisegefährtin zu wählen, waren nicht ganz uneigennützig gewesen.

Obwohl sie den Kutscher und einige von den Männern ihres Vaters bei sich hatte, die voranritten, hatte ihr Vater darauf bestanden, dass sie noch jemanden zur Gesellschaft mitnahm. Eine Anstandsdame. Sie hatte sich für Sarah entschieden. Sarah hatte sich geehrt gefühlt, Maidensby hinter sich zu lassen und mit nach London zu gehen, um dort die Zofe einer Lady zu werden. Und sie war auf diese Weise nicht länger in der Nähe von Bastien und Yannick.

„Was denken Sie, werden wir in London Vampire treffen, Miss? Darf ich Ihnen helfen, die gemeinen Kerle zu jagen?"

Mit einem schiefen Lächeln schüttelte Althea den Kopf. „Ich habe meinem Vater versprochen, dass ich Ehemänner jagen werde und keine Vampire." Ein trister Gedanke, zumal sie kaum in nächster Zeit heiraten konnte. Sie würde von der Ehestifterin ihres Vaters, Lady Peters, zu unzähligen Bällen, Gesellschaften und Konzerten geschleppt werden. Sie hatte bisher von solchen Veranstaltungen nur gehört. Der Gedanke, wochenlang eine Jungfer zu spielen, die sich nach einer standesgemäßen Hochzeit sehnte, erfüllte sie mit Verzweiflung.

Aber Sarah strahlte. „Wie herrlich! Oh, ich würde es genießen, auf einen Ball zu gehen und 'n paar hübsche Gentlemen zu treffen."

„Und ich würde dich liebend gerne an meiner Stelle dorthin schicken", murmelte Althea.

„Entschuldigen Sie, Miss?" Sarah stand auf und winkte aus dem Kutschenfenster. Sie drehte sich um, die Wangen waren gerötet. „Das war der schönste Mann, der grad auf seinem riesigen schwarzen Pferd vorbeigaloppiert ist. Und er hat mir sogar gewunken!"

Althea seufzte. Wenn Sarah erst mal auf London losgelassen wurde, verlangte ihr dies zusätzliche Aufmerksamkeit ab. Sie presste die Hand gegen ihre Schläfe, hinter der ein Schmerz pochte. Nie zuvor in ihrem Leben hatte sie unter Kopfschmerzen gelitten.

Sarah saß auf dem schmalen Sitz gegenüber von Althea und blickte entgegen der Fahrtrichtung aus dem Fenster, wie es sich für eine Dienerin gehörte. Sie legte das Schultertuch ab und kuschelte sich mit einem verträumten Lächeln in die Ecke. Ihre Augen schlossen sich. Goldene Wimpern bogen sich über ihren Wangen. Sie kicherte leise.

Althea griff nach ihrem Buch. Sarah zu beobachten, machte sie merkwürdigerweise nervös. Das Kichern und Seufzen des Mädchens brachte sie zum Schwitzen. Und Bastiens unartige, kleine Geschichte reizte sie. Jene Geschichte über junge Frauen, die einander berührten …

Sarahs Augen öffneten sich, und ein genießerisches Lächeln umspielte ihre vollen, rosigen Lippen. „Ich hab an meinen Vampir gedacht, Miss."

Er ist nicht dein Vampir! Ihr Kopf schmerzte noch mehr, und sie fühlte sich, als würde sie zerbrechen, wie ein überspannter Bogen. Eine verrückte Idee nahm in ihr Formen an. Sie krümmte den Finger in Sarahs Richtung, die auf dem Sitz herumrutschte. Das Mädchen war ein süßes Ding, und sie konnte Bastien verstehen, der ein bisschen an ihrem weichen, hübschen Hals hatte saugen wollen.

Als Sarah sich neben sie setzte, bauschten sich ihre grauen Röcke. Althea griff nach dem Kinn des Mädchens und drehte ihr Gesicht. Diese feuchten Lippen lockten sie, und sie leckte sich über die eigenen Lippen. Sie konnte beinahe Bastiens, tiefe, verführerische Stimme hören, die sie vorwärtstrieb.

Sie gab Sarah einen winzigen Kuss auf die Lippen. Das Mädchen quietschte, und fast erwartete Althea, dass Sarah zurückwich und um Hilfe schrie. Oder sie ohrfeigte.

Stattdessen kicherte Sarah und erwiderte den Kuss. Althea schmeckte den Wein vom Mittagessen auf Sarahs Lippen. Sie fühlte sich wild, und die Hitze eines frechen Verlangens überkam sie. Sie fühlte sich wie Bastien: eine Meisterin der Verführung, die ein unschuldiges Mädchen verzauberte.

„Hui, Miss", keuchte Sarah, während sie den köstlichen Hals des Mädchens küsste. „Trinken Sie auch Blut?"

„Nein, nein", murmelte sie, fürchterlich erschrocken von ihrem eigenen Verhalten. Aber sie war zu erhitzt, um jetzt aufzuhören.

Sarahs Haut war weich wie warmer Satin und schmeckte nach Kernseife und aufreizend nach Schweiß. Althea leckte Sarahs Wunden, die inzwischen nur noch winzige Grübchen in ihrem zarten Fleisch waren. Das hier war falsch. Es war erotisch, aber so verboten! Nur in Bastiens dunkler, gottloser Welt machten Frauen Dinge wie diese.

Aber es schien Althea, als könne sie nicht aufhören.

Ehe sie darüber nachdachte, legte sie ihre Hand auf Sarahs Mieder und berührte die runde Brust, die jeder Mann, dem sie begegnet waren, gierig und bewundernd angestarrt hatte. Sarah stöhnte und bewegte sich. Ein harter Nippel drückte sich in Altheas Handfläche durch den straff gespannten Kleiderstoff.

Kein Wunder, dass Männer von weiblichen Brüsten entzückt waren! Kein Wunder, dass Bastien und Yannick es genossen hatten, an ihren Brüsten zu saugen. Alles, wonach sie sich sehnte, war diesen dicken Nippel mit ihrem Mund zu erkunden.

Eine unsichtbare Macht schien sie zu leiten und sie öffnete hastig die Knöpfe am Kleid und schob den Stoff zurück. Sie fühlte sich in diesem Moment ein wenig wie Yannick oder Bastien. Aber sie war bei Weitem nicht so verführerisch, obwohl

284

sie nicht anders konnte als Sarahs nackte Brüste zu bewundern.

„Wunderschön", wisperte sie voller Ehrfurcht.

Sarah lächelte betont zurückhaltend, aber Althea las die Zufriedenheit in ihrem Blick. Sarah war es wohl gewohnt, Komplimente für ihren Busen zu bekommen. Die Brüste waren rund und üppig, von einem zarten Weiß, das ein Hauch Pfirsichröte überzog. Zarte, blaue Adern verliefen unter der weichen Haut. Altheas Herz trommelte, als sie sich über Sarah beugte und ihre üppigen Rundungen küsste. Ihre Lippen versanken beinahe in der Weichheit. Weibliche Haut schmeckte ganz anders – viel süßer.

Irgendwie glaubte sie in diesem Moment nicht, Bastien oder Yannick könnten ihr Verhalten missbilligen.

„Darf ich Ihre auch mal berühren, Miss?", flüsterte Sarah. „Würden Sie das mögen?"

„Ja, Sarah, das würde ich", hauchte sie. Sarahs flinke Finger öffneten ihre Pelisse und während ihre Kleidung geöffnet wurde, leckte und liebkoste sie weiter Sarahs Nippel. Die biegsame Brustwarze schwoll an ihre Zunge gedrückt an. Sie hatte keine Ahnung, wie man es richtig machte, aber sie versuchte nachzuahmen, was die Zwillinge gemacht hatten. Pure Leidenschaft überkam sie, und sie saugte einfach nur aus Freude an der Sache.

„Miss, nun lassen Sie mich ran", flüsterte Sarah. „Würden Sie mich da unter meinem Rock berühren? Ich möchte das jetzt gerne."

Sarah lehnte sich im Sitz zurück. Althea schob die Röcke des Mädchens hoch. Sie zitterte, als sie die ebenmäßig blassen Beine sah, die in schlichten Socken und hausbackenen Strumpfbändern steckten. Sie war nervös, aber zugleich so aufgeregt, dass sie dachte, sie würde in tausend Stücke zerspringen. Krause Locken kitzelten ihre Fingerspitzen.

285

„Althea, du musst das nicht tun", flüsterte sie sich selbst zu. Aber sie konnte Bastien vor ihrem inneren Auge sehen: Seine silbernen Augen brannten voller Lust, während er ihnen zusah. Sie stellte sich auch Yannick vor, der ein wenig entsetzt wirkte, trotzdem mit zunehmender Erregung zusah. Sie öffnete Sarahs Schamlippen und spürte warme Feuchtigkeit gegen ihre Hand branden. Himmel!

Das war Wahnsinn. Wie konnte sie Sarah hiernach als Zofe behalten? Was, wenn Sarah darüber redete? Und was dachte sie wohl? Aber Althea wollte mehr. Sie wollte die seidige Hitze berühren. Wollte sehen, wie Sarah sich vor Lust unter ihr wand.

Finde einen Ehemann in London! Sie musste fast lachen. Sie war verdorben. Sie gehörte inzwischen tatsächlich in Bastiens sittenlose Welt.

Sie berührte Sarahs empfindliches Knöpfchen. Es war ein erstaunliches, ein merkwürdiges Gefühl, weil es sich genauso anfühlte wie bei ihr selbst. Sarah kreischte.

Althea konnte kaum atmen. Sarah bog sich ihrer Hand auf verführerische, sinnliche Art entgegen. Althea wusste, sie hatte nicht die Fähigkeiten der beiden Zwillinge, aber Sarah schloss ihre Augen, stöhnte vor Lust und rieb sich hart an ihren Fingern. Das Mädchen kam innerhalb weniger Augenblicke.

„Oh, Miss!", schrie sie, griff nach ihren großen Brüsten und ritt auf Altheas Hand zu ihrem Gipfel.

Von ihrem Anblick überwältigt explodierte auch Althea. Das hatte sie nicht erwartet … hatte sie doch gedacht, es ginge nur durch Berührung – allein, das Mädchen anzusehen, reichte ihr …

Ihre unterdrückten Schreie vermischten sich mit Sarahs und erfüllten das Innere der kleinen Kutsche. Sie stöhnten beide verzweifelt, bis ihre Höhepunkte verebbten. Dann sank

Althea gesättigt und schwitzend neben Sarah. Sarah kicherte und richtete ihre Röcke, als wäre sie plötzlich schüchtern. Althea fühlte sich als die Erfahrene, die Lehrerin der Sünde, aber sie wusste nicht, was sie sagen sollte. Was sagte man normalerweise danach?

Nachdem sie sich eingerichtet hatte, kuschelte Sarah sich an ihre Seite und kicherte scheu. Und schon bald verrieten ihre regelmäßigen Atemzüge und das leise Schnarchen, dass das Mädchen schlief.

Althea seufzte erleichtert. Sie richtete ihr eigenes Kleid. Was sie sich auch immer große Gedanken machte! Und alles für ein bisschen Leidenschaft.

Schließlich öffnete sie auch die Fenster – damit die frische Frühlingsluft in die Kutsche drang und die skandalösen Düfte ihrer Lust vertrieb.

Und als sie aus dem Fenster blickte, sah sie eine Kutsche im Straßengraben liegen. Eine Frau stand am Wegesrand und versuchte, eine der vorbeiratternden Kutschen anzuhalten.

Gerade erst hatte sie ein schockierendes Zwischenspiel mit ihrer Zofe gehabt. Das Letzte, was sie jetzt brauchen konnte, war eine Mitreisende, eine Fremde in ihrer Kutsche. Doch als sie vorbeifuhren, sah Althea das Gesicht der Frau. Sie war schick angezogen. Unter einem seidenen Umhang und einer aufwendigen Haube wirkte die Frau so verloren, so traurig und flehend, dass Altheas Herz der Fremden zuflog. Sie bezweifelte, dass Sarah verraten würde, was sie getan hatten. Erst recht nicht vor einer Fremden.

Die Kutsche wurde langsamer. Auch der Kutscher schien besorgt um die Frau. Althea klopfte gegen die Decke und hieß den Mann, anzuhalten.

18. KAPITEL

Die Königin

„Sie hat einen gesunden Schlaf, wie mir scheint." Karmesinrote Lippen lächelten Althea an, während die gestrandete Reisende Sarahs Gesicht studierte. In ihrem Schlummer wirkte das Mädchen reizend.

Althea errötete verlegen. Es stimmte. Sie war überrascht, denn Sarah hatte während ihres kurzen Halts gedöst und hatte sich auch bei den darauffolgenden Vorstellungen und Diskussionen nicht gerührt. Aber sie würde sich hüten, darüber zu sprechen, warum das hübsche Blondchen so erschöpft war.

Die Frau hatte sich selbst als Madame Roi vorgestellt, nachdem sie Altheas Angebot angenommen hatte, sie bis zum nächsten Dorf mitzunehmen, wo sie ihr Nachtlager nehmen wollte. Madame sprach mit einem fremden Akzent, der aber sicher nicht französisch war. Sie hatte das Aussehen einer Zigeunerin – dickes, rabenschwarzes Haar, das sie unter der Haube geschickt aufgesteckt hatte, eine goldbronzene Haut und einen vollen, tiefroten Mund. Ihr Verhalten wirkte um einiges älter als ihr Erscheinungsbild, obwohl die langen Federn ihrer Haube die Augen verbargen.

Madame strich die Federn zurück. Mandelförmige Augen unter schweren Lidern maßen Althea abschätzig. Die schwarzen Wimpern wirkten, als wären sie mehrere Zentimeter lang.

Im ersten Moment hatte Althea vermutet, Madame Roi könnte eine Schauspielerin sein. Ein mit winzigen Saphiren besetztes Kropfband lag eng um ihren Hals und Saphire hingen auch von ihren Ohrläppchen. Ihre modische Kleidung mochte einen betrunkenen Gentleman täuschen, ein Vermögen für sie aufzubringen. Ihr eng geschnittener Umhang aus türkisfarbener Seide war an den Ärmeln und am Hals mit Zobel verbrämt. Darunter trug sie ein Kleid mit elfenbeinfarbenen Röcken.

Wenn sie keine Schauspielerin war, dann bestimmt eine Kurtisane. Sie war einfach übertrieben gekleidet für eine Reise. Aber jetzt sah sie, dass Madame eine noch viel zwielichtigere Person war. Ihr Lächeln war vorsichtig, aber nicht vorsichtig genug, um die langen Eckzähne zu verbergen. Nicht alle Unsterblichen erlitten vom Sonnenlicht Schaden. Dass sie dazu gehörte, konnte nur bedeuten, dass Madame Roi ein sehr mächtiges Wesen war.

„Machen Sie sich keine Sorgen, Miss Yates, sie wird nicht aufwachen. Und wir beide haben eine Menge zu besprechen."

Altheas Blick verfinsterte sich. Was hatte sie schon mit einer fremden Vampirin zu besprechen? Ihre Hand schloss sich um den Pflock, den sie in einer eingenähten Tasche auf der Innenseite ihres Umhangs verbarg. Das Kreuz an der Kette um ihren Hals baumelte bei jedem Schlagloch, durch das die Kutsche raste.

Die Frau tippte sich mit einem langen Finger, der in einem türkisfarbenen Lederhandschuh steckte, gegen das Kinn. „Ich sehe jetzt auch, warum Zayan Sie ausgewählt hat." Sie lächelte hinterhältig. „Ich vermute, Sie haben mit der hübschen, jungen Dame hier gerade sapphische Freuden geteilt."

Zayan? Sapphische Freuden? „Wer sind Sie wirklich?", verlangte Althea zu wissen.

„Ich bin die Königin der Vampire, meine Liebe." Sie streckte ihr die Hand mit einer königlichen Gebärde entgegen, als erwarte sie, dass Althea sich zum Handkuss darüberneigte, trotz der schwankenden Kutsche. In der Welt der Vampire hatte sich, wie in der Welt der Sterblichen, eine Hierarchie entwickelt. Eine Struktur, bei der die älteren, stärkeren Vampire die Macht für sich beanspruchten. Sie hatte von Vampirköniginnen gelesen, hatte Gerüchte gehört, es gebe sie bereits seit dem 13. Jahrhundert. Aber noch nie war sie einer begegnet. Und diese Frau, trotz ihres dreisten, arroganten Verhaltens, konnte unmöglich die Königin *aller* Vampire sein. Solch ein Wesen existierte nicht.

Oder doch? Wenn sogar Luzifer einen Vampir verpflichten konnte, nach seiner Pfeife zu tanzen – was war denn dann noch unmöglich?

Althea sollte sich eigentlich fürchten. Stattdessen stiegen hundert Fragen in ihr auf. Sie hielt noch immer ihre Waffe fest umklammert. Vampir oder nicht, die Frau hielt sich selbst für eine Königin, und sie strahlte eine Arroganz aus, als sei sie dazu berechtigt. Sie war wie Yannick, erkannte Althea.

Obwohl die Anschuldigung der Frau ihr die Schamesröte ins Gesicht trieb – zumal es ja auch stimmte –, dass sie sapphische Freuden mit dem Mädchen geteilt hatte, versuchte Althea, ihrer Stimme Festigkeit zu verleihen. „Was wissen Sie über Zayan?"

„Sie sollten mich mit ‚Euer Hoheit' anreden." Die dunklen, geschwungenen Brauen hoben sich hochmütig. Die silberschwarzen Augen – wie Quecksilber! – glitzerten im Sonnenlicht.

„Was meint Ihr damit, dass Zayan mich erwählt hat … Euer Hoheit?" Sie benutzte den Titel und die förmliche Anrede, um ihr zu schmeicheln.

„Um die Zwillinge zu verführen und sie zu entzweien, natürlich. Das war verdammt schlau von Zayan", schnurrte die Königin. „Zumal er nicht in der Lage ist, Yannick zu zerstören."

Einen Moment war Althea erleichtert. Zayan konnte Yannick nicht wehtun. Dann jedoch begriff sie die Tragweite der anderen Worte. *Um die Zwillinge zu verführen und sie zu entzweien.* Eiskalte Furcht rann über ihr Rückgrat.

„Aber Zayan hatte damit nichts zu tun …" Die Träume! „Zayan hat meine Träume kontrolliert?", rief sie entsetzt. Die Träume waren keine Vorausahnungen gewesen. Kein Zeichen ihrer Bestimmung. Sie war von einem bösen Vampir manipuliert worden.

„Ja. Zayan hat sie in Ihre Träume geschickt."

„Um sie zu entzweien? Aber warum?"

„Zayan kann Yannick nicht zerstören", wiederholte die Königin ungeduldig.

Altheas Widerstand regte sich bei diesem verachtungsvollen Tonfall. „Und wieso ist er nicht in der Lage, Yannick zu zerstören, Euer Hoheit?"

Die Königin lehnte sich mit einer fließenden Bewegung in den Polstern zurück. „Weil dieser liebliche Junge unter meinem Schutz steht – und dem Schutz von jemandem, der um einiges stärker ist als ich."

„Euer Schutz … Dann habt *Ihr* Yannick befreit." Sie erinnerte sich an seine Worte. Ein Pakt mit dem Teufel. Diese Frau war der Teufel, von dem Yannick gesprochen hatte.

„Er war mit meinem Preis für seine Freiheit einverstanden." Die mandelförmigen Augen verengten sich zu Schlitzen. „Er war einverstanden, seinen Bruder zu finden und Zayan für mich zu zerstören. Yannick rief nach mir. So konnte ich zu ihm gelangen. Bastien aber war zu sehr in seiner Wut, seinem Zorn und den an ihm begangenen Betrug gefangen, als um sein Leben zu feilschen. Er hätte nicht mal nach seinem eigenen Bruder gerufen. Nachdem Zayan von Yannicks Befreiung erfahren hatte, wusste er, dass er Bastien zerstören musste, um seine eigene Sicherheit zu bewahren. Und das wird er, wie du gesehen hast, nicht tun."

Was wusste die Königin über die vorangegangene Nacht im Mausoleum? Erneut spürte Althea, wie Röte in ihre Wangen stieg. „Darum hat er versucht, Bastien zu reizen, damit er Yannick tötete."

„Ja. Die Zwillinge sollten einander zerstören. Es gibt eine besondere Verbindung zwischen den beiden. Es gibt zwischen ihnen den Zauber der Zwillingsgeborenen – Vampire, die aus Zwillingen oder sogar Drillingen geschaffen werden, haben schon im sterblichen Leben eine enge Bindung, sie sind Teil eines Ganzen. Der Zauber, der ihnen im unsterblichen Leben verliehen wird, ist um einiges stärker."

Die tiefroten Lippen verzogen sich wieder zu einem teuflischen Lächeln. „Und so hat Zayan dich in ihre Träume geschickt. Um sie zu locken, um ihnen Lust zu schenken und die Erfahrung der Liebe. Keiner der beiden hat je gewusst, was Liebe ist. Sie hatten einen grausamen Vater und eine schwache Mutter. Beide starben, ehe sie die wahre Liebe einer sterblichen Frau erfahren durften. Zayan erkannte, dass sie trotz ihrer starken Bindung beide gewillt wären, für eine Liebe zu töten, die sie für sich beanspruchen wollten."

Aber war das, was sie selbst für die beiden fühlte – der Schmerz und die Freude und das schnellere Schlagen ihres Herzens, sobald auch nur ein Gedanke an die beiden aufkam – war das wahre Liebe? Oder war es nur von Zayan erschaffen worden? Wurde sie von ihm kontrolliert wie eine Spielzeugpuppe?

Verdammt, das machte sie noch wahnsinnig. Sie wollte nicht zulassen, dass dieses Ungeheuer ihr Herz kontrollierte.

„Ein köstliches, kleines Ding." Zu ihrem Entsetzen musste Althea mit ansehen, wie die Königin Sarah abschätzig betrachtete und die Zunge über ihre Eckzähne glitt.

Althea zog langsam ihren Pflock aus der Tasche.

„Keine Sorge, meine Liebe. Ich esse tagsüber nicht." Die Königin sah so amüsiert drein, dass Althea errötete und unwillkürlich erzitterte.

„Ich bin sicher, Ihre lustvollen Aktivitäten mit diesem süßen, kleinen Ding werden Zayans Untergang nur beschleunigen."

Beschämt senkte Althea den Blick. „Warum?" Aber jetzt
verstand sie, warum sie so einen verrückten Drang verspürt
hatte, diese Dinge zu tun.

„Sein Ziel ist es, dass Sie mehr und mehr Ihre sinnliche
Natur akzeptieren. Er will aus Ihnen eine noch größere Verlockung für Bastien machen. Eine süße, naive, charmante
junge Dame, die mehr als nur einen Mann im Bett will. Vielleicht sogar andere Frauen? Der liebe Bastien wird kaum widerstehen können."

„Aber ich träume nicht. Und es ist Tag …"

„Und Zayan ist ein mächtiges Wesen. Aber ich spüre, Sie
haben nur einen winzigen Schubs in die richtige Richtung gebraucht." Der Zeigefinger der Königin glitt anzüglich über
ihre vollen, roten Lippen.

„Zayan wird verlieren. Ich werde nicht zulassen, dass die
Zwillinge um mich kämpfen."

Die Königin lächelte. Ihre Herablassung schwand.

So erhellend Althea die Geschichte auch fand, sie blieb
misstrauisch. „Warum erzählt Ihr mir das alles?"

Der lange Finger spielte mit dem glitzernden Kropfband.
„Ich will Zayan einen Strich durch die Rechnung machen.
Und die Zwillinge waren früher meine Liebhaber." Madame
Roi seufzte wehmütig. „Sie waren wunderbare Liebhaber.
Aber Yannick wird beim nächsten Vollmond zerstört wer-
den – also in wenigen Tagen. Es sei denn, er vernichtet Zayan.
Er wusste natürlich damals, dass ich ihm keinen Pakt anbieten
und ihm unendlich Zeit geben konnte, ihn zu erfüllen."

„Was meint Ihr damit? Zerstört?"

„Bei Anbruch der nächsten Vollmondnacht wird er für
immer zu Staub zerfallen."

„Wenn er draußen ist. Im Licht des Mondes."

„Nein, meine Liebe. Wo auch immer er in diesem Moment ist."

Altheas Herzschlag setzte aus. Furcht überflutete sie und sie kämpfte dagegen an. Sie musste ruhig bleiben! „Aber das ist ein ungeheurer Preis!"

Die Königin machte eine wegwerfende Handbewegung. „Aber er hat diesen Preis akzeptiert."

Die einzige andere Möglichkeit wäre gewesen, für immer eingesperrt zu werden! „Und was ist mit Bastien? Wird er auch zu Staub zerfallen?"

„Das ist der besondere Kniff an diesem Pakt. Bastien wird sein Leben nur riskieren, wenn er Zayan mit Yannick angreift. Obwohl die Zwillinge Zayan bezwingen können, wenn sie ihre Kräfte bündeln, wird Bastien als Einziger verletzlich sein."

„Weiß Bastien das? Weiß er, dass Yannick sonst sterben wird?"

„Das wird er. Es ist unentbehrlich, dass er es weiß, wenn er seine Entscheidung trifft."

Die elegante Hand strich Sarahs Schenkel entlang. „Hübsches Wesen …"

„Nehmt Eure Hand weg von ihr!"

Die Königin streichelte das Tal zwischen Sarahs Schenkeln. „Sie wird sich an nichts erinnern, Miss Yates. Wie auch immer, ich nehme an, Bastien und Yannick waren in ihren Träumen Zeugen Ihres ungehemmten Verhaltens."

Ihre Wangen glühten, und Althea verspürte ein heftiges Pochen hinter der Stirn. War ihr das plötzlich peinlich … aber vor allem fürchtete sie um die Sicherheit der Zwillinge.

„Bastien fühlte sich immer hinter Yannick zurückgesetzt; das spüre ich bei ihm. Er ist vielleicht gewillt, Yannicks Tod zu akzeptieren, um alles für sich zu beanspruchen, das seinem Bruder gehört hat."

Machte sich die Königin denn gar keine Sorgen um Yannick? Beide Männer waren ihre Liebhaber gewesen – ein Gedanke, der Altheas Blut in den Adern stocken ließ. Die Vampirin war hinreißend. Wie konnte sie da hoffen, gegen diese Reize und ihre Macht bestehen zu können?

Die Königin neigte den Kopf, sodass die Pfauenfedern an ihrer Haube wippten. Sie war nicht im Mindesten mitfühlend bei Yannicks Misere. „Ich verstehe die Natur von Zwillingen. Ich war auch einst einer. Aber das ist die Wahl, die er treffen muss. Yannick hat ein Jahrzehnt nach der Zauberformel gesucht, um seinen Bruder zu befreien – jene Formel, die Ihr Vater schließlich fand. Aber nachdem er sie gefunden hatte, war er unsicher, ob er sie wirklich benutzen sollte."

Das überraschte sie. „Warum? Wenn es doch seinen Tod bedeutet, falls er sie nicht anwendet?"

„Bastien genießt es, unsterblich zu sein. Er schwelgt in der Macht, der Sinnlichkeit. Aber Yannick ist mit einem gewissen Verantwortungsbewusstsein groß geworden. Er verabscheut es, ein Vampir zu sein. Seine Zerstörung scheint ihm die einzige Fluchtmöglichkeit."

Wie betäubt hörte Althea zu. Dann streckte sie sich und klopfte mit der Hand gegen die Decke, um den Kutscher zum Anhalten zu bewegen. „Ich werde zurückfahren. Ich muss sicher sein, dass Yannick nicht stirbt. Bastien darf das nicht zulassen."

Zu ihrer Überraschung griff die Königin nach ihrer Hand und hielt sie mit ihren beiden Händen umfasst. „Nein, Miss Yates. Sie müssen nach London reisen. Zayan wird dorthin gehen, um heute Nacht auf die Jagd zu gehen. Er wird nicht nach Maidensby zurückkehren. Bastien und Yannick werden ihm folgen."

Ein heimlicher Blick in die dunklen, glitzernden Augen

gab Althea zu denken. Ging Zayan nach London, weil er wusste, dass er sie dort finden würde? Woher wusste er davon? Er konnte ihre Träume kontrollieren – konnte er auch ihre Gedanken lesen?

„Ich muss Sie jetzt allein lassen, meine Liebe", sagte die Königin. „Aber denken Sie daran, Zayan glaubt, dass Sie die Zerstörung der Zwillinge provozieren werden."

„Sie müssen mir sagen, wie ich das verhindern kann!"

Die Königin blickte Althea an. „Das werden Sie selbst entdecken müssen, Sterbliche."

Sie war also nur zu ihr gekommen, um Yannick zu beschützen, erkannte Althea. Vielleicht war es der Königin nicht erlaubt, einzugreifen. Die Regeln der Unsterblichen und der magischen Zwischenwelt waren komplex und verwirrend. Wie unendliche Rätsel. Gab es irgendeine Möglichkeit, wie sie eine Antwort bekommen konnte?

Die Vampirkönigin – und ihre Kleidung – verschwanden in einem Wirbel aus türkisfarbenem Licht.

Zu spät.

„Wo, zur Hölle, ist sie?" Yannick stürmte in Zayans Schlafzimmer im Mausoleum und schrie seine Forderung Altheas Vater entgegen. Er hatte gewusst, dass er Sir Edmund hier finden würde – Althea hatte ihrem Vater von diesem Ort erzählt, das hatte er sich schon gedacht.

„Guten Abend, Mylord." Sir Edmund beugte sich tief über ein geöffnetes Buch, das auf Zayans Sarg lag.

Verblüfft starrte Yannick Sir Edmund ein, der ihn einfach ignorierte und weiter in dem Buch las.

Hinter ihm sauste eine Peitsche durch die Luft und zischte, dicht gefolgt von einem Knallen, als die Spitze den Boden berührte. Etwas anderes – vermutlich die Keule – berührte den Fußboden mit einem dumpfen Aufprall. Er hörte das raue Lachen der Männer, die sich die Zeit damit vertrieben, Zayans Fundgrube an Sexspielzeug und Fesseln zu erkunden. Er konzentrierte sich auf Sir Edmund, aber er behielt das halbe Dutzend kräftiger Arbeiter aus dem Augenwinkel im Blick.

„Hey, Leute, guckt mal, es ist der Vampir höchstpersönlich!"

Verdammt noch mal. Yannick seufzte. Er hatte keine Zeit, gegen sechs Männer zu kämpfen, die mit Peitschen, Spitzhacken und Armbrüsten bewaffnet waren.

Sir Edmund blickte auf und hielt die Hand hoch, um die Männer aufzuhalten. „Bleibt ruhig, Männer", rief er. „Seine Lordschaft ist keine Bedrohung." Dann schob er die Brille auf seiner Nase zurecht und wies auf das Buch. „Dürfte ich Eure Aufmerksamkeit auf das hier lenken, Mylord? Es ist Zayans Tagebuch – er hat es über einhundert Jahre immer wieder geführt. Unregelmäßige Einträge, aber ich denke es wird so manches erhellen …"

Verärgert trat Yannick zu Sir Edmund. „Vergessen Sie das verdammte Tagebuch. Wo ist Althea? Warum, zur Hölle, haben Sie sie allein fortgeschickt?"

Er hörte, wie sich die Männer hinter seinem Rücken unruhig bewegten. Er wusste, sie warteten nur auf ein Zeichen, um ihn anzugreifen. Aber das war ihm so verdammt egal! „Ich erwarte eine Antwort, Sir Edmund. Sofort."

Sir Edmund pfiff anerkennend, als er eine Seite des Buchs umblätterte. Plötzlich erkannte Yannick, dass sein Gegenüber eine Rolle spielte. Er benahm sich wie ein ungezogener Schuljunge. Er wollte ihn ablenken. Jeden Augenblick konnte er jetzt von einem Bolzen im Herzen getroffen werden.

Sir Edmund blätterte die nächste Seite um. „Althea ist nicht allein, Mylord, das kann ich Euch versichern."

Yannick schäumte vor Wut. Wie konnte er sich mit einem

Mann, der so weit unter seinem Rang stand, auf so ein sinnloses Geplänkel einlassen? Er musste dafür sorgen, dass der Mann endlich klarsah.

„Wer auch immer bei ihr ist, wird sie nicht beschützen können, wie ich es kann"; schnappte er. „Sagen Sie mir, wo sie ist – im Gegenzug werde ich Ihnen alles über Zayan erzählen, was Sie brauchen."

Sir Edmund knallte das Buch zu und sprang auf. „Ihr denkt, ich würde meine Tochter verraten, um Zayan zu fangen?", bellte er. „Ihr beleidigt meine Ehre, Mylord. Das ist nicht gerade klug, wenn Ihr mich fragt. Es sind genug Waffen auf Euch gerichtet, die Euch vernichten könnten. Nicht einmal ein Vampir könnte es überleben, wenn all seine Glieder abgehackt werden. Oder wenn er enthauptet wird."

Das stimmte. Yannick witterte plötzlich einen Duft, den er bisher nicht wahrgenommen hatte, weil er von dem starken Geruch nach Knoblauch abgelenkt war. Obwohl nur schwach, war der Geruch doch penetrant. Er füllte seine Lungen und er fühlte, wie seine Muskeln geschwächt wurden. Die Solange-Blume – eine Pflanze, von der man lange geglaubt hatte, sie wäre ausgestorben. Es gab Gerüchte, ein holländischer Vampirjäger habe sie in einem geschützten Gewächshaus nachgezogen. Knoblauch hatte keine Wirkung auf ihn, aber Solange – wenn er zu viel von dem leichten Rauch einatmete, würde er in eine tranceähnliche Starre verfallen. Das Öl der Pflanze wurde verbrannt, und es wirkte wie ein nerventötendes Gift auf Vampire. Auf Sterbliche hatte es jedoch keine spürbare Wirkung.

Er hatte also keine Zeit für Höflichkeiten. „Ich weiß von Crenshaw, dass sie nach London reist. Wo hält sie sich auf?"

Sir Edmund schüttelte den Kopf. Er zog ein kleines Notizbuch und einen Bleistift aus der Tasche und kritzelte etwas in das Büchlein.

„Verdammt! Ich will sie nur vor Zayan beschützen."

„Dann helft mir, Zayan heute Nacht zu zerstören."

Yannick verlor die Kontrolle über sich. „Sie verstehen es nicht!" Er knallte die geballte Faust auf den Sarg. Mit einem Knirschen entstand ein Riss in der marmornen Oberfläche. Sir Edmund sprang zurück. „Verdammt noch mal, alter Mann, ich dachte, Sie wären intelligenter. Zayan wird nicht hierher zurückkehren. Er muss entweder Bastien oder mich zerstören, und er weiß verdammt gut, dass Althea der Weg ist, um das zu erreichen."

Er fühlte die Spannung, die sich bei den Arbeitern verstärkte. Er sah die Spitzhacken und die Schaufeln, die auf den Schultern lagen. Jederzeit bereit, geschwungen zu werden. Armbrüste wurden auf ihn gerichtet. Er sah die Männer langsam näher kommen und ihm umzingeln. Sir Edmund schüttelte leicht den Kopf. Die Männer sollten noch warten, vermutete er.

„Althea ist mit jemandem zusammen, der das nicht zulassen wird", stellte Sir Edmund klar.

„Niemand, dem Sie Althea anvertrauen, wird sie vor Zayan bewahren können!", schrie er erneut. „Das kann nur ich tun – ich bin der Einzige, den Zayan nicht töten kann."

Plötzlich erkannte er, wie blass und schwach Sir Edmund wirkte. Der Mann wies mit zitterndem Finger auf ihn. „Ihr habt sie hierhergebracht ..."

„Ich brachte sie hierher, um sie zu beschützen. Sehen Sie denn nicht, dass sie auch allein hierhergekommen wäre? Sie hätte sich selbst auf den Weg gemacht, nur mit dem Pflock und einer Armbrust bewaffnet und sie wäre mir gefolgt, weil sie glaubte, ganz allein auf sich achtgeben zu können."

„Niemals hätte sie so etwas Dummes ..." Aber Sir Edmund verstummte. Er schien in sich zusammenzufallen. Er wirkte alt und entmutigt. Schwer stützte er den Arm auf den

Sarg, als wolle er sich damit vor einem Zusammenbruch bewahren.

„Sie waren es schließlich, der sie gelehrt hat, Vampire zu jagen!" Zur Hölle, der Mann war krank. Yannick sah es nicht nur, er spürte es auch. Sir Edmunds Herz kämpfte um jeden Schlag, und sein Blut floss nur langsam durch die Adern. „Ist es die Attacke von Zayan?", fragte er. „Brauchen Sie mehr von meinem Blut?"

Sir Edmund schüttelte den Kopf. Der Mann war blasser als ein Vampir. Seine Atemzüge gingen flach. „Es war eine Herzattacke. Ich fürchte, ich muss der Natur ihren Lauf lassen." Seine heisere Stimme kam gepresst.

Altheas Vater ließ den Kopf hängen, als drückte ein großes Gewicht ihn nieder. „Althea wäre auch allein gegangen. Das weiß ich … Obwohl sie sich damit in große Gefahr begab. Sie wird es getan haben, um Euch zu beschützen, Mylord. Sie wollte Zayan aufhalten. Althea ist ein edles, mutiges Mädel – mit einem stärkeren Willen als viele Männer, denen ich begegnet bin. Aber sie ist noch immer … unschuldig."

Yannick versuchte, nicht zu hart bei diesen Worten zu schlucken. Sie war nicht mehr unschuldig, dank ihm. Obwohl er nicht glaubte, dass sexuelle Unschuld genau das war, was Sir Edmund meinte.

„Sie ist dazu bestimmt, Vampire zu jagen. Sie sollte einst in meine Fußstapfen treten."

„Ich weiß; das hat sie mir klargemacht."

„Ihr habt recht, es war mein Fehler, Mylord. Ich habe sie in die entlegensten Winkel des Kontinents mitgenommen. Sie hat länger in den Karpaten gelebt als in England. Budapest ist eher ihre Heimat als London. Ich war verdammt eigennützig. Nicht ein Mal habe ich darüber nachgedacht, was für eine Zukunft ich ihr schuf. Aber jetzt will ich, dass sie heiratet. Ich will sie verheiratet sehen, glücklich, Herrin ihres eigenen Hauses, ich will sie ihre Kinder aufziehen sehen." Sir Edmund atmete ein paarmal und rieb sich über die schmerzende Brust. „Es ist nicht das Herz, denke ich. Wird die Fleischpastete sein, die ich gegessen habe."

„Wo ist sie in London?", wiederholte Yannick.

Sir Edmund nahm alle Kraft zusammen und schüttelte die Faust. „Ich sollte einen Bolzen durch Euer Herz jagen, weil Ihr sie gestern Nacht besucht habt. Ihr habt sie für Euch eingenommen mit Eurem Charme und Eurem guten Aussehen. Ihr habt sie darüber getäuscht, was Ihr wirklich seid."

„Und was denken Sie, was ich von ihr will, Sir Edmund? Warum denken Sie, bin ich zu ihr gegangen?" Was, zur Hölle, tat er hier? Forderte er ihren Vater heraus? Er hatte sie verführt! Nur ein Dummkopf würde sich mit einem Mann anlegen, der sechs bewaffnete Männer hinter sich wusste, die ihn jederzeit angreifen konnten.

Aber verdammt noch mal, er wollte, dass Sir Edmund verstand …

„Ich weiß, was Ihr wollt. Ihr Blut. Sie ist jung und schön. Ihr wollt sie zerstören."

„Herr im Himmel, nein! Das will ich nicht. Ich glaube … ich glaube, ich liebe sie."

„Dann wollt Ihr sie zum Vampir machen. Und das werde ich nicht zulassen!"

Zu Yannicks Überraschung wurde Sir Edmunds Blick traurig, und seine Wut ließ nach. „Sie hat es verdient, zu leben und glücklich zu sein, Mylord. Sie hat so viel Furchtbares in ihrem Leben gesehen, das kein Mädchen sehen sollte – das verstehe ich inzwischen. Sie war immer stark genug, es zu ertragen. Aber es hat sie für immer gezeichnet."

Yannick verstand ihn. „Und Sie möchten jetzt am liebsten die Zeit zurückdrehen? Sie wollen, dass sie heiratet und glücklich wird. Und dass sie das Böse in der Welt vergisst."

„Ich weiß, dafür ist es zu spät. Zu spät für einen egoistischen, alten Mann, seine Fehler wiedergutzumachen." Sir Edmund griff nach einem Stock, der auf dem zerbrochenen Sargdeckel lag. Er stützte sich schwer auf den Stock und schlurfte durch den Raum, zurück zum Vorraum. Yannick folgte ihm. Die Bewaffneten blieben dicht hinter ihm.

Er fand Sir Edmund zwischen den Sarkophagen. Schwer stützte er sich auf den Spazierstock. „Du da, Bowman. Würdest du den Sarg für mich öffnen?"

Mit einem Schaudern schritt Bowman zur Tat. Yannick wusste nicht, warum er blieb und zusah. Er hatte es eilig, nach London zu kommen. Alles wollte er daran setzen, Althea zu finden.

Bowman schob das Stemmeisen unter den schweren Deckel. Es lockte Yannick, seine eigene Stärke zu beweisen und den Deckel mit einer einfachen Bewegung vom Sarkophag zu schieben. Ihm wäre das leichtgefallen. Aber er wusste auch, dass es unklug war, zu viel von seiner Stärke vor dem Feind zu offenbaren. Sie beide liebten Althea, aber Sir Edmund würde in ihm nie etwas anderes sehen als seinen Feind.

Wie Yannick es erwartet hatte, lag kein Skelett in dem Sarkophag, nachdem der Deckel beiseitegeschoben worden war. Ein Junge, kaum älter als zwölf, lag darin. Die Augen waren geöffnet, doch sie blickten starr. Auf den ersten Blick war er ein Untoter. Doch Yannick spürte das Leben in ihm. Zayan hatte diesen Jungen nicht vollständig verwandelt. Er hielt ihn weiter gefangen, um ihn zu kontrollieren. Der schwache, kaum spürbare Lebenshauch hielt sich verzweifelt.

Wie bei ihm. In wenigen Tagen – in fünf Tagen, um genau zu sein – würde er selbst tot sein. Wenn es ihm nicht gelang, Zayan zu zerstören … Er würde zu Asche verbrennen. Und er würde nicht länger imstande sein, Althea zu beschützen.

Ebenso wenig könnte es Bastien – nicht allein.

Er musste Bastien überzeugen, ihm zu helfen – für Althea! Sie mussten den Mann zerstören, den sein Bruder einst geliebt hatte.

„Lassen Sie mich dem Jungen von meinem Blut geben, Sir Edmund", sagte Yannick. „Ich kann ihn retten."

„Tut, was nötig ist, Mylord." Altheas Vater wischte eine Träne weg und trat beiseite.

19. KAPITEL

Der Ball

Sie betete darum, nicht die Treppe hinunterzufallen.

Althea hielt sich mit einer Hand am geschwungenen Eichengeländer fest und trat vorsichtig auf die frisch gebohnerten Stufen. Im mit Marmor ausgekleideten Foyer warteten die anderen auf sie – Sir Randolph, Lady Peters, ihr Sohn David, zwei kichernde Cousinen und eine scharfzüngige Tante. Fransen aus vergoldeten Perlen schwangen um ihre Knöchel, als sie behutsam den Saum ihres Kleids hob, um nicht zu stolpern.

Sie war es nicht gewohnt, so herausgeputzt zu werden. Schlimmer noch, sie fürchtete, dass ihr Mieder, wenn sie sich nicht perfekt gerade hielt, bis zu ihrer Taille rutschen könnte. Oder dass ihre Locken, die auf ihrem Kopf zu einer komplizierten Frisur aufgetürmt und mit einem Reif aus Gold und Edelsteinen gehalten wurden, sich aus der Frisur befreien könnten. Sie riskierte einen knappen Blick, schielte an ihrer Brille vorbei, um sich zu versichern, dass sie nicht auf den Saum trat.

Sie konnte ihre rosigen Rundungen sehen, die über den eckigen Ausschnitt ihres Kleids quollen. Zwar verschleierte ein Stück elfenbeinfarbener Spitze ihre Brüste. Aber ein Gentleman, der sie überragte, bekam sicher unschickliche Einblicke …

„Miss Yates, Sie sehen bezaubernd aus."

Sie verharrte, vorgeblich um sich selbst zu präsentieren, aber insgeheim versuchte sie, ihre Kleidung zu richten. Der Seidenschal aus Norwich, den sie über ihren Arm drapiert hatte, verrutschte schon wieder. Ihr Absatz verfing sich in dem bodenlangen Saum.

Sir Randolph hielt sich ein Monokel ans Auge und wandte sich an seine Frau. „Ausgezeichnete Arbeit, meine Liebe."

Althea konnte ein ironisches Lächeln nicht verkneifen. Der Unterton war unmissverständlich. *Wir werden schnell einen Freier finden und sind diese Sorge wieder los.*

Lady Peters, eine hübsche Vierzigjährige mit aschblondem Haar, üppigen Rundungen und überwältigend dunklen Augen, tätschelte Sir Randolphs Arm. „Die Ehre gebührt vor allem unserer Miss Yates. Sie ist wahrlich ein Juwel. Und sie hat einen guten Geschmack."

Althea errötete. Sie hasste es, sich wie ein Ausstellungsstück im British Museum zu fühlen. Sie griff nach den elfenbeinfarbenen Röcken ihres Kleids und versuchte einen weiteren Schritt. Ihre erste Unterredung mit Lady Peters war nicht gerade erfolgreich gewesen. Daher konnte sie spüren, wie erleichtert ihre Gönnerin war, weil sie sich immerhin ordentlich angekleidet hatte. Sie dachte wieder an ihren ersten Nachmittag im Haus.

Gunst und Freundlichkeit ausstrahlend hatte Ihre Ladyschaft Althea in einen riesigen Salon geführt, der so groß war wie das gesamte obere Stockwerk des Gasthauses in Maidensby. Er sprach vom unglaublichen Reichtum der Familie. Teppiche mit exotischen Mustern bedeckten den Boden. Die Möbel waren luxuriös und den eleganten Linien der griechischen Antike nachempfunden oder von sinnlich-orientalischer Verschwendung geprägt. Glänzendes Holz, reiche Seiden- und Samtstoffe, beeindruckende Tapeten. Vieles von Lady Peters' Reichtum verdankte sie ihrer Mitgift. Sie war Cousine zweiten Grades eines Herzogs. Althea konnte sich kaum vorstellen, wie schön dann erst Yannicks Zuhause sein musste.

Hier und da standen Kuriositäten, die ihre Aufmerksamkeit fesselten. Eine Sheela-na-Gig – ein keltisches Symbol der

Fruchtbarkeit. Sie errötete, als sie diese Steinfigur einer lachenden Frau sah, die ihre Schamlippen mit einer Hand öffnete. Eine Reihe großer, dünner Steine mit gerundeter Spitze. Erst nachdem sie diese eine Zeit lang angestarrt hatte, erkannte sie, dass es Phalli waren.

„Haben Sie bereits viel Zeit in London verbracht, Miss Yates?"

Althea zuckte schuldbewusst zusammen. Um Himmels willen, sie hatte gerade darüber nachgedacht, welche der langen, dicken Steinpenisse Yannick und Bastien am ähnlichsten waren.

„Haben Sie sich bereits eine Meinung über London gebildet, Miss Yates?", fragte Lady Peters erneut mit einem höflichen, aber taxierenden Lächeln.

Altheas Teetasse klapperte auf der Untertasse. Sie musste sich konzentrieren. Lady Peters beurteilte gerade ihre Fähigkeiten, mit Gentlemen zu flirten und sie zu necken. Das sich hinziehende Schweigen ließ vermutlich sämtliche Alarmglocken im Kopf Ihrer Ladyschaft schrillen. Ihr Vater durfte nicht erfahren, dass sie es nicht wenigstens versuchte.

Strich die Lady bereits potentielle Kandidaten von ihrer Liste? Ging sie in Gedanken die Liste bis zum Ende durch, wo sie die verzweifelten Freier aufgelistet hatte, die dringend eine Frau suchten? Althea konnte sich vorstellen, wie es hinter der Stirn Ihrer Ladyschaft arbeitete, obwohl ihr Gesichtsausdruck starr blieb: *Der alte x-beinige Soundso – der würde sie nehmen. Oder Lord Diesunddas, der ist stocktaub. Er wird nicht merken, wenn sie so ruhig ist.*

Das sanfte Ticken der Standuhr untermalte ihre schlechte Vorstellung, während sie verzweifelt in ihrem Kopf nach einer angemessenen Antwort forschte. Ihr Vater hatte sie gewarnt, nicht allzu frei in der feinen Gesellschaft von London zu sprechen. Sie wusste, dass sie nicht die Wahrheit sagen durfte.

„Ich habe noch nicht mal einen Monat meines Lebens in London verbracht. Ich möchte mir nach so kurzer Zeit noch keine Meinung bilden, Mylady."

„Hmmm. Ich spüre eine gewisse Enttäuschung", neckte Ihre Ladyschaft sie und zwinkerte Althea zu.

„Es ist eher Heimweh", log sie.

Aufrichtige Überraschung zeigte sich auf dem hübschen Gesicht Ihrer Ladyschaft. „Sie wollen damit sagen, England sei nicht Ihre Heimat?"

„Ich kann mich kaum daran erinnern, Mylady." Und all ihre Erinnerungen an England waren Erinnerungen an ihre Mutter. Die rosigen Wangen ihrer Mutter, die von einem kalten Winterhauch gerötet waren. Ihre warme Umarmung, die selbst an einem heißen Sommertag angenehm war. Dann war ihre Mutter fort, und ihr Vater hatte England in Richtung Karpaten verlassen ...

Sie wischte sich verstohlen eine Träne weg. Die Warnungen ihres Vaters kamen ihr wieder in den Sinn. *Reite nicht auf deinen Reisen in fremde Länder herum, Kleines. Und sprich nicht über die Vampirjagd. Eine Frau, die im Umgang mit einer Armbrust geübt ist, wird einen Mann nervös machen.*

„Einkaufen!"

Althea riss ihren Blick von ihrer Teetasse los, in dem langsam der Tee erkaltete. Einkaufen?

„Das ist ein wahres Vergnügen, wenn man in London ist, Miss Yates."

„Ja", beeilte Althea sich zu sagen. „Ich freue mich schon auf all die Buchläden in London ..."

„Bücher! Edmund hat mich gewarnt, dass Sie ein kleiner Blaustrumpf sind, meine Liebe. Ich spreche natürlich von Kleidern."

„Aber das kann ich mir nicht leisten ..."

„Aber ich kann."

„Das kann ich kaum annehmen ..."

„Doch, das können Sie. Der liebe Edmund hat mehr als einmal Randolphs Leben gerettet. Sie in ein paar hübsche Kleider zu stecken würde kaum ausreichen, um ihm für seine Taten zu danken. Kommen Sie, Miss Yates, wir haben viel Arbeit vor uns!"

Und so fand Althea sich in wertvolle, elfenbeinfarbene Seide gehüllt wieder, die kaum ihren Busen bedeckte und über ihren Hüften so eng anlag, dass es ihren Hüftschwung zur Schau stellte, wenn sie ging. Sie rieb sich darin auf, stundenlang still zu stehen, während eine Schneiderin winzige Nadeln in ihr Kleid stach. Und das alles, während Yannick und Bastien in Gefahr schwebten und Zayan sich in London herumtrieb! Sie ärgerte sich und wurde regelrecht wütend, als es darum ging, Hüte und Hauben zu kaufen. Was zählte es, wenn sie hübsch aussah? Sie musste die Zwillinge warnen, dass sie sich von ihr fernhielten! Und wie sinnlos war es, über hundert Paar Schuhe anzuprobieren ...

Aber das strahlende Lächeln von Sir Randolph und Lady Peters und der von ihrer Schönheit überwältigte David – er war gerade mal zwanzig und der Traum Sarahs schlafloser Nächte – zeigte ihr, dass die Verwandlung geglückt war. Vor ihrem eigenen Spiegel, vor dem sie sich gedreht hatte und den Saum ihres Kleids gewirbelt hatte, hatte sie sich schön gefühlt.

Aus einer Laune heraus hatte sie das Medaillon mit der Miniatur ihrer Mutter in den Spiegel gehalten. Sie wollte daran glauben, dass ihre Mutter sie so sehen konnte.

Sie hoffte auch – und das war wohl genauso dumm – dass Yannick und Bastien sie irgendwie auf dem Fortesques-Ball finden würden. Sie wollte die beiden mit ihrer Schönheit blenden. Und nach drei Nächten des Zölibats verzehrte sie sich danach, mit ihnen zu schlafen.

„Verdammt, ich hasse diese Veranstaltungen."

Bastien griff ein Glas Champagner von einem vorbeischwebenden Tablett und trank den feinen, prickelnden Wein mit einem Schluck. Er grinste seinen Bruder an. „Nur weil all die Mädchen und alten Weiber dich im Visier haben, um dich zu heiraten. Was für ein Witz! Stell dir vor, wenn du eines dieser Hühner heiratest! Irgendwann wird die süße Jungfer dann erkennen, dass ihr exzentrischer Ehemann, der bis Sonnenuntergang schläft, in Wahrheit ein großer, böser Vampir ist!"

Du lieber Gott, du passt wirklich nicht in die feine Gesellschaft.

Bastien lachte bei diesem Kommentar seines Bruders. Dann seufzte er, als ein warmer, weiblicher Körper sich von hinten an ihn presste. Ein üppiger, warmer Körper. Das Foyer des Fortesques war so überfüllt, dass sich Berührungen kaum vermeiden ließen. Das würzige Parfüm der Fremden umgab ihn. Das Pochen ihres Herzens war eine berückende Melodie und um einiges schöner als jene, die aus dem Ballsaal zu ihm drang. Er witterte ihr rauschendes Blut. Seine Eckzähne schossen hervor. Vielleicht könnte er die hübsche Lady in die Dunkelheit einer Ecke entführen und einen kleinen Imbiss nehmen …

„Da ist sie."

Bastiens Herz machte einen Sprung. Er war plötzlich aufgeregt, wandte sich in die Richtung, in die Yannick schaute, weil er einen Blick auf sie erhaschen wollte. Althea. Wo war sie? Verdammt, er wollte sie wiedersehen. Er musste sie wiedersehen. Nie zuvor hatte er sich so sehr nach der Nähe einer bestimmten Frau gesehnt.

„Sie ist atemberaubend", flüsterte er, als er sie erspähte.

Sie überstrahlte alle anderen Frauen im Raum. Sogar die Herzoginnen, die Gräfinnen und die reichen Erbinnen konnten sich nicht mit ihr messen. Altheas volles, glänzendes dunkelrotes Haar schimmerte einzigartig und atemberaubend schön im Schein der zahlreichen Kerzen. Eine lange Locke ringelte sich verführerisch auf ihrem schmalen Rücken. Sie drehte sich halb zu ihnen um, und sein Mund wurde trocken. Winzige Smaragde glitzerten in ihrem Haar, aber ihre strahlenden Augen stellten die Edelsteine in den Schatten. Ein rosiger Hauch lag auf ihren Wangen. Es herrschte ein schreckliches Gewühl auf diesem Ball, es war heiß, überfüllt und langweilig. Althea aber strahlte vor Aufregung und Freude. Sie allein war es wert, dieser Veranstaltung beizuwohnen.

Bastien war hierhergekommen, weil er gehofft hatte, sie zu finden. Er hatte es nicht gewagt, seine Karte bei Sir Randolph vorzulegen in der Hoffnung, zu ihm vorgelassen zu werden. Als ein Freund von Altheas Vater hätte der Baron vermutlich sofort gewusst, mit wem er es zu tun hatte.

Er konnte es kaum erwarten, mit ihr wieder vereinigt zu sein.

Während seines täglichen Schlafes hatte ihn ein verzehrender Traum heimgesucht – Althea und eine hübsche Blondine hatten die Vorzüge der anderen erkundet und waren gemeinsam zum Höhepunkt genommen. Er hatte mit einer Erektion geschlafen und wurde allein beim Gedanken an den Traum so hart wie nie zuvor in seinem Leben. Sein gieriger Schwanz drängte sich gegen den Stoff seiner Hose, als wolle er ihn sprengen.

Er wollte zu Althea hinübergehen, doch Yannick hielt ihn an der Schulter fest. „Warte."

Er machte sich mit einer unwilligen Bewegung von Yannick los. Jetzt sah auch er die blonde Frau und einen großen, distinguierten Gentleman, die Althea begleiteten. Ein dunkelhaariger Jüngling ging an ihrer anderen Seite, und die Hand des Jungen schien sich gefährlich nah an Altheas in Seide gehülltem Po zu bewegen.

„Mr. De Wynter! Wie schön, Sie wiederzusehen. Sind Sie endlich vom Kontinent zurückgekehrt?"

Zur Hölle aber auch. Lady Wie-auch-immer steuerte direkt auf ihn zu, ihre Töchter im Schlepptau.

„Ich war also auf dem Kontinent. Interessant." Er warf einen Blick in Yannicks Richtung. Sein Bruder hatte die Flucht ergriffen und tauchte in der Menge unter. Er verneigte sich vor Lady Irgendwer und ihren gaffenden Töchtern. Sie knicksten linkisch vor ihm, und er kam nicht umhin, ihnen einen Tanz zu versprechen. Er hätte ihnen alles versprochen, damit sie ihn allein ließen. Er musste nach Althea suchen.

„Ich bin mit meinem Bruder hier, Lord Brookshire", bemerkte er beiläufig. Er brach beinahe in lautes Lachen aus, als Lady Irgendwer, die offensichtlich nach geeigneten Heiratskandidaten für ihre langweiligen Töchter Ausschau hielt, sich auf die Jagd nach Yannick machte. Das geschah seinem Bruder recht. Da er die anderen überragte, konnte Bastien die Menge gut überschauen. Yannick wies gerade den Angriff zweier Matronen ab. Die eine war füllig und in eine purpurfarbene Robe gekleidet. Sie stützte sich schwer auf einen Spazierstock. Die andere war eine rehäugige Schöne, die sich an seinen Arm hängte und offensichtlich hoffte, ihn für ein bisschen Bettsport begeistern zu können.

Da sein Bruder anderweitig beschäftigt war, suchte Bastien die Menge weiter nach Althea ab.

Sie war fort.

Er lief hinauf zur Tür, die in den Ballsaal führte. Er war beseelt von dem Wunsch, sie zu finden.

Zum ersten Mal in seinem Leben schauderte Yannick, als weiche, große Brüste sich gegen seinen Arm pressten. Die schöne, verlockende Lady Aubrey klopfte den geschlossenen Fächer gegen ihre vollen Lippen. Sie ließ den Fächer aufspringen und bewegte ihn in einem wilden Takt. „Ich fürchte, ich werde in dieser Hitze noch umkommen. Die Gärten sind hier so hübsch und angenehm kühl … und niemand stört uns …" Ihre Wimpern flatterten. Sie erwartete, dass er ihr anbot, sie zu begleiten. Ihre Hüfte rieb sich verführerisch an seinem Oberschenkel. Zugleich tanzten ihre Finger an seinem Unterarm hinauf, bis sie seinen Bizeps erreichten und ihn kühn streichelten.

Yannick biss die Zähne zusammen. Warum sollte er sich heute Abend darüber ärgern?

Es war verrückt, zum ersten, großen Ball der Saison zu kommen. Für die feine Gesellschaft war er ein Earl, der auf Freiersfüßen wandelte – eine erstklassige Beute auf dem Heiratsmarkt. Und da er ohnehin selten bei gesellschaftlichen Ereignissen erschien, war er schwer zu erhaschen, und das wussten die Frauen.

Zwischen Hunderte warmer Körper eingezwängt zu sein – und von denen waren mehr als die Hälfte attraktive Frauen – stellte seine Selbstkontrolle auf eine harte Probe. Seine Eckzähne hatten sich vorgeschoben, und er musste auf jede seiner Bewegungen achten, um sich nicht zu verraten. Ein stechender Schmerz schoss von seinen Zähnen durch den Körper, als er den quälenden Duft des Bluts von über fünfhundert Menschen einatmete.

Seit er ein Vampir geworden war, hatte er nicht riskiert, an einem Ball teilzunehmen.

Lady Aubrey neigte den Kopf und offenbarte ihm ihren langen, weißen Hals.

Nur ein kleiner Biss …

Es wäre so einfach. Er könnte die hübsche Lady in die Dunkelheit des Gartens locken und könnte leicht von ihrem köstlichen Blut kosten …

Nein. Und das nicht, weil er fürchtete, entdeckt zu werden. Nein, er war heute Nacht wegen Althea hergekommen. Und er sollte verflucht sein, wenn er es nicht schaffte, seine Vampirnatur zu verbergen.

Er nahm die Hand Ihrer Ladyschaft von seinem Arm und küsste ihre in einem Satinhandschuh steckenden Fingerspitzen. „Das können wir nicht verantworten, wenn Sie ohnmächtig werden, meine Liebe. Lassen Sie sich von mir nicht aufhalten, wenn Sie die befreiende Brise auf der Terrasse genießen wollen."

Lady Aubrey senkte den Fächer. Enttäuschung war in ihren Augen zu lesen. „Werden Sie mich nicht begleiten, Lord Brookshire?"

„Ich muss leider ablehnen, meine Liebe. Ich suche nach einer bestimmten jungen Lady. Die Lady, von der ich hoffe, sie wird mir den ersten Walzer reservieren."

„Wirklich?" Ihre dunklen Augen glitzerten bei der Aussicht auf Klatsch. „Und wer mag diese junge, glückliche Frau wohl sein?"

Bei Gott, er hasste das hier. Der Klatsch, die Spielereien, die starren Regeln. Alles, was er wollte, war, Althea für sich zu beanspruchen. Diese Nacht wollte er bei ihr sein.

„Ein Engel", antwortete Yannick knapp. Mit diesen Worten ließ er Lady Aubrey stehen. Es kümmerte ihn nicht, wie grob er sie behandelte.

Er wollte Althea. Er suchte nicht nur nach ihr, weil sie in großer Gefahr schwebte. Er hasste sich dafür. Er war dazu erzogen worden, ein Gentleman zu sein, und er sollte genug Ehre im Leib haben, um sie ziehen zu lassen, damit sie sich einen Ehemann suchte. Ihr Vater hatte die Wahrheit gesagt. Sie verdiente einen hingebungsvollen Ehemann; sie verdiente es, Kinder zu haben.

Er war ein egoistischer Bastard gewesen, dass er es überhaupt in Erwägung gezogen hatte, ihr Herz zu erobern. Allein der Gedanke, sie zum Vampir zu machen! Er konnte sie nicht aus ihrem glücklichen, sterblichen Leben reißen. Das war ihre Zukunft. Mit ihm hatte sie keine Zukunft.

Aber jetzt musste er sie vor allem beschützen.

„Reservieren Sie mir einen Walzer, Miss Yates. Ich muss heute Nacht mindestens einmal mit Ihnen tanzen."

Althea zitterte, als Bastien ihr diese Worte ins Ohr flüsterte. Der Hauch seines heißen Atems ließ ihre Haut prickeln. Sie drehte sich auf dem Absatz zu ihm um. Ihr Herzschlag beschleunigte sich, als sie seinen geheimnisvollen, intensiven Blick erwiderte. Seine silbernen Augen schimmerten im Schein der zahllosen Kerzen. Sein Haar, das er elegant im Nacken zusammengefasst hatte, glänzte wie reines Gold. Eine Strähne hatte sich gelöst und umspielte die scharfe Linie seiner hohen Wangenknochen. Wie in ihrem Traum trug er schöne Kleider: ein schwarzes Jackett über einer goldenen Satin-Weste und dazu eine schwarze Hose. Er kam näher, lehnte sich gegen sie und drückte sie gegen die Wand. Seine Haltung war ungeniert vertraulich.

Sie schaute sich um, ob es Augen gab, die sie beobachteten. Aber in dem dichten Gedränge konnte sie niemanden sehen, der sie offensichtlich beobachtete. Nicht, dass sie von jemand anderem als Lady Peters erwartete, einen Blick auf sie zu werfen. Aber viele Blicke folgten bestimmt dem goldhaarigen, schönen Mr. de Wynter.

Spielerisch erinnerte Althea ihn: „Wenn du öfter als zweimal mit mir tanzt, wird die Gesellschaft denken, wir seien verlobt."

„Dann lass uns jeden einzelnen Tanz tanzen, denn ich gehöre dir, meine Süße. Obwohl ich keine Seele habe, die ich an dich verlieren kann."

Ihr stockte der Atem. Sie erwiderte Bastiens Blick. Sie

sollte nicht mit ihm flirten. Erleichterung hatte sie überflutet, als er sie angesprochen hatte – Erleichterung, dass er hier war. Dass er in Sicherheit war. Yannick war vermutlich auch hier. Aber so sehr sie sich wünschte, sich in Bastiens Arme zu schmiegen, ihn festzuhalten, zu küssen und ihn zu berühren … Sie konnte es nicht. Nicht nur, weil sie in der Mitte eines Ballsaals standen, sondern weil sie für ihn und Yannick eine Gefahr war. Sie war Zayans Werkzeug, und sie musste ihn warnen.

Sie griff nach seinem Ärmel. „Würdest du mit mir nach draußen kommen? Ich muss mit dir über etwas sprechen, das ich gerade erst erfahren habe."

Bastien zwinkerte ihr zu. „Mit dir in die Dunkelheit entschlüpfen?" Er lächelte still, und sie spürte, wie ihr Schoß auf seine Gegenwart reagierte. „Sollte ich mir Sorgen um meine Tugendhaftigkeit machen?"

Diese Angelegenheit versprach alles andere als einfach zu werden. Sie wollte ihn so sehr, dass sie insgeheim wünschte, sie könnte ihm die Kleider auf der Stelle vom Leib reißen, inmitten der feinen Gesellschaft. Aber sie durfte dem Verlangen nicht nachgeben, nicht wenn es die Männer zerstörte, die sie liebte.

„Ich wünschte, das würdest du tun", flüsterte sie. Verdammt sei Zayan.

Er reagierte sofort auf ihren traurigen Tonfall, das leise Bedauern, das er wohl heraushörte. Der Kummer. Er griff nach ihrem Ellenbogen. „Dann lass uns schnell nach draußen gehen und reden, mein Täubchen."

Die Menge teilte sich zu ihrer Überraschung vor ihnen. Bastien war präsent, eine spürbare Aura umgab ihn – er strahlte Macht aus. Sogar Männer, die weit über ihm standen, ließen ihn instinktiv durch. Andere Paare steuerten auf die offenen Türen zu, die in den Garten führten.

Komm mit mir, Althea.

Hand in Hand schritt sie mit Bastien die Stufen hinab bis zum anderen Ende der Terrasse. Sie kamen an einer Reihe von Statuen vorbei, die halb verdeckt wurden von den üppigen Fliederbüschen, die in voller Blüte standen. Sie sah Pan zwischen zierlichen Wassernymphen. Es ähnelte alles ihrem Traum ... Ihr Herz schlug sehnsüchtig.

Nein, sie durfte sich mit Bastien nicht lieben. Denn wenn sie diesem Verlangen nachgab, half sie Zayan. Sie wusste nicht, wie viel ihrer Leidenschaft – und der Leidenschaft der Zwillinge – von Zayan kontrolliert wurde.

Hier werden wir sicher sein vor den Blicken anderer. Sie hörte das Verlangen in seiner Stimme, als er in ihren Gedanken sprach. Aber da war noch mehr, das spürte sie.

In den Schatten, hinter einem wild gewachsenen Fliederbusch am äußersten Rand des Gartens konnte Althea wenig sehen. Nur die hohen Wangenknochen, seine strahlenden Augen, das Schimmern des Satins und der feinen Wolle.

Und sein freudiges Grinsen. Sie konnte seine weißen, gebogenen Eckzähne sehen.

Bastien zog sie in die Arme. Sie legte ihre Handflächen gegen seine Brust und wollte sich befreien. Nur zu gut wusste sie, was er wollte.

„Nein", flehte sie. „Lass mich dir erst erzählen, was ich erfahren habe!"

„Nein, mein Täubchen. Lass mich dir erst den einen oder anderen Orgasmus schenken."

Er war so unverbesserlich! Sie lachte trotz der Spannung, die ihre Muskeln schmerzen ließ. „Sei still oder ... oder ich schlage dich!"

Sein Körper spannte sich an, sie spürte es; seine Erektion presste sich fordernd gegen ihr Bein und schien sich bestätigend zu bewegen.

„Also, wenn das so ist, kann ich wohl kaum still sein."

„Oh!", seufzte sie frustriert.

Er ließ sie los und trat einen Schritt beiseite. Interessiert musterte er die Fliederbüsche.

„Was tust du da?", flüsterte sie.

„Ich suche nach einem ordentlichen Stecken, mit dem du mich bestrafen kannst."

Machte er Scherze? Oder nicht? Seine Lässigkeit – nein, seine Vorfreude! – angesichts der Bestrafung machte sie nervös. Sie konnte sich kaum vorstellen, eine Peitsche zu schwingen und ihn zu schlagen, ob er das nun mochte oder nicht!

Warum tat er ihr das an? Sie hatte ihn hierher geführt, um mit ihm über Zayan zu reden. Aber sie konnte an nichts anderes denken als an unanständige, sündige, sexuelle Aktivitäten.

„Bastien." Sie sprach seinen Namen wie einen Befehl aus.

Mit einem langen Fliederzweig in der Hand drehte er sich zu ihr um. Die Blüten waren so schwer, dass der Zweig sich durchbog.

Sie konnte den Blick nicht von den wippenden Blüten lassen, während sie ihm die Geschichte erzählte. Sie offenbarte ihm alles, was sie von der Königin der Vampire erfahren hatte.

Seine Miene verfinsterte sich. „Du glaubst doch nicht etwa, dass allein Zayan für unsere Träume und unser Verlangen verantwortlich ist?"

„Doch. Er will dich zerstören – oder Yannick. Ihr müsst euch beide von mir fernhalten. Zu eurer eigenen Sicherheit! Ich will nicht als die Waffe missbraucht werden, die euch wehtut!"

„Edles, kleines Täubchen", flüsterte er. Seine Gesichtszüge wurden weich. Er schüttelte den Kopf, ein paar lose Strähnen wehten in der leichten Brise, blitzten golden wie Leuchtkäfer. „Die Träume hat Zayan vielleicht geplant, aber unser Verlangen ist real."

„Aber …"

„Alles, was in diesen Träumen passiert ist, kam aus deinem Herzen, du hast es gewollt, kleine Taube. Zayan kann keine Gefühle erschaffen, er kann nur versuchen, die Gefühle zu beeinflussen, die bereits existieren."

„Du meinst … ich wollte es … Was wirklich passiert ist, war das, was ich wollte?"

„Es tut mir leid, Liebes."

Aber sie hauchte bereits die Worte „Gott sei Dank". Sie hatte gewollt, dass ihre Gefühle, so unanständig sie auch waren, wahrhaftig waren. Doch plötzlich schlug sie eine Hand auf den Mund. „Sogar …"

„Sogar deine Tändelei mit dem kleinen, blonden Mädchen." Seine Stimme war kehlig. Er funkelte sie an.

Ein schrecklicher Verdacht keimte in ihr auf. „Biegst du das alles nur zurecht, damit ich mich dir erneut hingebe?"

„Ich könnte dich nicht belügen, meine Süße, selbst wenn ich es wollte. Du besitzt ein Herz und mir wäre es unmöglich, dich zu täuschen."

Althea runzelte die Stirn. „Das heißt, du bist dazu gezwungen, ehrlich zu mir zu sein?"

Er nickte und drehte sich von ihr weg. Er trat an den Busch und brach einen weiteren Fliederzweig ab.

Sie trat hinter ihn und schlang ihre Arme um seine schmale Taille. Er sagte kein Wort. Doch er bestätigte ihre Vermutung, indem er einen Schritt rückwärts auf sie zu tat. Ihre Antwort war, dass sie ihre Wange gegen seinen Rücken legte.

„Ich wünschte, ich könnte dich jetzt lieben", wisperte sie. Wie dumm von ihr, einen Mann zu reizen, den sie nicht reizen musste. Selbst wenn ihr gegenseitiges Verlangen real war …

„Hat mein Bruder dich heute Nacht schon geliebt?"

„Nein", sagte sie, verunsichert durch den plötzlich küh-

318

len Tonfall. „Ich wünsche mir, heute Nacht zuerst dich zu lieben …"

„Ach, ist das tatsächlich so?"

Sie zuckte bei Bastiens harten, knappen Worten zusammen. Es war nicht die Reaktion, die sie erwartet hatte. Er versuchte sich ihr zu entziehen, aber sie umklammerte ihn mit beiden Händen. Ihre Arme um seinen Leib konnten ihn kaum festhalten. Es wäre ihm ein Leichtes, ihre Hände zu öffnen, wenn er wollte. Sie schöpfte Hoffnung daraus, weil er es nicht versuchte.

War er immer noch verletzt und wütend, weil sie Yannick erwählt hatte? Ihre Gefühle für ihn waren inzwischen so anders.

„Du brauchst kein Mitleid mit mir zu haben, Althea."

„Mitleid! Du denkst, ich will dich nur, weil ich dich bemitleide?"

„Nein, ich denke, du fragst mich, ob ich der Erste sein will, weil du Mitleid hast. Du fürchtest um mein gebrochenes Herz, weil du weißt, dass ich hinter Yannick immer der Zweite gewesen bin."

„Das ist nicht wahr. Mit mir ist es anders."

„Du hast deine Wahl getroffen …"

„Ja, und ich habe euch beide in dieser Nacht geliebt! Ich gab euch beiden meine Jungfräulichkeit! Verstehst du denn nicht, was das für mich bedeutet?"

Er löste sich aus ihrer Umarmung und ging ein paar Schritte.

„Du hast deine Jungfräulichkeit Yannick …"

„Hör auf damit!", rief sie. „Ich habe nie gewusst, was Liebe ist. Und jetzt habe ich mich in zwei Männer verliebt, in dich und in Yannick. Das allein kann ich kaum gutheißen. Einerseits sagt ihr beide, ihr seid bereit, mich zu teilen, aber dann wollt ihr mich immer wieder zu einer Entscheidung zwingen. Mit so kleinen, verwirrenden Andeutungen."

„Wir verwirren dich, ja?" Er grinste bitter und schlug mit den Zweigen auf den Boden ein. „Es gibt wohl kein besseres Zeichen für wahre Liebe als dies. Aber du liebst mich nicht, mein Täubchen. Du empfindest nur Lust für mich."

Warum legte er es so sehr darauf an, sich selbst zu quälen? Warum glaubte er ihr nicht, wie sehr sie ihn liebte? „Warum sollte ich dich nicht lieben?", verlangte Althea zu wissen. „Warum ist es für dich so schwer, an meine Gefühle zu glauben? Was ist mit all den Frauen …"

„Sie haben mich allesamt nicht geliebt", unterbrach Bastien sie. „Sie wurden von dem Versprechen einer unglaublichen Sünde angelockt. Das war alles, was sie von mir wollten. Verruchtheit und Sünde, und sie wussten, ich würde es ihnen tadellos besorgen. Aber allzu oft muss eine Frau – besonders eine gute Frau – ihr Verlangen in eine Form pressen, und so redet sie sich selbst ein, mich zu lieben. Du liebst mich nicht."

„Nun, ich fürchte doch, dass ich dich liebe. Ich werde meine eigenen Gefühle besser kennen."

„Wenn du mich lieben würdest, Süße, wärst du niemals in der Lage, es mir ins Gesicht zu sagen."

Die Tragweite seiner Worte machte sie sprachlos. Aber auch wenn es ihr nicht schwerfiel, „ich liebe dich" zu sagen, befand sich ihr Herz in Aufruhr.

„Doch ich werde mich glücklich schätzen", fuhr er fort und umfasste ihr Kinn mit der freien Hand, die nicht die Zweige hielt, „dich einfach zu vögeln."

Ihre Vagina zuckte bei dem verbotenen Wort zusammen, obwohl sie vor Scham am liebsten im Boden versunken wäre. Sie hatte ihm ihre Liebe gestanden, hatte ihr Herz vor ihm offengelegt. Und alles was er tat, war darauf zu bestehen, dass es nicht stimmte. Wie dumm sie war! Er liebte sie offensichtlich nicht.

Seine Stimme war ein dunkles, sinnliches Flüstern, das der Wind ihr zutrug. „Ich vermute, du würdest einen guten, verschwitzten, feuchten Fick genießen, die Beine um meinen Hals gelegt."

Sie wäre am liebsten auf dem Absatz herumgefahren und weggelaufen. Sie schämte sich so sehr. Aber was er sagte, traf sie bis ins Mark. „Die Beine um deinen Hals gelegt?!"

„Für eine besonders tiefe Penetration."

„Du ... du kannst wohl kaum tiefer in mich ... eindringen als beim letzten Mal", erwiderte sie schwach.

„Das ist eine Herausforderung. Du kennst mich doch. Einer Herausforderung kann ich nicht widerstehen."

„Das bin ich also für dich?" Wut überdeckte ihre Demütigung. „Eine Herausforderung, mehr nicht?"

Ein trauriges Lächeln umspielte seine Lippen. „Ich habe dir gesagt, ich liebe dich", versicherte Bastien ihr. „Das war die Wahrheit, Süße."

„Wenn du mich liebst ...", begann Althea. Ihr Herz klopfte wie verrückt, weil sie wusste, dass sie ihn jetzt um etwas bitten würde, was er ablehnte. „Wenn es dir ernst ist, versprich mir, dass du Yannick nicht sterben lässt. Du weißt, er wird zu Staub zerfallen, wenn du ihm nicht hilfst, Zayan zu vernichten."

„Yannick. Natürlich." Er seufzte und drehte sich von ihr weg.

„Bitte, Bastien! Er ist dein Bruder, und ich weiß, du liebst ihn. Du hast ihn in Zayans Schlafgemach nicht zerstört, und das heißt ..."

Sein Lächeln wurde berechnend. „Ohne Yannick bist du allein mein. Das ist eine große Versuchung."

Sie trommelte auf seine breite Brust ein. „Und genau das will Zayan. Aber ich schwöre dir, Sebastien de Wynter, wenn du Yannick sterben lässt, um mich zu bekommen ... dann werde ich dich nie lieben. Nicht wahrhaftig. Nie."

„Ein enormer Preis", sagte er und trat zurück. Doch sein Tonfall war gezwungen und erschöpft. Er gab nichts von sich preis.

Schritte knirschten auf dem Kies hinter ihnen. Althea sprang überrascht herum.

„Mein Bruder ist gekommen."

20. KAPITEL

Unverfroren

Bastien blickte tief in Altheas Augen. Nun, da Yannick aufgetaucht war, erwartete er, dass in ihnen ein helleres Feuer brannte. Verdammt, sie musste seinen Bruder aus tiefem Herzen lieben. So große Angst hatte sich auf ihrem Gesicht abgezeichnet, als sie ihn um das Leben seines Bruders anflehte.

Eifersucht brannte in Bastien wie ein zerstörerisches Feuer, als Yannick ihre behandschuhte Hand an seine Lippen hob.

Wie all die anderen Frauen, mit denen er bisher zusammen gewesen war, begehrte Althea ihn – aber er verzehrte sich nach ihrem Herzen und nicht nur nach ihrer Lust.

Und was hatte er getan, um sie für sich zu gewinnen? Wo waren seine romantischen Versprechungen? Wo seine verführerische Natur? Er hatte ihre Liebeserklärung beiseitegewischt und ihr ins Gesicht gesagt, dass er ihr nicht glaubte. Jede andere Frau hätte er geblendet und verzaubert. Warum schlug er Altheas Angebot aus?

Er sah den Schmerz, der sich auf Yannicks Gesicht abzeichnete, als Althea ihn anflehte. „Ihr müsste euch beide von mir fernhalten, bis ihr Zayan zerstört habt! Er glaubt, ich werde sein Werkzeug sein, das euch beide vernichtet."

Zu Bastiens Überraschung ließ Yannick seinen Blick auf ihm ruhen. „Bastien riskiert sein Leben nur, wenn er tatsächlich mit mir Zayan angreift."

„Das hat die Vampirkönigin auch gesagt", sagte Althea. „Aber vielleicht hat sie gelogen."

„Nein, sie spricht die Wahrheit." Yannick seufzte. „Es war Teil der Abmachung, die ich mit ihr einging, als sie mich befreite. Ich werde geschützt sein, aber unter Dämonen hat

Schutz immer einen hohen Preis."

Yannick blickte wieder Althea an. Bastien konnte die Sehnsucht im Blick seines Bruders sehen. Und die Resignation.

Yannick glaubte also, dass seine Vernichtung eine Tatsache war. Sein Bruder glaubte, er würde ihn sterben lassen. Er begegnete offen dem Blick seines Bruders, und Yannick grinste ihn schief an. Das war für Bastien ein Schock – er war die kühle Arroganz im Blick seines Bruders gewohnt. Er war es auch gewohnt, dass Yannick ihn anblickte, als wäre er ein schwachsinniges Kind. Es stimmte – er hatte Yannick mehr als einmal Grund gegeben, an seinem Verstand zu zweifeln, als sie sterblich waren. Er hatte alles aufs Spiel gesetzt, hatte Gefallen daran gefunden, ausgepeitscht und gequält zu werden und hatte sich oft genug bei Tagesanbruch in ein Duell verwickeln lassen.

„Ich weiß, Brüderchen", sagte Yannick leise. „Du wirst Zayan nicht umbringen."

Auf einmal war es Bastien, der alle Trümpfe in der Hand hielt. Komischerweise hatte er keine Ahnung, was er damit tun sollte. Er zuckte knapp mit den Schultern. „Ich wusste nichts von deinem Pakt, Yannick. Noch wusste ich, dass ich mein Leben riskiere, wenn ich versuche, Zayan zu töten. Scheint so, als würde auch ich zu Staub zerfallen, wenn wir versagen."

Althea, die zwischen ihnen stand, blickte hin und her. Ihre Locken tanzten im Takt ihrer Kopfbewegungen. Mondlicht übergoss silbern ihr Gesicht. Bastien sah Tränen, die in ihren Augenwinkeln schimmerten.

Sein Herz zog sich zusammen, als sie ihre Hand vorsichtig auf seinen Ärmel legte. „Bitte, Bastien. Du darfst Yannick nicht sterben lassen …"

Yannick, Yannick, immer ging es um Yannick!

„Aber ich will auch nicht, dass du stirbst." Zwei Tränen

lösten sich und rannen ihre Wangen herunter. Sie glitzerten wie Diamanten. „Du musst aufpassen und dich selbst beschützen."

Sie fuhr zu Yannick herum. „Und du musst auch auf ihn aufpassen!"

Yannick senkte den Kopf. „Das habe ich immer getan."

Der Austausch zwischen der in Tränen aufgelösten Althea und seinem Bruder lähmte Bastien. Althea hatte in Zayans Schlafgemach nicht eine Träne aus Angst vergossen – sie war keine von den Frauen, die sich hysterischen Anfällen hingaben. Dass sie jetzt weinte …

Dass sie seinem Bruder, dem Earl, Forderungen stellte …

Sie musste sich wirklich um ihn sorgen.

Sein Herz machte einen Satz, als sie nach seiner Hand griff und ihre Finger mit seinen kreuzte. Sie hielt auch Yannicks Hand. Ihre Botschaft war deutlich: Sie wollte, dass die beiden sich vertrugen, sie wollte die Brüder versöhnen und wieder zusammenbringen.

Nie hatte jemand sich so sehr um sie geschert, um das zu versuchen. Ihr Vater hatte sie auseinandergebracht. Er strafte den Zwilling, der sich weigerte, die Übertretungen des anderen zu verraten. Er strafte den, der gegen den anderen verlor – beim Kartenspiel, im Schach oder bei sportlichen Wettkämpfen. Ihr Vater hatte ihr natürliches Konkurrenzverhalten genutzt, um sie zu entzweien, und das weckte ihren Hass – nicht nur auf den Vater, sondern auch auf den Zwillingsbruder.

Und ihre Mutter, die sie dann wieder völlig unterschiedlich behandelt hatte. Yannick war ihr treuer Anhänger, bei dem sie all ihren Kummer loswerden konnte. Bastien war derjenige, dem sie all ihre Zuneigung schenkte, Umarmungen und Küsse, bis sie seiner müde wurde und ihn wieder fortschickte.

Nur Althea sorgte sich um sie beide. Und sie wollte ihnen helfen, den tiefen Graben zwischen ihnen zu überwinden.

Bastien drückte Altheas Hand und beugte sich über sie. Er küsste ihr duftendes Haar.

Sie blickte zu ihm auf. Hoffnung schimmerte durch die Tränen in ihren Augen. „Ihr beide liebt einander doch! Ihr habt so viel gemeinsam durchgestanden …"

„Ich weiß nichts über die Liebe", sagte Bastien langsam. Er grinste Yannick verschwörerisch an. „Aber ich habe mich immer gut mit ihm stellen müssen, damit er mir das Geld lieh, um meine Spielschulden zu bezahlen."

Doch Yannick erwiderte sein Lächeln nicht. „Althea hat recht", sagte er. „Verdammt, ich habe immer versucht, dich vor Vaters Peitsche zu bewahren …"

„Und wie hast du das tun wollen?"

„Ich war der Ältere."

„Gerade mal um fünfzehn Minuten. Und dich hat er auch oft genug geschlagen."

„Aber du musstest die meisten Schläge einstecken." Yannick sprach beinahe schuldbewusst. „Und die schlimmsten."

Bastien neigte den Kopf. „Ich entschuldige mich, weil ich dich zum Vampir gemacht habe, Yannick. Ich weiß, du hast es immer gehasst, ein Vampir zu sein. Ich weiß, du hast gezögert, mich zu befreien. Weil du dachtest, es wäre edler, dich selbst zu zerstören. So wie du selbst dann ein Gentleman geblieben bist, wenn es darum ging, dich zu ernähren. Und ich muss zugeben, ich habe dich aus Gehässigkeit verwandelt."

Yannick schüttelte den Kopf. „In Wahrheit war es Luzifer, der dich kontrollierte – er spielte mit deiner Wut und hat dich dazu gebracht, mich zu verwandeln."

„Es war aber ein Verlangen, das ich bereits hatte. Ich wollte dein Leben zerstören."

„Weil du Angst hattest. Angst, das Leben als Vampir allein bestreiten zu müssen."

Bastien hasste es, zugeben zu müssen, dass Yannick vermutlich recht hatte. Er wollte nicht noch einmal jene schrecklichen Tage durchleben oder jene letzte Tracht Prügel, die seinen Willen gebrochen hatte und ihn in die Gosse gebracht hatte, wo Zayan ihn schließlich auflas. Er war damals fünfundzwanzig gewesen und sein Vater hatte ihn völlig außer sich vor Wut festgebunden, als er schlief. Er hatte dagelegen, gefesselt und vor Entsetzen gelähmt, während die Schläge auf ihn niederprasselten ...

Zur Hölle, schon damals hätte er die Kraft aufbringen sollen, seinen Vater zu bekämpfen. Körperlich wäre er dazu in der Lage gewesen ...

„Ich will kein Wort über unseren verdammten Vater hören. Möge er in der Hölle schmoren. Ebenso wenig will ich über die Vergangenheit reden", knurrte Bastien. „Ich will jetzt Althea lieben."

Althea rang nach Luft, als sie geküsst wurde. Sie wurde von den Brüdern geteilt, als wäre sie ein Spielzeug. Ihr schwindelte, und sie nahm kaum wahr, wie die beiden Filous sie absichtlich quälten. Erst küsste Bastien sie bis zur Atemlosigkeit, dann nahm er sie an den Schultern und drehte sie sanft um. Als Yannick an die Reihe kam und auf ihren geschwollenen, feuchten Lippen einen magischen Tanz mit seinem Mund aufführte, liebkosten Bastiens Hände ihren Po durch die Röcke.

Bastiens Lippen spielten auf ihrem Nacken. Seine Hände kneteten ihren Hintern, dann teilten sie durch den schweren Seidenstoff ihre Pobacken. Die unwiderstehliche Liebkosung ihres Anus' ließ sie in Yannicks Mund stöhnen. Ihre Brustwarzen zogen sich schmerzhaft zusammen, als Yannicks

Handrücken darüber hinwegstrichen. Leder glitt über Seide, ein unbeschreibliches Gefühl.

Sie wollte beide Männer erkunden, wollte hier eine breite Schulter berühren, dort eine muskulöse, von Seide bedeckte Brust, einen Hüftknochen, einen kräftigen Oberschenkel.

Es war skandalös. Spannend und aufregend, nicht zu wissen, welchen Mann sie gerade berührte. Dennoch konnte sie es genau sagen, als führe sie ein innerer Kompass.

Das warme Fleisch, das sich sogar durch den Handschuh hindurch heiß anfühlte – das war Yannicks Nacken. Das Kratzen der Stoppeln gegen Seide – Bastiens Wange. Heiße Münder erkundeten ihren Hals, die Spitzen der Zähne zeichneten Linien auf ihre Haut, die kitzelten und pochten. Aber sie fühlte keine Angst.

Sie ließ sich am Hals küssen, spürte ihren wilden Herzschlag, den auch die beiden Männer hören konnten. Sie wusste, dass sie ihr Blut riechen konnten. Aber sie vertraute ihnen …

„Es würde mir gefallen, dich zu einer der unsrigen zu machen", flüsterte Bastien.

Angst stieg so schnell in ihr auf, dass sie Althea lähmte. Sie stand starr, während Bastien zärtlich ihren Nacken mit seinen Fangzähnen piekte.

Nein, tu das nicht. Yannick stieß Bastien beiseite.

Seine Augen glühten vor Wut, als Bastien Yannick zurückstieß.

„Nein, hört auf mit diesem albernen Kampf! Ich werde kein Vampir werden!"

Nach Atem ringend und mit geballten Fäusten umrundeten Bastien und Yannick einander.

„Wenn der eine den anderen schlägt, werde ich augenblicklich verschwinden. Und sollte einer versuchen, mich zu beißen … Ich habe einen Pflock unter meinem Kleid verborgen. Versucht es nur, aber dann werde ich demjenigen diesen Pflock durchs Herz stoßen."

Bastien starrte sie an, dann lachte er los. Er trat zurück und stand plötzlich wieder neben ihr, stellte sich hinter sie und umarmte sie. „Ich werde nichts tun", flüsterte er. „Ich meinte nur, dass ich mir wünschen würde, wenn du für immer mein – unser – wärst. Das ist ein weiter Weg für einen Mann, der bisher nie weiter gedacht hat als bis zur nächsten Nacht."

Sie drehte sich zu ihm um. Seine Hände glitten über ihre Brüste. Er küsste die Kuhle an ihrem Hals, tauchte seine Zunge in ihren Ausschnitt. Ihre Brüste waren durch das Korsett beinahe unanständig hochgeschoben worden. Sie quietschte, als die Nässe seiner Zunge in das Tal zwischen den Brüsten eintauchte. So heiß wie jetzt hatte sie sich keinen Augenblick unter dem Licht der tausend Kerzen im Ballsaal gefühlt.

Yannick hob ihre Röcke an. Die Unterröcke raschelten und ihre Schenkel waren plötzlich nackt. „Ach, verdammt", grummelte Yannick. „Ein Unterhöschen."

„Schrecklich unschicklich", flüsterte sie, weil sie sich an Lady Peters' entsetzte Reaktion auf das kleine Stückchen Stoff erinnerte. „Aber ich bin ja auch keine anständige, junge Dame mehr, oder?"

„Und unanständige junge Damen sollten definitiv Unterhosen meiden", neckte Yannick sie. Seine langen Finger schoben das Höschen beiseite. Sie wusste, die Spitze musste inzwischen feucht, vielleicht sogar schon ruiniert sein durch ihren – wie die beiden Männer es nannten – Honig.

Bastien knabberte an ihren Brüsten. In dem Moment stieß Yannick zwei seiner Finger in sie. Sie fürchtete, im nächsten Moment zu Boden zu sinken. Im Ballsaal war es schrecklich heiß gewesen, und sie hatte ein wenig geschwitzt, aber die

Hitze war nichts gegen das, was sie jetzt erlebte.

Sie fühlte sich, als stünde sie in Flammen.

Die Zwillinge sahen gut aus in ihrer Abendkleidung. Sie machten keine Anstalten, Althea auszuziehen, aber sie sehnte sich danach, ihnen die Kleider vom Leib zu reißen.

Mit zitternden Fingern öffnete sie Bastiens goldene Seidenweste. Ein Muster aus gestickten Drachen entdeckte sie auf dem feinen Stoff. Inzwischen bekam sie etwas mehr Übung darin, Männer auszuziehen. Die Weste stand offen, und es war ihr ein Leichtes, sein Hemd zu öffnen. Sie schob den Stoff beiseite und ihr offenbarte sich seine breite Brust im Mondschein.

Wir sollten uns nicht ganz ausziehen, Althea. Wir müssen dich später zum Ball zurückbringen können, ohne dass auch nur ein Haar am falschen Ort sitzt.

Daran hatte sie nicht gedacht. Aber es stimmte natürlich.

Yannick warf sein Jackett neben Bastiens auf das eine Ende der Steinbank. Fast hinter den üppigen Fliedersträuchern verborgen und weichpoliert, schien der Sitz geradezu für ein Stelldichein geschaffen.

Aber mit zwei Männern?

Althea fühlte sich auf die Bank geschoben. Die Zwillinge standen vor ihr.

Perfekt, stellte sie fest und öffnete den Hosenstall von Yannick. Als der erste Knopf nachgab, winkte sie Bastien heran. Er trat näher und verneigte sich spielerisch.

„Steh still", verlangte sie flüsternd. „Wie soll ich sonst deine Hose aufbekommen?"

Und auch bei Bastien öffnete sie nur einen Knopf. Jeweils einen Knopf, so öffnete sie beide Hosen, hin und her. Die Köpfe gesenkt und die Arme vor der breiten Brust gekreuzt – so beobachteten sie die Männer.

Sie sollte Yannicks Schwanz zuerst befreien – sie hatte mit

seiner Hose angefangen – aber nach kurzem Zögern wandte sie sich an Bastien. Obwohl Verlangen in seinem Blick lag, war da auch eine kleine Unsicherheit, als wäre er immer noch nicht sicher, ob sie ihn wirklich liebte.

Sein Schwanz aber hatte keine Zweifel. Aus der Wäsche befreit, schnellte er vor und stand stolz vor ihr. Sie konnte nicht widerstehen und leckte ihn von der Wurzel bis zur Spitze. Mit der Spitze ihrer Zunge erkundete sie ihn. Er schmeckte herrlich würzig. Bastien vergrub die Hand in ihrem Haar.

„Bring ihr Haar nicht durcheinander", sagte Yannick mit rauer Stimme.

„Das wird verdammt noch mal unmöglich sein", stöhnte Bastien.

Sie musste lachen. Zwei Vampire wurden schwach vor Lust auf sie. Sie fühlte, wie sie langsam begann, die Macht des Weiblichen zu verstehen.

Mutiger befreite sie nun auch Yannicks Penis aus der Hose. Sein atemberaubend schöner Schwanz glänzte im Mondlicht. Ein winziger Tropfen stand auf der Spitze. Sie vermutete, dass er auch ein langsames Lecken erwartete, aber sie überraschte ihn, indem sie ihn mit einem Mal tief einsaugte. So tief, dass seine Spitze gegen ihren Rachen stieß. Tränen brannten in ihren Augen, als sie den Kopf vor und zurück bewegte, ihn fest mit den Lippen umschloss und ihn so tief in sich aufnahm, wie es nur ging.

Sie liebte seinen Geschmack und das seidige Gefühl von ihm auf ihrer Zunge.

Engel, du machst mich zu deinem Sklaven.

Althea blickte auf und sah Yannick, der den Kopf in den Nacken legte und stöhnte. *Gott, du bist herrlich, süßer Engel.*

Kühn geworden ließ sie Yannicks Penis los und wandte sich wieder Bastien zu. Sie massierte Yannicks Hoden, wäh-

331

rend sie an Bastiens Penis saugte. Beide Männer keuchten überrascht auf. Sie bewegte sich hin und her, saugte hier, leckte dort, streichelte da. Das Seufzen der beiden wurde immer lauter und vereinigte sich zu einem sinnlichen Chor. Sie bewegten die Hüften, selbst wenn sie nicht an ihnen saugte. Während sie Bastien verwöhnte, bewegten sich Yannicks Hüften in schnellen Stößen, offensichtlich ungeduldig wartend, bis er an der Reihe war.

Ihre Kiefermuskeln schmerzten, und sie musste ihr Tempo verlangsamen. Sie liebkoste Bastien langsamer und nahm sich Zeit, seinen erdigen und reichen Geschmack zu genießen. Sie legte ihre Hände um seinen Po, um seine Hüften festzuhalten. Winzige Küsse setzte sie auf die Spitze seines Glieds, dann umkreiste sie den Penis liebevoll mit der Zunge.

„Gott, Gott!", stöhnte er.

Sie wusste, Yannick beobachtete sie. Seine reflektierenden Augen brannten vor Verlangen und Lust. Sie erkannte, wie es die beiden Männer erregte, den anderen zu beobachten. Schon wandte sie sich wieder Yannick zu und verstärkte ihre Bemühungen um ihn.

Bastien keuchte, Yannick stöhnte.

Ihr kam eine ungehörige Idee. So schockierend, sinnlich und unwiderstehlich. Sie nahm beide Schwänze, jeden in eine Hand. Die Zwillinge standen Seite an Seite vor ihr, und sie hielt die Schwänze zu beiden Seiten ihres Mundes, nur Zentimeter von ihren Lippen entfernt.

„Ja, Süße", trieb Bastien sie an.

„Mein Engel, du bist so unglaublich sinnlich", flüsterte Yannick, und er klang ehrfürchtig.

Sie leckte zuerst Yannicks schönen Penis, dann wandte sie sich um und blickte frech zu Bastien auf. Ein prickelnder Tropfen seines Samens glitzerte auf der Spitze seines Glieds, und sie leckte ihn ab. Sie beobachtete unter gesenkten Lidern,

332

wie sich ihre Gesichter lustvoll verzogen.

Bastien heulte auf, als sie ihren Kopf rasch auf ihm bewegte. Yannick folgte dem Schrei. Gemeinsam heulten sie den Mond an wie Wölfe.

„Ich … ich komme jetzt!" Bastien versuchte, sie zurückzustoßen, aber sie hielt seinen Po fest. Sie wollte es, wollte seinen Samen schmecken.

„Ich kann mich nicht … zurückhalten …" Er schrie und seine Pobacken spannten sich unter ihrem festen Griff an. Seine Hüften stießen unkontrolliert vor, und plötzlich füllte sich ihr Mund mit nassem Feuer, würzig und scharf. Sie schluckte, trank seinen Saft und Bastien erzitterte, als sie das tat.

„Bitte nicht, Liebes, ich bin so empfindlich …"

Sie fühlte sich ein wenig teuflisch, saugte an ihm, trank mehr von seinem leicht sauren Samen. Sie leckte jeden Tropfen auf. Er seufzte und zuckte unter ihren Liebkosungen. Dann senkte er den Kopf, als wäre alle Stärke von ihm gewichen.

Er streichelte ihre Wange. „Süße Althea."

Yannick war auf die Knie gefallen, erkannte sie. Seine silbernen Augen glühten, heiß und hungrig. Er umfasste ihre bestrumpften Waden und spreizte ihre Schenkel. Aber als er über ihr stand, bereit, in sie einzudringen, nahm sie ihn kurzerhand in den Mund.

„Ja", stöhnte er, dann: „Nein." Eindeutig ein Flehen. „Nein, Engel. Du musst müde sein. Lass mich mit dir schlafen."

Sie ignorierte ihn. Earl oder nicht, sie nahm ihn tief in ihren Mund auf. Sie liebte es, das zu tun. Liebte seinen Geschmack, das Gefühl seines Fleischs an ihrer Zunge.

Aber obwohl sie ihn reizte und saugte und an ihm leckte, und obwohl er lustvoll seufzte, konnte sie ihn nicht zum Höhepunkt bringen. Er hatte sich bemerkenswert gut unter Kontrolle.

Bastien war hinter ihr auf die Bank gesunken. *Wenn du willst, dass er kommt, gibt es einen kleinen Trick. Er hat ein beeindruckendes Stehvermögen, aber wenn du diesen Trick anwendest, wird er bestimmt explodieren.*

Du liebe Güte, es war sündhaft, ein so intimes Gespräch mit Bastien zu haben, während sie an Yannicks Schwanz lutschte. Aber sie wollte den Trick wissen. *Was muss ich machen?*

Du musst den Finger in seinen Arsch stecken.

Sie wusste, wie sehr sie selbst es genoss, an der Stelle mit der Zunge verwöhnt zu werden. Und sie erinnerte sich an die Szene in Zayans Schlafzimmer, als Bastien penetriert worden war.

Aber leck erst deinen Finger. Mach es heimlich, dass er nichts davon ahnt.

Althea gehorchte und presste dann ihre feuchte Fingerspitze gegen Yannicks pulsierenden Hintereingang. Er fühlte sich fest an, als wolle er nicht nachgeben. Yannicks Schwanz schwoll in ihrem Mund an. Seine Beine gaben beinahe nach, doch er behielt die Kontrolle.

Du musst den richtigen Punkt mit dem Finger finden, Süße. Das wird ihn abgehen lassen wie eine Neujahrsrakete.

Den richtigen Punkt? Was meinte er damit? Sie schob ihren Finger in Yannicks heiße Öffnung. Samtweich umschloss er ihren Finger. Sie konnte ihn kaum bewegen.

Yannicks Stöhnen schreckte sie auf.

Tue ich ihm weh?

Nein, versicherte ihr Bastien, *er genießt das sehr.*

Yannicks tiefes Seufzen wurde von der sanften Brise davongetragen. Sanft zog sie den Finger zurück und drang erneut ein. So, wie sie es mit ihren Schwänzen bei ihr machten. Ein langsamer, langer Stoß. Er nahm ihren Finger in sich auf. Sie krümmte vorsichtig den Finger, suchte nach diesem fremden geheimnisvollen Punkt.

Und mit ein bisschen Glück fand sie ihn.

„Engel!" Yannicks Schwanz schwoll zu enormer Größe an, pulsierte heftig und schoss seinen dickflüssigen Samen in ihren Mund. Sie spürte, wie er sich selbst bezähmte, um die Kontrolle über seine stoßenden Hüften zu behalten, während sein Höhepunkt langsam verklang.

Er rang nach Atem.

Anschließend sank Yannick auf die Knie. Sie schnappte beim Anblick seiner Hose im Dreck nach Luft.

Mein süßer Engel. Sein Mund legte sich auf ihren und küsste sie innig. Eine Hand griff nach ihrer.

Es war Bastiens, erkannte sie. Er half ihr auf die Beine. *Dreh dich um und beug dich vor. Halt dich an der Bank fest.*

„Bastien ..." Leise und warnend war Yannicks Stimme.

Aber ihre Röcke wurden hinter ihr hochgeschoben und Bastiens Finger schoben ihr Höschen beiseite. Sie quiekte bei dem kühlen Lufthauch auf ihren Schenkeln, die oberhalb der Strümpfe nackt waren. Zwei Finger drangen tief in sie ein, öffneten sie. Bastiens freie Hand ruhte auf ihrer Hüfte.

„Ich mag es, draußen Sex zu haben", flüsterte Bastien.

Sex im Freien. Wie in ihrem Traum. Althea umfasste die glatte Rückenlehne der Bank, um festen Halt zu haben. Zu ihrer Überraschung zog er ihr Höschen herunter. Die fantasievoll bestickte Seide hing um ihre Knie und die sanfte Brise fuhr unter ihre Röcke und strich über ihren nackten Po.

Seine Hand klapste auf ihre Pobacke. Der Druck ließ ihre Vorfreude steigen, und sie schob sich ihm entgegen. Sie war so nass, dass sein Schwanz mühelos in sie eindrang. Beim ersten Stoß berührten seine Lenden ihren Po. Sie liebte dieses Gefühl, wie ihre Pobacken wackelten, liebte dieses kribbelnde Gefühl.

Er drang tief in sie ein, seine Lenden berührten sie wieder und wieder.

Yannick streichelte ihre Brüste und ließ seine Zunge spielerisch über ihre Unterlippe tanzen.

Sündhaft. Sie fühlte sich sündig und wild. Sie reckte Bastien ihren Hintern entgegen, und er stieß immer heftiger in sie. Halb drehte sie sich zu ihm um, und ihr stockte der Atem, wie er hinter ihr stand, ihre Beine leicht gespreizt, seine Hand auf ihrem Rücken und auf ihrer Hüfte. Sein Haar hing ihm ins Gesicht, während er sie … er vögelte sie …

Ahh!

Der Orgasmus erfasste sie, raste durch sie hindurch und verzehrte sie in einem herrlichen Feuer. Ihre Beine brachen unter ihr zusammen, und nur Bastiens Hand hielt sie fest.

Yannick und Bastien schlangen die Arme um sie, hielten sie sanft fest und küssten sie, während die Zuckungen langsam verebbten. Es war himmlisch. Wunderbar.

Yannick strich ihr die Strähnen aus dem Gesicht.

Oh nein.

Sie befreite sich aus den Armen der Männer. Panik ergriff Besitz von ihr, sie tastete nach ihrem Haar. Ihre Finger spürten eine Locke, die sich aus der Frisur gelöst hatte, dann weitere. Ihr Haar war nicht mehr als ein wildes Durcheinander. Bastien versuchte, ihre Röcke zu glätten, aber die Seide zeigte jede Falte.

Wie um alles in der Welt sollte sie das Lady Peters erklären?

„Wir denken uns ein Alibi aus", versprach Yannick.

Bastien küsste ihre Fingerspitzen. „Ich schwöre, dass wir dich immer beschützen werden, kleine Taube."

„Sogar vor den Matronen im Ballsaal." Yannick legte den Arm um ihre Schulter, und sie ließ sich von ihm an sich ziehen. Er war warm und stark. Sie legte die Arme um seine

Taille. Es war das pure Vergnügen gewesen, Liebe zu machen, wilden Sex zu haben, all die Ängste, die Spannungen und die Unsicherheiten zu vergessen.

Yannick küsste ihr zerwühltes Haar. „Wir werden uns nicht von dir fernhalten, Liebes. Wir werden dich immer beschützen. Vor Zayan und vor allen anderen."

21. KAPITEL

Die Entscheidung

Er konnte nicht glauben, dass eine unschuldige Frau so sündige Spiele erdenken konnte.

Bei Sonnenaufgang griff der tägliche Schlaf unnachgiebig nach Yannick. Er sank in seinen mit Seide ausgeschlagenen Sarg. Er konnte nicht widerstehen, sich erneut den atemberaubenden Anblick von Althea ins Gedächtnis zu rufen, wie sie erst seinen geschwollenen Schwanz geleckt hatte und danach Bastiens. Für diese Gedanken wurde er mit einer steinharten Erektion belohnt, die ihn den ganzen Tag schmerzen würde, bis die Sonne unterging.

Was ihn so erstaunte, war die Tatsache, wie sehr Althea es genossen hatte, sich wie eine kleine Schlampe zu geben. Wie sehr sie es genossen hatte, Bastien und ihn zu verwöhnen.

Er war normalerweise zu abgebrüht, zu erfahren, um einen Orgasmus allein vom Schwanzlutschen zu bekommen, und sei es noch so geschickt gemacht. Mit Althea hatte er das Gefühl gehabt, im nächsten Moment würden seine Adern platzen, so sehr hatte er sich beherrscht.

Und dann …

Zum Teufel, sein Schwanz pochte allein beim Gedanken daran, und seine Rosette zog sich zusammen …

Yannick konnte einfach nicht glauben, dass sie mit dem Finger in ihn eingedrungen war und ihn damit dazu gebracht hatte, wie eine Kanone seinen Samen abzuschießen.

Jede Erinnerung an diese Nacht überflutete ihn, quälte und reizte ihn …

Die Weichheit ihres zerwühlten Haars, das er ihr wieder aufgesteckt hatte. Das Vertrauen, das in ihren Augen glitzerte – die Hoffnung. Sie wollte daran glauben, dass er und

Bastien überleben konnten – irgendwie.

Verdammt, seine Handflächen kribbelten, es war, als fühlte er noch immer ihre glatte, weiche Haut.

Und dann hatte er mit ihr Walzer getanzt – ein lahmer Ersatz verglichen mit dem Dreier, den sie im Garten genossen hatten – aber es war zauberhaft gewesen. Er hatte es genossen, sie in den Armen zu halten, während die Gesellschaft ihnen zusah. Ihm gefiel der Gedanke, dass sie ihm gehörte.

Er spürte, wie sich sein Herzschlag verlangsamte. Seine Beine wurden schwach, seine Arme, die er über die Brust gekreuzt hatte, fühlten sich schwer an.

Es waren noch zwei Nächte bis Vollmond.

Bastien kletterte in den anderen Sarg, den er in die geheime Kammer gebracht hatte. Vor einem Jahrzehnt hatte Yannick die Kammer in Brookshire House einbauen lassen. Anschließend hatte er das Gedächtnis der Arbeiter und seiner Bediensteten gelöscht. Ein geheimer Gang führte zu seinem Schlafzimmer. Wenn er bei Sonnenuntergang aufstand, würde er dorthin zurückkehren und sich in sein Bett legen, um es in Unordnung zu bringen. So tat er es Nacht für Nacht.

Auch wenn Yannick glaubte, er könne ebenso gut in einem Bett schlafen, wenn er dafür sorgte, dass kein Licht in seinen Raum eindrang, benutzte er immer noch den Sarg. Hier war er in völlige Dunkelheit gehüllt. Immerhin schlief er nicht unter der Erde – er wusste von vielen Untoten in den Karpaten, die es so hielten.

Bastien schwang seine Beine in den geöffneten Sarg. Sein Bruder saß einen Moment aufrecht da und dachte offensichtlich nach.

Yannick fühlte, wie der Schlaf an ihm zerrte. Sein Geist hüllte sich in Nebel. Als Bastien sprach, konnte er den Worten nicht folgen.

„Brüderchen", wiederholte Bastien. „Wenn der Preis für

Altheas Liebe ist, mit dir in Frieden zu leben, habe ich keine andere Wahl und werde es tun."

Er musste Bastien begreiflich machen, wie es sich tatsächlich verhielt, obwohl sein Verstand immer müder wurde. *Wir müssen Zayan zerstören. Ich weiß, du denkst, dass du mich sterben lassen kannst und dann alles beanspruchen kannst, was mir gehört. Aber dann wirst du nicht länger in der Lage sein, Althea vor Zayan zu beschützen.*

Bastien legte sich hin. *Danke für den bequemen Sarg, Brüderchen. Ich hab mich bisher nicht dafür bedankt.*

Verdammt sei Bastiens Gedankenlosigkeit. Er konnte einfach nicht ernst bleiben. *Verstehst du, dass du mir helfen musst, Zayan zu bekämpfen?*

Und meinen eigenen Arsch riskieren?

Für Althea, ja. Ich werde nicht mehr von dir erwarten, Bastien. Wenn du es nicht tust, ich schwöre dir, ich werde dich selbst vernichten …

Und lässt niemanden zurück, der Althea beschützt? Sag mir eins, Yannick. Hat Zayan es auf Althea abgesehen? Mir hat er gesagt, er wird sie mir geben, wenn ich ihn am Leben lasse.

Und du glaubst einem Dämon, der versucht hat, seinen Pakt mit dem Teufel zu verleugnen? Yannick spürte, wie sein Verstand schwerfälliger wurde. Konzentriere dich. Er musste gegen den Schlaf ankämpfen … *Er wird Althea töten. Wenn er es nicht tut, wirst du mit ihr zusammen sein wollen, weil du sie liebst, und er wird dich für alle Ewigkeiten verlieren. Das wird er nicht akzeptieren. Seine Verbindung mit dir ist zu innig.*

Yannick spürte Schwärze nach seinem Herzen greifen. Ein Schmerz, den er nie zuvor gespürt hatte. Er erinnerte sich an Frauen, für die er sich interessiert hatte. Wie sie Bastien angeschaut hatten! Verstohlene Blicke, von denen sie glaubten, niemand würde sie sehen – aber sie schauten ihn mit strahlenden Augen unter flatternden Lidern an, die Lippen leicht geöffnet vor atemlosem Begehren. Er sah die Sehnsucht in ihren Augen. Sie liebten Bastien. All diese Frauen liebten ihn. Sie verfolgten ihn wegen seines Reichtums und seines Titels, aber Bastien war derjenige, den sie wahrhaftig wollten. Er selbst war zu kühl, zu reserviert. Er hatte sich immer von den Frauen distanziert. Außer Althea. Nein, bei Althea war es ihm egal, ob sein Herz gebrochen wurde. Es war verrückt, aber er wollte sie so sehr, dass es ihn nicht kümmerte, ob sie ihm das Herz brach.

Zwei Nächte blieben ihm noch …

Liebte Althea Bastien mehr als ihn, wie es bei den anderen Frauen gewesen war? Was passierte, wenn sie Zayan besiegten? War er gewillt, zu gehen, weil Althea Bastien mehr liebte als ihn? Oder konnten sie Althea gemeinsam lieben? Funktionierte das? Doch was war mit der glücklichen Zukunft als Sterbliche, die Althea verdiente? Was war mit ihrer Vorherbestimmung, nicht zur Vampirin zu werden?

Das Einzige, was er wollte, war eine glückliche Althea. Zur Hölle, er war sogar bereit, sich selbst zu einem Dasein im Schmerz zu verdammen, um ihr dieses Glück zu schenken.

Bastien musste eingestehen, dass Yannick in einem Punkt recht hatte. Zayan hatte einst einen Pakt mit Luzifer geschlossen und anschließend versucht, den Teufel zu vernichten. Eine unlösbare Aufgabe, aber in seinem sterblichen Leben war Zayan Marius Praetonius gewesen, ein römischer General, der unlösbare Aufgaben gelöst hatte. Er war daher arrogant genug gewesen zu glauben, er besäße die Intelligenz, um Satan auszumanövrieren. Und beinahe wäre es Zayan auch geglückt.

Bastien schloss den Deckel des Sargs. Er wurde in die sichere Dunkelheit eingehüllt. Er erinnerte sich.

Zayan hatte ihn zu einem Unsterblichen gemacht. Aber erst Luzifer hatte ihm die Macht gegeben, nach der er sich sehnte ...

Die Peitsche sauste auf seinen Rücken nieder. Rüttelte ihn wach und ließ ihn schreien. Der Hieb riss seine Haut auf. Eine frische Strieme zog sich über seine verheilten Narben.

Bastien versuchte den Kopf zu heben, aber die Peitsche sauste erneut hernieder, und er fiel zurück auf die Matratze. Erneut griff der Schmerz ihn an.

Er hatte nackt geschlafen, und die Laken waren um seine Hüfte gewühlt. Sein Rücken war bloß und verletzlich. Er fühlte etwas Warmes über seinen Rücken rinnen – Blut, das an seinem Rückgrat entlangfloss.

Er hörte die Stimme seines Vaters, der ihn für irgendeine Übertretung verfluchte. Bastien konnte nicht zuhören. Die wütende, zerfleischende Stimme sauste auf ihn hernieder wie die Peitsche. Er biss die Zähne zusammen, versuchte sich herumzurollen. Doch er musste feststellen, dass sein Vater seine Handgelenke an die Bettpfosten gebunden hatte. Er schlang die Hände fest um die dicken Seile und zwang sich, keinerlei Regung zu zeigen. Keine Wut. Keine Verzweiflung. Nicht Entsetzen noch Angst. Und verdammt, er würde sich selbst nicht zugestehen, vor Schmerz zu schreien.

Er wusste, sein Vater hatte viel Geld beim Glücksspiel verloren. Und Bastien hatte einen Fehler gemacht – er hatte ein junges Milchmädchen geschwängert. Obwohl sein Vater eine Reihe Bastarde über ganz England verteilt hatte – bei gesellschaftlichen Anlässen gelang es ihm meist, ein oder zwei weitere zu zeugen – bestrafte er Bastien für diesen Fehltritt.

Erneut traf ihn ein Peitschenhieb. Mit geschlossenen Augen zerrte er an den Seilen, hielt mühsam einen Schmerzensschrei zurück. Sein Kopf zuckte zurück, der verdammte

Schmerz riss ihn förmlich auseinander.

Verdammt, er war fünfundzwanzig. Zu alt, um sich von seinem Vater auspeitschen zu lassen – und obwohl er gefesselt war und sich nicht bewegen konnte, fühlte er sich, als hätte er die Erlaubnis erteilt, ausgepeitscht zu werden. Was, zur Hölle, war nur mit ihm los? Warum ließ er das zu? Warum war er überhaupt zurückgekommen?

Er lag da, unfähig sich zu rühren, voller Scham und Schuldgefühle und einer Wut, der er sich nicht hingeben wollte. Und er unterwarf sich wie ein Schwächling.

Einige Worte seines Vaters drangen zu ihm durch.

„Verdammt noch mal, ich kann nicht glauben, dass ich so einen Perversling großgezogen habe. Einen anderen Mann so zu berühren – das ist doch krank!"

Und die Peitsche sauste erneut nieder. Also hatte sein Vater irgendwie von Zayan erfahren. Er wusste dann wohl auch über Bastiens Ausflüge in jene Etablissements Bescheid, in denen Liebkosungen zwischen Männern die Regel waren.

Sein Vater hatte Orgien gefrönt, war ein wohlbekannter Kunde in den meisten Bordellen von London, schlug seinen erwachsenen Sohn erbarmungslos – aber nannte ihn einen Perversen.

Und aus irgendeinem verrückten Grund lag Bastien auf seinem Bett, das Gesicht in die Matratze gedrückt und von den Worten seines Vaters eingeschüchtert.

Zorn und Hass wuchsen in ihm. Aber auf sich selbst …

In dieser Nacht kehrte er nach London zurück. In der Drury Lane bezauberte er die Mätresse des Duke of Ormston, die sich ihm nur allzu willig hingab. Er vögelte die kleine Schauspielerin Maria in ihrer Garderobe. Noch heute konnte er sich daran erinnern, wie ihr Hintern nass und hart gegen seinen Bauch klatschte und an die Furcht in ihren Augen, die er im Spiegel sah, als Ormston plötzlich die Tür aufriss.

Der alte Ziegenbock sah seinem Vater sehr ähnlich und war bei Weitem zu alt für ein freches, neunzehnjähriges Weibsstück wie Maria. Bastiens Explosion, tief in Marias enger Möse, war die beste seines bisherigen Lebens. Das lag an seinem drohenden Tod. Er war so mit billigem Brandy vollgepumpt, dass er sich kaum auf den Füßen halten konnte; noch viel weniger war er in der Lage, geradeaus zu schießen. Dennoch akzeptierte er Ormstons Herausforderung, sich beim Tagesanbruch zum Duell zu treffen. Er benannte seinen Sekundanten und war hinaus in die Nacht gewankt – die Tatsache seines bevorstehenden Todes legte sich schwer auf seine Seele.

Er kam nie zum Duellfeld. Schaffte es nicht weiter vom Theater weg als einen Block – er schaffte es nicht mal bis zu seiner Kutsche. Zwei Straßenräuber hielten ihn fest, während ein dritter ihn mit seinem Messer aufschlitzte. Dumpf erinnerte er sich, dass er sich in diesem Moment fühlte wie eine Weihnachtsgans.

Dann fiel er mit dem Gesicht zuerst in den Straßendreck und die Pferdeäpfel. Er hatte vorgehabt, wenigstens mit ein bisschen Anstand im Duell zu sterben und nicht in der Gosse elend zu verrecken.

Zayan war alles andere als erfreut, ihn in diesem abstoßenden Zustand zu finden. Offensichtlich hatte Bastien sich in der Gosse ausgekotzt und er lag in seinem eigenen Dreck und hatte sich besudelt.

Sogar in diesem Moment, als das letzte Blut langsam aus seinen Adern rann und im Dreck versickerte, hatte Bastien um seine Demütigung gewusst. Tiefe, kalte, bittere Scham erfasste ihn.

Aber dann wiegte Zayan seinen Kopf, hielt ihn in seinen Armen. Er dachte, sein Liebhaber würde ihn ein letztes Mal liebkosen, bevor er starb. Er hatte sich geschämt, als ihm Tränen in die Augen stiegen. Nicht einmal seine Mutter hatte ihn je gewiegt oder seine Wange liebevoll gestreichelt.

Bevor die Welt vor seinen Augen dunkel wurde, sah er Zayans Zähne, die wuchsen und zu langen, geschwungenen Fangzähnen wurden. Er dachte, es sei eine Halluzination – weil er starb. Er schloss die Augen. Er war eiskalt, durchnässt und verdreckt. Die heiße Feuchtigkeit auf seinen Lippen überraschte ihn. Als der metallische Geschmack seine Zunge traf, als die Flüssigkeit seinen Mund füllte, da trank er. Schwach wie er war, schluckte er gehorsam, ohne zu wissen, was es war.

„Trink", ermahnte Zayan ihn und strich ihm übers Haar. Geschwächt öffnete er die Augen und sah Zayans nackten Arm direkt vor sich. Er erkannte, dass sein Mund an Zayans Handgelenk lag und dass er an ihm saugte wie ein Baby. Er saugte Blut.

Widerwille erfasste ihn. Bastien kämpfte gegen Zayans Arm an, der ihn festhielt. Und dann gab Bastien nach, er trank und trank, bis Zayan sein Handgelenk von seinem gierigen Mund fortzog.

„Verstehst du, was du jetzt bist?", fragte Zayan.

Überrascht von der Stärke, die er durch seine kalten, tauben Glieder fluten fühlte, war es ihm egal. Es scherte ihn einen Dreck, was er jetzt war, weil es so schien, als wäre er am Leben.

Plötzlich hatte er Zayans Stimme in seinem Kopf gehört. *Du bist jetzt Nosferatu.*

Indem er ihn dem Tod entriss, hatte Zayan ihn davor bewahrt, die Flucht zu ergreifen, nach der er sich gesehnt hatte. Im ersten Moment hatte Bastien ihn dafür gehasst. Aber es war ein Vergnügen gewesen, Ormston ausfindig zu machen und sein Blut zu trinken. Nicht dass Ormston diesen Tod verdient hatte. Schließlich hatte Bastien in seinen Gefilden gewildert. Und er wäre glücklich gewesen, seinen eigenen Tod zu akzeptieren, wenn er ihm auf ehrenhafte Weise widerfahren wäre. Aber in einer dreckigen Gasse hinter der Drury Lane überraschend niedergestochen zu werden war eine Beleidigung.

In seiner zweiten Nacht als Unsterblicher war er wie ein Verrückter durch London gelaufen. Aufgekratzt und wild hatte er triumphiert, seine neu gewonnene Kraft und Macht ausgenutzt. Aber verdammt, noch immer hatte er Zayan gehasst, der ihn gezwungen hatte, das Leben eines auf ewig Verdammten zu führen, nur weil er zugelassen hatte, dass sein Vater ihn schlug.

Und er hasste sich selbst als er in Tränen ausbrach, während er Zayan gestand, was zwischen seinem Vater und ihm vorgefallen war. Zayan hatte die Beweise gesehen, die frischen, geschwollenen Striemen auf seinem Rücken. Wunden, die wie durch ein Wunder verheilten, nachdem er Zayans Blut getrunken hatte.

Gott, er erinnerte sich an das erste Mal, als er Blut trank. Wie sehr er danach hungerte, sich danach verzehrte. Und nie würde er die schiere Lust vergessen, als er seine Zähne in einen menschlichen Hals versenkte. Sein Schwanz war dabei steinhart geworden, als das Fleisch sich gegen die Spitze seiner Fangzähne drückte. Die Wärme, der Geruch nach Schweiß, die ersten, quälend langsam fließenden Tropfen, als seine Zähne durch die Haut drangen.

Und dann das gummiartige Gefühl der Ader. Einen Moment widerstand sie, dann öffnete sie sich an einem Punkt. Die Ekstase, als das Blut in ihn floss, ein heißer, kupfriger Fluss in seinem wartenden Mund.

Er wünschte sich nur, sein Vater hätte Zeuge werden können, wie er das Blut eines anderen trank.

Ja, er war tatsächlich ein Perverser.

Doch in der dritten Nacht nach seiner Verwandlung war sein Vater gestorben. Eine Herzattacke, die ihn im Bett ereilte. Bastien hatte sich später oft gefragt, ob Zayan seinem Vater einen Besuch abgestattet hatte.

In der Nacht, in der ihr Vater starb, wurde Yannick der neue Lord. Er nahm sich alles – den Titel, den Reichtum, die Macht. Und sein Vater hatte ihm, als er ihn auspeitschte, verraten, dass es Yannick gewesen war, der sein Verhältnis mit Zayan verraten hatte.

Blind vor Wut und Eifersucht hatte er Yannick getötet. Mit einem Messer.

Aber er ließ Yannick nicht sterben. Er verwandelte seinen Bruder, der sonst verblutet wäre. Er war entsetzt über den Betrug seines Zwillings.

Als er seinen Bruder zwang, den ersten Schluck seines Blutes zu trinken, hatte er gedacht, dass er alles nehmen wollte, das Yannick gehörte. Wie konnte Yannick jetzt noch der Lord sein?

Doch tief in seinem Herzen hatte Bastien geahnt, dass sein Vater ihn belogen hatte – er wusste, sein Hausdiener war schon immer ein Spion seines Vaters gewesen. Er hatte Yannick verwandelt, weil er verletzt und wütend war, weil er Angst hatte, für immer von dem Bruder getrennt zu sein, den er einerseits verdammte, andererseits aber aus tiefem Herzen liebte.

Zu spät erkannte er, dass Luzifer seinen Zorn manipuliert hatte, seine Eifersucht und seine Angst benutzt hatte. Er dachte, dass er den Mord an seinem Bruder wirklich gewollt hatte.

Und einen Bruder zu töten, das war – selbst wenn man ihm danach das Leben rettete – eine Sünde.

Und das machte ihn zum idealen Kandidaten für das Angebot des Teufels.

„Einen Mr. Zayan?" Lady Peters legte behutsam Messer und Gabel auf ihren Teller, während sie überlegte. „Nein, meine Liebe, ich glaube nicht, dass ich je von einem Mitglied der Gesellschaft dieses Namens gehört habe."

Althea seufzte. Sie pickte lustlos ein Stück Braten auf. Sie hatte auch nicht ernsthaft damit gerechnet, bei Lady Peters mit ihrer Frage Erfolg zu haben. Beim Frühstück hatte sie bereits Sir Randolph nach Zayan gefragt – es war ihre einzige Chance gewesen, vor Einbruch der Nacht mit ihm zu reden, da er sein Mittagessen normalerweise im Club einnahm.

Sie waren allein gewesen im Frühstücksraum. „Sie müssen keine Angst vor Zayan haben", hatte er in einem gönnerhaften Tonfall gesagt. Er war ein attraktiver, nüchterner Mann und nachdem er ihr diese Versicherung gegeben hatte, hatte er sich wieder in seine Zeitung vertieft.

„Nein", hatte Althea geantwortet und den Kaffee heruntergestürzt. „Ich will Zayan jagen."

Bei dieser Eröffnung war ihr Gastgeber explodiert – sofort befahl er, dass sie nicht so eine riesige Dummheit begehen würde – und sie ahnte, dass man sie an der kurzen Leine halten würde.

Sie nahm einen Schluck Wein. Bei dem Musikabend, den Lady Monrose heute Abend gab, wollte sie die Damen der Gesellschaft über Zayan ausfragen. Er lebte ein gutes und öffentliches Leben, und sie ahnte, dass er Debütantinnen nicht von seiner Wahl des nächsten Opfers ausschloss. Also hatte er sicher dafür gesorgt, dass er Zutritt hatte zur besseren Gesellschaft. Vermutlich war er wie Bastien. Er genoss es, zwischen den Sterblichen als Dämon zu wandeln – es war sein ganz persönlicher Scherz.

Doch während Bastien hinter dieser Maske ein freundliches, liebevolles Wesen verbarg, war es bei Zayan das Böse. Althea griff nach ihrem Weinglas, doch als sie einen weiteren Schluck nahm, trat Ridgeway, der Butler, ein.

„Sir Edmund Yates ist soeben angekommen, Mylady."

Vater! Sie schob ihren Stuhl zurück und stand auf. Er musste ihren Brief erhalten haben, in dem sie ihm von ihrer Begegnung mit der sogenannten Vampirkönigin berichtet hatte.

Lady Peters lächelte. „Bringen Sie ihn herein, Ridgeway."

Und da war ihr Vater. Noch immer wirkte er schwach, aber so vertraut in seinen Kniehosen und ganz in Tweed, ein breites Lächeln auf seinem wettergegerbten Gesicht. Unter seinem Hut war sein drahtiges, weißes Haar in der gewohnten Unordnung, und seine Brillengläser waren von Fingerabdrücken verschmiert. Unter den Arm hatte er sich ein in Leder gebundenes Buch geklemmt.

Und wie überglücklich sie war, ihn zu sehen.

„Oh, Althea, mein Mädchen, ich bin so glücklich, wieder bei dir zu sein." Er hielt sie fest an sich gedrückt und strich ihr übers Haar. „Und du bist eine bezaubernde Schönheit, sollte ich hinzufügen."

Sie war nur glücklich, dass er gesund und in Sicherheit war. Er strahlte sie stolz an, weil sie eines ihrer neuen Kleider trug und das Haar so elegant hochgesteckt hatte.

Es gab keine Gelegenheit, über persönliche Dinge zu reden – jedenfalls nicht, solange Lady Peters, David, die Cousinen und die Tante dabeisaßen.

Aber als David augenzwinkernd bemerkte, dass Althea in ihrem schönen Kleid die feine Gesellschaft verzaubert hatte, räusperte sich die Tante, Mrs. Horatio Thomas. „Mir scheint, sie setzt auf die dämonischen Zwillinge – die beiden habe ich seit Jahren nicht mehr gesehen. Sie haben wilde Zeiten auf

349

dem Kontinent verlebt, habe ich gehört, und ich bin geneigt, den Gerüchten zu glauben. Sie sehen keinen Tag älter aus als damals, als sie das letzte Mal die Gesellschaft mit ihrer Anwesenheit beehrt hatten. Obwohl es ja Gerüchte über Lord Brookshire gibt. Er soll jahrelang in England gelebt haben, zurückgezogen auf seinem Landsitz. Trotzdem ist er zu vornehm, um ihn als Ehemann in Betracht zu ziehen, zumal mit seinem exzentrischen Verhalten."

„Mrs. Thomas, ich würde nicht einmal davon träumen, so hoch zu streben", antwortete Althea mit heftig klopfendem Herzen.

Sie bemerkte wie ihr Vater, der sich ihnen zum Abendessen angeschlossen hatte, protestieren wollte. Aber er stopfte sich stattdessen ein Stück Kartoffel in den Mund – da er zweifellos gerade ansetzen wollte, ihre Eignung für die Heirat mit einem Vampir zu verteidigen.

„Gut. Sogar der Zweitgeborene wäre ein Coup, mein Mädchen. Obwohl ein Leben an der Seite von Bastien de Wynter sicher nicht leicht wäre. Völlig verwildert, wie man so sagt. Erinnert euch an die Gerüchte, dass er von Banditen aufgeschlitzt, sturzbetrunken vor einem Duell mit dem Herzog von Ormston gefunden wurde. Es ging um irgendwas Skandalöses mit der Mätresse von Ormston, einer kleinen Schauspielerin …"

Lady Peters sog heftig ihren Atem ein. Offensichtlich war Mrs. Thomas' Gesprächsthema alles andere als passend. Doch die ältere Dame, die halb taub war, fuhr mit der lauten Stimme fort, die nur Schwerhörigen zu eigen war. „Einige haben gedacht, er wäre in der Gosse verreckt, aber andere waren überzeugt, dass er auf den Kontinent geflohen ist. Kann ich verstehen – Ormston war schon immer ein guter Schütze, sogar im Alter." Mrs. Thomas' Augen verengten sich. „Ich denke, Mr. Fenwick würde gut zu dir passen …"

Ein Angsthase. Geistlos und mondgesichtig. Doch in den

Augen der feinen Gesellschaft hätte Miss Althea Yates sich geehrt fühlen sollen, von einem Mann mit gutem Einkommen und einer guten Familie ein Angebot zu bekommen.

Mr. Fenwick hatte auf dem Fortesques-Ball Interesse an ihr gezeigt. Althea hatte ihm prompt von der Vampirjagd erzählt. Er wurde daraufhin eine Spur blasser und hatte eindeutig krank ausgesehen.

Ihr Vater sah auch krank aus, während Mrs. Thomas und Lady Peters in eine lebhafte Debatte über die Vorteile der potenziellen Bewerber verfielen. Vielleicht erkannte er jetzt erst, in welche Situation er sie gebracht hatte.

„Es tut mir leid, mein Mädchen. Sie sind wie Hunde, die Witterung aufgenommen haben." Ihr Vater sprach mit gedämpfter Stimme. Sie hatten sich in die Stille von Sir Randolphs Bibliothek zurückgezogen.

„Du hast eine gute Ehestifterin ausgesucht, Vater", erwiderte Althea. Sie wusste, es war das Beste, wenn ihr Vater selbst zu dieser Schlussfolgerung kam.

„Aber du bist so hübsch, Liebes." Ihr Vater legte den Arm um ihre Schulter und drückte sie an sich. „Ich wünschte …" Ihm versagte beinahe die Stimme. „Ich wünschte, Anne würde noch leben und hätte dich aufwachsen sehen."

Althea schluckte. Ihr wurde plötzlich die Kehle eng.

„Ach", seufzte er. „Aber sie hätte mir längst den Kopf abgerissen, weil ich dich Vampire jagen lasse."

Das hatte er schon oft gesagt. Aber sie war nicht überzeugt, dass es stimmte.

Ihr Vater nahm seinen Arm von ihrer Schulter. „Lord Brookshire kam zu mir, während ich Zayans Krypta durchsuchte. Er verlangte zu wissen, wo du bist. Der Verrückte kam einfach zu mir, obwohl ich von bewaffneten Männern umgeben war."

Obwohl sie wusste, dass Yannick überlebt hatte – sie hatte ihn letzte Nacht schließlich gesehen – fühlte sie ihr Herz unregelmäßig schlagen.

„Seine Lordschaft behauptete, dich zu lieben", fuhr ihr Vater fort. „Und ich vermute, das stimmt."

Mit diesen Worten beugte ihr Vater sich vor und nahm ein Buch vom Sitz eines Stuhls. Althea starrte ihn überrascht an. Das in Leder gebundene Buch war jenes, das er mitgebracht hatte. Er legte es vor sich auf den Tisch. „Das ist Zayans Tagebuch. Er hat es seit einem Jahrhundert geführt. Ich dachte, du könntest den Wunsch haben, es für mich zu lesen – es nach Hinweisen zu durchsuchen."

Sie griff nach seinem Ärmel, zupfte daran. „Willst du mir damit sagen, dass Yan… der Earl zu dir kam, um dir zu sagen, dass er mich liebt?"

Ihr Vater seufzte traurig. „Ich kann es in deinen Augen sehen. Du liebst ihn auch, nicht wahr?"

„Ja." Ihr Herz raste in dem Moment, da sie es gestand. Glück, Entsetzen und Entzücken vermischten sich in ihr.

„Ach, mein Mädchen …"

Sie hob ihre Hand und gebot ihm Einhalt. Es überraschte sie, dass er innehielt. „Ich weiß, Vater. Er ist ein Vampir. Ich liebe ihn trotzdem. Und ich weiß, wir können nie zusammen sein. Aber um sein Leben zu retten, muss ich Zayan finden."

Sie öffnete das Buch. „Ich weiß, dass er in London ist. Bisher hatte ich einfach keine Quelle, um herauszufinden, wo er ist. Und ich habe nur noch zwei Nächte Zeit." Ihre Stimme hob sich in Panik. Ruhig, sie musste Ruhe bewahren. Panik würde ihr nicht helfen, Zayan zu finden, würde weder Yannick retten, noch Bastien. Sogar nach den Versuchen von Mrs. Thomas, ihr zu zeigen, wie ungeeignet Bastien war, liebte sie ihn. Liebte ihn vielleicht sogar mehr, weil sie spürte, dass seine schlechten Gewohnheiten ein schmerzendes, einsames Herz kaschieren sollten.

„Es muss Todesfälle gegeben haben. Vielleicht weiß man in der Bow Street mehr darüber", überlegte sie. „Ich schätze, er wird sich in der feinen Gesellschaft zeigen. Vielleicht gelingt es mir, die Ladies und Gentlemen auf dem Musikabend und auf den beiden Bällen heute Abend zu befragen."

Ein Musikabend und zwei Bälle standen heute Abend für sie auf dem Programm. Wenn es nicht die Chance wäre, Zayan zu jagen und Bastien und Yannick wiederzusehen, wäre sie bei dem Gedanken schwach geworden.

„Was ich befürchte, Liebes, ist, dass Zayan dich finden wird."

Althea hatte frischen Wind in die feine Gesellschaft gebracht. Man zeigte mit dem Fächer auf sie, und ein mehr oder weniger diskretes Flüstern folgte ihr durch Benthlams Ballsaal. Nicht nur, dass die dämonischen Zwillinge an einem Musikabend teilgenommen hatten und sich sofort an eine gewisse Miss Althea Yates hängten, die niemand kannte. Sie waren ihr offensichtlich auch zum Benthlams-Ball gefolgt.

Der Earl hatte dreimal mit Miss Yates getanzt, gackerten die Matronen, und das stand eindeutig für eine Vorliebe. Mehr als zwei Tänze signalisierten eine bevorstehende Verlobung. Aber dann hatte der Bruder des Earls, Mr. de Wynter, sie für den nächsten Walzer und zwei weitere Tänze beansprucht.

Bei dem offensichtlichen Interesse der Zwillinge war Miss Yates' Wert auf dem Heiratsmarkt gestiegen. Junge Männer – Viscounts, Barone, Earls und sogar ein attraktiver Duke – sicherten sich einen Platz auf ihrer Tanzkarte. Was war so besonders an dieser unscheinbaren jungen Frau mit dem dunkelroten Haar, die offensichtlich die dämonischen Zwillinge gezähmt hatte?

Als Althea hörte, wie Mrs. Thomas diesen neuesten Klatsch Lady Peters zutrug, stöhnte sie innerlich. Warum verhielten sich die Zwillinge so auffällig? Zu ihrem Schutz? Sie fürchtete, die allgemeine Aufmerksamkeit könnte Zayan fernhalten. Und ihnen blieben nur noch zwei Nächte.

Doch die Zwillinge waren instinktiv besitzergreifend, erkannte sie. Die beiden konnten nicht danebenstehen und dabei zusehen, wenn andere Männer mit ihr redeten oder flirteten oder gar mit ihr tanzten! Ihr Herz machte vor Freude einen Satz, weil die beiden so besorgt um sie waren.

Sie fragte die Gruppe von Matronen nach Zayan.

„Ein Mr. Zayan? Es stimmt, ich habe gehört, dass ein Mr. Zayan kürzlich in die Stadt gekommen ist, Miss Yates." Lady Rawlstones Miene verfinsterte sich. Anscheinend hatte Zayan einen schlechten Ruf, und ihre Frage nach ihm weckte die Neugier ihres Gegenübers. „Und wie waren Sie mit ihm bekannt, sagten Sie?"

Weil er die Verkörperung des Bösen ist. „Er ist der entfernte Verwandte eines engen Freunds."

Lady Rawlstone war genauso alt wie Mrs. Thomas, und im Gespräch mit ihr hatte Althea einiges über die dämonischen Zwillinge erfahren. Sie hatte viele skandalöse Gerüchte über Bastien gehört. Und über Yannicks gelöste Verlobung – die er nie erwähnt hatte.

„Mr. Zayan ist nicht die Art Gentleman, die Sie kennen sollten, fürchte ich", sagte Lady Rawlstone. „Ich glaube, er bevorzugt Spielhöllen, obwohl das natürlich viele Gentlemen tun … ach du meine Güte, da kommt Mr. de Wynter."

Althea hielt den Atem an, als Bastien sich vor ihr verneigte. Ein weiterer Tanz mit ihm würde sicher die Gesellschaft schockieren.

Lady Rawlstone lächelte. „Ihnen müssten die Ohren klingeln, Mr. de Wynter."

Althea staunte. Sie hatte nicht erwartet, dass Ihre Ladyschaft so offenherzig sein konnte.

Aber Bastien lachte nur. „Das tun sie immer, meine Liebe. Immer." Er verneigte sich tief vor ihr.

Althea unterdrückte ein leises Seufzen, als er sich an sie wandte und ihr ein verschwörerisches Lächeln schenkte. Obwohl sie von Hunderten aufmerksam beobachtender Augen umgeben waren, fühlte sie ihre Nippel hart werden und sich gegen den Stoff ihres Kleids aus apricotfarbener Seide drücken, das einen skandalös tiefen Ausschnitt hatte. Ihre Vagina pochte heiß und fordernd, sie sehnte sich nach ihm. Sie wusste genau, warum er zu ihr gekommen war.

Folge mir, Liebes. Ich bin gekommen, um dich vom Wege abzubringen.

In dem Moment, als Althea hinter die Palme am Ende der Terrasse trat, zog Yannick sie an sich und drückte seine brennend heißen Lippen auf ihre.

Gott, ich habe die ganze Nacht danach gehungert, das hier zu tun.

Sie ließ sich in seine Hitze und sein Feuer sinken, schlang ihre Arme um seinen Hals, während er sie quasi von den Füßen hob. Als er sie losließ, forderte Bastien augenblicklich seinen Kuss. Zusammen küssten sie Althea, bis ihr schwindelte. Der Mond, eine große, fast runde Kugel, wachte über ihnen mit blau beschatteten Augen.

So sah es zumindest aus.

Bastien hob von hinten ihre Röcke an.

„Auf der Terrasse!", kreischte sie. „Wir dürfen das nicht wagen."

„Ich riskiere alles", versprach Bastien.

„Davon habe ich gehört", murmelte sie. Aus irgendeinem verrückten Grund stach sie Eifersucht. Warum sollte sie eifersüchtig sein? Sie hatte bereits mit eigenen Augen gesehen, wie Bastien mit einem anderen Mann geschlafen hatte. Warum sollten Skandale, die ein Jahrzehnt zurücklagen, sie stören? Aber sie hörte, wie schnippisch ihre Stimme klang, als sie wissen wollte: „Wenn wir schon über Hunger reden, habt ihr beide schon gegessen?"

Bastien nickte. Das blonde Haar flatterte in der sanften Brise, befreit von dem schwarzen Band, das es normalerweise zusammenhielt.

Sie kreuzte die Arme unter den Brüsten und blickte von Bastien zu Yannick. „Sinnliche Mädchen, nehme ich an?"

„Eine muntere Witwe, die an einer Affäre interessiert war", gestand Bastien.

„Meine Güte, hast du ihr gegeben, was sie wollte?"

„Nein, Liebes. Ich habe dir Treue geschworen."

„Und meine Beute war männlich – ein Straßenräuber", sagte Yannick. „Ich mag es, den Spieß umzudrehen. Sie denken erst, ich bin ein feiner, verwöhnter Pinkel, ehe ich mein wahres Gesicht zeige."

Sie blickte Bastien an, als hoffe sie, er würde auf das Wort *Straßenräuber* reagieren. Aber seine Augen waren eine undurchdringliche Mischung aus Mondlicht und schwarzen Schatten.

Ich möchte dich von hinten lieben, sagte Bastien in ihren Gedanken. *Es ist hier absolut sicher. Ich hebe deine Röcke an und stehe hinter dir im Schatten. Ich werde dich gegen das Geländer pressen und niemand wird je erraten, was wir tun – nicht, dass ich dich gerade in den Hintern ficke.*

„Was?" Sie keuchte überrascht. Ihre Röcke hingen auf Höhe ihrer Kniekehlen, und sie hörte das raue, hungrige Atmen der Männer.

Im nächsten Moment war ihr Hintern der kalten Nachtluft nackt ausgeliefert. Auf ein Höschen hatte sie heute in gespannter Erwartung verzichtet.

„Verdammt." Mit einem Rascheln fielen ihre Röcke und Bastien machte sich schnell davon.

„Hier bist du also, Kleines", kam die erfreute Stimme ihres Vaters von irgendwo, just in dem Moment, als der Saum ihres Kleids wieder auf Höhe ihrer Knöchel schwang.

„Warum, zur Hölle, warst du mit den beiden da draußen?", verlangte ihr Vater zu wissen, als sie im Foyer von Sir Randolphs Stadthaus standen. „Sie lieben dich beide, stimmt's? Kämpfen sie um dich?"

Althea war so müde. Alles, was sie wollte, war ins Bett zu fallen. Scheinbar gingen auch Debütantinnen selten vor Sonnenaufgang ins Bett. „Sie kämpfen nicht – aber ja, sie scheinen um mich zu rivalisieren." Sie konnte ihm nicht gestehen, dass die beiden sie sich teilten! „Es war Zayans Plan, sie dazu zu bringen, um mich zu kämpfen."

Sie bereute es im selben Moment, ihrem Vater so vieles zu gestehen. Sie wagte es nicht über die Träume zu sprechen. In den letzten Nächten hatte sie keine Träume gehabt.

„Und du liebst den Earl."

„Ich …"

„Oh nein, sag mir nicht, dass du beide Männer liebst!"

Eine verräterische Röte überzog ihr Gesicht. Sie wandte sich ab, um sie zu verbergen."

Hinter ihr stöhnte ihr Vater. „Liebling, das kann nicht sein."

Sie hatte erwartet, dass er entsetzt war. Aber plötzlich verstand sie – er dachte nicht daran, dass die Zwillinge sie teilten. Dieser schockierende Einfall war ihm bisher nicht gekommen.

Und sie dankte Gott dafür. Denn wenn er die Wahrheit erfuhr, konnte sie sich kaum vorstellen, welch verheerende Wirkung dies auf sein schwaches Herz hätte.

„Bastien de Wynter ist nicht die Sorte Mann, in die sich

357

eine Frau verlieben sollte, selbst wenn er sterblich ist, und das, zur Hölle, ist er nicht. Du kannst nicht zwei Vampire lieben, Liebling. Bitte, bitte, Althea, ich flehe dich an ..."

Sie stützte sich schwer auf das Treppengeländer und wandte sich ihm zu. „Vater, ich verstehe."

Sie konnte nicht auf eine Zukunft mit den Zwillingen hoffen. Es würde ihren Vater vernichten.

Ihr Vater hielt ihre Hand, als sie die Treppe hinaufstiegen. Er lächelte sie zögernd an, und sie blinzelte die Tränen fort.

Sie zwang sich selbst dazu, früh aufzuwachen und die restlichen Seiten in Zayans Tagebuch zu lesen. Es musste darin irgendeinen Hinweis geben.

Alles, was sie tun musste, war sicherzustellen, dass Zayan zerstört wurde. Und dass weder Bastien noch Yannick bei dem Versuch starben.

Und dann wäre es an der Zeit, sich von den Zwillingen zu verabschieden. Für immer.

22. KAPITEL

Das Bordell

„Wir hätten dich nicht hierherbringen dürfen", beharrte Yannick.

„Ich hatte nicht vor fernzubleiben!" Maskiert trat Althea, flankiert von Bastien und Yannick, über die Schwelle von Madame Rois elegantem Bordell.

Immerhin war sie es gewesen, die den entscheidenden Hinweis in dem letzten Tagebucheintrag gefunden hatte. Dort stand in Zayans akkurater Handschrift: *Ich bin in einem von Madame Rois' Etablissements gewesen. Ein Bordell für Sterbliche. Mächtige Spiele, hypnotisierend und ermüdend, eine ausgezeichnete Auswahl an Verbotenem – das ist mit Abstand das beste Etablissement in London …*

Nein, sie würde nicht das Abenteuer verpassen, weil es in einem Haus mit schlechtem Ruf, das von einer Vampirkönigin geführt wurde, stattfand. Und nachdem sie bereits zwei Vampire in ihrem Bett gehabt hatte – wie konnte sie schockiert sein von dem, was in einem Londoner Bordell passierte? Nichts an dem Foyer von Madame Rois' Bordell schockierte sie. Die Tapete, ein glitzernder Kandelaber, ein Teppich von satter Farbe – das alles schien passend für das Zuhause eines Gentlemans. Statuen nackter Frauen standen herum, aber sie waren kaum skandalös.

Die Zwillinge führten sie weiter, und Althea überprüfte instinktiv ihre Verkleidung. Weich und geschmeidig lag die schwarze Ledermaske auf ihrem Gesicht. Sie reichte von der Haarlinie bis zu ihrer Oberlippe. Große Öffnungen für ihre Augen ließen sie gut sehen, soweit das ohne Brille möglich war. Yannick hatte ihr die hübsche Maske gegeben und hatte ihr geholfen, sie festzubinden, während ihre Kutsche durch

London ratterte. Sie trug ein Kleid in Smaragdgrün, das den tiefsten Ausschnitt hatte, den sie je zu tragen gewagt hatte. Eine Frau, die in ein Bordell ging, wäre in dieser Angelegenheit kaum zimperlich. Yannick hatte ihr noch ein Geschenk überreicht – ein wunderschönes Halsband aus Smaragden und mit einem herzförmigen Diamanten, das sie nun trug.

Sie betraten den Salon. Althea keuchte auf. Die ganze Atmosphäre veränderte sich – Strömungen sexueller Spannung lagen knisternd in der Luft. Attraktive Männer in eleganter Abendgarderobe trieben sich in Madame Rois' Salon herum. Es schien, als wäre es nur den schönsten Männern erlaubt, bei Madame Roi zu verkehren. Ein weiterer interessanter Aspekt, wenn man bedachte, dass sie doch mit diesem Haus ihren Lebensunterhalt verdiente. Alternde Männer, die ihr gutes Aussehen verloren, waren vermutlich eher bereit, gute Preise für eine Tändelei mit hübschen Kurtisanen zu bezahlen.

Also schien die Vampirkönigin dieses Bordell nicht allein aus finanziellen Gründen zu führen.

Madame Rois' Mädchen waren hübsch, jede einzelne von ihnen. Sie besaßen ausgezeichnete Manieren und sanfte Stimmen. Die Mädchen lächelten und scherzten mit den Männern mit dem Geschick wohlerzogener Debütantinnen. Einen Moment starrte Althea auf ein Dutzend Paar Brüste, allesamt nackt unter den hauchdünnen Miedern. Dann erinnerte sie sich an ihr kleines Intermezzo mit Sarah und schaute betreten beiseite.

Das lenkte ihre Aufmerksamkeit auf ein Paar, das gerade in Verhandlung stand. Direkt vor ihren Augen hob der Mann den Rock der Frau an und sah sich ihre Möse an, die komplett glattrasiert war. Offensichtlich erfreut von dem, was er sah, schob er sogleich lustvoll seinen langen behandschuhten Finger hinein.

Die öffentliche Natur dieser Vorführung machte Althea bewusst, dass sie noch immer unerfahren war. Sie errötete hinter ihrer Maske, als sie verschiedene Paare und Dreier beobachtete, wie diese erotische Abmachungen trafen.

Es war schockierend, als ihr aufging, dass auch sie Teil eines Dreiers war – und sie war sicher, ihr Rücken müsse von den neidischen Blicken brennen, die einige Frauen in ihre Richtung warfen. Eine Kurtisane trat zu ihnen und fragte, ob sie nach einer weiteren Frau für einen Vierer suchten. Sie schlug es vor, als wären sie auf der Suche nach einer vierten Person für eine Partie Whist.

Bastien lehnte das Angebot der blonden Prostituierten höflich ab und sie warf ihnen einen enttäuschten Blick zu. Mit einem koketten Lächeln berührte sie ihre tiefroten Nippel durch den hauchdünnen, elfenbeinfarbenen Stoff ihres Mieders.

Altheas Vagina pulsierte bei dieser Handbewegung. Die Brüste der Frau hatten die Größe von Melonen, die harten Nippel waren hoch aufgereckt und biegsam. Althea konnte sich nicht ansatzweise vorstellen, wie sehr der Anblick die Zwillinge erregen musste.

„Ich würde gerne eine Nacht mit den dämonischen Zwillingen verbringen", lächelte die Frau.

„Und mit unserer Dämonin", bemerkte Bastien. Beinahe hätte Althea protestiert. Er meinte sie!

„Aber nicht jetzt, Süße", fuhr er fort. „Vielleicht später."

Später! Da er von ihrer Tändelei mit Sarah wusste, wirbelte sie herum, voller Angst vor dem, was sie in seiner Miene lesen würde.

Bastien beugte sich zu ihr. „Hübsche Titten, oder? Ich bin eher davon verlockt mir vorzustellen, wie wir beide an ihnen saugen …"

„Bastien, verdammt", grollte Yannick. „Heute Nacht geht

361

es nicht um den Kitzel, Brüderchen; Es geht darum, Miss ... Carstairs zu beschützen."

Sie hatten sich darauf geeinigt, Althea bei einem falschen Namen zu nennen, um ihren Ruf zu schützen.

„Ich persönlich habe noch nie einen Abend im Bordell mehr genossen. Das ist etwas faszinierend Neues, wenn man es mit den Augen einer Novizin sieht." Bastien kniff sie durch ihre Röcke in den Po. „Ich glaube, es gibt einige hübsche Tableaus in den anderen Räumen. Dort werden wir Zayan vermutlich finden."

„Tableaus, hmmm?"

„Was sind ‚Tableaus'?" Sie wandte sich erst an Yannick, dann an Bastien.

Obwohl keiner der Männer antwortete, fand sie es schon bald heraus. Sie folgten einigen Paaren – attraktive Gentlemen und verführerische Mädchen – die durch eine geöffnete Doppeltür in den nächsten Raum strömten.

Althea erhielt die nächste Lehrstunde ihrer aufschlussreichen Ausbildung, als sie über die Schwelle trat. Ein erhöhtes Podium, in karmesinroten Samt gehüllt, stand direkt neben dem Eingang. In der Mitte der Bühne ruhte ein nackter Mann auf einer Chaiselongue. Seine Faust umschloss die Wurzel seines Glieds. Es war ... riesig.

„Groß, findest du nicht?", flüsterte ihr Bastien ins Ohr. „Der muss mindestens dreißig Zentimeter lang sein."

Dreißig Zentimeter? Sie schauderte bei dem Gedanken. „Kann eine Frau ihn ganz in sich aufnehmen?"

„Ich denke, das werden wir gleich herausfinden", stellte Yannick klar.

Zwei Frauen standen auf dem Podium. Sie trugen strahlendweiße Kleider, die im antik-griechischen Stil geschnitten waren. Sie waren als Statuen verkleidet, das Haar weiß gepudert und auch am ganzen Körper weiß geschminkt. Der

362

liegende Mann rezitierte ein Gedicht – Althea war zu verwundert, um den Sinn zu begreifen, aber sie schnappte eine Zeile auf, in der er die Nymphen anflehte, zu Leben zu erwachen, um ihn zu erfreuen. Als er erklärte, dass er verflucht war mit seiner üppigen Ausstattung, die einen Hengst neidisch machte und sterbliche Frauen in Angst versetzte, lachten alle Männer im Publikum.

Eine Frau bewegte sich, als erwache sie zu Leben. Sie bewegte langsam ihre Glieder. Erstaunen zeigte sich auf ihrem Gesicht, dann Freude. Sie begann, ihre Brüste und ihren Schoß zu erforschen. Ihr Kleid sank zu Boden, offenbarte ihre schlanke Figur. Kleine, hohe Brüste mit geröteten Nippeln und kindliche, schmale Hüften.

Das Mädchen sank auf die Knie und kroch zu dem Mann auf der Chaiselongue. Sie flehte ihn an, behutsam zu sein. Er half ihr auf und sie bewegte sich grazil auf ihm.

Althea seufzte, als seine Finger in die Frau glitten. Erst einer, dann zwei, dann drei. Das Mädchen schien bereit für ihn – man hörte bei jedem Stoß ein feuchtes, saugendes Geräusch.

Als er seine komplette Hand in ihr versenkte, zog sich bei Althea alles zusammen. Tat das weh? Das musste es. Aber die ‚Statue‘ seufzte voller gequälter Lust. Schweißperlen glänzten auf ihrer Stirn und auf den Brüsten, als sie begann, sich auf seiner Hand zu bewegen.

Und dann zog er seine Hand zurück und hielt seinen Schwanz hoch. Seine ‚Statue‘ pfählte sich selbst mit einem lauten Schrei.

Althea hielt einen Laut des Mitgefühls zurück.

„Spürst du Zayan?", fragte Yannick.

Sie löste ihren Blick von der lebhaften Frau und dem grunzenden Mann. Wie konnte Yannick nicht von diesem Schauspiel entzückt sein? Jeder Schrei der Frau, als sie den riesigen Penis in sich aufnahm, verursachte Althea Qualen.

„Nein." Bastien zuckte mit den Schultern. „Ich bin abgelenkt."

Althea spürte seine Fingerspitzen, die ihr Handgelenk streichelten. Eine unschuldige Geste, aber es ließ sie brennen.

„Ignorier den Fick."

Fick. Sogar das Wort, von Yannick ausgesprochen, ließ sie pochen und machte sie feucht.

„Nein, zu abgelenkt von unserer hübschen Miss Carstairs. Sie scheint all meine Sinne zu überfluten, bis ich an nichts anderes als an sie denken kann." Bastien hob ihre Finger an und küsste sie. „Sollen wir unsere Suche fortsetzen?"

„Natürlich", sagte Althea. Sie wollte den Anschein erwecken, von dem Schreien und Stöhnen völlig unbeeindruckt zu sein. Bastien aber grinste, und sie wusste, dass er ahnte, wie erregt sie war.

Nein, schwor sie sich, sie würde ‚den Fick ignorieren', wie Yannick gesagt hatte. Doch der Anblick der nächsten Szene ließ sie ihren Schwur vergessen. Die blonde Kurtisane mit den großen Brüsten stand auf dem Podium. Sie war vollständig nackt. Sie rief in das Publikum: „Zwei Gentlemen, wenn Sie gestatten. Würden zwei Gentlemen sich darum kümmern, dass ich aufs Äußerste befriedigt werde?"

Einige offerierten ihre Dienste – Gentlemen, mit denen Althea bei ihrem kurzen Ausflug in die bessere Gesellschaft getanzt hatte.

Die Frau, die einer der Männer Ruby nannte, traf ihre Wahl.

Althea keuchte überrascht, als David Peters die Stufen zum Podium hinaufsprang. Sie fummelte an ihrer Maske herum und betete darum, dass sie genug von ihr verbarg. Aber ein größerer Schock folgte.

Der zweite Mann war Zayan. Er schritt mit so sinnlicher

Energie auf das Podium zu, dass jede Frau, die ihm zusah, wimmerte. Althea seufzte ebenfalls.

„Mir scheint, wir haben ihn gefunden", murmelte Bastien.

„Allerdings", sagte Yannick.

Auf der Bühne zog David Peters das Mädchen an sich. Er küsste ihre Lippen und leckte anschließend die Brüste. Anfeuerungsrufe wurden laut, als er einen der Nippel in seinen Mund nahm. Für einen jungen Mann besaß er offensichtlich einiges Geschick in dieser Sache. Während er mit ihrem Nippel spielte, streichelte er Rubys weiche Innenschenkel und ihren hübsch gerundeten Hintern.

Als Zayan seine Hose öffnete, fühlte Althea ein ängstliches Zittern. Besorgnis und Aufregung. Sollten sie jetzt angreifen? Sie blickte die Zwillinge an.

„Noch nicht." Yannick schüttelte den Kopf. Sein Arm legte sich besitzergreifend um ihre Taille.

„Genieß es", fügte Bastien hinzu. Er beugte sich zu ihr und knabberte an ihrem Hals.

Genieß es! Die Lust brandete in ihr auf, weil die beiden Männer sie liebkosten, aber zugleich hatte sie Angst um Rubys Leben. Ob Zayan es wagte, die Frau vor den Augen so vieler Zeugen zu beißen? Oder ging es ihm nur um Sex?

Zayans langer, dunkler Penis sprang vor. Er schlich um die Frau herum und klapste sie auf den runden Po.

Bastiens Zunge kitzelte ihr Ohrläppchen. Sie wünschte, sie könnte sein Gesicht sehen – war er eifersüchtig, erzürnt oder einfach nur erregt?

„Sie soll sich bücken", wies Zayan Mr. Peters an, der augenblicklich gehorchte. Er hielt ihre Hände, damit sie sicher stand. Stille breitete sich aus, als Zayan seinen Penis zwischen ihre hellen Hinterbacken schob. Die Frau seufzte – er drückte sich gegen ihren Eingang. Mr. Peters hielt sie fest, als sie sich krümmte.

365

„Bitte, seien Sie vorsichtig, Sir", flehte sie.

„Natürlich", knurrte Zayan. Althea erwartete, dass er sein Wort brechen würde, doch das tat er nicht. Zentimeter für schmerzhaften Zentimeter schob er seinen Schwanz in ihren Anus und bewegte seine Hüften dabei in langsamen, kreisenden Bewegungen.

Althea hörte Bastiens leises Lachen. Yannicks Hand zog sie fester an sich. Sie konnte den schweren Atem der beiden Männer hören, als Zayan innehielt und die Kurtisane ihn anflehte. „Mehr. Oh ja, jetzt will ich mehr."

Und die ganze Zeit schaute das Publikum begeistert zu.

Zayan strahlte eine Kraft aus, die einen gefangen nahm. Das konnte Althea kaum leugnen.

Bastien schmiegte sich an sie, und seine Erektion kuschelte sich von rechts an ihren Po. Sie drehte sich ihm halb zu. *Was machst du da?* Plötzlich hatte sie Angst, er könne ihre Röcke anheben und …

Ich quäle mich. Er blickte sie unschuldig an. *Sieh hin, Süße. Er ist nun ganz in ihr.*

Sie konnte nicht widerstehen, hinzusehen. Zayans Hüften pressten sich eng an Rubys Hintern, sein Penis so tief in ihr wie es ging. Rubys Gesicht war rot und sie stöhnte, wimmerte und rang verzweifelt nach Luft.

Yannick zog seinen Arm zurück und kuschelte sich von links an sie. Sein Schwanz, so hart wie Bastiens, drückte sich gegen ihre Hüfte. Mit den Fingerspitzen reizte er ihren Hals.

„Er füllt dich wohl ganz aus, was, Ruby?", rief einer der Gentlemen. Als wäre damit ein Bann gebrochen, lachten alle.

„Oh, ich bin richtig vollgestopft", stöhnte Ruby.

„Berühr ihre Klit", befahl Zayan Mr. Peters. „Das nimmt ihr den Schmerz."

Mr. Peters, ganz Gentleman, gehorchte. Er trug noch immer seinen Anzug. Sein dunkles Haar war in Unordnung geraten.

Ruby jammerte. „Oh, spielen Sie mit meiner kleinen Knospe, Sir."

„Ich werde sie zum Erblühen bringen", versprach David. Er hatte inzwischen seine Hose abgestreift.

Althea hatte mit diesem Mann am Frühstückstisch gesessen. Und jetzt sah sie ihn …

Oh Gott.

Zayan trat zurück, zog Ruby von Mr. Peters fort und zu der Chaiselongue, die auf der Bühne stand. Irgendwie schaffte er es, weiterhin in ihr zu bleiben, obwohl sie sich auf die Zehenspitzen stellen musste, um ihm zu folgen. Das vollbusige Mädchen mit einem Arm fest an sich gedrückt haltend, setzte er sich auf die Chaiselongue.

„Oh nein!", schrie Ruby und schluchzte auf, als der Schwanz aus ihr herausrutschte.

Zayan murmelte einen Fluch, ehe er sich erneut in sie schob. Dann arrangierte er ihre Beine weit geöffnet um seine.

Mr. Peters trat hinzu. Er hielt seinen Penis in der Hand.

Althea seufzte. Entsetzen und Erregung ließen ihr die Brust eng werden. Sie würde Zeugin werden, wie eine Frau von zwei Männern genommen wurde. Sie würde herausfinden, was Yannick und Bastien gerne mit ihr machen wollten.

Eine ängstliche Vorahnung sorgte tief in ihr für einen Wirbel. Schon jetzt war ihr Höschen durchnässt und hing feucht an ihren Schamlippen. Bastiens Hand massierte ihren Po. Es fühlte sich alles erregend und betäubend an. Sie lehnte sich gegen ihn. An ihrer Seite neigte sich Yannick herüber, küsste ihre Schulter und kitzelte ihre nackte Haut am Ausschnitt ihres Kleids.

Sie begegnete kurz Yannicks hellem Blick. Er lächelte teuflisch und nickte in Richtung der Vorstellung. Natürlich,

367

er wollte, dass sie zusah. Und lernte …

Das Mädchen Ruby schien begierig und willig. Im Kerzenlicht sah ihre Möse nass und geschwollen aus. Ihre Nippel standen aufrecht. Zayans Hüften bewegten sich langsam und sinnlich unter ihr.

„Oh, bitte", bettelte Ruby, und ihre Hand spreizte ihre Schamlippen weit. „Bitte, Sir."

Mr. Peters stieg auf die Chaiselongue und kniete sich zwischen Rubys – und Zayans – gespreizte Beine. Rubys wohlgeformte nackte Schenkel umspannten Zayans lange, muskulöse Beine. Jeder Muskel zeichnete sich klar unter seiner eng anliegenden Hose ab.

Altheas Hals fühlte sich trocken an. Mr. Peters berührte mit der Penisspitze – straff und purpurrot – Rubys Vagina. Aber sie konnte den Akt der Penetration nicht sehen, als Mr. Peters vorstieß. Sein Hintern verdeckte ihr die Sicht.

Aber es konnte keinen Zweifel geben, dass er tief in sie hineinstieß. Ruby schrie sich die Lunge aus dem Leib.

„Können Sie … Spüren Sie seinen Schwanz in ihr?" Ein Mann mit glasigem Blick feuerte diese Frage in Mr. Peters' Richtung. Seine Hand rieb den eigenen Schritt.

David Peters keuchte und grunzte, als er begann, in Ruby zu stoßen. „Ja, oh Gott, ich kann ihn fühlen. Und sie ist so verdammt eng …"

Althea stellte sich vor, wie erdrückend das Gewicht auf Zayan sein musste, aber es schien, als kümmerte es den Dämonen nicht. Er stieß seine Hüften hart gegen den Hintern der Frau, ungeachtet des Nachteils, unter ihr zu liegen.

Ruby stöhnte und schluchzte. „Habt Erbarmen. Ihr seid beide so riesig in mir."

Doch das Publikum hatte kein Mitgefühl mit ihr. Ein dritter Mann löste sich aus der Menge und kletterte auf die Bühne. Ein Mann, den Althea nicht kannte. Er war auf verwirrende

Weise ebenso attraktiv und dunkel wie Zayan. Er offerierte Rubys Lippen sein Glied, und sie nahm ihn mit einem aufreizenden Zwinkern in den Mund.

Hilflos blickte Althea Yannick an.

„Bei einer Orgie gefällt es Männern, sich anzuschließen und Erleichterung auf jede nur erdenkliche Weise zu finden." Obwohl er mit ruhiger Stimme sprach, ließ seine tiefe Stimme ihr Herz höherschlagen.

Sie konnte nicht glauben, dass sie einer Frau zusah, die auf jede nur erdenkliche Weise Lust schenkte und erhielt. Sie wusste wohl, dass ihr Mund weit offen stand und dass Yannick jetzt ihr Ohr küsste. Es kitzelte und reizte sie, aber zugleich fühlte es sich fern an. Sie war von der Szene beansprucht. Es war, so dachte sie, das Schockierendste, was sie je gesehen hatte – sogar schlimmer als Bastien und Zayan zu beobachten – bis Ruby den Schwanz aus ihrem Mund gleiten ließ.

„Ich habe zwei Hände", rief die Kurtisane. „Und wenn irgendwer von Ihnen noch eine kleine Massage möchte, Gentlemen ..."

Sofort kletterten zwei weitere Männer auf das Podium. Wie gelähmt beobachtete Althea, wie Mr. Peters in sie stieß und der schwarzhaarige Mann mit seinem Schwanz in den Mund drang, während sie die Schwänze der beiden neuen Männer massierte.

Irgendwie gelang es ihnen allen, in einen gemeinsamen Rhythmus zu finden. Schneller und schneller. Immer drängender.

„Oh Gott, ich komme!", rief Ruby. Sie schrie, als der Orgasmus sie packte, zappelte eingeklemmt zwischen den beiden Männern. Ihre Hände umklammerten die Schwänze so fest, dass es den Männern wehtun musste.

Als Ruby aufschrie, versteifte sich Mr. Peters. Sein Gesicht verzog sich mit geschlossenen Augen und dann stieß er wieder in sie. Er stöhnte nicht, er grunzte nicht, als ob er sich großartig unter Kontrolle hätte.

Und als Mr. Peters ihr nicht länger widerstehen konnte, explodierte auch der erste der beiden Männer in ihren Händen. Sein weißer, flüssiger Samen rann über Rubys Hand. Die anderen Männer verfielen wie Dominosteine ihrer Lust – der nächste spritzte in Rubys Hand und der eine in ihrem Mund zog sich zurück und verteilte seinen Saft auf ihrem Hals. Die Tropfen hingen dort, weiß und glänzend wie eine Perlenkette.

„Aber er ist noch nicht gekommen", stöhnte Ruby. „Der in meinem Hintereingang, der hat ein Stehvermögen!"

„Wenn du willst, dass ich komme, wirst du dich schon anstrengen müssten, du Hure", grollte Zayan. „Setz' dich auf mich."

Mr. Peters stand auf und auch die anderen Männer traten zurück, sodass Ruby sich aufsetzen konnte. Wild hüpfte sie auf dem Schwanz auf und ab. Ihre großen Brüste hüpften mit ihren Bewegungen auf und ab. Nach einem halben Dutzend Stößen kam Ruby erneut.

„Geh von mir runter, Mädchen."

Schwach und mit halb geschlossenen Augen flüsterte Ruby: „Aber ich habe Sie nicht befriedigt, Sir."

„Ich bezweifle, dass du das kannst. Aber ich werde mich waschen und vielleicht komme ich zurück, wenn du es wünschst."

Ruby erhob sich und seufzte befriedigt. „Oh, das würde ich wollen. Sie sind eine verflucht große Herausforderung."

Althea schrie beinahe auf, als Bastien ihren Hals leckte. „Die kleine Ruby hat ja keine Ahnung", seufzte er. „Und ich bin so erregt, dass ich gleich explodiere."

Und ihr ging es ebenso. Sie konnte kaum atmen. Ihr Körper schmerzte vor Verlangen.

Zayan lachte leise und erhob sich von der Chaiselongue. Die anderen Männer verließen die Bühne, vermutlich wollten sie sich ebenfalls waschen. Doch als Zayan das Podium verließ, wurde er von dem Publikum mit Applaus begrüßt. Er kümmerte sich nicht um seine offene Hose und verließ den Raum, seine Erektion schob er vor sich her.

„Ich denke, es ist an der Zeit", sagte Yannick.

Es hätte Bastien klar sein müssen, dass seine letzte Konfrontation mit Zayan im Schlafzimmer eines Bordells stattfinden würde. Im Schein einer einzelnen Kerze stand sein Schöpfer an einem Tisch und wusch sich in einer Waschschüssel, die auf dem Tisch stand.

Es kam ihm nicht besonders fair vor, einen Vampir anzugreifen, der die Hosen heruntergelassen hatte. Aber in seinem sterblichen Leben – war er da immer ein ehrenvoller Gentleman gewesen?

Er stand nicht nur auf der Schwelle zu diesem luxuriös ausgestatteten Raum – er stand am Punkt, eine Entscheidung zu treffen, die ihn das Leben kosten konnte. Er konnte sein eigenes Leben riskieren und den Mann zerstören, den er einst geliebt hatte. Oder er verlor seinen Bruder und setzte damit Altheas Leben aufs Spiel – denn waren die dämonischen Zwillinge erst entzweit und einer von ihnen tot, würde Zayan unaufhaltsam sein.

Doch Zayan hätte ihn damals einfach in der Gosse verrecken lassen können. Und es war schwer, den Mann zu betrügen, der ihn einst davor bewahrt hatte. Schwer, den zu zerstören, von dem Bastien glaubte, dass er Rache genommen hatte an seinem Vater.

Es war an der Zeit, eine Entscheidung zu treffen.

Bastien hob seine Hände. Ein sanfter Lichtblitz schoss aus

seinen erhobenen Händen und explodierte in der Mitte von Zayans Rücken. Er versengte die feine Wolle, zweifellos beim besten Schneider der Stadt in Auftrag gegeben. Doch der Blitz sollte Zayan nicht verletzen.

Sein Schöpfer fuhr herum, heulte voller Wut. Das Heulen ließ ein Zittern der Erregung über Bastiens Rückgrat rinnen. Ein leuchtend grüner Blitz schoss aus Zayans Hand, durchschlug den Bettpfosten aus Eichenholz und verfehlte seine Schulter um wenige Zentimeter, ehe er in der Wand hinter ihm explodierte. Brocken vom Gipsputz flogen durch die Luft, die nach Staub schmeckte.

„Also hast du deine Entscheidung getroffen." Zayan neigte den Kopf. Seine Augen glühten. Aber sein Gesicht wirkte traurig, und Bastien taumelte, weil die Schuldgefühle ihm einen Stich versetzten.

„Ich kann meinen Bruder nicht sterben lassen." Er blickte zu Yannick, der ihm in den Raum gefolgt war.

„Dann wirst du nicht bereit sein, ihn zu töten, nehme ich an." Zayan lächelte. Er kreuzte die Arme vor der breiten Brust, die Bastien einst entdeckt und geküsst hatte.

Er hatte diesen Mann geliebt, mit einem heftigen Verlangen, das ihn verzehrt hatte, aber jetzt, das wusste er, war seine Liebe zu Althea größer. Und er liebte noch eine weitere Person …

„Nein. Ich mag meinen Bruder beneiden", sagte er, „doch ich liebe ihn noch viel mehr. Selbst wenn er mich mit Smaragdhalsbändern in den Schatten stellt."

Bastien konnte fühlen, wie sich Altheas Herzschlag bei seinen Worten beschleunigte. Sie stand hinter ihm, und er spürte ihre Anspannung. *Bleib ruhig, kleines Täubchen.* Ihr pulsierendes Blut sprach zu ihm.

Er blieb ruhig und wog die verschiedenen Möglichkeiten ab, die ihm blieben, beobachtete Zayan, der ihn ebenso regungslos abschätzte.

Es war wie kurz vor einem Duell.

Bastien spürte, dass Zayan nicht angreifen würde, bevor er es tat. Luzifer hatte ihm die Macht gegeben, Zayan zu zerstören, weil der alte Vampir zu mächtig war. Doch ihm war wohl bekannt, dass Zayan nicht ohne Gnade war.

Wir sollten ihn jetzt erledigen. Yannicks Stimme in seinem Kopf war barsch. Ein Mann, bereit den Krieg zu beginnen.

Warte. Gib mir noch einen Moment.

„Zayan!", rief Bastien. „Ich werde mein Leben anstatt meines Bruders Leben geben, wenn du versprichst, Althea nicht wehzutun."

Erstaunt hob Zayan die Brauen.

„Aber selbst wenn du es mir versprechen würdest, wäre ich mir nicht sicher, ob ich dir trauen kann", schrie Bastien in die Dunkelheit. „Kommt zu mir, Eure Hoheit, Elizabeth, Königin der Vampire. Ich habe einen Pakt mit Euch zu verhandeln."

Sie erschien in einem goldenen Licht. Er musste fast lachen bei ihrem Anblick. Elizabeth – Madame Roi – sah genauso aus, wie man sich eine erfolgreiche Puffmutter vorstellt – mit Rubinen geschmückt, stark geschminkt und in ein aufreizendes Kleid gequetscht war sie hinreißend schön. Sie sah aus wie eine taufrische Fünfundzwanzigjährige – dabei wandelte sie seit über einem Jahrtausend über die Erde.

„Ach, die dämonischen Zwillinge. Und die hübsche Miss Yates." Rot geschminkte Lippen verzogen sich zu einem bezaubernden Lächeln. „Ein Pakt, lieber Bastien?", fragte sie. „Und was für einen Pakt möchtest du gerne mit mir schließen? Wenn du jetzt vom Kampf mit Zayan zurücktrittst, wirst du zerstört. Das ist es, was Luzifer befohlen hat."

Das wusste er.

Dennoch zuckte er mit den Schultern. „Luzifer bricht alle naselang einen Pakt – soll er mir halt einen neuen geben."

373

Ihre Hoheit lachte. Sie bewegte ihre beringte Hand und Zayan schien in eine Trance zu fallen. „Wir haben nicht viel Zeit, Bastien. Also beeil dich. Was willst du?"

Bastien fühlte, wie jemand an seinem Ärmel zupfte und drehte sich um. Althea stand hinter ihm, ihre Hand lag an seinem Ellenbogen. „Was tust du?", flüsterte sie.

„Ich spiele." Er grinste.

„Also, was hast du mir anzubieten?", fragte Elizabeth und klopfte sich mit einem Finger ans Kinn. „Wenn es etwas Sexuelles ist, bin ich fasziniert, aber das wird nicht reichen, fürchte ich."

Bastien zwinkerte. „Ich wünschte, das wäre so, meine liebe Königin. Aber leider, leider bin ich inzwischen ein gezähmter Mann. Ich bitte um Sicherheit für die Frau, die ich liebe und um Sicherheit für meinen Bruder. Und ich bitte um das Leben des Vampirs, der mich erschaffen hat. Im Gegenzug biete ich *mein* Leben an."

„Bastien, nein!" Altheas heftiges Flüstern berührte sein Herz.

Aber er konnte jetzt nicht mehr zurück. Es ging nicht nur um ihre Liebe – es war der einzige Weg, all jene zu beschützen, die er liebte.

„Du bietest mir dein Leben an – anstelle Zayans?", wiederholte Elizabeth ungläubig.

Glaubte denn wirklich jeder, dass er ein selbstsüchtiger Schuft war? „Ja", sagte er und bekämpfte seine Ungeduld. „Ich kann weder Zayan zerstören noch kann ich ihn verraten. Doch das wird Yannicks Tod sein, und Althea wird allein zurückbleiben und es wird sie in großes Unglück stürzen. Wenn es uns misslingt, Zayan zu zerstören, werde ich ohnehin sterben. Aber ich weiß, Ihr könnt Vampire einsperren, wie auch Zayan schon mich eingesperrt hat. Und ich biete Euch alles an, was ich Euch geben kann, wenn Ihr Zayan einsperrt."

„Und du glaubst, das wird Luzifer zufriedenstellen?"

„Ich glaube, Ihr könnt ihn dazu bringen, es zu akzeptieren."

Erneut lächelte Ihre Hoheit ihn geheimnisvoll an. „Vielleicht könnte ich das. Aber warum sollte ich Zayan gegenüber so milde sein?"

„Er hat mir nie wehgetan. Anders als Yannick war er die einzige Person, die mir immer nur Liebe gegeben hat, nie Schmerz. Er ist zu Liebe fähig. Menschlichkeit. Er greift an, wenn er zornig ist; sein Wille zur Macht rührt daher, dass er einst machtlos war. Seine Vergangenheit verstehe ich nicht zur Gänze, aber ich weiß, sie war grausam. Als General wusste er, dass die Strafe für einen Fehltritt sein Tod war. Und sie haben ihm alles genommen – er erzählte mir, wie seine Frau und seine Kinder abgeschlachtet wurden. Nicht von seinem Feind, sondern von aufstrebenden Männern, von denen er glaubte, sie wären seine Freunde. Kann er nicht befreit werden, um mit seiner Familie vereinigt zu sein? Nicht zerstört, aber befreit von der Unsterblichkeit?"

Elizabeth kreuzte ihre Arme unter den üppigen Brüsten. „Und der Preis für diesen Gefallen ist dein Tod? Wenn ich deinen Tod gewünscht hätte, dann bräuchte ich nur ein paar Stunden zu warten. Du siehst, das reizt mich nicht."

Bastien streckte seine Hände aus, die Handflächen nach oben gedreht. „Es muss irgendetwas geben, das Euch reizt."

„Das kann sein … Aber es ist zu früh, danach zu fragen. Es wäre interessanter, damit zu warten …"

Verdammt noch mal, alte Vampire neigten immer dazu, in Rätseln zu sprechen.

„Alles, was Ihr von mir wollt", wiederholte er.

„Es würde mich interessieren, Luzifer an meine Wünsche zu binden", grübelte sie. „Er ist ein starrköpfiger, alter Ziegenbock. Und es würde mich faszinieren, Zayan zu kontrol-

375

lieren – seine Macht unter meinem Kommando zu wissen. Nicht, dass ich vorhabe, ihn zu befreien, ich will ihn bloß … zu meinem Vergnügen. Luzifer hat mir verboten, in diesen Kampf einzugreifen, aber da du, der Attentäter, den er schuf – zu mir gekommen bist, damit ich Zayan begnadige … da kümmern mich Luzifers Wünsche nicht länger."

Sie nickte knapp. „Dann soll es geschehen."

Zayan stand noch immer bewegungslos, sein Schwanz ragte nackt empor. Dann verschwand er plötzlich.

Bastien erstarrte. Er hatte nicht mit ihrer Zustimmung gerechnet. „Wo, zur Hölle, hast du ihn hingeschickt?"

„Oh, nicht in die Hölle. Er ist an einem Ort gefangen, der mir gefällt. Eine Welt zwischen Leben und Tod. Ein Ort, der all die Schönheit dieser Welt in ihrem Anfang besitzt. Ein Ort, den ich gerne mit einem Mann besuche, der es wert ist, dort zu leben."

„Du hast ihn in den Garten Eden geschickt?", versuchte Bastien diese Welt zu verstehen, von der er noch nie gehört hatte.

„Ich habe ihn im Paradies eingesperrt. Und nun …"

„Nein, wartet." Althea schob sich an ihm vorbei. „Was ist mit Yannick? Und Bastien? Sie sind jetzt in Sicherheit, ja? Obwohl Zayan nicht zerstört wurde?"

„Der Pakt war, dass sie Zayan zerstören."

„Aber Zayan wurde aufgehalten", rief Althea. „Ist das nicht genug?"

„Und was, wenn es nicht genug ist?"

„Wollt Ihr damit sagen, sie werden sterben? Das ist ungerecht."

„Wir sind Dämonen, meine Liebe", antwortete Elizabeth. „Wir sind nicht *gerecht.*"

„Nein, bitte. Ihr könnt das nicht zulassen. Lasst mich mit Euch handeln. Nehmt meine Seele und schenkt ihnen ihr Leben. Bitte."

„Deine Seele? Wie verlockend. Ich fragte mich, ob du sie opfern würdest, meine Liebe." Vor Bastiens entsetzten Augen streckte Elizabeth die Hand nach Althea aus.

Schrecken griff nach seinem Herzen. Gott, nicht zu diesem Preis. Nein, er wollte Althea zwar für alle Ewigkeit, aber lieber Gott, er wusste, dass er nicht zulassen durfte, dass sie ihre Seele hergab. Yannick hatte recht – sie verdiente ein Leben und Glück.

„Nein!"

Bastien sah, wie Yannick vorsprang und Althea zurückriss. „Du wirst ihre Seele nicht bekommen."

Mit seiner übernatürlichen Schnelligkeit trat Bastien zwischen die Königin und Althea. Die Königin lachte – eine sanfte Melodie, aus der das dämonisch Böse sprach. Sie tänzelte auf ihn zu, bis ihre Fingerspitzen seine Brust berührten. Er blickte auf sie hinab, als sie ihre Finger bis zu seinem Hals hinaufwandern ließ.

„Ich hatte nicht vor, ihre Seele zu nehmen, Gentlemen. Aber wenn sie euch helfen kann eure zu finden, werdet ihr vielleicht überleben und morgen Abend den Mond aufgehen sehen."

Verdammt sei diese kryptische Dämonin! „Wir haben keine Seelen", schnappte Bastien. „Was meint Ihr …"

Aber Elizabeth war verschwunden.

23. KAPITEL

Eine Entdeckung

„Wenn wir bei Sonnenaufgang sterben, will ich eine letzte Nacht der Lust erleben." Yannick küsste Altheas Hand. Sie war wunderschön; die Sirene, die ihn in seinen Träumen verführt hatte. Hinter der Maske weiteten sich ihre Augen. Sein Geschenk um ihren Hals glitzerte, doch die Smaragde hielten keinem Vergleich mit dem lebendigen Grün ihrer Augen stand.

Seine Kutsche rumpelte vor die Tür von Madame Rois' Etablissement, vorbei an der langen Reihe eleganter Kutschen, die vor dem Bordell warteten.

Merkwürdig, wenn er daran dachte, dass er diesen Club nicht gekannt hatte, obwohl er hin und wieder etwas Zeit in London verbrachte hatte, seit er Zayan entkommen war. Je weniger, desto besser, so war seine Devise gewesen, um sein Geheimnis zu bewahren.

Nichts davon zählte jetzt noch. Nicht seine Sorgfalt, mit der er den Namen seiner Familie geschützt hatte, indem er sein Geheimnis für sich behielt. Auch nicht seine Überzeugung, dass die ehrenhafteste Option wäre, wenn er zerstört wurde. Verdammt. Er wollte jetzt nicht sterben.

Tränen glitzerten in den Augenwinkeln von Althea. Eine rann über die Maske und hinterließ eine glänzende Spur im Licht der Gasfackel. „Ich bete darum, dass keiner von euch stirbt", flüsterte sie.

Seine Kutsche hielt an. Die Pferde schnaubten.

„Ich bezweifle, dass Gebete Bastien und mir helfen werden", sagte Yannick reumütig. Er hielt ihre Hand, die so klein und zerbrechlich wirkte im weißen Satinhandschuh und half ihr in die Kutsche. Er streichelte ihre Hüfte, ließ seine Hand

378

an ihrem Schenkel hinabgleiten, als sie hineinstieg.

Gott, er wollte sie so viel berühren wie nur möglich.

Es waren nur noch wenige Stunden, in denen er Althea so lieben konnte, wie er es sich immer ausgemalt hatte.

Yannick konnte kaum schlucken, als sie im Dunkeln der Kutsche verschwand.

Bastien grinste. „Sag deinem Kutscher, dass er nach Hause rasen soll. Wir haben viel zu tun in den wenigen Stunden, die uns bleiben." Dann verdüsterte sich seine Miene. „Es tut mir leid, Yannick. Ich hätte ihn zerstören sollen. Dann würden wir jetzt nicht unserem Ende entgegensehen …"

„Ich glaube, ich verstehe dich."

Yannick blickte in die Kutsche, wo Althea ihre Röcke um sich herum richtete. Alles an ihr war wunderschön und begehrenswert. Sie weinte um ihn. Niemand hatte je um ihn geweint.

„Es ist wohl das Beste, Bastien. Wie hätten wir sie in alle Ewigkeit halten können? Wir hätten sie verwandeln müssen. Und dazu haben wir kein Recht." Er zog sich am Türgriff hoch und sprang in die Kutsche. Sogleich setzte er sich neben Althea und streichelte ihre Wange, während Bastien in den Sitz ihnen gegenüber sank. Die Kutsche fuhr an und rollte so schnell wie möglich durch die überfüllten Straßen Londons.

„Möchtest du mir die Maske abnehmen?", fragte Althea.

Yannick griff nach den Schleifenbändern.

„Nicht", protestierte Bastien. „Du bist schön und mysteriös, wenn du die Maske trägst. Alles, was du jetzt noch brauchst, ist eine Peitsche …" Er seufzte lustvoll.

Yannick konnte sich ein Grinsen nicht verkneifen. So war Bastien: Er ließ keine Gefühle zu und musste bis zum bitteren Ende den Schuft spielen.

Impulsiv küsste Yannick Althea und zog sie auf seinen Schoß. Ihr runder Po auf seinen Oberschenkeln umschloss seinen erregten Schwanz. Als sie ihre Seele angeboten hatte, um sein Leben zu retten, hatte er eine Angst gespürt, die er nie zuvor hatte fühlen müssen. Es war schlimmer als in der Nacht, in der er gestorben war. Sein Blut war eiskalt geworden. Altheas Seele konnte nicht eingefordert werden, solange sie nicht tot oder sogar untot war. Halb hatte er erwartet, dass die Dämonin Althea austricksen würde, dass sie sich selbst opferte und damit für alle Zeiten verloren war. Zum Glück hatte Elizabeth ihr Angebot abgelehnt.

Yannick unterbrach den Kuss und fuhr mit dem Finger über ihre geschwungene Oberlippe. Durch die Maske wirkte Althea mysteriös und verführerisch. Ihre dunkelgrünen Augen und die tanzenden, burgunderroten Locken waren ein hübscher Kontrast zum Schwarz der Maske.

Er hob ihr Kinn und küsste sie erneut, ohne den Blick von ihr abzuwenden. Als ihre Zunge in seinen Mund glitt, stöhnte er. Sie spielte mit seinen Fängen, wand sich um seine Zunge. Inzwischen war sie eine geübte Küsserin, doch dieser Kuss war … mehr. Intensiver. Er war rau und verlangend, schmerzlich und traurig. Ihre Finger fuhren durch sein Haar, hielten ihn fest, während sie seinen Mund erkundete.

Ja, Engel. Küss mich hart. Sein Schwanz schwoll an und presste sich begierig an ihren Hintern. Sie rutschte auf ihm herum, wollte ihn reizen.

Bastien machte keine Anstalten, sich zu ihnen zu gesellen. In Wahrheit dachte Yannick sogar, dass er ein paar private Stunden mit Althea verdiente. Er war nicht der Idiot, der sie zur Zerstörung verurteilt hatte, weil er einem Ehrgefühl einem Dämonen gegenüber nachgab, der ihn für alle Zeiten hatte einsperren wollen. Aber er verstand, warum Bastien es getan hatte. Sein Bruder hatte ein weiches Herz – schwach, hätte ihr Vater geklagt. Auch wenn Bastien in Dutzenden Duellen gekämpft hatte, so hatte er immer bewusst darauf geachtet, niemanden zu töten. Bastien war empfindsam, wie es Dichter waren. Er war zutiefst verletzt, doch er zeigte es nicht.

Yannick konnte verstehen, warum Bastien das Gefühl hatte, dem Vampir ein Leben zu schulden, der ihn vor einem entwürdigenden Tod bewahrt hatte. Aber das verhinderte nicht, dass er sich nach einer Nacht sehnte, in der er allein mit Althea schlief und ihr seine Liebe zeigen konnte.

Er wollte es, doch er brachte es nicht übers Herz. Was gewann er damit, wenn er ihr seine Liebe offenbarte, wenn er versuchte, sie zu bedrängen, dass sie ihn liebte? Er würde sterben. Und er durfte nicht riskieren, ihr wehzutun.

Bastien hatte es richtig gesagt.

Heute Nacht war es an der Zeit, Althea all die Wonnen eines Dreiers zu offenbaren.

„Willkommen in unserem Haus, süßer Engel."

Noch immer maskiert wartete Althea, während Bastien ihr den Umhang abnahm und dem teilnahmslosen, weißhaarigen Butler überreichte, der ihnen die Tür geöffnet hatte.

„Das ist alles", sagte Yannick im Befehlston. Der Mann verbeugte sich und verschwand.

„Sehr gut", kommentierte Bastien. „Aber wir haben ihn schockiert. Er ist hier seit Vaters Zeiten und hat uns nie akzeptiert." Sein attraktives Gesicht erhellte sich, als er frech grinste. „Keiner von der Dienerschaft hat uns je akzeptiert – bis auf die jungen Mädchen. Unsere Leibdiener haben uns immer ausspioniert und regelmäßig unserem Vater über unsere skandalösen Fehltritte Bericht erstattet."

„War er sehr moralisch?", fragte sie vorsichtig.

„Nein. Und lass uns nicht über ihn reden." Bastien führte sie die geschwungenen Stufen hinauf. „Lass uns zu Bett gehen."

Wie sie erwartet hatte, stellte Brookshire House das Stadthaus von Sir Randolph in den Schatten. Yannicks Zuhause war ein riesiges Herrenhaus in der Park Lane, von dem aus man den grünen Streifen des Hyde Parks überschauen konnte. Im Laufe der Zeit waren hier allerhand Kunst und wertvolle Möbel angeschafft worden, wie sie sehen konnte. Porträts und andere Ölgemälde hingen an den getäfelten Wänden. Stühle und Tischchen in jedem nur denkbaren Stil standen in der Eingangshalle, allesamt wunderschön und unbezahlbar. Über ihrem Kopf wölbte sich die hohe Decke, reich bemalt und vergoldet. Der Anblick war atemberaubend. Althea starrte unentwegt auf all diese Schönheit, während sie die Treppe hinaufgeführt wurde.

Und dann war sie in Yannicks Schlafgemach. Aber sie erkannte, dass er den Raum nie benutzte, natürlich nicht – er schlief in seinem Sarg. Neugierig flüsterte sie: „Wo bewahrst du deinen Sarg auf?"

„In einem geheimen Raum, den ich durch eine versteckte Tür in der Wandtäfelung direkt neben der Feuerstelle erreiche."

Sie nickte. „Wir haben dich im Gasthaus gesucht. Vater und ich konnten dich nicht finden."

„Das war ein großer Aufwand." Er verzog das Gesicht. „Zunächst habe ich den Sarg in einen der alten Ställe des Gasthauses bringen lassen, der nicht mehr benutzt wurde. Und anschließend musste ich das Gedächtnis der Diener löschen, die mir dabei geholfen hatten."

Er hob ihre Hand und zupfte an ihren Satinhandschuhen. „Aber heute Nacht, mein Engel, sind wir nur Mann und Frau." Ein Lächeln wölbte seinen sinnlichen Mund. „*Zwei* Männer und eine Frau."

Ein Zittern rann ihr Rückgrat hinab, als Bastien begann, die Knöpfe an ihrem Rücken zu öffnen. Bastien war sehr viel geübter darin, feine Kleider zu öffnen als Sarah. In kürzester Zeit hatte er es geöffnet und schob seine Hände hinein. Warm und stark umfassten sie ihre Brüste.

„Diese blöden Korsettbänder", fluchte er.

Aber plötzlich fühlte sie, wie die Bänder nachgaben und sich lockerten, obwohl seine Hände noch immer ihre Brüste umfangen hielten. Er hatte die Bänder mit seinen Vampirzähnen durchgeschnitten.

Von zwei Männern ausgezogen zu werden, war ein höchst angenehmes Vergnügen. Yannick zog ihr die Handschuhe aus und knabberte danach an jedem einzelnen ihrer Finger. Ihr Kleid fiel zu Boden und offenbarte ihre Rundungen, die noch immer vom Korsett eingeschnürt und von einem hauchdünnen Unterhemd bedeckt waren. Im nächsten Moment flog das Korsett in die Ecke. Bastien schob ihr Unterhemd hoch und streifte es über ihren Kopf.

Yannick verschwand kurz, und als er wiederkam, stellte er einen mannshohen Spiegel vor ihr hin, den er aus seinem Ankleidezimmer geholt hatte. Der Anblick raubte ihr den Atem: eine rothaarige Frau, nackt bis auf Strumpfhalter, Strümpfe und eine schwarze Ledermaske, flankiert von zwei Männern in tadelloser Abendkleidung.

Sie wollte es. Wollte beobachten, wie es aussah. Wollte zugleich Voyeurin und lustvolle Teilnehmerin dieses Spiels sein.

Keiner der Zwillinge machte Anstalten, seine Kleidung abzulegen. Stattdessen beugten sie sich über ihre Nippel. Die Empfindungen in ihr explodierten förmlich, als sie diesen Anblick im Spiegel sah. Ein goldblonder Kopf und ein weißblonder Kopf saugten an ihr. Das helle Haar war ein erstaunlicher Kontrast zu der mitternachtschwarzen Kleidung.

Vier Hände strichen über ihre nackten Schenkel hinauf und vergruben sich in den dunkelroten Locken in ihrem Schritt. Sie war jetzt schon tropfnass, so erregt. Bereit für sie.

Bastien trat hinter sie und drehte sie um. Sie spürte seine Bartstoppeln, die über ihre zarte Haut am Po kratzten. Sie quietschte, als sie ihn zwischen ihren Hinterbacken spürte,

383

seufzte voller Vorfreude, als Bastiens Zunge ihren pochenden Eingang massierte.

„Schau dich an. Sieh dich im Spiegel an", drängte Yannick. Seine Stimme war heiser und rau.

Sie drehte sich um und keuchte. Sie konnte alles sehen – ihre Rundungen, die Kuhle, dort, wo ihr Rücken in den Po überging, die schimmernde Haut ihres Pos. Die Hände auf ihren Hinterbacken vergrub Bastien sein Gesicht zwischen den prallen Rundungen ihres Hinterns.

All die Spannung wich von ihr, abrupt wie ein Peitschenhieb. Der Höhepunkt traf sie unvorbereitet, und sie schrie auf.

„Bei Gott, sie kommt jetzt schon", sagte Bastien. Yannicks Hand lag zwischen ihren Schenkeln und seine Finger nahmen den Honig auf, der aus ihr floss. Sie errötete, als sie sah, wie es über seine Finger rann. Da war so viel davon …

Sie wusste, dass sie nicht länger warten konnten.

Yannick trug sie zum Bett, während Bastien sich aus den Kleidern schälte. Knöpfe sprangen von der Satinweste. Er trampelte auf seine Krawatte, nachdem er sie sich vom Hals gerissen hatte. Das Leinenhemd flog beiseite und wäre beinahe im Feuer gelandet.

„Verdammte Stiefel", fluchte Bastien, als er auf einem Bein herumsprang und versuchte, den anderen Stiefel abzustreifen.

Althea konnte nicht anders: Sie kicherte. Doch in dem Moment, als er nackt vor ihr stand, verstummte ihr Kichern. Er schob sie auf das Bett und küsste sie bis zur Besinnungslosigkeit. Dennoch wandte sie den Blick ab und beobachtete Yannick. Er wandelte einfach seine Form. Die Kleidung fiel zu Boden, als er sich in eine Fledermaus verwandelte und im nächsten Moment wieder nackt vor dem Bett stand.

Er grinste sie triumphierend an.

Erneut musste sie kichern. Es war falsch, zu lachen. Sie wusste, was bei Sonnenaufgang passieren würde. Aber sie wollte in den wenigen Stunden, die ihnen blieben, glücklich sein ...

Und sie wollte versuchen, die Worte der Königin zu verstehen. Wie konnte sie ihnen helfen, ihre Seelen zu finden? Was konnte die Königin damit meinen?

Aber ihr Verstand wurde in alle Himmelsrichtungen verstreut, als Bastien ihre Arme über ihren Kopf hob. Fest hielten seine Hände ihre Handgelenke umfasst. Ihre Brüste, gekrönt von den geschwollenen und roten Nippeln, stießen gegen seine breite Brust. Sein langes Bein lag unnachgiebig auf ihren Schenkeln. Spielerisch kämpfte sie, doch er hatte sie gefangen. Sie war seiner Gnade ausgeliefert.

Sie leckte ihre Lippen, atemlos vor Erwartung. Ein weicher Stoff berührte ihren Arm. Bastiens Krawatte, um seine rechte Hand geschlungen.

„Gib mir deine Krawatte", rief er Yannick zu.

„Was, zur Hölle, hast du vor?", verlangte Yannick zu wissen.

„Mich fesseln, nehme ich an", sagte sie so ruhig es ging. Doch allein die Worte ließen sie erneut ihre Nässe spüren, die aus ihrer Vagina rann.

Bastien flüsterte mit heißem Atem in ihr Ohr: „Manchmal ist es eine Erlösung, nicht die Kontrolle zu übernehmen. Man kann mehr wagen."

„Ich will es versuchen", wisperte sie. Die Krawatte wurde um ihre Handgelenke geschlungen und fest verknotet. Bastiens Geruch nach Seife mit Sandelholz und ein schwacher Duft nach seinem Schweiß hingen in dem Stoff. Festgezogen biss die Fessel in ihre Haut.

„Zu fest?", fragte Bastien.

Ein wenig, aber das machte es nur aufregender. Darum

schüttelte sie den Kopf.

Mit Yannicks Krawatte befestigte er ihre gefesselten Hände an dem Bettpfosten. Sie lag diagonal ausgestreckt auf der großen Matratze. Eine nicht-ganz-so-unschuldige Gefangene zweier hinreißender Vampire. Auf ihrem Altar ausgebreitet zu ihrem Gefallen …

Plötzlich bekam sie Angst. „Du wirst mich doch nicht auspeitschen?"

„Nein, mein Täubchen. Ich werde dich nur quälen." Und mit dieser Drohung leckte Bastien ihr Ohrläppchen; die Erregung prickelte bis in ihre Füße.

Obwohl sie mächtig waren und stärker als jeder Sterbliche, liebkosten die Zwillinge sie mit sanften Zärtlichkeiten, die ihr Herz entflammten. Sie streichelten ihre geschwollenen, schmerzenden Brüste, und sie seufzte bei so viel Fürsorge. Hände glitten über ihren glatten Bauch. Finger schoben sich zwischen ihre Schenkel. Yannicks Finger ließen sie stöhnen, brachten sie zur Ekstase.

Althea wand sich auf dem Bett. Es machte sie schier wahnsinnig, dass sie die Männer nicht ebenfalls berühren konnte. Es war wirklich eine Qual, nicht die muskulösen Schultern und ihre Rücken zu streicheln oder ihre festen Hintern zu greifen. Oder mit ihren harten, schwankenden Schwänzen zu spielen.

Sie verzehrte sich danach. Sie wollte es. Sie brauchte es. Und irgendwann hielt sie es nicht länger aus. Jetzt sofort wollte sie mit ihnen so intim werden wie es nur möglich war. Mit leiser Stimme, die von ihrem Stöhnen schon ganz kratzig klang, flehte sie: „Liebt mich, bitte. Ich will euch beide. Gleichzeitig."

Sie nahm all ihren Mut zusammen und begegnete Bastiens Blick. „Du wolltest mich von hinten nehmen."

Bei diesen unanständigen Worten stöhnten beide Männer

tief und kehlig. Ihr Verlangen war wie eine knisternde Spannung, wie ein Zauber in der Luft – ein funkelndes Licht.

Bastien spreizte ihre Schenkel weit und obwohl sie bereit war, es zu versuchen, spannten sich ihre Muskeln an. Sie erinnerte sich an Rubys Schreie im Bordell.

„Entspann dich, Süße. Einfach entspannen", mahnte er. „Wir werden es für dich wundervoll machen." Er leckte seinen Finger, dann fuhr er mit der nassen Spitze über ihre Klit.

Verwirrend heftige Lust rann von ihrem Knöpfchen durch den Körper. Sie konnte kaum klar denken. Sie blickte von Bastien zu Yannick. Ihre Augen waren wie goldene Scheiben und reflektierten das Kerzenlicht – verbargen ihre Herzen. Verbargen auch ihre tiefsten Gefühle.

Sie wusste, dass nach ihrer Vergangenheit so viel Schmerz in ihren Herzen sein musste. Auch wenn sie Vampire waren, wussten sie noch immer, was Schmerz war. Und sie sehnten sich nach Liebe.

War es das, was die Königin gemeint hatte? Besaßen sie immer noch ihre Seele, weil sie für Liebe empfänglich waren?

„Aber zuerst …" Althea schluckte. Hier war sie: gefesselt. Und dennoch wollte sie zwei Vampire zwingen, ihr die intimsten Gefühle zu offenbaren. Sie atmete tief durch, um ihre Nerven zu beruhigen. Sie wollte in die Herzen der Zwillinge sehen. Sie liebte die beiden und musste wissen, wer sie wirklich waren. „Wie bist du gestorben, Bastien? Was ist mit dir passiert?"

„Nicht jetzt." Er beugte sich über ihre Brüste.

„Nein", protestierte sie. „Ich muss es wissen. Ich möchte es wissen, bevor ich mit dir schlafen kann, Bastien." Ihre Füße glitten an seinen Beinen aufwärts. Sie presste ihre Fersen in seinen festen Hintern. „Bitte."

Wie ein Fluss, der zur Frühlingszeit Hochwasser führt und einen Damm überflutet, brach die Geschichte aus ihm hervor – so schnell, dass sie Mühe hatte, ihm zu folgen. Über die Bestrafungen durch seinen Vater zu Zayan. Über seinen Zorn und die Erniedrigung; seinen Tod in der Gosse. Über den Bastard, den er gezeugt hatte. Er sprach emotionslos, aber sie spürte den Schmerz, der darunter brodelte.

„Was ist mit deinem … Kind?", fragte sie. Sie hatte einen Kloß im Hals.

„Es hat nicht überlebt. Auch die Mutter nicht, ein Milchmädchen. Ich wollte für das Kind sorgen, das wollte ich, aber ich hatte nie die Chance …"

Zwei Tränen rannen über seine Wangen, fielen von seinen hohen Wangenknochen hinab. Sie hatte nie erlebt, dass er sich seinen Gefühlen stellte. Oh, diese Männer hatten Seelen, daran glaubte sie fest.

„Wie kommt es, Althea, dass du gerade meine Gefangene bist", flüsterte Bastien. „Aber dennoch hast du mich dazu gebracht, dir mein Herz zu öffnen?"

Erneut wünschte sie sich, von den Fesseln befreit zu sein, um ihn eng an sich zu drücken. „Ich vermute, weil ich dich nicht gezwungen habe. Du musstest irgendwann über diese Dinge reden."

„Es tut mir leid um das Kind, und auch um seine Mutter, die ein freches Mädchen war. Wenn ich sie hätte verwandeln können … Ich weiß nicht … vielleicht hätte ich es getan. Aber es gab nichts, das ich für das Kind hätte tun können."

Altheas Herz zog sich bei dieser Geschichte zusammen und setzte einen Schlag aus. Yannick strich seinem Bruder tröstend über die Schulter. Sie spürte, wie Tränen aus ihren Augenwinkeln rannen und in ihrem Haar versickerten. „Es tut mir so leid."

Bastien küsste ihre Tränen fort. Seine feuchte Wange drückte sich an ihre.

Sie sah, wie Yannick sie unter gesenkten Lidern beobachtete. Er wirkte unruhig. „Und was ist mit deiner Verlobten passiert?", fragte sie ihn.

„Ich denke, wir hätten sie knebeln sollen", sagte Yannick zu Bastien. Er legte einen Finger auf ihre Lippen. „Schhhh. Heute Nacht ist nicht der richtige Zeitpunkt für Schmerz."

„Ich habe ihm seine Verlobte weggenommen", gestand Bastien. Er rollte von ihr herunter und legte sich an ihre Seite. Links von ihr, wie in ihren Träumen. „Ich habe immer alles genommen, das ihm gehörte. Aber natürlich gestattete ihre Familie nicht, dass sie einen Zweitgeborenen heiratete. Ihr Vater verlor beim Glücksspiel, und die Familie hat sie daraufhin in eine Pflichtehe mit einem wohlhabenden Viscount gezwungen."

Yannick setzte sich auf und zuckte mit den Schultern. „Ich habe nie genug Glück gehabt, um das Herz einer Frau zu erobern."

„Das ist Unsinn!", rief Althea. „Du bist großartig, charmant, hast einen Titel …"

„Und Frauen wollen mich heiraten, ja. Aber keine von ihnen hat mich geliebt."

„Du warst kalt und unnahbar", sagte Bastien. „Die Frauen glaubten nie, dass du sie liebtest. Sogar deine hübsche, kleine Verlobte glaubte das nicht. Du hast ihr nie deine Leidenschaft gezeigt."

„Ich bin respektvoll mit ihnen umgegangen – weil ich glaubte, das sei es, was Frauen wollen. Ach verdammt. Ich will nicht die ganze Nacht damit verplempern, über meine Fehler nachzudenken." Yannick fuhr mit den Fingerspitzen ihren Arm hinauf bis zu den Handgelenken. Nie hätte sie sich vorstellen können, dass eine harmlose Berührung sie so sehr erregte. Aber das tat sie. Ihre Vagina pochte fordernd. „Die Wahrheit ist, dass ich sie nie geliebt habe. Ich habe auf dich gewartet, Althea. Und ja, keine dieser Frauen hätte für mich einen Dämonen gejagt oder mir ihre Seele offenbart. Ich liebe dich so sehr, mein Engel." Er löste die Fesseln.

„Setz dich auf mich, Süße." Bastien massierte ihre tauben Handgelenke.

„Auf dich?"

„Du auf mir, das ist es, was ich jetzt will."

Aber auf ihm? „Ich habe keine Ahnung, wie man das macht", gestand sie. „Wie ich ... wie ..."

„Wie du mich reiten sollst? Als wäre ich ein Hengst, Liebes."

„Ich reite nicht. Jedenfalls nicht sonderlich gut."

„Das kannst du instinktiv. Vertrau mir."

Sie setzte sich auf Bastiens Hüften, die Beine gespreizt. So balancierte sie über Bastiens Schwanz. Plötzlich fühlte sie sich mächtig. Sie übernahm die Führung, die Kontrolle. Aufregend und spannend. Aber sie wollte es richtig machen – sie wollte ihm Lust schenken.

Instinktiv könne sie es, hatte er gesagt.

Sie erinnerte sich an die Kurtisane in Madame Rois' Bordell, die sich auf diesen riesigen Schwanz gesetzt hatte. Bastien hielt seinen Penis nicht umfasst, also griff sie nach unten und schloss ihre Finger um sein heißes Fleisch. Sein Geruch überflutete all ihre Sinne. Reichhaltig und reif.

Sie kniete über ihm und fuhr mit seinem Schwanz durch ihre feuchten Schamlippen, öffnete sich für ihn. Sie sank langsam auf ihn hinab. Sein Schwanz füllte sie aus, ließ sie seufzen. Sie hatte ihn ganz in sich aufgenommen, drückte sich gegen ihn. Ihre Klit traf auf seinen Bauch. Brennend durchfuhr sie die Lust.

„Oh mein Gott!"

„Beweg dich rauf und runter", drängte er. „Reite mich!"

Sie tat es und fühlte sich unbeholfen. Sollte sie ihn schnell reiten, auf ihm galoppieren? Oder langsam auf und ab, wie

Ladies auf ihren Pferden dahinzuckelten? Sie hob ihre Hüften langsam und bewegte sie wieder herunter. Ihr Hintern stieß an seine Hoden. Beide stöhnten. Das war nicht, was sie wollte. Sie bewegte sich erneut, diesmal schneller. Sie spürte seine Größe in ihr, jeder Stoß rieb ihre Klit und wieder berührte ihr Po seine Hoden.

Althea genoss es, ihn auf die harte Tour zu nehmen. Mit jedem Auf und Ab wurde auch ihre Klit massiert, bis ihr schwindelig und sie immer schneller wurde wie ein wildes Freudenmädchen. Ihr Haar hing über ihre Brüste hinab, und Bastien umfasste ihre Taille, zog sie zu sich und richtete sich zugleich auf, um ihren Nippel in den Mund zu nehmen. Von seinen Fangzähnen umrahmt verschwand ihre rosige Knospe zwischen seinen Lippen. Seine Hüften hoben sich ihr entgegen und er rieb sich heftig an ihrem pochenden Knöpfchen.

Ja, ja, ja.

Mehr davon … nur ein bisschen mehr … Langsam und beständig baute sich der Höhepunkt auf …

Er bewegte sich.

Ihre Klit verlor den Kontakt mit ihm und sie stöhnte frustriert auf. Sie versuchte, sich wieder auf ihn zu setzen, doch er hatte sich unter ihr bewegt. Plötzlich wusste sie, warum er das getan hatte. Ihr Hintern ragte nun höher in die Luft. Bereit für Yannick.

Lieber Himmel. Es gab jetzt kein Zurück mehr.

Aber ihr Anus kribbelte erwartungsvoll. Sie streckte Yannick ihren Po entgegen, mit jedem Auf und Ab. Etwas Feuchtes und Warmes berührte sie. Yannicks Zunge.

Dann presste sich etwas gegen ihren Eingang. Nicht groß genug für seinen Schwanz. Sein nasser Finger. Langsam schob er ihn in sie, mit kurzen, behutsamen Bewegungen, bis er ganz in ihr steckte.

„Oh!"

Ihr Schrei ließ beide Männer erstarren. Doch sie schob sich zögernd Yannick entgegen. Ein stärkeres, unwiderstehliches Verlangen ergriff sie. Dieses Gefühl machte sie wahrhaftig süchtig. Sie stieß härter zu.

Ihr Arsch war so empfindlich – es fühlte sich genauso gut an, dort ausgefüllt zu sein wie in ihrer Möse.

Yannick küsste ihr Rückgrat, bewegte seinen Finger tief in ihr. Himmlische Lust rauschte über sie hinweg. Aber sie wollte … irgendwas Größeres. Etwas, das sie ganz und gar ausfüllte.

Yannick drückte die Spitze seines Glieds – dicker und größer als er es je gesehen hatte – zwischen Altheas feste, gerötete Hinterbacken. Ihre enge, kleine Öffnung widerstand ihm, und er tastete sich vorsichtig vor. Er wollte ihr nicht wehtun, aber zugleich sehnte er sich danach, seinen Schwanz ganz in ihr zu vergraben.

Ihr leises Stöhnen erfüllte das Schlafgemach, als er seinen Schwanz an ihrer pochenden Rosette rieb. Plötzlich öffnete sie sich ihm und seine Schwanzspitze glitt hinein. Ihre Muskeln umschlossen ihn sofort und hielten ihn mit ihrer Hitze fest.

Mit Bastien in ihr war sie besonders eng. Er war umhüllt von brennendem Samt.

Verdammt, es war gut. So gut!

Langsam bewegte er sich, mit jedem Stoß etwas tiefer in ihr.

Sie schrie auf, und er zog sich zurück.

„Oh, ich kann nicht …" Sie keuchte, und er zog seinen Schwanz ganz aus ihr heraus. Gab ihr Zeit, durchzuatmen. Sie konnte. Er wusste, dass sie es konnte. Er musste jedoch um seine Selbstbeherrschung ringen und ihr genug Zeit geben.

Bastien knabberte an ihrem rechten Ohr, während Yannick ihr linkes Ohrläppchen küsste, um sie zu beruhigen.

„Versuch es noch mal", bat sie. „Bitte."

Sie würde jetzt lockerer sein. Yannick ließ es langsam angehen. Und dieses Mal glitt er Zentimeter für Zentimeter in sie, bis er sie ganz ausfüllte. Plötzlich war er ganz in ihr, und sein Bauch presste sich an ihren runden Po.

Völlig von ihr umschlossen war er nahe davor, zu kommen. Bastien bewegte sich, und er konnte Bastiens Penis in ihrer Vagina spüren. Und dann konnte er nichts mehr denken.

Er pumpte sich in sie. Er liebte sie. Er versuchte, seinen Höhepunkt hinauszuzögern. Alles, was er sehen konnte, war ihr Hinterkopf, das wilde, dunkelrote Haar, das um ihren Kopf flog, während Bastien sie vögelte. Er konnte das qualvoll verzerrte Gesicht seines Bruders sehen, und er wusste, dass er genauso aussah, ein Sklave dieser unbeschreiblichen Lust.

Er hatte erwartet, dass Althea sich ruhig verhalten würde und sich nur ficken ließ. Aber das tat sie nicht. Sie bewegte sich mit ihnen, wild und ungezügelt.

„Oh Gott!", heulte sie. Er erkannte, dass Bastien ihre harte Klit streichelte. Er versuchte, sich Bastiens Tempo anzupassen, bis sie schrie: „Härter! Und tiefer! Ich mag es tief!"

Diese Mischung aus Geilheit und Unschuld trieb ihn nur noch mehr an. Und er war verloren. Stieß immer wilder. Schweiß rann in seine Augen, tropfte von seinem Gesicht.

„Ich … ich komme, ich … Oh!"

Bei ihrem verzweifelten Ausruf verlor Yannick endgültig seine Beherrschung. Sein Orgasmus rauschte durch ihn wie stampfende Wellen. Ein Feuerblitz schoss von seinen Hoden durch seinen Schwanz und explodierte tief in ihrem engen Arsch. Sein Verstand setzte aus, sein Rückgrat schmolz und er sackte auf ihr zusammen. In diesem Mahlstrom der Lust hörte er Altheas Schluchzen und ihre Lustschreie. Er hörte Bastien schreien, als er kam. Und dicht an Altheas Ohr gab er ihr das einzige Versprechen, zu dem er fähig war.

„Ich liebe dich, mein Engel. Wenn ich ewig leben würde, dann würde ich dich für immer lieben."

Bastien folgte ihm. „Ich liebe dich auch, mein Täubchen." Dann seufzte Bastien. „Verdammt, Yannick. Ich glaube, sie ist ohnmächtig geworden."

Althea schwebte in einer samtschwarzen Leere. Sie ließ sich treiben von der himmlischen, gesättigten Erschöpfung.

Zwei wundervolle Orgasmen.

Sie hatte etwas Undenkbares getan. Sie hatte mit zwei Männern, die sie begehrte und liebte, zur selben Zeit geschlafen. Es war herrlich gewesen. Es hatte ihre Welt erschüttert.

Merkwürdigerweise fühlte es sich nicht länger falsch oder verboten an. Vielleicht war sie wirklich so sinnlich wie Yannick und Bastien immer gesagt hatten.

Starke Hände glitten über ihren Körper.

„Geht es dir gut?" Yannicks Stimme, sanft und voller Besorgnis.

Die Kraft kehrte langsam zurück – und mit ihr die Lust. Wenn sie nur noch diese eine Nacht hatten, wollte sie diese letzte Nacht in vollen Zügen genießen. „Denkt ihr, dass ihr das noch mal machen könnt?", fragte sie.

„Hast du gehört, was wir gesagt haben?", fragte Bastien statt einer Antwort. „Nachdem du gekommen bist?"

Sie nickte und lächelte ihn an. „Ich glaube, ihr habt gesagt, dass ihr mich liebt."

„Hast du uns irgendwas zu sagen?", fragte er.

Althea hielt den Atem an. In seinem silbrigen Blick lag so viel blanke Unsicherheit. Und Yannick, sonst immer der überhebliche Earl, wirkte verletzlich. Beide erwarteten eine Antwort von ihr. „Nun", sagte sie langsam. „Ich habe mich schon immer gefragt, welche Farbe eure Augen hatten."

„Blau …" Yannicks Stimme versagte. „Unser beider Au-

394

gen waren blau. Meine waren grünblau und Bastiens waren heller. Graublau."

Sie quälte die beiden, und sie spürte ein schuldbewusstes Stechen in ihrer Kehle. Sie streckte die Hände aus und legte ihre Hände auf die stoppeligen Wangen der Männer. „Ich liebe euch beide. Ich liebe euch so sehr. Ich würde meine Seele hergeben, um euch zu retten."

Ihr Herz schlug schneller, als die beiden Männer sie anlächelten. Nichts blieb von ihrer ernsten, zaghaften Miene.

Als wäre dies ihr Stichwort gewesen, durchflutete ein helles, goldenes Licht den Raum. Heller als Feuer strömte es durch die Tür. Sie schloss die Augen, so sehr blendete sie das Licht.

„Nun, meine Liebe, meinen Sie das wirklich?"

Beinahe hätte Althea geschrien. Die Vampirkönigin Madame Roi, gehüllt in ein türkisfarbenes Kleid und üppige Pelze stand plötzlich am Fuße des Bettes. Ihre eleganten Finger trommelten auf den gedrechselten Bettpfosten.

24. KAPITEL

Verwandlung

Sie fühlte sich ertappt, wie sie nackt zwischen zwei Männern lag. Altheas Wangen überzogen sich mit Röte, als die Vampirkönigin schmunzelnd auf sie hinabblickte.

Yannick und Bastien schienen nicht wirklich verlegen. Ungeniert streichelten sie weiter vor den Augen der Königin ihren Körper. Sie pressten sich nackt an sie – Yannick schmiegte sich an ihren Po und Bastien an ihren Venushügel. Ihre Schwänze wurden schon wieder hart und drückten sich an sie. Die Vampirkönigin wusste vermutlich genau, was sich zwischen ihnen abgespielt hatte.

Und da sie zu dritt ausgestreckt auf der grünen Tagesdecke lagen, konnte sie nicht einmal ein Laken über sich ziehen. Sie bedeckte ihre Brüste mit den Händen, um wenigstens ein bisschen Anstand zu wahren …

Dann erinnerte Althea sich, dass die Vampirkönigin ihr eine Frage gestellt hatte. Meinte sie es wirklich ernst?

Ehe sie antworten konnte, schnauzte Yannick: „Nein, das tut sie nicht." Seine feste Stimme duldete keinen Widerspruch.

„Doch, das tue ich. Ich meine es wirklich so." Sie musste die Königin aufhalten, bevor sie wieder verschwand. Und ja, sie wollte es.

„Welch ein entzückendes Durcheinander", bemerkte die Königin. „Ich wäre zu gerne eingeladen worden. Ich vermisse es, von den dämonischen Zwillingen geteilt zu werden – den attraktivsten Vampiren von ganz London. Und den besten Liebhabern."

Während die Königin Yannick und Bastien geradezu anzüglich betrachtete, spürte Althea die Eifersucht brennend wie Säure in ihrem Bauch. Vielleicht verlangte die Königin, dass die Zwillinge wieder ihre Liebhaber wurden.

Wenn sie sich damit einverstanden erklärten, so taten sie es nur, um Althea zu retten. Das wusste sie. Aber konnte sie die beiden aufgeben, um ihr Leben zu retten? Sie musste …

Die Königin zupfte ihre Röcke zurecht und setzte sich an das Fußende von Yannicks luxuriösem Bett. Sie winkte den beiden Männern zu.

„Ihr habt da eine äußerst faszinierende Sterbliche gefunden. Sicherlich seid ihr einem Pakt nicht abgeneigt, der euch am Leben lässt und sie euch für alle Zeiten schenkt."

Yannick umklammerte Althea so fest, dass ihr die Luft wegblieb. Wenn sie ihre Seele hergab, würde sie dann ein Vampir sein wie Bastien und Yannick? Die Zwillinge waren nicht wie andere Vampire – sie waren keine bösen, tödlichen Raubtiere, die keine Gnade kannten und nicht zur Liebe fähig waren. Was, wenn sie selbst aber ein grausamer Dämon wurde?

„Ich wünschte, das könnten wir, Euer Hoheit", sagte Yannick. „Aber Althea verdient es, zu leben. Sie soll heiraten, Jägerin sein und eines Tages Kinder haben."

Sie wollten Althea nicht verwandeln … Die Zwillinge wollten sie nicht zu einer Untoten machen …

„Aber als Vampirin kann sie ebenso gut heiraten", gab die Königin zu bedenken. „Und sie kann euch beiden Kinder schenken."

„Vampire können Kinder haben?", keuchte Althea.

Die Königin richtete ihren Blick fest auf Althea. „Ich wäre bereit, die beiden zu verschonen, wenn du es tust."

Sollte sie vor ihr einen Knicks machen? Es kam ihr komisch vor, aus dem Bett aufzustehen und nackt vor der Königin zu knicksen. Aber sie wusste, dass sie zu überschwänglicher Dankbarkeit verpflichtet war. „Danke, ich danke Euch so sehr, Eure Hoheit."

„Aber es gibt eine Bedingung …"

Althea schluckte. Sie wartete, dass die Königin weitersprach. Der Preis würde hoch sein, aber sie wollte ihn bezahlen.

„Du musst damit einverstanden sein, verwandelt zu werden", fuhr die Königin fort. „Wie ich dir schon gesagt habe, die beiden sind durch die Magie der Zwillinge miteinander verbunden. Wenn du sie trennst, schwächst du ihre Macht. Also musst du schwören, ihre gemeinsame Gefährtin zu sein. Für immer."

Althea starrte sie an. Der Preis war, die Gefährtin der Zwillinge zu werden? Es musste einen Haken an der Sache geben.

„Scheint es dir zu einfach?" Die Königin lächelte. „Aber du wirst dein sterbliches Leben opfern müssen. Allein die Wirkung auf deinen Vater wird verheerend sein. Doch die Existenz als Vampir ist so viel erfüllender als das menschliche Leben. Und so viel lustvoller."

Sie musste es tun, musste bereit sein für Yannick und Bastien. Es bedeutete, alles hinter sich zu lassen, was sie kannte, den Vater, den sie liebte und die Ziele, die sie sich einst gesetzt hatte. Ihr Herz schlug laut, als ihr bewusst wurde, was sie plante. In England war es einer Witwe verboten, den Bruder ihres verstorbenen Ehemanns zu heiraten. Doch sie wollte sich für alle Zeiten an zwei Brüder binden.

„Was für ein Vampir werde ich sein?", fragte sie. Ihre Stimme zitterte.

„Wenn du deine Entscheidung mit einem reinen Herzen triffst …" Das Lächeln der Königin wurde spitzbübisch. „Du wirst es abwarten müssen."

Sie *musste* es tun. Die Liebe war dieses Risiko wert. Ihre Mutter hatte an die Liebe geglaubt, als sie einen Mann heiratete, der Vampire jagte.

Wenn sie ein Vampir wurde wie Bastien und Yannick es

waren, edel und liebevoll, dann konnte sie ihnen die Liebe geben, die beide brauchten. Ja, es war das Risiko wert.

Und wenn sie ein guter Vampir wurde, konnte sie immer noch Sterbliche vor den bösen Vampiren schützen.

Bastien küsste ihre Lippen. „Es wäre mir eine Ehre, wenn du meine Gefährtin würdest. Gefährtin von uns beiden."

Yannick hob ihre Finger an seine Lippen, zwischen seinen Eckzähnen. Er küsste sie. „Willst du uns heiraten, Althea?"

Ein nervöses Kichern wäre ihr beinahe entschlüpft. Sie hatte nie einen Heiratsantrag erwartet, und bestimmt nicht auf diese Weise. Nicht nackt auf einem Bett vor … einer Zuschauerin. Nicht von diesen beiden Männern. Sie lächelte, und die Königin zwinkerte ihr aufmunternd zu. Sie erkannte, dass die Vampirkönigin ihr gerade den perfekten Grund geliefert hatte, um ihre wildesten Träume zu leben und mit beiden Zwillingen für immer zusammen zu sein.

„Eure Hoheit", fragte sie nervös. „Werdet Ihr mir versprechen, dass sie überleben?"

Die Königin nickte und stand auf. „Nun, meine Liebe, wirst du mir eine Antwort geben?"

„Ja", flüsterte sie. „Himmel, ja."

„Unser beider Gefährtin? Jetzt und in alle Ewigkeit?", fragte Yannick.

„Ja." Tränen flossen, während die Zwillinge sie fest umarmten und ihre Wangen mit Küssen bedeckten.

Zu Altheas Überraschung tupfte die Königin mit einem türkisfarbenen Seidentaschentuch Tränen aus den Augenwinkeln. „Glückwunsch, meine Herren. Ich bin sicher, ihr werdet stets bestrebt sein, sie glücklich zu machen. Und nun entschuldigt mich. Ich habe eine Verabredung mit Luzifer."

Bevor Althea blinzeln konnte, wirbelte das goldene Licht um Elizabeth und sie verschwand im Lichtwirbel. Zuletzt blieb nur ein Funkeln. Die Königin und mit ihr die herrlichen

Pelze waren verschwunden.

Althea blickte von Yannick zu Bastien. „Was werden wir jetzt tun?"

Ihre Zähne wurden vor Altheas Augen lang. Nie zuvor hatte sie die Fänge der Zwillinge so lang gesehen. Sie sahen beängstigend scharf aus.

Ihre Augen blitzten. Undurchdringliche Spiegel.

„Jetzt schenken wir dir ewiges Leben", versprach Bastien.

Sie spannte sich an und schloss die Augen. Erwartete den Biss. Sie griff ihr Haar, das ihren Hals bedeckte und schob es zurück. „Ich bin so weit", verkündete sie.

Es würde schon nicht allzu sehr wehtun … bestimmt nicht.

„Ich bin so weit", wiederholte sie. Warum bissen sie nicht einfach zu, jetzt, da sie all ihren Mut zusammengenommen hatte? Heiße, feuchte Lippen fuhren über ihre Brüste. Die Küsse fühlten sich unterschiedlich an. Yannick liebte es, sie mit der Zungenspitze zu liebkosen, während Bastien es mochte, seine ganze Zunge einzusetzen.

„Bitte …", murmelte sie.

Oder dachten sie noch einmal darüber nach? Sie liebten Althea vielleicht, aber beide waren starke, eigennützige Vampire. Dominant. Konnten sie für alle Zeiten jemanden teilen?

Sie liebkosten ihre Brüste, wirbelten ihre Zungen um die Nippel in perfektem Einklang. Lust brandete auf. Sie öffnete die Augen und sah Yannicks blasse Hände auf ihren Hüften. Sein Siegelring glitzerte. Er hob sie an, legte sie auf sich, dass sie mit ihrem Rücken auf seinem Bauch lag. Sie spreizte die Beine, um das Gleichgewicht zu bewahren.

Sein Schwanz war wieder hart, rieb sich heiß an ihrem Po.

Ihr Körper spannte sich erwartungsvoll an. Yannicks nasser Finger glitt mühelos in sie, nachdem er ihren Honig auf ihrer Rosette verteilt hatte. Sie schluchzte, die Lust lähmte ihren Verstand. Als er seinen Finger zurückzog, wimmerte sie, bis sie einen harten, großen Druck spürte. Ihre Muskeln wollten sich ihm nicht öffnen. Er war so groß!

Mit einem kehligen Knurren stieß Yannick seinen Penis in sie. Die Lust erklomm neue Höhen, vermischte sich mit dem Schmerz, als ihre Muskeln sich eng um ihn schlossen.

Er umfasste erneut ihre Brüste. An ihrem Ohr flüsterte er mit tiefer Stimme: „Gott, ich liebe es zu fühlen, wie mein Schwanz durch deine engen Muskeln in dich eindringt ... Du hältst mich so fest ..."

Sie stöhnte bei seinen Worten.

„Es ist so eine Qual, mich zurückzuhalten ..."

„Dann tu es nicht", wisperte sie. „Halt dich nicht zurück." Sie bewegte sich auf ihm, genoss es, wie sein Schaft sie dehnte, als er tiefer in sie drang. Krauses Haar kitzelte ihren Po, als er sie zur Gänze ausfüllte. In diesem Moment drehte sie sich zu ihm um und er legte seine Lippen auf ihre.

Er bewegte sich nicht, küsste sie. Bastien kam zu ihnen. Goldenes Haar umrahmte ihr Gesicht, als er sich auf sie legte und mit seiner Schwanzspitze durch ihre Spalte fuhr. Wie ein Künstler mit einem Pinsel zeichnete er ihre Nässe nach, teilte ihre Lippen.

Der Moment, als Bastien in sie eindrang. Unglaublich erfüllt, fast schon zu viel. Sie spannte alle Muskeln an. Erneut beruhigten die Männer sie mit Küssen und Liebkosungen, bis sie sich entspannte und nichts anderes mehr kannte außer der Lust und ihrem Verlangen nach dem nächsten Höhepunkt. Sie drangen gleichzeitig in sie ein, bewegten sich vor und zurück, als wären sie eins.

„Mein Biss wird zärtlich sein, mein Täubchen." Bastien küsste ihre Wange, knabberte an ihrem Ohr. Legte seinen Mund auf ihre Kehle.

Sie wusste, er würde vorsichtig sein, wusste, dass sie ihm vertrauen konnte …

Die Stöße wurden härter, erneut drangen sie gemeinsam tief in Althea ein. Sie wurde auf jede nur erdenkliche Weise verwöhnt, von vorne und von hinten, ihre Nippel liebkost, ihr Hals gesaugt, während Bastiens Schwanz mit jedem Stoß ihre Klit massierte.

Ihre Haut dehnte sich, als seine Fänge sich an sie pressten. Sie war so erfüllt von der Lust, dass die Berührung seiner spitzen Zähne erneut Erregung durch sie schießen ließ.

Ein Kneifen. Ein Stechen. Ein Stoß. Der heftige Schmerz verschwand nach wenigen Herzschlägen. Doch ein anderes Stechen durchfuhr sie, als die Zähne ihre …

Nein, sie durfte nicht nachdenken. Himmel! Ihr Blut floss. Sie fühlte, wie es aus ihr herausrann.

Es war vorgesehen, dass die beiden Männer Althea von ihrem Blut trinken ließen, doch das durfte erst geschehen, wenn sie an der Schwelle zum Tod stand. Das bedeutete, dass sie ihr Blut tranken, bis …

Auch Yannicks Zähne senkten sich in ihren Hals. Sie wurde schwächer, während die Männer sich weiterhin in ihr bewegten und ihr Blut tranken. Ihre Stöße wurden härter, fordernder. Jede Bewegung wirkte größer. Es war, als berührte all das ihre Seele.

Ja, ja. Es war wert, hierfür zu sterben.

Ihr Höhepunkt kam plötzlich. Sie konnte nicht schreien – inzwischen war sie zu schwach. Alles was sie tun konnte war wimmern und um Luft ringen.

Jetzt. Althea hörte Yannicks tiefe Stimme in ihrem Kopf, die nur gedämpft zu ihr durchdrang, als schwebe sie fort. Ihr Orgasmus hielt an, raste in wunderbaren Wellen durch ihren Körper. Es schien kein Ende zu nehmen. Nie.

Yannicks Handgelenk berührte ihre Lippen. Sein Blut

floss in ihren Mund, berührte ihre Zunge mit seiner kupfrigen Hitze. Obwohl sie ihre Lippen an seine Haut presste, war sie zu geschwächt, um zu saugen.

Bastiens Handgelenk ersetzte Yannicks. Er schmeckte anders, schärfer und würzig. Sie fand die Kraft, an seinem Handgelenk zu saugen und sein Blut zu trinken. Er passte das Tempo seiner Stöße ihrem Saugen an.

Und noch immer hielt ihr Orgasmus an, sie kam und pulsierte langsam und wundervoll und …

Ein weiterer, harter Stoß entflammte sie. Sie explodierte mit der Kraft von Sprengstoff. Oh Gott, sie brach auseinander. Es war umwerfend.

Das Blut zu trinken ließ den Orgasmus anhalten, also griff sie nach Yannicks Hand und trank gierig. Yannick musste ihr seine Hand entziehen, damit Bastien ihr mehr geben konnte. Sie musste das Blut trinken, doch mit jedem Schluck wurde sie kräftiger und jedes Gefühl wurde vergrößert, bis sie nur noch haltlos schluchzte.

Unter ihr schrie Yannick auf. Seine Hüften hoben sich verlangend. Sie fühlte, wie er kam. Fühlte seine Hitze in ihr. Dann kam auch Bastien.

Altheas Brust hob und senkte sich. Sie rang um Luft. Bastien, der noch immer in ihr war, lag auf ihr, seinen Kopf an ihren Hals gekuschelt. Er leckte über die beiden Wunden. Wie durch ein Wunder schmerzten sie nicht mehr.

Fühlte sie sich anders? Fühlte sie sich … tot?

Sie fühlte sich von Bastiens Gewicht nicht erdrückt, obwohl ihre Haut besonders empfindlich war. Auf ihrer Haut spürte sie das Kitzeln jedes einzelnen goldenen Haars von Bastien, das sie berührte. Sie spürte die Linien von Yannicks muskulösem Körper unter sich intensiver als zuvor.

Die Kerzen schienen heller zu brennen.

Alles um sie herum – das Bett, die Gemälde an den Wänden – waren klar und scharf, sogar ohne ihre Brille. In der Luft hing ein anderer Duft. Ihre Nase nahm den reichhaltigen Blutgeruch auf. Sie trank ihn, als wäre er das beste Parfüm. Ein Rhythmus trommelte in ihrem Kopf. Sie konnte die Herzen schlagen hören – Bastiens, Yannicks und ihr eigenes.

Prüfend fuhr ihre Zunge über die Zähne.

„Vampirzähne bilden sich erst in der nächsten Nacht", murmelte Yannick. Sein Penis war noch in ihr, schlaff, aber dennoch groß genug, um ihr den Atem zu rauben. Mit einer Bewegung der Hüfte glitt er aus ihr heraus. Bastien rollte von ihr herunter und kletterte aus dem Bett.

Sie schloss die Augen. Wie lange war es noch bis Sonnenaufgang?

Kaltes Wasser rann an ihrer Schenkelinnenseite herab. Überrascht öffnete sie die Augen. Mit einem nassen Waschlappen säuberte Bastien sie. Seine Berührungen waren liebevoll und sanft, als er ihre Vagina wusch.

„Dreh dich auf den Bauch, mein Täubchen", befahl er. Sie gehorchte, aber ihre Glieder fühlten sich inzwischen seltsam schwach an, als würden sie taub. Sie lag auf der zerwühlten Tagesdecke, während Bastien ihren Hintern wusch. „Ein heißes Bad muss warten."

Yannick gähnte. „Himmel, bin ich erschöpft. Leer. Bald ist Sonnenaufgang."

Sie gähnte ebenfalls. „Ich bin so müde …"

„Das ist die Veränderung. Und der Tagesanbruch. Wir sollten schlafen gehen …"

„Aber es hat funktioniert, oder? Sie hat nicht gelogen? Ihr beide werdet nicht sterben?"

„Wir werden das erst wissen, wenn die Sonne aufgeht, Liebes." Yannick reckte sich und stand auf. „Ich werde heute nackt schlafen, denke ich." Er streckte seine Hand nach ihr aus. „Schlaf heute mit mir, Engel – wenn wir überleben."

„Nein." Bastien warf den Waschlappen in das Wasserbecken, das auf dem Bett stand. „Schlaf bei mir, Althea." Dann lachte er. „Zur Hölle, du kannst sie heute Nacht haben, Brüderchen. Du bist der Ältere. Aber morgen schläft sie bei mir."

Schlafen? In einem Sarg? Aber in Yannicks Armen könnte sie es – sie wusste, dass sie es konnte.

Yannick drückte die Handfläche gegen die Wandvertäfelung, und nach einem Klicken schwang eine unsichtbare Tür auf. Dahinter herrschte Dunkelheit, obwohl sie zwei matt schimmernde Särge ausmachen konnte, die auf dem Boden standen. Bastien löschte die Kerzen in Yannicks Schlafzimmer. Völlige Finsternis umgab sie. Aber innerhalb weniger Augenblicke gewöhnten sich ihre Augen an die Dunkelheit und sie konnte sehen. Es war wie in ihrem ersten Traum, in dem die Zwillinge sie gemeinsam geliebt hatten. Obwohl Bastien in der Dunkelheit stand, sah sie sein goldenes Haar, den rötlich schimmernden Mund und das Nest goldener Locken zwischen seinen Schenkeln. Yannick war silbern und wie ein Schatten. Blass schimmerte das Haar, seine silbrigen Augen waren von dunklen Wimpern beschattet.

„Wenn die Vorhänge geschlossen sind, können wir etwas länger warten – ein paar Minuten haben wir nach Sonnenaufgang Zeit, ehe wir schlafen müssen."

Ihr Herz schlug bis zum Hals. Jedes Pochen zählte auf ihrem Weg zur Wahrheit. Die Männer traten von ihr zurück, vermutlich um sie zu beschützen, aber sie packte erst Yannicks Hand, dann Bastiens. Diesem Schicksal würden sie gemeinsam begegnen.

Die Zwillinge befreiten sich aus ihrem Griff. „Wir müssen für deine Sicherheit sorgen, Liebes."

Sie betraten den geheimen Raum. „Du bleibst hier", befahl Yannick.

Sie war so müde, dass sie sich gegen die Wand lehnen musste, um stehen zu bleiben. Nur ein paar Minuten ... es konnte nur noch wenige Minuten dauern ...

Einst hätte sie es für unmöglich gehalten, sich in einen Vampir zu verlieben. Einst hatte sie gedacht, es wäre unverzeihlich und sündhaft, zwei Liebhaber zu haben.

Wie sollte sie jetzt überleben, wenn sie die beiden verlor? Wie konnte sie die Ewigkeit mit gebrochenem Herzen überstehen?

Althea drehte sich um und betrachtete die dunkelroten Vorhänge. Oben, an der Aufhängung, war ein kleiner Spalt offen. Graues Licht zeigte sich dort, offenbarte den sich erhellenden Himmel. Die Sonne war aufgegangen.

Sie war versucht, zum Fenster zu rennen und die Vorhänge aufzureißen, um hinauszuschauen. Aber sie hatte Angst, was dann passierte. Außerdem gehorchten ihr die Beine nicht mehr.

Sie lehnte sich schwer an den Türrahmen. Yannick kam wackelig auf sie zu, als bestünden auch seine Beine nur noch aus Wasser.

„Der neue Tag ist angebrochen, Engel. Wir sind nicht zerstört worden. Nun müssen wir uns in die Särge legen. Schnell!"

Tagesanbruch.

Sie brach in Tränen aus. Die Königin hatte nicht gelogen. Der neue Tag war da, und sie lebten. Oder waren untot, wenn man es genau nahm.

Yannick streckte seine Hand nach ihr aus. Auf seinem Gesicht las sie Besorgnis. Wie deutlich sie jetzt alles sehen konnte. Sie konnte sogar die reinen Gefühle in seinen Augen lesen. Beunruhigung. Und Liebe. Er hätte sterben können, aber alles, was er fühlte, war Sorge um ihr Wohlergehen.

Sie versuchte, ihm entgegenzukommen, aber ihre Beine gehorchten nicht. Sie versuchte, einen Schritt zu machen, doch sie strauchelte. Yannick fing sie auf. Wie er die Kraft fand, sie auf den Arm zu nehmen, konnte sie sich kaum vorstellen.

Yannick hielt neben einem der Särge an. Bastien küsste sie sanft. „Ich liebe dich, Täubchen. Und morgen Nacht bist du mein."

Endlich konnte sie die Farbe von Bastiens Augen sehen – eine Spur von graublau umgab die großen, schimmernden Pupillen. Graublau wie eine stürmische See.

Danke, Althea. Du hast an mich geglaubt. Danke, dass du hinter den Dämon geschaut hast, murmelte Bastien in ihren Gedanken. Er küsste sie ein letztes Mal.

Ihre grenzenlose Liebe für ihn wärmte ihr das Herz. Eine Flamme, die von nun an bis in alle Ewigkeit brennen würde. Sie fühlte sich nicht, als hätte sie ihre Seele aufgegeben. Wie konnte sie keine Seele haben und so wahnsinnig großes Glück fühlen?

Morgen bei Sonnenuntergang würde sie aufwachen. Sie würde Yannick und Bastien in den Armen halten. In dieser Nacht wollte sie erneut die Lust mit ihnen entdecken …

Und es gibt eine Menge anderer Möglichkeiten, die wir zu dritt im Bett ausprobieren können, versprach ihr Bastien.

Sie kicherte erschöpft, aber glücklich.

Yannick kuschelte sich an sie. „Du bereust deine Entscheidung nicht, oder?"

Sie blickte zu ihm auf und sah die zarte Linie Meergrün, die seine Pupillen säumte. Ihre Kehle wurde eng, weil sie so voller Zärtlichkeit und Liebe für ihn war.

„Wie könnte ich? Ich liebe dich. Euch beide liebe ich. Und ich habe gelernt, dass Liebe weitaus mächtiger ist, wenn man sie teilt."

EPILOG

„Ich habe einen Tritt gefühlt!"

Bei ihrem Ausruf setzte Yannick sich so schnell auf, dass Wasser aus der Badewanne schwappte und das gesamte Badezimmer unter Wasser setzte. Er legte seine Hand auf ihren gerundeten Bauch. Sie konnte nicht anders: Althea lachte über seinen Enthusiasmus.

Bastien, der auf der anderen Seite der riesigen Porzellanbadewanne saß, grinste. „Sei vorsichtig, Brüderchen."

Yannick strich ehrfürchtig über ihren Bauch, und zu Altheas Vergnügen trat das Baby erneut. Obwohl Althea bis zu ihren vollen Brüsten im heißen Wasser lag, sah sie deutlich die kleine Beule unter ihrer Bauchdecke. Die Beule bewegte sich unter der Haut, bis sie wieder verschwand. Erneut kicherte sie. Sie wusste, wie sehr sie strahlte. Es war so aufregend! Ein Wunder.

„Er tritt ganz schön kräftig", brüstete sich Yannick sichtlich stolz.

„Vielleicht hat auch *sie* kräftig nach dir getreten", schlug Bastien vor. Er hob ein Bein aus dem Wasser und seifte es ein.

Althea blickte Yannick entrüstet an – andauernd redete er von dem Baby, als wüsste er, dass es ein Junge werden würde.

„Wie auch immer", fuhr Bastien fort und zwinkerte ihr zu. „*Ihre* Mutter ist stark und mutig."

Und ihr Vater war …

Nun, das wusste sie nicht so genau. Und obwohl sie im ersten Moment gefürchtet hatte, dass die Zwillinge sich streiten und endlos kämpfen würden, wer denn nun der Vater des Kindes war, hatten sie kein einziges Mal gestritten. Sie verbrachten stattdessen jede Nacht damit, sie zu verwöhnen. Und sie zu lieben.

Bastien stand auf. Das Wasser rann von seiner Brust, den schmalen Hüften und den muskulösen Beinen. Dampf stieg um ihn auf, und ihre geschärften Sinne nahmen seinen sinnlichen Duft wahr. Sandelholzseife, saubere Haut und reichhaltiges Blut.

Seine silbrigen Augen blitzten, und sie wusste, was er vorhatte. Sie streichelte ihren Bauch.

Sex schadet dem Baby nicht, mein Täubchen, versprach Bastien. Er blickte sie hoffnungsvoll und flehend an.

Ich fürchte, in dieser Sache bist du nicht unvoreingenommen, neckte sie ihn. Aber sie wusste, dass es stimmte. Elizabeth, die Vampirkönigin, hatte ihr vieles darüber erzählt, was es hieß, eine Vampirin in anderen Umständen zu sein.

Seine betrübte Miene hellte sich auf, als sie lächelte. Sie war erstaunt gewesen, als Bastien ihr versprochen hatte, dass am Ende ihrer Schwangerschaft Sex das probate Mittel war, um die Wehen ingang zu setzen, wenn sie es leid war, auf die Geburt zu warten. Woher wusste er so etwas? Er freute sich so aufrichtig, Teil im Leben dieses Babys zu werden. Sie wusste, er trauerte noch immer ein wenig um das erste Kind, das er verloren hatte.

Und auch Yannick verbrachte jede freie Minute damit, erwartungsvoll über seine neue Rolle als Vater zu sprechen.

Yannick beugte sich über sie und knabberte an ihrer Brust. *Deine Brüste waren schon immer äußerst lecker, aber jetzt sind sie unwiderstehlich.*

Althea seufzte. Die dämonischen Zwillinge konnten einfach nicht die Finger von ihren üppigen Brüsten lassen. Sie musste sich aber gestehen, dass ihre Kurven auch sie faszinierten.

Yannick stand auf und schwang sich aus der Badewanne. Wasser spritzte auf den Boden. Sie liebte es, ihn zu beobachten, während er sich mit einem dicken, weißen Handtuch abrubbelte. Er rieb seinen Körper mit knappen Handbewegungen ab. Rubbelte das Haar. Dann warf er das Handtuch beiseite und griff nach einem frischen. *Wir müssen ihr beim Abtrocknen und Ankleiden helfen. Ihr Vater wird bald kommen.*

Yannick hielt ihr die Hand hin. Bastien stützte ihre Hüften, als Yannick ihr aus der Badewanne half. Dick und warm hüllte das Handtuch sie ein. Beide Männer halfen ihr, sich abzutrocknen, rieben jeden Zentimeter ihrer Haut. Bastien trocknete sich ebenfalls eilig ab, ehe er sein Handtuch auf den Haufen benutzter Tücher warf.

Und jetzt ins Bett. Bastien strich über ihre Kehle.

Keine Zeit. Yannick seufzte.

Dies würde für lange Zeit die letzte Gelegenheit sein, ihren Vater zu sehen, bevor er zu seiner Reise aufs Festland aufbrach. Die drei würden ihm in wenigen Wochen folgen. Dann wären sie bereits zu viert. Yannick, Bastien, ihr Kind – und sie. Yannick hatte ein Anwesen – ein altes Schloss – in den Karpaten erstanden. Sie konnten nicht länger in England bleiben, zumal es bald schon offensichtlich werden würde, dass die Zwillinge nicht alterten.

Ihr Vater hatte beschlossen, in die Karpaten zurückzukehren, sobald er ein oder zwei junge Lehrlinge gefunden hatte, die mit ihm auf die Jagd gingen. Jetzt zerstörte er die Vampire jedoch nicht mehr. Er studierte ihre Kultur und ihr Leben. Nur wenn ein Vampir boshaft war und unkontrollierbar den Menschen Schaden zufügte, kümmerte er sich um seine Zerstörung.

Sie war so dankbar für die bedingungslose Liebe ihres Vaters. Ihre Entscheidung, als Vampir zu leben, hatte ihn entsetzt. Und ihre unorthodoxe Heirat mit zwei Männern! Sie hatte befürchtet, er würde zusammenbrechen. Doch er war so froh, sie in Sicherheit zu wissen, dass er ihre überwältigenden Neuigkeiten überlebt hatte. Vielleicht hatte er sie inzwischen auch akzeptiert.

Sie erinnerte sich, wie er sie auf die Wange geküsst hatte. Erinnerte sich an seine sanften Worte. „Ich liebe dich weit mehr, als dass ich mich um die gesellschaftlichen Regeln schere. Und wenn du glücklich bist, dann bin ich gewillt, zwei Dämonen als Schwiegersöhne in meiner Familie zu begrüßen."

Und sie *war* glücklich. Sie bezweifelte, dass irgendeine Frau glücklicher sein konnte. Sie wusste, ihre Liebe wurde stärker – ihre telepathische Verbindung mit den beiden wuchs mit jedem Tag.

Heb den Arm, Süße. Yannick unterbrach ihre Gedanken. Er hielt ihr ein hauchzartes Unterhemd hin.

Sarah hatte selten die Gelegenheit, ihr beim An- oder Auskleiden zu helfen. Die Zwillinge waren so erpicht darauf, jede Nacht Sex mit ihr zu haben, dass sie meistens Althea behilflich waren, sich an- oder auszuziehen. Nicht, dass es ihr etwas ausmachte.

Er schob das Hemdchen über ihren Kopf. Das zarte Gewebe glitt über ihren Körper, doch der Saum blieb über ihrem gerundeten Bauch hängen. Bastien küsste sie auf den Bauch, ehe er das Unterhemd zurechtzupfte. „Für dich, kleines Wesen da drin. Ich kann es kaum erwarten, dich kennenzulernen."

„Du wirst dich noch ein paar Monate gedulden müssen", erinnerte sie ihn.

„Es wird mir wie eine Ewigkeit vorkommen."

Kannst du dir vorstellen, wie sich unsere beiden Münder auf dir anfühlen, Liebes?

Althea stöhnte auf, als Yannicks heißer Atem über ihren Hals strich. Schwangere Vampire waren besonders sensibel. Und empfänglich für jede Art von Liebkosung.

Die Träume. Althea erinnerte sich auch heute noch an die Träume. Träume, die sie immer noch hatte – auch wenn sie ihr nicht länger von Zayan geschickt wurden. Sie waren längst nicht mehr Teil einer Vorsehung. Jetzt waren es erotische Erinnerungen an die wunderschönen Freuden, die sie, Yannick und Bastien geteilt hatten.

Althea griff nach Bastiens Hand auf ihrem Bauch und schlang ihre Finger um seine. Sie nahm Yannicks Hand und legte sie ebenfalls auf die Wölbung.

Sie waren zu dritt, und schon bald waren sie eine Familie. Zu viert. Fast wäre sie vor lauter Glück in Tränen ausgebrochen. Stattdessen lächelte sie Yannick und Bastien an. Die wunderbaren, dämonischen Zwillinge.

Ich kann mir nichts vorstellen, das ich je mehr gewollt habe.

– ENDE –

nur 6,00 €

Cherry Adair
Nimm mich!

Joshua Falcon ist gewohnt, seinen Willen zu bekommen. Im Job - und im Bett. Und als er die hinreißend unschuldige Innenarchitektin Jessie Adams auf einer Party trifft, will er sie. JETZT. NACKT. In seinem Bett. Für eine heiße Sexaffäre ohne Verpflichtungen. Kaltblütig macht er Jessie ein Angebot, von dem er weiß, dass sie es nicht ablehnen kann ...

Band-Nr. 35053

6,00 € (D)

ISBN: 978-3-86278-805-7

352 Seiten

Jina Bacarr
Das Aktmodell

Paris 1889: Als Modell des charismatischen Malers Paul Borquet eröffnet sich Autumn eine faszinierende Welt der Sinnlichkeit. Unbeschwert genießt sie die Zeit der Leidenschaft in den tabulosen Pariser Ateliers. Bis ein Konkurrent von Paul plötzlich darauf besteht, ältere Rechte an ihr zu haben ...

Band-Nr. 35051

6,00 € (D)

ISBN: 978-3-86278-803-3

432 Seiten

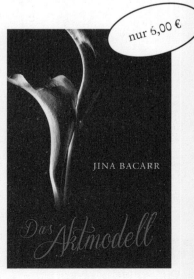

nur 6,00 €

nur 6,00 €

Alison Kent
Gewagte Spiele

Erin fasst einen Entschluss: Ihr geheimnisvoller Nachbar Sebastian Gallo war lange genug Hauptakteur ihrer nächtlichen Fantasien. Jetzt ist die Zeit reif für ein reales erotisches Abenteuer – ganz ohne lästige Verpflichtungen und genau deswegen so herrlich hemmungslos. Sie nimmt all ihren Mut zusammen, spricht Sebastian an …

Band-Nr. 35055

6,00 € (D)

ISBN: 978-3-86278-808-8

304 Seiten

Kayla Perrin
Enthemmt!

Woher kommt auf einmal Adams unstillbarer Hunger auf laszive Spiele im Swingerclub? Das fragt sich Claudia. Warum will Charles trotz ihrer Verführungsversuche keinen Sex mehr? Alisha ist ratlos. Und wieso ist bei ihren Dates nie der Mann dabei, der sie wirklich glücklich macht?, wundert sich Lishelle. Drei Freundinnen, bereit für erfüllende Lust, wahre Liebe und ein glückliches Leben fast alles zu geben …

Band-Nr. 35056

6,00 € (D)

ISBN: 978-3-86278-809-5

416 Seiten

nur 6,00 €

nur 6,00 €

Julie Gordon
Die Lilie von Florenz

Italien im 18. Jahrhundert: Die blutjunge Allegra ist dem Conte del Pirandelli versprochen. Einem Mann, dem selbst die eigene Verlobungsfeier nicht tabu ist für seine sexuellen Ausschweifungen. Heimlich wird Allegra Zeugin eines frivolen Liebesspiels zwischen dem Conte und seiner Mätresse Cristina. Sie ist schockiert – und gleichzeitig berauscht: Völlig unerwartet durchströmt sie ein verstörend heißes Prickeln. Aber so sehr der Conte sie erregt, kann sie ihn jetzt unmöglich noch heiraten! Sie ist sich zu schade für jemanden, der sie nur als vorzeigbare Gattin braucht, während er sich weiterhin schamlos mit anderen Frauen vergnügt. Verkleidet als Junge flieht Allegra zu ihrem Bruder nach Florenz. Doch schon bald spürt der wollüstige Conte sie in ihrem Versteck auf ...

Band-Nr. 35052
6,00 € (D)
ISBN: 978-3-86278-804-0
352 Seiten